愛呦文創

愛吻文創

驚！說好的選秀綜藝竟然
Colosseum-Escape Show
3

# 目錄
CONTENT

【第一章】

# 恐龍養壯，晉級有望

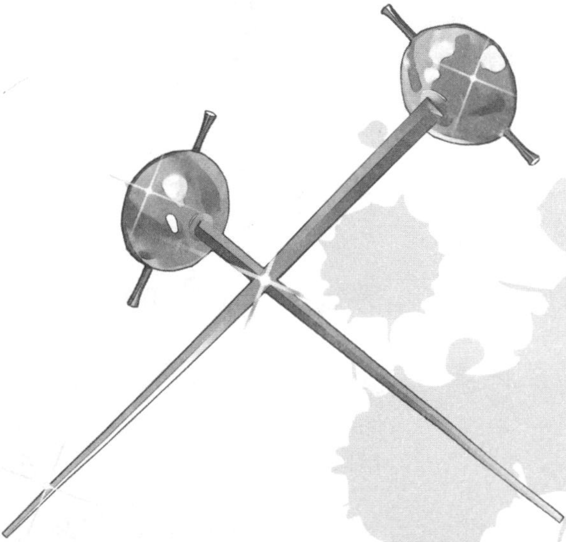

溫暖的篝火旁，光從蘆木、鱗木的枯枝縫隙中透出，火洞內的石塊被燒得劈里啪啦作響。藉著不斷晃動的光源，在三位隊友的矚目下，巫瑾翻出了兌換器上的那行小字。

進化點：一點。

「紅皇后假說——在既定的生態環境下，所有物種都是進化遊戲中的競爭者。」

「進入賽場之前，我猜測的『競爭者』是盤龍、恐頭獸，以及還未出現在賽場上的恐龍。物種在環境中演變，選擇進化方向、創造進化優勢，以超出對手、將對手擠出生態位而取勝。」

「將這一模型極限壓縮，」巫瑾轉動手中的立方體，有輕微槍繭、修長的手指依次在每一面輕輕摩挲，「紅皇后假說是遊戲規則，每個種群都是單一玩家，小機率下的功能性突變就是進化點，種群發展的方式就是利用進化點，點亮天賦樹。」

明堯和索拉首先反應過來，同時看向兌換器。

明堯：「根據物資的含義……你是說，紅皇后遊戲下的競爭者——也包括選手？」

巫瑾點頭，刷地按下兌換器上的虛擬投影。

光打在小隊圍坐的正中，和篝火的焰彙聚糅合。巫瑾起身站起，半邊身體被澄亮的光芒籠罩，半邊浸入二疊紀寒冷潮濕的夜。

「第四場淘汰賽的補給方式和以往都不一樣，是因為紅皇后遊戲規則需要把選手納入其中。選手和自然物種唯一的區別在於，自然物種的進化點由時間賦予，選手的進化點來自節目組物資而已。」

「且獲勝的條件完全一致——要想贏，必須選擇正確的進化方向。」

「進化樹只有一個，每支小隊搶奪進化點，選擇在不同的分支上加點。對應於進化成不同優勢的物種，以應對環境選擇和物種對抗。」

幾人齊刷刷看向投影螢幕。

「幾個兌換大類，包括呼吸設備類，用於兌換高適應性、高抗壓的呼吸系統，類似中生代侏羅紀中鳥類的進化方向。鳥內的雙重呼吸系統可以保證，在同一次呼吸時發生兩次氣體交換，從而在飛翔中汲取大量氧氣。」

巫瑾繼續分析：「防具類別，對應生物護甲。」

林客腦中一閃，不假思索舉手，「劍龍！這個我知道！」

巫瑾點頭，「防具類與劍龍的進化方向相似。劍龍透過脊背板狀物、尾部尖刺、高度角質化表皮抵禦掠食者攻擊。」

「武器類，掠食者方向。速度類、機關類、圖鑑類……」

巫瑾的聲線偏輕，卻穩定、清晰。

火堆逐漸微弱，明堯自告奮勇繼續添柴。上下半夜輪換已過，另外兩名隊友沉沉睡去，留下巫瑾、明堯值守。

「從長遠來看，競爭者的勝利是有預見性的進化潛力。所以說，咱們給進化樹加點，得朝著長遠方向來。比如應對大滅絕？」明堯在火堆旁搓著手，小聲問道。

巫瑾認同。

兩人趁著沒事，開始有一搭沒一搭探討二疊紀結束的滅絕模式。

每位選手入場時都被准許帶點無關緊要的小物件，好比薄傳火的眼線筆。巫瑾選擇的是最基礎的紙筆，兩小時後，草稿紙上已是寫滿了推測。

最中間是簡易的進化樹，二疊紀前後的物種被依次歸類——

明堯啪的一聲丟了筆，長舒一口氣。

巫瑾揉了揉胳膊，看上去卻是比剛才輕鬆不少。

進化樹中的一條脈絡被筆尖幾次描粗。猜測終於敲定。

「賭一把？」巫瑾開口。

明堯狠狠點頭。

和好歹睡了個把小時的巫瑾不同，明堯算是真正一夜沒睡，看上去卻還是很興奮。他成大字形躺在地上，把草稿蓋在自己腦袋，感慨萬千，眼神崇敬，「四億年，這得多小的機率才能進化出位於基因巔峰的我們……」

巫瑾點頭點頭，同樣露出崇敬的表情，「靈長目，人科，智人屬。確實不容易……」

明堯繼續把話說完：「……才能進化出位於基因巔峰的我們家隊長！」

巫瑾噎住：「……」

明堯咕咚一下把草稿紙從自己臉上擼下，滿臉激動，看表情分分鐘就要拉巫瑾傳銷入夥，「我們隊長可厲害，兩千公尺點狙壓槍無人能敵！五感還十分敏銳，我睡覺的時候輕輕翻個身隊長都……」

巫瑾恍然：「你們井儀真的跟傳言一樣，為了培養默契得雙C一起睡啊……」

明堯立刻反駁：「怎麼可能！我說的是小時候，小時候！我剛進隊那會兒年紀小，隊長帶寶寶一樣帶我睡——哎你別說，好多寶寶都想睡我們隊長，我夜裡搬了個小枕頭就衝過去，隊長那門還沒鎖，我就偷偷網購了一個鎖，進去就給它反鎖上！除了我誰也別想進來！」

巫瑾瞠目結舌，瞳孔睜圓看向眼前的在職選手兼退役寶寶。

明堯講著，又摸了摸腦袋，有點不好意思，「這麼一說還挺想再和隊長回顧一下……哎你說有啥方法能再爬一次床？哎你別誤會我們隊長可是直男！有女朋友的那種！拿了冠軍要回去娶她的那種！」

「直男」被明堯說得輕描淡寫，巫瑾軟軟的捲髮卻像是被單cue了一樣突然緊張翹起，見沒有風吹草動才悄悄復原。

然而明堯愣是繞著這個詞不肯放過：「我向隊長學習，所以我也是直男！不過炒個CP還挺開心。」趁著夜間攝影機位調整，明堯早已放飛自我，又憐愛地看向巫瑾，「當然小巫你是體會不到的，咱們井儀CP，和沒有靈魂的圍巾CP有著本質不同……」

巫瑾終於忍不住開口：「有靈魂的！我、我其實也炒得有點開心……」

明堯樂了，豎起一隻手指搖了搖，「我對隊長特別仰慕，你對衛選手有嗎？」

巫瑾想都不想：「有！」

明堯：「隊長對我特別愛護，衛選手對你有嗎？」

巫瑾秒答：「有！」

明堯愣是沒想到巫瑾還是個隱形的槓精，於是祭出最後大招：「要是我突然變成女孩子——哎當然如果我是女的肯定不能是現在這張臉啊，我覺得我可能會暗戀我們隊長！暗戀！你會嗎？你會嗎？」

巫瑾：「……會。」現在就會。

明堯明顯不信，向杠精巫瑾聳了聳肩表示鬥不過，回頭添柴去了。

巫瑾當然不能當場給他表演一個暗戀，於是把草稿塞到背包裡繼續守夜。

二疊紀的夜風微涼，在溫暖的地表溫度下卻也並非砭人肌骨。蕨木林還沒有進化出幾百萬年後的木本芳香，帶著腥甜的濕氣，頭頂是星河璀璨的夜空，和兩輪遙遙相隔的弦月。

巫瑾背對著明堯，裹著降落傘布，腦海裡是衛時大戰恐頭獸。

就像一個人偷偷摸摸重播動畫片，等放完了才高高興興抬頭，在萬千星辰中嘴角翹起一下，又展平，又翹一下，瞳孔中一片清澈，映出浩蕩瀚海、倏忽而過的流星。

就是還少了一把吉他。

巫瑾已經開始控制不住作曲的欲望了！

陪大哥去看流星雨落在這星球上，讓小翼龍圍著我們飛翔……

巫瑾一頓。

他忽然站起，叫住明堯，神色陡變：「流星、是流星雨！」

天色微亮，四人小隊再度整裝，氣氛已經比昨晚凝肅許多。

巫瑾簡短提及了流星異樣，以及自己和明堯的推測。林客無條件同意，索拉短暫思索後也乾脆點頭。

臨出發時，明堯抽空補了半小時覺，索拉則幫著巫瑾做最後核對，「呼吸設備下一共兩個分支，A類提供三十分鐘無負擔高濃度供氧，適合高爆發戰鬥以及小隊急救。B類提供二十四小時正常濃度供氧，最低可以在氧氣百分之一百二十的環境下進行抽取運轉。以上都是進化點一比一比率兌換。」

「除此之外，基礎配備的供氧設備一進化點可以兌換兩具——運行要求是周圍氧氣濃度必須超過百分之二十一。」

「如果兌換四具B類，四具基礎供氧設備的話還剩下最後一點進化點。」索拉複查完畢：

# 第一章
## 恐龍養壯，晉級有望

「可以留下應急，或者兌換一具A類設備防止窒息。」

正在此時，林客又捉了兩隻蜥蜴回來，看向巫瑾和索拉，「什麼意思？什麼A類B類？啥呼吸設備？」

才剛嚕嚕睡醒站起的明堯伸了個懶腰，過去想要揭開林客上衣，「哎，昨天我是不是戳了你的腰子一下？沒青吧，我手勁不小。」

林客趕緊捂住腰，「大兄弟別，別！攝影機在看……」

淡淡的晨光中，重新布置好的機位圍著四人直轉。

巫瑾打了個哈欠，睡眼矇矓抬起腦袋，冷不丁和直勾勾飛到身前的攝影機大眼瞪小眼。琥珀色的瞳孔帶著淡淡的濕氣，眼中一片茫然。

巫瑾反應過來，笑咪咪露出小白牙，把攝影機掉了個頭，助推了一下讓它往隊友方向飛去。

一夜過去。巨蕨林中再度變化，蘆木比昨晚暴雨時還要茂盛，甚至一眼望不到頂端。而至於脊椎動物——原本在溶洞前遊蕩的那群盤龍已經無影無蹤。

巫瑾和隊友無聲交換眼神。

盤龍滅絕。時間軸再次往前推移。

幾人跋涉回山谷，昨晚成為恐頭獸獵物的麝足獸依然倒在水邊，一條小型、原始的鱷類正在屍體上挑肉。

「鱷形，祖龍類，食腐。」巫瑾解釋：「順利存活到三疊紀的物種之一。」

林客思忖：「祖龍？聽起來怎麼這麼耳熟？」

巫瑾笑咪咪道：「祖龍類從三疊紀到侏羅紀，一共分化出四種最知名物種：恐龍、翼龍，和生命力頑強的鱷魚以及鳥類。」

林客張大了嘴巴，半天一個激靈，竟是破天荒沒有再提男神恐龍：「鳥……鳥啊！咱能捉一隻始祖鳥烤了不？總不能老吃蜥蜴！」其餘隊友迅速舉手附和。

過了半晌，林客又問：「巫哥、明哥，活到三疊紀的還有什麼動物？」

明堯和巫瑾探討了一夜，懶洋洋開口：「水龍獸，鈣化組織最少的海生物，小型食草動物、蜥蜴、蛇。牠們都有一個共同特點……」

四人找遍了山谷，也沒有發現第二個物資箱，晌午時分，天空卻再度震盪，似乎什麼東西呼嘯著貼著大氣飛過。正準備再次追蹤鼊足獸族群的眾人皆是一凜。

「快了。」明堯低聲道：「隕石撞擊星球……」

「隕石撞擊，大滅絕。」

有了昨天的經驗，小隊很快找到了食草類巨獸足跡。

龐大的鼊足獸族群在河對岸跋涉，一群小型肉食恐頭獸在附近潛伏，還有包括巫瑾四人在內的三隊選手。

小型物資箱正出現在淺灘一隅。

「兩隊。一隊走速度進化分支，一隊走槍枝進化分支，物資裝備都不充裕，應該是沒搶到足夠進化點。」索拉迅速估測。

幾人對視一眼，在恐頭獸發動的一瞬加入了爭奪物資的鏖戰。

淺灘上的另外兩隊一驚，巫瑾和林客已經從掩體後突襲而來。

這一場爭奪戰巫瑾卻是打得異常艱巨。與將進化點兌換為呼吸設備的他們不同，兩批對手都選擇了武裝強化的分支。

一刻鐘後，物資箱在膠著中開啟，即便有明堯的刁鑽掩護，巫瑾也僅搶到了兩點進化點。

巫瑾打了手勢，與同樣處於劣勢的林客撤回。

灌木後，明堯毫不擔心，向巫瑾豎了個大拇指：「假說怎麼說的，進化遊戲中，開局的優勢並不重要，只有長遠的優勢才是真正的領先……」

殖民星的日夜交替比藍星更快。

六個小時後，黑夜再次降臨。當流星再一次劃破夜幕，四人小隊已經全副武裝——換上了能抵抗低氧環境的呼吸裝置，向著能夠藏身的岩洞跋涉。

蘆木林中一片躁動，一切生物像是有預感一般瘋狂掘土、下躍。

不出意外，比賽開場後最大的變動就在今晚。

被星光照亮的山脊上，明堯突然想起：「你們說，衛選手走的是哪條進化路子？」

巫瑾一頓，眼裡閃閃發光：「掠食者，像草原上的遊騎兵、孤狼，向速度、力量和爆發性劫掠方向進化。在侏羅紀就是躍龍，白堊紀就是霸王龍，空中就是風神翼龍……」

明堯一個頭大：「巫啊，咱們是在分析對手，不是搞原始崇拜……」

視野突然被熾烈的紅光照亮。

流星雨簌簌劃過，遠處山體被猛烈撞擊！

巫瑾神色陡肅，腳下的大地不斷顫動，遠處天際有電光一閃而過。

這是比賽，一切天災來自於模擬——等到鮮紅的岩漿與大量黑煙從視野最遠處噴薄而出，就連明堯、索拉都忍不住爆出了粗口。

「跑！」

黑煙鋪天蓋地滾滾來襲，山脊自下而上被緩緩吞沒，唯有之前盤龍棲息的、高聳的岩洞群沒有被濃煙覆蓋。

巫瑾居高臨下守在洞口，十幾分鐘後，布滿灰塵的硬土有腳步聲傳來。一支小隊正在倉皇向他們跑近。

黑煙此時已經蔓延到視野一百公尺之內，耳邊轟隆隆一片近乎失聰，呼吸裝置上的警報器滴滴叫個不停，顯示附近空氣成分數據時高時低。

右側腕錶，兩百五十名選手中還有兩百零一人存活。

很快隨著大量火山灰侵襲，幾人再次向山頂跑去——最大的岩洞入口就在這裡。

「裡面繞得很，隱匿沒有問題。」索拉快速偵測：「後面那支小隊還需要擋一下。」

「我去。」巫瑾、明堯同時開口。

兩人先後換上槍，一左一右守在洞口，在腳步聲逼近時一躍而出——機位瘋狂旋轉。

少年的雙眼因為煙灰瀰漫而微微瞇起，作戰服將皮膚嚴絲合縫遮擋以抵禦被污染大氣的侵襲，握住麻醉槍的雙手沉穩、安靜，在縱身躍出時猝然爆發。

他跳的角度刁鑽，因為預判得當起手就是對手視野盲區，繼而前臂肌肉帶動手腕，近距離快速甩狙，擊中一人！

身旁，明堯同時得手，兩聲吃痛慘叫先後傳來。

然而麻醉槍有先天性劣勢——被擊中的選手沒有立時彈出救生艙，麻醉藥劑最長會在九分鐘後才能起效。

巫瑾向明堯打了個手勢，做出口型：「下山。」

克洛森秀導播室，鏡頭被切換到濃煙滾滾的山脊。

林客、索拉已經進洞布置，洞外巫瑾明堯二對四，角鬥越演越烈。兩人不著痕跡把戰線下拉，直到完全沒入濃煙之中，巫瑾突然收槍突進。

應湘湘陡然睜大了眼睛，「他是要奪槍？不對，他的對手走速度進化，鞋底彈力裝置齊全，小巫走呼吸進化，這樣硬拚只會吃虧。」

鏡頭內的少年蹂身而上，和他以往一貫的機會主義突擊位相比，巫瑾的行動有著氣勢迫人的果決凶殘。導播立時推著機位跟隨巫瑾突進，鏡頭一個照面——

巫瑾一向偏淡的瞳孔在布滿火山灰的環境下發暗、眼白血絲蔓延發紅，其中冷冽的寒光卻讓人幾乎移不開眼。扔了槍之後他不再束手束腳，比賽前整整三週的近戰越野突襲讓他的動作帶著強烈的進犯意味，一往無前。

彈幕毫無意外再次密集。

「兒砸好帥——兒砸你進化方向是不是歪了！兒砸你是不是黑化了！」

「等等，火山灰，呼吸系統進化，二疊末紀大滅絕，我好像猜到巫瑾要幹啥了！」

血鴿接過話頭：「麻醉槍無法淘汰選手。巫選手是要利用呼吸設備優勢，把戰線往安全區外拉。現在還只是濃煙，但按照場景中模擬連環火山爆發的趨勢，很快就會形成二疊紀末期最致命的滅絕誘因……」

應湘湘瞬間反應過來：「火山灰從大氣層降落，同時富含玄武岩的熔岩侵入碳酸鹽岩，釋放大量一氧化碳、二氧化碳。形成地表窒息層，」應湘湘眼神陡亮：「呼吸分支進化比速度分支進化更能耐受短時間內窒息！」

血鴿點頭，疑惑：「但是他們怎麼會提前知道是火山爆發。」

應湘湘莞爾一笑，「導播切個鏡頭，看看昨晚小巫和小明的草稿。看，他們不知道，但他們有別的方法去做出預判……」

九分鐘。

救生艙驟然彈出——麻醉生效，第一位中槍的對手倒地後直接淘汰，他的隊友一愣，幾乎措手不及。

麻醉中槍只會讓選手陷入昏睡，絕不至於被淘汰，這絕不可能——此時所有人都愕然地看向巫瑾。

十分鐘，第二位對手倒下，同樣彈出艙體，剩下兩人終於意識到什麼而看向地面。昏睡的選手不會被淘汰。倒下進入地表火山灰窒息層、無法自主呼吸的選手卻會。

趁著敵人愣神的工夫，明堯再度擊中一人！

窒息層迅速向上攀升，在場三人的臉色都不同程度泛紅——火山灰即將淹沒這座山腳的徵兆。

剩下唯一一名對手眼看生存無望，乾脆再度拿起了麻醉槍。明堯面色猶豫，一旦他和巫瑾向安全區跑去，毫無疑問會被對手背襲。

除非能等到麻醉生效的九分鐘，然而即便是進化後的呼吸裝置也不可能支撐到那時候。小隊中四人全部兌換了B類呼吸裝置，但如果有應對窒息的A類——

頭頂窸窣之聲傳來。

在明堯與對手愕然的目光下，巫瑾突然躥起，在執法機器人手中接過A類呼吸裝置。

在他的防護服內側，原本藏了兩個進化點的暗袋空空如也。

明堯眼神驟亮。

克洛森秀導播室，應湘湘一聲喝彩：「漂亮！十五分鐘前，小巫就借助收槍動作掩護提前兌換了兩個進化點，為之後應對窒息層布局。那麼現在他有完全靈活的戰略可以選擇。」

巫瑾迅速換上裝置，對明堯打了個手勢，「你先走！」

明堯也不客氣，直接把自己的麻醉槍扔給巫瑾，「小心，九分鐘，中槍了也來得及跑回來，行了，那我先溜。」

窒息帶內，在高濃度氧氣供給裝置下、面色回復正常的巫瑾終於再次看向對手。

兩人同時出動！

無數灰塵、石塊自黑漆漆的天空落下，視野昏天黑地，再無光亮。

從二疊紀到三疊紀，所有存活下來的物種有著非常顯著的共同特點——具有完備的循環系統、複雜氣體交換機制，適應污濁的空氣環境，小型，草食或者雜食。

巫瑾擋住明堯撤退的方向，為隊友做出最堅實的掩護。

克洛森秀的課程講義一共一百五十頁，補充材料七百八十二頁。多數練習生只看了一開始的一百五十頁——巫瑾卻硬是抱著兔哥讀完了全部。

二疊紀末，海生動物，具有鈣質外殼的生物幾乎百分百滅絕，推測為二氧化碳大量增高和組織缺氧；大型生物，包括恐頭獸、麝足獸在內全部滅絕，推測為龐大肌體機能性缺氧；生存於沼澤的兩棲動物部分存活，棲息於洞穴的水龍獸大量存活，因為牠們對污濁空氣的耐受力更高。

二疊紀結束的標誌，**P-Tr**滅絕事件，最統一的滅絕模式——就是空氣成分變動，二氧化碳含量升高，缺氧。

在這場賭上整個種族命運的紅皇后遊戲中，第一局二疊紀，唯一贏家就是呼吸分支進化者。

六分鐘，巫瑾擊中對手，同時右腿中槍。

巴比妥類鎮定藥物被栓塞推入，創口附近肌肉隱隱發麻。此時窒息層終於蔓延到頸部，對手倒下，右腕終端數字微閃。

擊殺：2人。

巫瑾急促喘息幾秒，俯身將幾人物資搜刮完畢。

隕石撞擊帶來的連環火山噴發將存活數字從兩百零一驟降到了一百二十二，賽場上只剩下不到一半人。沒有扛過缺氧、火山窒息層的練習生紛紛被淘汰。

麻醉劑緩緩起效，巫瑾不再貪多，轉頭向山頂岩洞進發，朝著三位隊友會合。

視線中一片漆黑，整座賽場如同末日。

巫瑾努力用思考維持大腦意識運轉，抵抗麻醉劑效用。

鬗足獸棲息地附近有至少四個小隊存活，包括大佬在內。一隊全殲，另外兩隊不知所蹤，岩洞是整座山巒的高處，空氣相對閉塞，極有可能會成為多個小隊的避難場所。

巫瑾搖了搖腦袋，臨近山頂，視野逐漸清晰。

撲朔朔而下的煙灰中，逐漸能看到一個熟悉的輪廓。

他猛地一頓。好像是……大哥。

沒有呼吸設備的大哥。

巫瑾一驚！猝然從麻醉狀態中清醒，思維嗡的一聲炸開，不甚清晰的腦海中幻覺頻發，卻又血液沸騰。

山石滾落，被燒到碳化的巨木倒下，巫瑾一個翻滾躲過砸擊，向著衛時極速奔去。

大佬也許並不知道——窒息層在不斷上升，很快就會吞沒這裡。

腦海中似乎變成了拍攝時的鐵達尼號，一時岩漿呼嘯，一時巨浪翻滾，上次大佬把救生艙讓給他，但這一次——自己要像一名騎士一樣把呼吸設備遞給大佬，讓出最後一塊浮板。

巫瑾順著大量堆積的火山灰不斷攀爬，說不出是幻象還是思維在運轉。

灰暗矇矓的視野中，正在向山頂進發的男人轉身。

一片黑暗的紀元之末，有光芒點亮。

衛時定定地看向搖搖晃晃的巫瑾，壯碩的手臂一把接住撲過來的人。

繼而一腳踹開了過來取鏡的攝影機。

夢境昏昏沉沉，天旋地轉。

濃煙飄散，熔岩凝固，紀元更迭。中槍後的麻醉劑蔓延全身，粗糙帶著槍繭的指腹輕而易舉撩撥出熾熱的溫度，隱祕的期望如同煙花炸開，巫瑾急促喘息，胸腔被心跳蠻橫撞擊，瞳孔驟縮——視野被刺眼的光線湧入。

蹲在旁邊的林客猛地一嗓子：「巫哥醒了！」

岩洞中腳步聲咚咚響起，索拉趕緊給巫瑾檢查脈搏。

林客小聲跟明堯彙報：「巫哥看上去好可憐啊……」

明堯趕緊蹲下，手上是才擦了一半的麻醉槍，鬼哭狼嚎：「巫啊！咱們為小隊犧牲的英雄啊！好可憐啊！誰這麼狠心啊！把咱中了麻醉的小巫扒光物資扔在路邊啊！這個世風日下的三疊紀啊！小巫就跟破布娃娃一樣啊——小巫委屈得都把嘴唇咬破了啊！巫你等著，兄弟幾個被你掩護撤退，遲早要替你揪出來兇手是誰！此仇不報，林客胖十斤！」

林客：「啥？」

山洞內嘈雜喧囂，三位隊友七嘴八舌拼湊出事情經過，才放過巫瑾，讓他繼續傻乎乎坐在牆角靜養。

光線順著視野一側透入，空氣還瀰漫著淡淡的飛灰，天光卻已經大亮。

巫瑾突然掙扎著坐起，向洞外奔去，明堯趕緊跟在後面看住人——

連亙起伏的山巒被天災重塑，參天巨蕨在隕石撞擊後的火山噴發中摧毀，地貌恢復為最原始的植被，曾經綠植掩映的岩洞前只剩薄薄一層苔蘚覆蓋。

沒有大佬。

甚至自己攀爬的岩石都不存在。

巫瑾呆呆地看向被夷為平地的風化岩帶。

明堯嗖嗖兩下追上，「怎麼了？怎麼了？」

小圓臉看著失魂落魄，髒兮兮的火山灰還沒擦去，小軟毛都委屈趴了。

明堯不動聲色舉起試圖摸頭的手——

巫瑾嗖的一下閃過。

明堯遺憾，走過來大咧咧和他勾肩搭背，「謝了，兄弟。當時見你沒回來，出去找了幾圈才看你暈在路邊。我和林客把周圍都搜過了也沒看到人，應該是有人看你中麻醉，半路截胡，只來得及把你裝備搶了，就被升上來的窒息層攆走了；要麼就是小巫你裝備掉哪兒了……」

明堯掏出一把麻醉槍，槍柄調轉遞了過去，「拿著，咱不生氣哈！在想啥呢？」

巫瑾接過，低聲開口：「沒，就做了一個夢……」

山洞外，炊煙再次升起。

明堯兜兜轉轉，又和林客抱怨：「都三疊紀了，還吃烤蜥蜴啊？」

林客攤手，「這蜥蜴還是從二疊紀開始烤的呢，哎要不我出去轉一圈看看。」

林客背了槍，在一片貧瘠的地貌中晃晃悠悠，竟還真捉到了一隻爬行動物，看著和恐頭獸麝足獸系出同源，就是小了不少，約莫一臂來長，長得像小河馬，行動遲緩，拎著脖子就不大反抗。

他看了半天才恍然，這玩意兒估計二疊紀也有，平時都藏在林子裡，林子燒了也就藏不住了。

林客一路晃晃悠悠走回去，忽然低頭：「哎這裡怎麼有個鏡頭把自己插在土裡？是機位岔了還是被人踩了……」

他蹲下身，把鏡頭重新擺正。

巫瑾醒來後，麻醉效用還沒完全褪去，就被明堯指派了一個小樹墩當板凳兒，坐在洞口乖巧看向山下。

曾經鬱鬱蔥蔥的山體被火山摧毀了將近百分之九十的生態位，蘆木只剩下小半，低矮的苔蘚、裸子蕨類占領了曾經植被繁雜的山脈。依賴巨木生存的大型食草動物幾乎全部滅絕——比起食物，更加致命的是大氣含氧量降低。

二疊紀末的連環火山爆發在陸地釋放出大量碳氧化物，在海床釋放出大量甲烷水合物，致使三疊紀的含氧量一路從百分之三十二跌到百分之十六，從供氧條件上直接扼殺了大型動物存活的機率，只有少數體型嬌小的漏網之魚逃脫。

木秀於林，風必摧之。

巫瑾想著想著，眼神又逐漸放空，夢境閃回，耳後微微發紅。

明堯經過時看了他一眼，益發擔憂智腦被麻醉給藥傻了。

等林客回來已經是一個小時之後，明堯差不多校準完了第四把麻醉槍，巫瑾已經和樹墩幾乎長在了一起。

林客帶來的嶄新食材立刻獲得了所有隊友的歡迎。

「滅絕之後只剩這種小玩意，」林客拎著那小河馬晃了晃，「看著皮糙肉厚的。」

明堯立刻一眼認出：「喲，水龍獸！」

林客與索拉立刻恍然，克洛森講義上幾次提及過這種動物——本身沒有任何特殊優勢，純屬運氣較好在大滅絕活了下來，比牠強的都回歸大地母親了。於是水龍獸就莫名其妙地在陸地上稱王稱霸了幾百萬年，直到祖龍類崛起。

「別吃了，養著吧。」明堯大手一揮做主：「好歹也是一未來霸主，給點尊敬。現在第一要義是再找新的進化點……」明堯忽然一頓。獲取獎勵進化點的唯一線索是麝足獸的腳印，二疊紀一過，麝足獸早滅絕了。

「去山谷。」明堯最終決定，還是帶著小隊回去看看。

臨走時，幾人把水龍獸拴好，索拉更是貼心地控制好繩索距離，不讓水龍獸啃到巫瑾心愛的小樹墩。

小隊再度踏上回程的山路，視野之中已是翻天覆地。

缺少了參天巨木和巨型狩獵者，選手的安全感直線上升。

索拉也不壓低音量，一面走著一面彙報偵查結論，「附近可能只有我們一個小隊，我不能完全確定——附近是指，包括四面山脈形成的整個盆地。東南方向火山噴發前有炊煙升起過。非常遠，目測該小隊至少在山脊之後，短時間不會對我們構成威脅。」

明堯頓時放心不少：「咱們剩下的進化點不多，別的小隊不來，我們也不過去。」

巫瑾聽著聽著，突然開口提醒：「盆地……很寬。」

索拉看向他。

「小隊之間基本隔絕，如果節目組的最終目的是要把所有選手聚集到一起，不會留出這麼寬的生存空間，」巫瑾想了想，打了個比方：「就像是每個小隊都擁有互不干涉的生態位。滅絕之後物資貧瘠，各小隊在積攢足夠資本之前，交戰可能性不大。」

明堯反應過來：「有沒有可能……是需要翻過山脊去對方地盤爭奪物資？」

巫瑾抬眼看向四面山巒。

二疊紀後，地殼板塊變遷，地質史上最為著名的盤古大陸也在大滅絕後形成。在簡化的克洛森秀模型中——地圖變動也極其明顯。

高聳的山脊攔住前路，身後河流拓寬如同天塹。

巫瑾搖頭，表示無法下定論：「翻山過河代價太大，我猜想，有可能是刻意為之。」

他想了想說：「為了給每個小隊預留足夠的發展空間。」

平原河谷。平穩的水流在石塊間小幅度激蕩，隨著麝足獸滅絕——河岸旁被吃了一半的麝足獸屍體一併消失。

巫瑾嚴重懷疑在節目組打包帶走兩隻安蒂歐獸的時候，順便給他們的殘羹剩菜打了個包一併塞到籠子裡。

空無一物的河岸同樣沒有物資箱存在。

明堯思索許久：「物資箱兩次出現，都和二疊紀進化最頂尖的種群有關。滅絕之後大洗牌，下一個霸主是水龍獸……咱要不要回去跟著水龍獸走走試試？」

林客舉手，「我捉那玩意兒的時候跟了一段，好像牠就是隨機運動來著，看到啥就吃啥，整一快樂肥宅獸，也沒看到什麼種群跟牠一起。」

「……」明堯心道果然還不如早上就把水龍獸吃了算了，索拉則恍然感慨，只有吃東西不挑才不會被滅絕。

明堯想了想：「那就去找水龍獸之後的進化霸主——祖龍，祖龍之後好像會變成恐龍，這時候是啥形態……」

巫瑾快速答上：「古鱷，還有離龍——總之長得都像鱷魚！」

明堯一拍大腿，「沼澤走起！」

循著山脊上的視野，河流在石塊嶙峋的下游蔓延出一片沼澤三角洲。出乎幾人意料，快樂肥宅水龍獸竟是在沼澤也有分布。除卻三疊紀，藍星上似乎再也沒有出現過這種吃住不挑的草根霸主。

林客一馬當先走在前面，手舉火把眾生敬畏。泥潭中偶爾有一兩隻小鱷型捕食者躥過，越接近河岸低窪越是聚集。腳下，一隻水龍獸正在啃食某種水生藻荇。

泥潭驟然翻滾。

林客哇哇叫著逃竄到一邊，明堯下意識就要舉起麻醉槍，忽然一條長吻如利器從水中破出，狠狠叼住水龍獸向下沉去。泥點濺了林客一身，周圍髒兮兮的潭水攪動，巫瑾眼睛一亮——

其餘三人同時反應過來，向著剛才邊側一閃的銀光奔去。

物資箱！

明堯三下五除二打開，沼澤旁的物資箱精緻小巧，裡面的天鵝絨緞面上，一顆骰子狀的進化點靜置於正中。

「摳門！」明堯怏怏道：「第一次開箱至少有二十個進化點，第二次十二個，這次就一個。」再回頭時，巫瑾正盯著泥潭裡消失的鱷型祖龍，眼中光芒微閃。

等巫瑾回神，愕然發現幾人竟是商討完畢，把進化點又塞回了物資箱中。

按照索拉的解釋，一旦進化點被取走，物資箱也會被節目組回收。而現有條件無法確定周圍是否有其他小隊存在——不如索性等在沼澤附近，以物資箱為誘餌守株待兔。

巫瑾點頭，在隊友提到「其他小隊」時，耳朵尖尖微微一動。

入夜，幾人終於耐不住好奇分吃了一隻烤小型水龍獸，繼而得出總結，哺乳動物之前的生物味道都和蜥蜴差不多。

明堯趕緊舉手反駁，提出了什錦昆蟲BBQ、巨蕨沙拉等種種菜品，並非常遺憾還沒有吃到史前巨型蜻蜓牠就偷偷摸摸滅絕了……林客一噎，差點沒把嚥下去的烤肉吐出來。

吃飽喝足之後，小隊熄了火，布置好陷阱，紮營在河道旁邊，兩兩一組守夜並監視沼澤動向。

巫瑾與林客同組，照分配應是守下半夜，然而睡在柔軟的河岸上，愣是一有風吹草動就豎著耳朵醒來。

林客呈大字型躺在旁邊，聽著河水潺潺睡得不管不顧，眼見巫瑾再次坐起，迷迷濛濛說著夢話：「巫哥，你這是在等誰啊，看得也太勤快了吧……就跟我們那地方，阿妹在竹樓裡等阿哥搬梯子進來一樣。嗨，照我說，這附近就咱們一個小隊，穩當睡哈。」

說完夢話繼續酣睡。

巫瑾愣怔坐在河岸，恍若未覺。他突然拿出麻醉槍，藉著月光仔細閱讀槍體側面的麻醉成分表與後遺症對照表。

一天一夜，麻醉劑量與身體水分一起被消耗，理智回歸，邏輯判斷精準無誤。

不可能，不是幻覺——河水奔騰不息，胸腔中的心跳益發劇烈，他忽然蹭的一下蹦起。

沼澤邊沿，明堯被狂奔而來、看上去高興瘋了的巫瑾嚇了一跳，「啊？睡不著？你要守整夜？中麻醉槍睡多了……喔喔也成……哎你沒事吧？真不是後遺症？」

一夜無事。

明堯醒來之後，一副見了鬼的表情看向巫瑾。這人就跟睡足九小時一樣精力充沛，小捲毛也蓬蓬鬆鬆的，絲毫沒有精疲力竭後的油膩——難道白月光有特殊的守夜姿勢？

幾人訊息匯合，已是安心。上下半夜都沒有特殊動靜，節目組的巡迴機器人倒是來過兩次，不挑食的水龍獸又吃了多少草、或者互相吃一吃，或者被沼澤內的祖龍吃一吃。

潛伏在泥潭裡的祖龍已是不見蹤影。

明堯終於放鬆了警惕，一面繼續吐槽節目組摳門，一面再度打開物資箱——

「臥槽！」明堯大腦當機：「進化點呢？咱們昨天放進去的進化點呢？」

巫瑾一頓，迅速探頭。

物資箱內空空如也。

沼澤邊沿，幾人迅速回溯經過。上半夜起初由索拉、明堯值守，然後巫瑾替換明堯，最後林客起床替換索拉，四人中始終有兩人監視沼澤，不存在有人在眼皮子底下瞞天過海。

除了節目組的巡迴機器人。

明堯的表情就像是生吞了兩隻巨脈蜻蜓，從牙縫裡擠出幾個字：「這特麼不會是節目組……」

林客趕緊安慰：「往好處想，說不定是被附近小動物偷了呢！」

「……」巫瑾心想，箱子外面有暗扣，又不是老鼠偷米，就算是猴子也要訓練之後才會開箱！不過被動物偷了還有可能搶回，真要是節目組下手，估計在鏡頭前唱RAP也不會給還回來。

但既然是比賽——節目組不會無緣無故出手，進化點的出現和消失一定會遵循某種規則。

四人小隊終於決定還是再去周圍找找，尤其是體型較大，看上去能吞進去一個立方體，或者是肚皮鼓出一個立方體的那種。

一小時後，眾人再度會合，紛紛表示附近啥都沒有，只有善於捕捉小動物的林客額外提起周圍河岸沙地附近有一隻看上去很好吃的土撥鼠。

巫瑾突然打斷：「土撥鼠？」

林客點頭比劃，「陷在土裡，就露出半個腦袋，毛茸茸，拔起來就是一頓午餐。」

巫瑾：「……土撥鼠是靈長目動物，和人類基因最相近的物種之一——至少得出現在白堊紀之後。」

林客靜默少頃，陡然驚悚：「臥槽！那我看到的是個什麼？」

幾人迅速跟隨林客往沙地走去，途中索拉慢吞吞開口：「我忽然想到有人說過，如果你見到地面上出現土撥鼠的腦袋，在把牠從洞裡拔出來之前，永遠不知道牠的下半截會長什麼樣，也許拽出來的是一隻有著毛茸茸腦袋的蛇呢……」

林客臉都綠了，到達目的地之後只敢顫顫巍巍用手一指。

巫瑾卻是忽然想到了什麼，擼起袖子，「就這個方向？」

林客點點頭，「往北一百五十公尺左右，就在那遇著的……」

巫瑾眼中發光，躍躍欲試，「行了，我看到了。」

少年肌腱發力，如離弦之箭一般衝去，身後的明堯也是嚇了一跳，「剛才還挺安靜，怎麼路子這麼野？」

巫瑾跑得極快，他甚至完全不顧及耐力，將爆發力催動到了極致，就像是狩獵中的獵豹。那沙灘上露出半個腦袋的「土撥鼠」猝不及防受驚，撲騰著站起逃竄——

明堯愣愣看了幾秒，也跟著嗖的一下彈出，眼中克制不住驚喜，「早知道我先跑了，小巫——哎小巫慢點，等我！」

那動物全身黑漆漆毛茸茸，鱗片和羽毛交織，大眼睛驚恐萬狀，兩顆尖銳的門牙都在發抖。牠剛才在沙土裡刨來刨去的前肢異常短小，僅靠毛茸茸的後肢狂奔，但約莫是體型太小了——只有家雞一般大小，輕而易舉就被巫瑾捉到。

巫瑾小心翼翼躲過門牙襲擊，把牠舉起。

明堯趕緊嚷嚷：「我摸一下！我摸一下！」

索拉也終於反應過來，眼神激動：「這這這這是……」

林客：「土撥雞？」

巫瑾把小東西拎了過來，很快就被明堯搶著抱走。

「你看牠的步態，」巫瑾在劇烈運動後快速喘息，給林客解釋：「直立行走，三疊紀開始，只有一種物種用直立行走打敗了哺乳動物，延續成為整個三疊紀末期、侏羅紀甚至白堊紀的霸主。」

「是恐龍。」

「這只是邪靈龍，世界上最早、最原始的恐龍之一。」

那廂，明堯抱著邪靈龍簡直像是抓住了前世情人——在還沒有開蒙求學之前、甚至在認字之前，恐龍是無數小朋友童年中與生物學、地質學轟轟烈烈的初戀。

全世界最最最大的恐龍。

史前最最最厲害的恐龍。

明堯捏著邪靈龍的小爪爪，很難想像這隻土撥鼠一樣的小東西以後能進化出凶殘的躍龍、驚悚的棘龍。

他恍然想到什麼，看向巫瑾，「所以進化點……」

巫瑾點頭，「如果我猜的沒錯，進化點沒有消失，而是被沼澤裡的祖龍使用了，昨晚的巡迴機器人出現是為了置換物種。」

「祖龍進化成了獸腳亞目恐龍，邪靈龍。」

所有線索終於綴連，巫瑾抬頭。

「進化點不只可以選手使用，自然物種也可以——合在一起，就是紅皇后進化遊戲的一切參與者。」

明堯一頓：「進化點是比賽獎勵，稀有物資。也就是說選手為了獲勝，大機率會掠奪所有進化點強化小隊，阻斷自然物種進化的可能？」

巫瑾搖頭，語速飛快：「不會。」

「因為進化點產生的條件。」

幾人神色陡亮，齊齊看向巫瑾。開局以來他們遇到物資箱的次數屈指可數，其中包含的進化點數各不相同，幾乎無跡可尋。

巫瑾擼了把不斷掙扎的邪靈龍。

「物資箱通常在多個物種共存的環境出現。我在想，進化天平，物種平衡——平衡也許就是進化點出現的條件。」

「物資箱三次刷新，前兩次是二疊紀末期，觸發條件是以恐頭獸、麝足獸為代表的獸孔目生態平衡。第三次是三疊紀初期，以古鱷、離龍、水龍手為代表的祖龍獸孔目生態平衡。」

「前兩次點數給得較高，第三次卻只有一點——假定進化點和物種平衡相關，從生物多樣

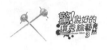

性、生態位穩定性評級，如果二疊紀末期能打十分，那三疊紀初期最多只有一分。」

「因為大滅絕前後有一個重要差異，三疊紀初期消失了整整百分之九十的生態位，歷經幾百萬年的進化才勉強補全。」

明堯一拍大腿，「中間差了十倍，整整一個數量級。物資箱裡的進化點數量也差了一個數量級！」

不用巫瑾繼續分析，明堯趕緊補充：「你是說，進化點產生的條件是生態平衡，給予的數量由生物多樣性決定。」

巫瑾點頭，「這一點，足夠改變選手的行為決策。」

他示意幾人看向陡峭的山脊和阻擋退路的河流：「火山爆發後，小隊之間被障礙物隔離開來，各自經營盆地內的生態圈。」

「假定某小隊將所有進化點用於武裝小隊，每晝夜可以從三疊紀初期的沼澤生態平衡中獲取一進化點。」

「但假定某小隊在第一天將所有點數全部投入生物進化，X晝夜後促成三疊紀末或者侏羅紀初的生態繁榮，那麼那麼從第X天開始，每天可以獲取至少二十進化點。」

「隨著時間推移，投入生物進化的回報優勢，將會越來越大。」

林客靈光一閃：「所以各小隊都會選擇優先投入進化——開恐龍養殖場？」

巫瑾彎了彎眼角，「差不多！」

明堯打了個響指，表示知曉。

索拉同樣點頭，同時不斷看向巫瑾——一至二十進化點數獎勵，百分之九十生態位規則博弈。能從幾個看似毫不相關的資料、條件中推測出整個比賽模型，甚至模型下的決策，巫瑾對數字邏輯的敏感度遠遠超出他的想像。

如果星際聯賽季後賽中的首場特殊賽事，白月光有巫瑾做替補的話……

淺灘上，四人很快達成共識。

加上明堯從對手身上搜刮的戰利品，小隊一共還剩寥寥三進化點。除卻留下一點應急，其餘全部投入邪靈龍的後續進化，等更高等恐龍出現、填補生態位之後，再收割進化點用於武裝小隊。

營地被徹底挪到了淺灘附近。

林客摸索著範圍，在河道附近劃出了小隊名下的第一塊「恐龍養殖場地」，明堯往場地裡又扔了不少水龍獸，最中間貢上了珍貴的兩個進化點。

「等咱武裝完畢，就衝出山谷殺他丫的！」明堯興高采烈道。

走出山谷——

巫瑾看向他們曾經紮營的峭壁，眼神熠熠發亮。等到能走出山谷，他要去找一個人。

明堯感慨萬千：「真沒想到啊，咱上一刻還在火山灰裡頭逃命，現在已經在開養殖場了。」他拍拍胸脯，「說起來咱也是經歷了紀元變革的人！」

見巫瑾神思不屬，明堯又攬過林客自說道：「三疊紀開始的時候，我在門口等小巫來著！」

林客：「我在山洞裡烤蜥蜴！」

索拉：「……我在給山洞通風除油煙。小巫呢——喔對那時候小巫剛中麻醉槍……」

巫瑾心跳加快，記憶回溯。

大佬隨意一腳把攝影機踹到火山灰裡。

自己似乎很帥氣地躲過了山石襲擊，又好像傻乎乎地跑到大佬面前，秉著騎士精神摘下了最後一套呼吸裝置，短暫換氣時突發性缺氧——

大佬按住他換設備的手，粗糙的指尖強硬插入少年腦後細軟的捲髮，俯身強迫他抬頭。

再然後。瞳孔驟縮，天旋地轉。

吐息如同火山口奔騰的岩漿熾熱。熱流凝固成亙古不變的熔岩，鋪天蓋地的煙塵散去，巨蕨林翻天覆地，盤古大陸於地殼的衝擊中描摹出雛形，蜥形綱、合弓綱、第一批被子植物乃至第一朵花降落綻放。

唇舌糾纏。

古生代的最末，二疊紀結束，涅槃後的芸芸眾生在一片空白的生態位上茫然不知所措。

近乎於瘋狂的氣息在唇齒扣合間交換，周而復始，生生不息。

麻醉劑終結意識之前，雙弦月被初生的旭日取代，朝暉灑在大佬臉上。

他好像在笑。

神說要有光。

三疊紀伊始。

克洛森秀導播大廳。

中場休息間隙，贊助商廣告播完，選手鏡頭被隨機抽取投送到螢幕。

等到巫瑾出現——大量彈幕齊齊湧現為自家愛豆撐場。

「麻麻又來幼稚園看小巫啦！麻麻來看小巫玩小恐龍啦！」

「今日播報。#圍巾卡攝像死角，#小巫麻醉中槍，#邪靈龍寵物特價，#圍巾神仙條漫八十九話更新，生男生女投票開啟。播報完畢……」

鏡頭又隨機切到背著個自拍杆玩兒叢林探險的薄傳火，前一批彈幕立刻禮貌消失，絕不多KY一秒。

直播評論再次被薄家軍占領，終於守到巫瑾鏡頭的粉絲則高高興興跳回板塊。

#圍巾卡攝像死角已是順利登頂巫瑾專版熱度第一。

幾乎每隔幾秒都能刷新整版，源源不斷的猜測湧出。

「血鴿導師說衛選手扒了小巫裝備——寶寶不！相！信！衛哥，你殘忍你無情你竟然扔下了破布娃娃小巫（喂）」

「逃殺秀六年老觀眾在此，表示看直播時姨母笑停不下來。賭上凱撒今晚的口糧，衛選手搶裝備只是為了逃脫非法組隊制裁。劃重點，攝像死角，中麻醉的小巫……這是在火山口把兒砸烤得香噴噴送上來啊！」

「怎麼可能只是扒裝備！把動作細化，肯定是一扒了小巫衣服。二親親。三拿走一樣裝備。四繼續脫。五在小巫的鎖骨上繼續親親……」

導播室內，正在喝枸杞茶的血鴿隨手刷了兩版論壇，差點沒有被枸杞嗆住。

這位導師隨手@了管理員注意尺度，再度拿起麥克風解釋：「衛選手的行為是非常正常、標準的物資掠奪。他沒有淘汰巫選手，最大的可能是火山灰上升，窒息層推進，沒有剩餘時間動手——行了，下面我們來看一眼目前各小隊的發育情況……」

航拍飛躍過三疊紀寬闊的地貌，嶙峋山脊與河流將各個小隊隔開，生機盎然的盆地如同散落在峽谷間的寶石，食草動物、狩獵者以及選手都縮小成了緩緩挪動的點。

應湘湘不斷調整機位，笑咪咪追隨選手動向，「目前完全偵破遊戲規則的一共有三隊。巫瑾明堯小隊，佐伊小隊，以及左泊棠小隊。那麼觀察他們的選擇……非常明智，進化點沒有用於武裝自身，而是全部投入初始基建。」

鏡頭掃過凱撒，彈幕哈哈哈哈刷起。

應湘湘露出一言難盡的表情。

凱撒和隊友從頭到尾都沒想過「試圖破解」規則，遇人錘人，遇怪錘怪。然而三疊紀以後各小隊被分隔，遇不到對手又找不到進化點，兩人只能架了個烤架胡吃海塞。

別的組還在努力推進物種多樣性，兩人這裡但凡有點肉的都被抓過來當儲備糧。

「非常典型的物種入侵案例，」應湘湘圈出螢幕中正在啃水龍獸腿子、還看著火候等脆烤小始鱷的凱撒，批評教育：「嚴重破壞生態平衡。如果我們在三疊紀投放一千個小型食肉動物凱撒，造成的危害絕對足夠收到聯邦環保協會傳票。」

「那麼向南是銀絲卷的選手，西側是卓瑪的兩位選手。顯然他們都在對規則摸索之中……」

「衛時選手依然選擇單獨行動——值得一提的是，他所在的小隊是目前擁有進化點最多的小隊，大半由衛選手開局劫掠而來。從鏡頭上來看，他的三位隊友正在給這位團隊英雄精心烘焙一隻小蜥蜴，衛選手似乎在還山上尋找什麼……」

血鴿掃了一眼，看向衛時的足跡，「他在找一個潮濕、溫暖、昆蟲密集的環境。」

應湘湘好奇：「為了什麼？」

血鴿：「為了培育進化物種——他也找到規則了。」

臨近正午，河岸淺灘。

巫瑾四人在邪靈龍的棲息地劃拉了一塊地盤，迅速投入風風火火的恐龍養殖業之中。

進化點消失之後幾小時，沼澤內的物資箱被巡迴機器人無情拖走。幾人毫不擔憂，只要沼澤中的鱷型祖龍還在，滿地亂跑的水龍獸還在，平衡沒有破壞，遲早會有新物資箱出現。

林客在隊內負責後勤，做完午飯後就開始著手布置養殖場，圍著邪靈龍打了圈柵欄，又在泥潭旁邊用根樹枝寫大字，「哎巫哥——咱寫點啥好？」

巫瑾噠噠跑過來，兩人咕嘰咕嘰商議之後欣然揮筆。

踏踏實實養恐龍！

恐龍養壯，晉級有望。

柵欄正中，唯一一隻恐龍瑟瑟發抖。

幾人小隊圈出的養殖基地不大，形狀盤錯複雜，囊括了賽場中微縮的河流淺灘、沼澤谷地以及山林地貌。其中又以祖龍、水龍獸、昆蟲以及部分爬行綱為盛行物種。

毛茸茸的邪靈龍在柵欄內受到了最高禮遇。四人小隊不僅經常把牠抱出來摸摸蹭蹭，林客更是時不時圍著牠唱兒歌、講故事：「從前有一隻小霸王龍，牠走呀走呀，看到一隻小梁龍，啊嗚一下就吃掉了！又看到一隻小腕龍，啊嗚一下又吃掉了！」

「……」在遠處埋頭測量地形的明堯一聲吆喝：「別划水了！過來幫忙！」

林客哎了一聲小碎步跑去，跟著隊友伐木建路障。

小隊設計的養殖場分區並不複雜，為了鼓勵勞作積極性，明堯特意提出了「每小時投票選舉小隊勞模」的口頭獎勵方案。

很快，積極勤勞的巫瑾選手就因為連續兩小時蟬聯勞模，被隊友集體授予了「恐龍養殖第一人，克洛森巫大戶」的特殊榮譽。

明堯鼓掌，「小巫真是幹勁十足！這是鼓著養家糊口的力氣在比賽！」

遠處，巫瑾麻利挖出一段溝壕，防護服脫下繫在腰上。豔陽描摹出少年線條漂亮的側身輪廓，手臂上的細汗泛著光。明堯隱約還記得巫瑾剛進克洛森秀那會兒，整一抖抖索索的小白兔，沒想到長得比吃了進化點還快。巫瑾的眼眸帶著熠熠的光，走起來還是連蹦帶跳，腳底生風——

巫瑾忽然嘴角繃不住地傻笑，腦袋瓜子也不知道飄到哪裡去。

「……」挖個溝有這麼開心？明堯難以理解移開目光。

殖民星日夜交替短促。臨近傍晚，在圈養的邪靈龍被餵食蕨類沙拉、放養的祖龍再次吞噬小動物飽腹之後，沼澤中的物資箱無聲升起。

二進化點。

巫瑾與明堯交換眼神，猜測終於被證實。比昨天多出來的一個進化點——來源於生態進化演變出的邪靈龍。

物資箱再次合上，進化點被重新塞入其中。

巫瑾這一次入睡得極快，只在睡夢中隱隱聽到窸窣作響。

幾百公里外的中控臺。

銀灰色的保育室如同密密麻麻的蜂巢，孵化器像是爬行綱的母體，各式顏色、花紋的蛋躺在恒溫玻璃罩中，上貼代表物種、基因譜序的條碼編號。AI機器人從入口魚貫而入，開罩提了幾顆龍蛋，連著在S2、E3溫室提出的成體活體一起塞到輸送箱中。

保育室門口，正捧了個飯盒扒飯的小編導伸手一招呼，開箱重新核對了一遍麻醉中的活體：「靈鱷成體，始盜龍幼體、成體……」

旋即大手一揮放行，「記著是小巫那隊。快去快回哈！還有幾個組過會兒也要送！」

# 【第二章】——他現在是有家室的練習生了

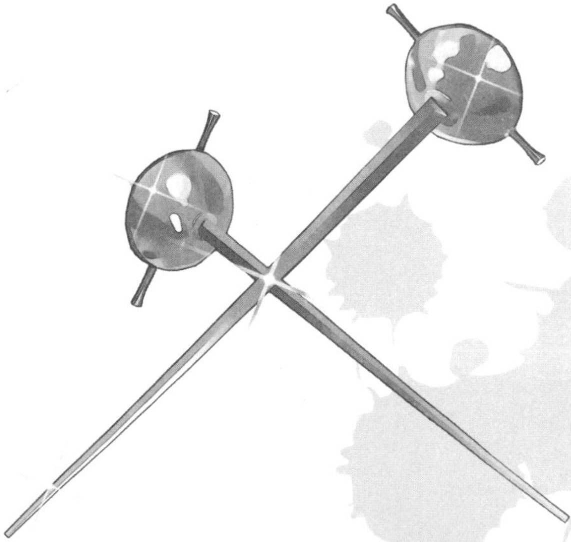

清晨第一縷陽光灑下。

「隊長！咱今晚吃什麼……」明堯呢喃說著夢話，突然被嘈雜吵醒，苦著臉按住太陽穴。河流淺灘亂七八糟吵成一片，昨天的邪靈龍正在和一隻光溜溜的小獸掐架，看上去如同菜雞互啄。身下草地一陣震顫——

明堯緩緩、緩緩扭頭，許久一聲「臥槽」。

犀牛似的綠皮巨獸正在離他不遠的地方啃草，長達三公尺的軀幹敦實有力，林客與索拉正在激烈探討。

「肯氏獸！三疊紀末期食草動物，宰一頭吃半個月！」

「今天吃沙朗，明天啃T骨……」

身後，尖銳的獸鳴在空氣中振動。

巫瑾刷的一下進入視野，小捲毛濕漉漉趴著，似乎剛下河洗完澡。明堯趕緊起床跟上。

一夜之間，兩進化點消失，養殖場內的物種再度繁榮。

沙灘上和邪靈龍掐架的小東西已經有了大眾認可的恐龍影子，鳥喙、蜥頭，皮質粗糙黏滑，髖骨寬大，腿關節筆直，兩隻小短手對著邪靈龍就是亂懟。

「肉食恐龍？」明堯突然激動，他記得昨天土撥鼠邪靈龍還是吃沙拉的。

「雜食，早上餵過一次。」巫瑾高高興興開口：「還有那裡。」

沼澤邊緣，另一隻略大的原始恐龍正在巢穴孵化。

巫瑾吹了個口哨，林客兩人急急忙忙跑過來，四人一起蹲在草叢內暗中觀察。

那雌龍同樣有著鳥喙、蜥頭，約莫有一公尺不到，體格比雄龍更健壯，神色機警。牠長長的尖嘴不斷在蛋殼附近試探，扒拉龍蛋上的乾草。

「牠在做什麼？」林客耐不住好奇。

「溫度，」巫瑾秒答，聲音壓得極輕：「用鼻腔測探溫度，控制巢穴在最佳孵化條件……」

輕微的破殼之聲傳來。

幾人眼神驟亮，巨蕨之下幾乎擠成一團。

「哎別擋著。」

「長啥樣，咱能往前走幾步不？」

「人家嗅覺好得很！老實待著別過去。」

「出來了！出來了！恭喜咱養殖場喜提第一隻幼龍！」

幼龍接二連三破殼，約莫一掌不到，渾身黏膩。嘴尖還沒有母親一樣厚實的角質，啊嗚啊嗚張著卻是一點聲音發不出來，出殼之後跌跌撞撞就能跑。

巫瑾看得眼睛一眨都不眨，「幼崽生命力比哺乳動物強太多……」

明堯哈哈一笑：「想什麼呢！從三疊紀到白堊紀，」他做了個誇張的比劃，「這——麼長時間，哺乳動物都是被恐龍壓著打，使勁撲騰都翻不了身的那種。」

蛋大概有十幾個，短短十分鐘內，幼龍孵化了五隻——巫瑾心情雀躍，幾乎能看到一晝夜後獎勵的巨額進化點。

幼龍圍攏在母親身邊，雌龍用粗糙的表皮依次愛撫幼崽，長長的脖頸一點一點。

林客喃喃開口：「哎，我想我媽了……她這會兒肯定在家裡看節目。」看林客表情，對小恐龍也是稀罕得很。

明堯科普：「育崽是激素行為！過兩天雌龍就會把牠們趕出窩——我媽最多只會在家打我屁股！」

林客：「哎我媽可從來不打我……」

兩人侃得飛起，直到巢穴內最終只剩下兩個蛋。

日頭高升，雌龍已是不吃不喝守了許久。牠不斷用堅硬的嘴敲擊蛋殼，試圖呼喚、幫助最後的幼崽出來，然而蛋殼上卻只有淺淺的裂縫。

咔嚓一聲，龍喙終於剝開一個淺口。

內裡的幼龍動了動，似乎許久都沒能靠自己的力量出來，看上去異常孱弱。

雌龍替牠擋住灼熱的烈日，鼓出的眼靜靜看著牠。

林客終於按捺不住：「咱要不要上去幫個忙什麼的？就把小傢伙從蛋裡掏出來……」

幼龍伸出一隻淺色的爪，蛋殼邊聚攏了先牠一步出來的兄弟姊妹。牠小幅度無聲嗚咽著，呼吸微弱。

雌龍終於低下脖頸。

見雌龍出手，林客鬆了口氣。雌龍原本用來試探巢穴的鼻腔，在最虛弱的幼崽身旁親昵蹭了蹭，突然張開嘴，一口咬碎蛋殼，叼住幼崽的脖頸。

繼而是幼崽頸骨斷裂的聲音。

「我擦——」林客措不及防蹦起，正要衝出掩體，猛地被人按下。

明堯與索拉同時愣怔看向身後——巫瑾擰眉，放下對林客的挾制。

林客冷靜下來，仍是不服氣開口：「巫哥，食物鏈互相殘殺我不反對，但那就是一個幼崽，才睜眼，抱出殼也就活下來了。而且那邊還有一個沒出殼的蛋……」

巫瑾安靜等他說完，林客聲音漸低，原本底氣十足不知為何被巫瑾看得心虛。

「自然選擇，只會維持優良基因延續。」巫瑾終於開口。

「三疊紀一直到晚期，恐龍都不是優勢物種。為了能更快往優勢方向進化，有的雌龍會吃掉無法破殼的虛弱幼子——把次等基因的交配權、延續權直接扼殺在搖籃裡。」

「雌龍行為不是牠能夠選擇的，而且，牠需要足夠的營養育崽。」

明堯終於反應過來，接著替巫瑾補上：「那啥，小巫是說物競天擇了……」

養殖場的巢穴正中，雌龍吃掉了最後一隻未出殼的幼崽，帶著體質健全的後代們向河邊進發。

幾人圍觀完畢，該幹啥幹啥。臨走前明堯忽然回頭，瞧見巫瑾還在盯著那蛋殼，然而下一秒小巫又扛著個原始鋤頭做基建去了，似乎剛才只是錯覺。

他忽然想起，小巫似乎嘮嗑的時候從沒提及過爸媽、家庭，就算自己和林客、索拉聊得飛起也只是在旁邊認真的聽。

不過明堯轉眼就忘到腦後。

六小時日夜交替。

一群巨大的食草肯氏獸足足吃了六小時的樹葉，直到泥潭中的祖龍躥出扯了一隻做宵夜，才匆忙逃竄。

幾人這才發現，原本似鱷型祖龍也發生了變化——長吻，全身被甲，變成了真正的鱷型超目。

三疊紀後期，在遍布大陸的肥宅水龍獸被淘汰後，鱷形的戰力要遠遠強於恐龍，體型也比恐龍來得龐大。直到侏羅紀開啟之前——有空間長成巨大體型的恐龍也只有寥寥幾種食草類而已，食肉恐龍始終被鱷型按在地板上摩擦。

盆地內的恐龍依然只有寥寥幾種，等日落西山，恐龍媽媽帶著一群幼崽回來，和毛茸茸的邪靈龍再次爆發衝突。兩龍體型相似，菜雞互啄不成，雌龍又試圖狩獵躺在河岸上翻肚皮曬太陽的巫瑾。

狩獵不成，還被巫瑾反擼了幾隻傻乎乎的幼崽。

最終恐龍一家只能淪落到吃蟲子洩憤。

巫瑾則在一旁琢磨著和隊友討論：「看著像腔骨龍，就是小了點……」

索拉點點頭說：「進攻性比土撥鼠要強啊，估計能往肉食方向進化，土撥鼠剛才又吃了點沙拉。」

林客攤手，「傻土撥鼠喔，看樣子只能往草食進化的，你這是要吃虧的我跟你講！」

入夜，物資箱再次出現。幾人打開時狠狠倒吸了一口氣——整整十二點進化點。兩點被勻出用於兌換剛需——呼吸設備，其餘則依然被小隊投入物種進化之中。

當太陽再次升起，淺眠醒來的巫瑾呼吸一窒。

十幾種大大小小的食草類恐龍、二齒獸類在河岸草地徘徊，叢林中有小巧的黑影一閃而過，蓊鬱的巨蕨掩映中傳來嚎叫——一派繁榮之中，新的狩獵者出現！

明堯風風火火從山林裡出來，回到營地，面有喜色：「嗷嗷亂叫的是腔骨龍，成年體，兩隻，合作捕獵。還有南十字龍，還有……」

巫瑾忽然看到圍在自己身邊的一圈柵欄，「這個是……？」

明堯大手一揮，「喔！原本用來圍邪靈龍的，但是吧，咱們養的土撥鼠消失了，估計在三疊紀末期滅絕了。」

「當時把牠圍住是因為牠還是個寶寶，現在——索拉說和凶殘的腔骨龍比起來，睡著的小巫才是個寶寶。就乾脆用來給你擋著恐龍！」

巫瑾：「……」這是當腔骨龍不會跨欄？

然而明堯很快岔開話題，聲稱要給巫瑾看一個奇奇怪怪的玩意兒。

兩人一路跋涉到叢林深處，藤蔓低垂，苔蘚將參天巨木的低處枝幹覆蓋。

明堯忽然一腳踹上樹幹。

青苔顫動。

巫瑾驚訝發現那一片青苔之中竟然隱藏著活物，那是一群覆蓋綠色保護色的蜥蜴，四足行走——明堯又踹了兩腳，蜥蜴趕緊加速逃命，竟是先後換成了兩足。牠們骨骼纖細，前肢隱隱能看到細小不明顯的薄膜。

明堯咂吧著嘴說：「捉了一隻，沒啥肉也不好吃。但我總覺得，好像在教科書哪一頁見過牠們來著。」

巫瑾鄭重點頭，明堯一眼睨去，才發現人正一臉興奮勁兒。

「斯克列羅龍。」巫瑾語速飛快：「最原始的鳥頸類祖龍之一，骨骼輕巧，後續進化方向為骨骼中空。」

「牠們的進化形態，是生物史上第一類能飛起來的脊椎動物。」

明堯眼神猝然亮起，「翼龍！」

三疊紀末期，鱷型動物沉迷沼澤不可自拔，食肉類恐龍還沒有人類腰部長得高，四人小隊全然不用懼怕任何猛獸。

當晚，物資箱打開，整整二十六點進化點讓幾人神情恍惚。

「原來這就是擁有的感覺……」

二十六點毫無疑問被塞回箱子。

入夜，當節目組的機器人再次出現並置換物種，巫瑾刷的一下秒醒。

既然有斯克列羅龍存在，這一回合，最有可能被送到山谷的就是翼龍。

一旦翼龍出現——

巫瑾看向遠處高聳的山脊。

弦月給山脈鍍上瑩瑩輝光，火山噴發時板塊擠壓，整個平原被山脊截斷。三疊紀之末，剛剛重塑的生態圈內，高山對於任何物種來說都是難以攀越的屏障。

直到天空被贈予翼龍。

各個小隊的基建不會無休止進行，翼龍可以隨心所欲振翅穿越高山、天塹，從一個盆地降落另一個盆地，威懾分散於各地的選手。翼龍是三疊紀物種進化的終點，也是消息封鎖的小隊間，唯一能夠交流的信號——

當你看到一隻翼龍，就能知道必然有一支小隊把進化樹爬到了最前列。

那麼距離開戰已經不遠。

黑暗中，巫瑾的眼神閃閃發亮，眯眼看向叢林深處。

他想親眼見證第一隻翼龍誕生。

翼龍將會開拓從未有過的生態位，將小隊進化點指數級翻倍。然後——他可以迅速用進化點武裝自己，兌換精良甚至科技超前的裝備。

再然後。

走出這座密封的山谷。

去……去表白。

在寒風中冷靜的巫瑾忽然跳起，一面揉臉一面偷偷給自己跑步散熱。

旁邊輪班守夜的明堯看了個呆，長吁一口氣：「我特麼還以為翼龍出來了，怎麼是小巫你在撲騰……」

正在此時，克洛森秀的機器人呼啦啦撤出，去往下一個小隊基地。

一片黑暗的叢林中忽然有薄翼拍打聲，兩人驚喜抬頭——

怪異的鳴叫自夜空傳來！

克洛森秀導播室，應湘湘笑咪咪給了翼龍一個特寫。

彈幕嘩啦啦一片狂歡。

「我大神龍翼龍信徒何在！」

「呔！哈特茲哥翼龍座下使在此！你家神龍翼龍只是脖子長而已，翼展長才是真・流量翼龍！」

「反裝忠給小哈招黑有意思？抱走我家哈特茲哥男神不約！」

「比翼展？@吾王羽蛇神翼龍！」

「尊貴的風神翼龍啊，請振翅吹走我的開學作業吧……」

血鴿一片茫然：「這都什麼跟什麼？」

應湘湘接過主持，再次調轉鏡頭，溫柔開口：「玩夠了——就繼續認真看比賽喔。那麼現在，非常巧合……」

「有兩個小隊都同時進化出了翼龍目，雖然他們的進化路線完全不同。一隊是剛才的明堯、小巫、林客和索拉。還有一隊……」

鏡頭驟轉。

寒風凜冽，峭壁山巔。

衛時伸手給半空中撲騰的異獸餵食，長且布滿尖刺的喙撕去他狙擊手套中的肯氏獸肉塊。異獸還未吃飽，衛時就鬆手將碎肉往峭壁下扔去，那異獸嘎嘎叫著想去搶食，卻驀然被衛時捏住細長的頸——

純黑的狙擊手套精準卡在長而缺乏牙齒的頷部之下。

再鬆手時，那異獸驚懼萬分，愣是不敢有分毫違抗。

這是一隻有著赤色頭冠、喙色鐵青，翼展近兩公尺的翼龍。

又一塊肉。

龍喙還沒觸碰到肉塊，食物就再次被衛時漫不經心扔下山崖。

肯氏獸脊側最肥美的一塊眼肉，成年長爪翼龍都未必能自己獵到。

翼龍抖了抖翅膀，可以說是十分想吃了。

然而連續四次餵肉—扔肉—被抓住要害的條件反射，讓牠只敢乖乖待在衛時身旁。

「乖。」衛時冷漠嘉獎。

第五塊肉。

翼龍抖抖索索叼著，過於微小的腦容量讓牠完全思考不能。

「停。」衛時忽然撫上翼龍的頭冠，一手卡住牠的長喙。

那翼龍乖覺停下，眼巴巴叼著肉不敢吃。

衛時終於滿意。

翼展兩公尺，離十二公尺還差了不少。再進化幾次，倒是差不多也該出風神翼龍了。

可做聘禮。

男人戴上護目鏡，一身一百四十點進化點兌換的裝備堪稱豪華。他示意翼龍向山崖下飛去。

翼龍被迫張開肩胛骨，被氣流托舉的一瞬，衛時同時下躍凌空。

滑翔翼俐落展開——

安裝在山頂的機位再也追逐不來。

彈幕一頓，接著瘋狂刷起：「臥槽，好特麼帥！」

清晨，第一縷陽光照進了盆地——林客驚得差點瞪出眼珠子。

十二點進化點整整齊齊排在營地正中，明堯笑得看不見眼睛。遠處密林中冒出了龐然大物的腦袋，頭顱狹小、身量近十公尺長，兩隻小短手呈深綠，背部橙黃色花紋斑駁——象徵著三疊紀生態巔峰的最大食草動物——板龍。

林客驚了個呆，再抬頭時天空有黑影掠過，「明哥，那是啥？巫哥呢？」

明堯指著進化點，「昨天放進去二十六點，給退回來十二點。應該是進化差不多到頂了。至於小巫，」他點了點林子，「喏，在裡頭養翼龍！」

叢林邊沿，巫瑾也不知道從哪裡拆了一根尼龍繩，綁在翼龍的小腳爪上，一會兒放線一會兒收線，人還在後面美滋滋跟著跑。

明堯看了半天，「怎麼跟小朋友放風箏似的？」

林客喃喃：「好像是風箏在放巫哥……」

那翼龍翼展不過六十公分，許是最原始的翼龍目之一，還飛不了太高，只知道上上下下撲騰。

等時間一到，巫瑾拿了個小飯盆叮叮噹噹敲著。翼龍還想再飛，愣是被巫瑾小心扯著尼龍繩收回來。兩塊烤蜥蜴在蕨葉上香噴噴放著，牠看了眼圍觀群眾，最終一頭悶上去叼了肉。

「馴龍呢這是！」明堯看著巫瑾手裡的小飯盆。

巫瑾點頭，「培養條件反射，巴夫洛夫曾經做過實驗……」

明堯撕了塊烤肉跟著聽著，突然伸手想戳翼龍翅膀——被牠嘎嘎驚叫躲過。

這是一隻介於幼年與成年之間的蓓天翼龍，作為第一個能上天的脊椎動物，看上去得瑟得很——具體表現在配色亂七八糟。

巫瑾明顯對牠非常上心。

次日，消耗了少量進化點之後，陸地生態進一步繁榮，第二批翼龍如期而至。

明堯第一次兌換了推力式一百公尺點狙麻醉槍，巫瑾兌換了防具和少量炸藥。物資箱獎勵已是積攢到了五十四個進化點。

第三天。

明堯正蹲在地上盡心盡職數龍，忽然愣怔看向天空，「那隻……翼展有一百五十公尺了吧？是咱養的不？」

索拉茫然：「好像不是……」

明堯嗖的一下躥起，「有別的小隊培育出翼龍了！我去找小巫！」

很快，巫瑾端著小飯盆出現。四人的決議出乎一致——出谷。

盆地內的生態圈已經飽和，甚至因為物種過多出現資源超載。進一步拓展生態位受到領地大小限制，除非他們去吞併屬於其他選手的山谷。

小隊物資充沛，並不畏懼和其他選手硬剛，除了放出那隻陌生翼龍的練習生。

與巫瑾設想的無差，在封閉隔絕的盆地之間，翼龍是唯一能夠交流的訊號，也是即將開戰的標誌。

林客一拍大腿，「哎我明白，就像那什麼，鴻雁傳訊，魚腹部裹書！」

明堯反駁：「會不會用詞？是戰書！人家把翼龍放出來，是在向咱們下戰書！」

出征前最後一晚，山谷被三疊紀的熱氣蒸騰。

林客迷迷糊糊起來，忽然看到林中人影晃動，「哎巫哥你還沒睡啊……」

薄薄的霧為群山罩上一層輕嵐，巫瑾回頭，向林客打了個招呼，身後的蓓天翼龍探出半個扁長的腦袋。

等林客走後。巫瑾鬆開繫著翼龍腳爪的尼龍線，換了一隻爪子繫好。

蓓天翼龍腦容量不大，跟在後面又怪叫了兩聲。一聲是還要吃，兩聲是還要吃嘛還要吃。

然而巫瑾卻依然認真實施早教：「風神翼龍，又名披羽蛇神翼龍，生存於白堊紀晚期，迄今為止天空中最大的王者。」

「也是最悲壯的王者。」

「牠的生態位被後來出現的鳥類不斷擠壓，牠可以選擇適應進化，變小、穴居、和鳥類奪食；也可以選擇特化——在一代代的傳承中削減種群，斬斷退路以趨於龐大。」

「牠選擇了第二種。特化是一條不歸路。」巫瑾比劃了一下小翼龍的翼展，「從六十公分，到兩公尺，到五公尺，十二公尺。一旦翼展變長，牠就和白堊紀的命運鎖死在一起——抗不過天災、滅絕，不能殘喘苟且，只能與中生代共存亡。」

小翼龍又叫了一聲，興致勃勃。

巫瑾感慨擼了一把翼龍腦袋。

翼龍生而為天空之主，死亦要以王者姿態湮滅。

中生代是牠的國，鳥類是牠疆域下的民。民尚能苟且，君主以死國為榮。

「快長大啊。」巫瑾擼著小翼龍說道，眼裡晶晶亮亮。

他想把翼龍送給一個人。

白堊紀的最後一場滅絕，天空從此只剩下鳥類，翼龍永遠被埋藏在化石與傳說之中。翼龍整個種群在進化史上如同傳奇——牠們明明有無數次機會可以放棄特化，卻永遠朝著一條路不肯回頭。

包括風神翼龍在內，所有留存到白堊紀晚期的翼龍都共有一個尊貴的名字——神龍翼龍。

恪守榮耀，振翼而飛，同生共死，無怨無悔。

天濛濛亮。

四人小隊最後看了一眼喧囂初上的山谷。

林客趕著一隻巨大的板龍到處清場，把一眾小動物驅到警戒線之外，順便從板龍小腿肚子上扒拉下一隻不知天高地厚的腔骨龍，「哎臥槽這怎麼有隻小骨？別咬別咬，您能等咱們清完場再吃早飯不？」

明堯替巫瑾牽著翼龍風箏，看向巫瑾的劃線，「就這裡炸？」

巫瑾點頭，「C4炸藥安全性高，介質破壞程度強，不會起火。就從這裡炸一個缺口！」

兩人面前屏障高聳。節目組設置的路障山體厚度都不大，兩進化點兌換的炸藥早已夠用。

在此之前，小隊已經積攢了足足一百六十進化點，巫瑾卻否決了將恐龍留下、四人翻山越嶺打游擊戰的提議。

每天七十點的進化點增速在巫瑾看來遠遠不夠。

如果攻下附近山谷，利用手中的恐龍進行生態位殖民——那就是每天一百四十點的進項。就連明堯都被巫瑾的想法驚了個呆，最終嘆服豎起大拇指。

「轟——」的一聲。

山體最先坍塌，帶起滾滾濃煙，繼而衝擊波與巨響襲來，走獸驚惶奔跑。被明堯牽著的小翼龍更是嚇得把尼龍繩綳成一條直線。

巫瑾趕緊收回繩子，開口。

明堯：「什——麼——？我聽——不——見！耳膜炸得疼！」

巫瑾：「你就——不能——安慰——牠——一下嘛！」

「……」明堯看著在巫瑾懷裡瑟瑟發抖的小翼龍揉了揉眼睛，「我要是敢抱牠，這玩意兒能把我頭都給戳穿！」

少頃，一切準備就緒。

山體另一側，還在沼澤裡觀察小鱷型的練習生小隊驚了個呆，看向突然出現的缺口，「怎麼炸了？等等，那邊怎麼有個十幾公尺長的東西在動……」

視野漸明。碩大的板龍出現在視野正中，全副武裝的巫瑾身形挺直騎在龍脊上，深色的護目鏡擋住滾滾濃煙。身旁，明堯騎著一隻肯氏獸意氣風發。索拉、林客合分了另一隻食草龍龍背，渾身上下裝備精良。

在他們身後。大大小小的恐龍、走獸與天空盤踞的翼龍，從碩大的爆破口步出，低沉的嚎叫此起彼伏。原本山谷中擁擠到溢出的生態位終於找到了缺口——

三疊紀晚期成熟的生態繁榮如同洪水一般向還處於三疊紀初期的山谷傾倒。

山谷中原本的霸主——水龍獸拔腳逃竄，正要從沼澤中爬出的祖龍愣是傻乎乎看了板龍幾秒，毫不猶豫潛水認慫。

「……」山谷內的原住民選手猛然後跳，「臥槽！」

巫瑾並不知道，幾乎在同一時刻，十幾里外的山脊上，衛時駕著三角翼從天而降，淘汰了兩名選手完成第一次突襲，近百隻翼龍在他身後撲翅騰飛。

克洛森秀導播廳。

氣氛再度被推向高潮，鏡頭在幾組選手間來回切換。

應湘湘語速飛快，顯然與觀眾同樣興奮：「小巫明堯那組出山了！衛選手這邊也開始了！那麼現在可以看到，物資最充沛的小隊一共有五隊。」

「其中只有巫瑾一組走全面進化，衛選手走翼手龍單物種特化，很難說誰的贏面更大。另外三隊，佐伊選手放棄了恐龍型，選擇祖龍鱷型進化。非常大膽的選擇，」應湘湘感慨：「他可以獲得其他小隊都沒有的優勢。」

血鴿點頭，「中生代中，唯一能和大型恐龍抗衡的就是帝鱷。但佐伊的進化方式注定了他只能打陣地戰。」血鴿繼續翻看鏡頭，「左泊棠……這組走的是獸腳亞目進化，同樣經營已久，但是直到現在也沒有人猜出來他究竟想要做什麼。剩下來還有一組……」

血鴿愣是再挑不出一組「物資充沛」。

應湘湘一笑，「凱撒，從二疊紀吃到三疊紀，食物儲備最充沛。」

鏡頭掃過幾位重點關注的種子選手，血鴿：「魏衍選手……開局直接宰了兩隻大型水龍獸和一條鱷，破壞初始生態平衡，始終沒有新進化點產生，但我還是相信，魏選手是一位不需要利用規則也有贏面的實力級選手。應老師，妳覺得誰會在這一局取勝？」

應湘湘略一思索：「我押圍巾中的一位，因為翼龍——我相信制空權。」

血鴿笑道：「買定離手。」

螢幕中央。

巫瑾小隊迅速攻破毫無防備的山谷，利用裝備優勢淘汰了三名練習生。在摸清物資箱方位後，幾人再度向前方進發。

應湘湘忽然一頓：「等等，他們去的是座標E006山谷？」

鏡頭切換。幾乎在同一時刻，衛時領著翼龍出現在E006的另一側。

爆破聲再度響起。晦暗不清的視野中，兩隊遙遙相對。

巫瑾心跳一窒。耳中異獸高鳴，視野因為巨獸踩踏而不斷震顫。空中被密密麻麻的翼龍占領，牠們圍聚著翼展將近兩公尺的首領。

首領亦步亦趨跟在大佬身旁。

衛時同時看見巫瑾。

隔著幾百公尺，視線蠻橫掠過少年淡色的唇，被護目鏡遮擋的眉眼，緊實柔軟的腰，火燒火燎如同侵略。

他舔了舔唇。

如同一個暗號被對上，巫瑾驟然自板龍脊背躍起。

不是做夢，他沒記錯——

男人揚眉。盤旋於身旁的翼龍前仆後繼自山崖起飛，他自峭壁一躍而下，純黑色的大鷲獵獵有聲。

直播室內，應湘湘一聲急促的驚叫：「剛才還說王不見王……」

巫瑾如同離弦之箭躥出，身下板龍低吼，那隻屬於他的翼龍飛快追趕。

從紀元伊始到紀元之末，顯生宙，中生代，橫跨三疊紀五千萬年。

從眾生於灰燼涅槃，到第一隻翼龍振翅。

終相見。

巫瑾秒速發射的一瞬，林客一陣恍惚：「臥槽，對面是誰？這麼能裝……還有點小帥……」

明堯一拍屁股下的肯氏獸，這一刻似乎又想起了在「戀人牌」被支配的恐懼，「衛時選手……想什麼呢！他就一個人，咱這四個人！帥？帥能當飯吃嗎！你這是沒遇上我們左隊，隊長那才是帥得合不攏腿！哎小巫！」

明堯忽然扯著嗓子火燒火燎大喊：「小巫！慢點慢點！咱倆一起組成頭部！」

萬獸奔騰，薄翼驚飛。

直播平臺，彈幕在巫瑾衝出之後呈現爆炸式湧動。

「啊啊啊啊啊啊！我特麼都看呆了——這麼驚天動地嚶嗚嗚嚶！竟然淚目！」

「小巫衝呀——」

「圍巾重逢！」

「紀元戀歌！」

「開車前奏！」

鏡頭在兩人之間不斷切換。

光影將光怪陸離的三疊紀不斷打磨，追溯著巫瑾的機位忠實映出少年上揚的唇，狙擊目鏡下熠熠的流光，龍背上弓起的脊梁像蓄勢待發的刃，衝入敵陣有如利刃出鞘。

少年的腰腹緊收，在顛簸的坐騎上駕馭得穩穩當當。克洛森秀近四個月的實訓讓昔日男團小主舞脫胎換骨，每一寸肌肉、關竅都被精準控制，乃至全身沸騰的血液都在叫囂著向前奔去。

山風撩起碎髮，肩胛一對蝴蝶骨振翅欲出。

衛時緊緊看向他。

兩人同時拔槍！

導播室內，應湘湘飛速為觀眾解析戰況：「E006山谷，也是我們所謂的無人山谷——沒有選手干擾，生態環境非常簡單，屬於三疊紀初期。該山谷能提供的進化點有限，但生態位入侵之後會呈現指數式增長。」

「古代哲學家曾經說過，生產力是人類征服和改造自然的客觀物質力量，社會關係和生產力密切相聯——反映在我們的淘汰賽規則中，各小隊的競爭關係、物資積累都將由『進化點』的『生產力』決定。那麼兩隊的衝突簡化，就是物資箱占有權的衝突。」

血鴿點頭，「物資箱在沼澤，可以看出，兩隊都在依據物資箱座標布局——很好，明堯更改策略，先去低谷尋找物資。巫瑾被留在前線擋住衛選手。」

鏡頭正中，少年猝然截住即將降落的衛時。

男人對滑翔翼控制精準，一個滯空在離地六公尺處虛懸。他一手桎梏住傘翼支架，右臂抬起麻醉槍於瞬間點射。

巫瑾從龍脊上翻身而下，落地時帥氣翻滾，勢能過渡到肩側，捲起的袖口中手臂肌肉緊繃，完美化解衝擊。他抿住唇，毫不猶疑反擊！

陽光映在兩人出乎一致的狙擊目鏡上，交鋒時鏡片偏光肅然凜冽，如同白刃相錯激出的火光。凶猛、蠻橫，血性激蕩。

應湘湘幾乎瞬間屏住了呼吸。

如果說圍巾CP在作為隊友時配合默契，那身為對手時的「默契」幾乎讓人有一種頭皮發麻的炸裂。他們的路數相似卻不完全一致，但無論是衛時悍獸直覺一般的進攻、還是巫瑾布局縝密的反擊都直指對方要害。

行雲流水，酣暢淋漓。

默契無言。就像是暴力美學的極致。

正在此時，天空中怪叫傳來，追隨兩人的翼龍盤旋而下！

膜翼裹挾颶風而至，衛時的那隻空枝翼龍翅展兩公尺，比巫瑾的蓓天翼龍大了三倍不止。小翼龍愣是頂著對面壓力嘎嘎叫著不甘示弱挑釁。

巫瑾一把扯回頭鐵硬剛的小翼龍，視線不受控制與衛時碰撞——

男人打了個手勢。

空枝翼龍秒速條件反射，一個撲翼把正在老老實實取景的攝影機拍到一邊，鏡頭連著轉了好幾個圈，啪嘰一聲倒在地上，取景框掃過針鋒相對的兩人，繼而是無窮無盡的翼龍。

衛時藉著拔槍再次貼向少年的護目鏡。

吐息灼熱糾纏。

深茶色鏡片下，巫瑾的瞳孔瞪得溜圓，從脖頸到臉頰泛出淡淡的紅，原本上翹的唇微微張開，像是在無意識索吻。

男人眼神驟暗。

又一架機位飛來，大鷲陡動翻滾。巫瑾驀然反應過來，一個肘擊落空，卻因此逃出劣勢，接著近戰相搏，巫瑾扛著麻醉槍徑直就是一槍托上去，與攝影機背身，俐落拉開距離——

男人俊美的五官、不可見底的雙眸，幾乎每一寸都在瘋狂撩撥少年的渴望。

再一架攝影機。

兩人再次進入激戰，退入叢林邊緣。分不清是血液裡好戰的天性、雄性出乎與本源的征服欲還是暴力本身的魅力，將巫瑾的理智燃燒得差不多消失殆盡。

直到纏鬥入溶洞區。一片漆黑，水滴滴答、滴答，順著鐘乳石淌下。

鏡頭在溶洞嗡嗡飛過，終於轉身向遠處離去，一片沉默。兩個人都在掐算著鏡頭什麼時候過去。

十二秒。

巫瑾抱著麻醉槍，從石筍後警惕繞出，毫不意外被槍口指住——

視野幽暗，衛時逆光低頭看著他，光線中飛塵緩緩，將男人描摹出浮金輪廓，石筍上凝聚的水滴似乎過了許久才落下。

落水飛濺。

滴答。

時間魔咒打破，凝滯的靜止解鎖，光影因擾動而炫目。

衛時的麻醉槍被隨手扔下，灼熱、乾燥的手蠻橫插入少年溫軟的小捲毛，拆了護目鏡，迫使他抬頭，另一隻手毫不留情扒去巫瑾的作戰服，在光滑的肩、肌肉淺薄的臂與蝴蝶骨之間肆意撩撥。

巫瑾急促喘息，幾乎要嗚咽出聲，然而就在他開口的一瞬——男人突然將他壓在濕潤的石壁，凶狠印上乾燥的唇。

這是一個血氣方剛的吻。

第一次教會巫瑾用槍的左臂就在少年最脆弱的頸椎上摩挲，曾經握著他卡入扳機的手指扣住要害，粗糙的槍繭甚至要壓迫出紅痕——就像是白堊紀最凶殘的暴龍，吞噬獵物時連骨髓都不會放過。

巫瑾的腦海中炸出一片片煙花。

理智被喜悅和本能淹沒，他毫無章法的想要回吻，卻顯得更為笨拙。浮沉之中只有大佬制住他脊背的那隻手像是托舉浮船的龍骨，當手掌剛剛擦過腰側，巫瑾微微一顫，小幅度嗚了一聲。

然而幾乎同時，巡迴攝影機再次被無人機送入山洞。

衛時一頓，從少年溫軟的唇舌中撤出，右膝挾持不放，把人抵在石壁上，食指虛豎於唇前，做了一個噤聲的手勢。

無人機糊裡糊塗轉了一圈，溶洞安靜無聲，於是又載著攝影機離去。

兩人高的石筍後，巫瑾呆呆看向衛時。男人衣衫平整，狙擊手套露出半指，腰間掛一把彎刀，明明渾身上下都危險禁慾，薄唇卻帶著色氣的紅，如同尖刀染血，荷爾蒙轟炸一般溢出。

巫瑾鬼使神差地舔了舔男人的手指，「大哥……」

衛時的瞳孔如有黑雲壓陣。

「叫我名字。」他命令。

巫瑾：「……衛、衛時……」

被攝影機忽略的死角內，激吻再度如狂風暴雨壓來。

巫瑾被迫仰著脖頸，被狩獵者視為心甘情願獻祭。男人狠厲撬開少年的唇齒、在甜美之處大肆掠奪，放縱自己氣息侵入，一遍一遍打下標記。

衛時的指尖一次又一次摩挲過敏感帶，巫瑾抖得更厲害。少年的面色泛紅，眼角是被欺負慘了的紅痕，瞳孔也帶著細碎的水光。

明明上一秒還是幹架不要命的小豹子，下一秒就被欺負成這樣。

一吻而畢。

男人低頭，虔誠用舌尖舔去少年眼角生理性沁出的淚水，繼而臉頰、頸側——最終和他曾經烙下的、已經癒合的咬痕重合。

顧忌著人還要參加比賽，衛時最終沒有蓋戳。他要讓兔子精高高興興蹦蹦躂躂下去，而不是被自己折斷翅膀。

雖然巫瑾看上去已經和小傻子沒差。

溶洞外，機位暈頭轉向亂飛。男人替巫瑾展平作戰服，壓了壓高高興興翹起的小捲毛，以及亂七八糟的衣領。

衛時：「回神。」

指令無效。

衛時：「重啟。」

巫瑾緩慢重啟，重啟失敗，斷電再接電繼續重啟。

衛時低笑，把麻醉槍給人塞好，看巫瑾抱蘿蔔似地乖巧抱著，然後把人領著出去。溶洞邊沿，刺目的光自林間打下。攝影機正在附近遊蕩。

巫瑾驟然驚醒。

林中光影斑駁，鬱鬱蔥蔥。

男人向他打了個手勢，最後擼了把小捲毛，戴上狙擊護目鏡前唇角上揚——巫瑾似乎第一次在他眼裡看到溫暖如畫的光。

巫瑾再度當機。

意志、大腦、神經介質和神經元只知道給身體傳達一個命令——

他傻乎乎向大佬回笑。

巫瑾下山時，明堯正用尼龍繩牽著小翼龍滿山亂找，見到人出來立刻鬆了口氣，順便告對手一狀，「漫山遍野都是翼龍！哇，根本打不過，我看有的翼龍爪子上還綁了東西，你說衛選手是不是要訓練空投？」

「物資箱找到了，但是吧……天黑之前咱最好能換個地方。我不是怕死啊，我只是珍貴的團隊核心兼C位兼副智腦兼狙擊手。翼龍是衛選手放出來的，咱們去哪兒也比待在這兒安全！我覺著吧，就現在這個形勢誰也討不了好，衛選手估摸也會撤！物資箱我給藏好了，包管人找不出來，咱們就每天傍晚過來收割一下，美滋滋。」

「小巫……」他細看巫瑾，忽然一頓，誇張哀嚎：「小巫被打得好委屈啊！委屈得嘴唇都咬得發紅了！怎麼每次被欺負的都是咱小巫！」

正在咕嚕咕嚕冒粉紅泡泡的巫瑾一驚，立即想方設法讓明堯閉嘴。

回到營地的路上，巫瑾不知為何磕絆了好幾次，沼澤地旁還蹬著腿如同走在雲端。

明堯更堅定了自己的猜測，神色憐憫，信誓旦旦：「等咱們裝備起來了，就把衛選手最心愛的……」

巫瑾一頓，心跳驟劇。

明堯繼續比劃：「……心愛的那隻翼龍綁了，逼著他給咱們小巫道歉！到時候咱們占了所有地盤，我就是三疊紀明始皇；林客是弼龍溫，主司恐龍養殖；索拉是戶部尚書，每天數恐龍寫報告的那種！小巫是丞相……嘿，哥們對你夠意思吧？衛選手負責給丞相養翼龍。還有我們隊長我也要接過來，封、封封……」

他忽然敲了下明顯走神的巫瑾，「哎小巫，能冊封的最高名號叫啥來著？」

巫瑾勉強敷衍：「皇后。」

「……」明堯忽然臉紅，仔細看了巫瑾一眼，傲嬌扭過頭去，「哼。」

見巫瑾半天不開口，他又耐不住寂寞扭了回來，故作矜持地說道：「這麼巧，小巫你也粉井儀CP啊！」

巫瑾一臉懵逼。

明堯一拍他肩膀，「嗨呀你直說！早知道你也粉……要不再給丞相府賞兩個貼己的練習生兒，還有你想讓誰當正室，明始皇都給你賜婚！薄哥……哎不對薄哥太騷氣了，魏衍怎麼樣？」

巫瑾被吵得頭昏腦脹，一路走回營地。舊景重現，感慨萬千。

早上他從這裡出發的時候，騎著小板龍背了個小水壺，還是一名單身十九年的選手！

但現在——他已經是有家室的練習生了！

腦內煙花再次炸開，巫瑾把明堯往恐龍堆裡一扔就開始高興跑圈。大佬……大佬肯定是知道自己悄悄暗戀他，才會主動獻吻！

世界上怎麼會有這麼好的大佬！

巫瑾嗷嗚嗷嗚跑著，夕陽下的山山水水都顯得瑰麗壯闊，大大小小的恐龍也變得眉清目秀，林客烤的七分熟蜥蜴仔排如同驚世盛筵，天空中的翼龍就像是祝福戀人的神靈。

所願成真。

巫瑾精神奕奕開始幹活，如果昨天還是為了養隊糊口，現在就是恨不得打下江山為討大佬一笑。再等他把小翼龍養大——

巫瑾突然「嗷」的一聲蹦起。

一旁的林客立刻趕來，拖著小翼龍的尼龍繩把牠牽走，「這龍咋回事？怎麼啄巫哥腦袋！」

巫瑾立刻搖頭，「沒，就是咬了下頭髮……」

小翼龍嘎嘎叫著搧動翅膀，牠明明就看到巫瑾頭上的捲毛成精了，一會兒蓬鬆一會兒蹦躂——但以三疊紀爬行綱的腦容量，完全無法容許牠完成複雜表達。

臨近夜晚。

與明堯所想無差，漫山遍野的翼龍逆著夕陽回撤。

由於制空權緣故，四人小隊與衛時小隊同處整個賽場食物鏈的最頂端，硬碰硬得不償失。從博弈策略來看，暫避鋒芒、轉攻其他小隊領地才是最優選擇。

一言以概之，炸山、攻地、生物位入侵，奪取進化點武裝自己。

E006盆地四面環山，衛時向北方撤去的同時，四人小隊也退出戰線，將一眾大中小恐龍向來時的缺口趕去。

等到營地亮起火光，夜色已漆黑一片。

臨睡前照例是小隊例會。

明堯張了一塊降落傘帆布，也不知道從哪裡搗鼓的原始顏料，在帆布寫上了「軍機處」三個大字。完了還給自己的營帳上提了個「明皇府邸」。

按照他的說法——地得搶，架也遲早得打，貧瘠的三疊紀末，誰先稱帝誰就先有名分！

巫瑾深切覺得，明堯放一千年以前就是個被縣公安局天天滅國，抓去批評教育的主兒。

例會中，巫瑾明顯發揮失常，經常對著火堆嘿嘿嘿笑，但他仍是精準提出了被忽略的一點——比起生態共榮，衛選手專注的是翼龍單物種進化。

對方捨棄了恐龍總目，獲得的優勢也是巨大的。

衛時手中的翼龍平均翅展達到一公尺以上，最大甚至於兩公尺，在三疊紀末期幾乎匪夷所思。

「有一個小隊這麼做，就不排除還有其他小隊選擇單物種進化的可能。」巫瑾認真總結。其餘三人趕緊記下，林客舉手又問：「巫哥，衛選手的打法是怎麼樣的？聽說你和他在山洞裡頭生死相搏，破釜沉舟，拔刀相向，同歸於盡……」

索拉提示：「這不沒盡嗎！」

巫瑾一頓：「衛選手……打法很有特點。」

記憶閃回。「近戰非常有優勢……」

侵入力強、吻極端蠻橫。

「殺傷力強……」性感到讓人腿軟！

「開槍迅速，擅長戰術動作壓制……」

巫瑾一面嚴肅揉臉一面瞎瘠薄亂扯，等隊友轉移注意才悄悄鬆了口氣，坐在石塊上的兩隻腳丫子一盪一盪。如果他的前經紀人在此，定會使勁兒告誡——再好的五官也遭不住一直傻笑。

入夜。

巫瑾被安排守下半夜，然而很快就在營帳裡翻來覆去，滾成一個練習生捲兒。

他一會兒喝口水，一會兒起來擼翼龍，又把翼龍帶進帳篷美滋滋發呆。

很快巫瑾就找到了新的目標——教小翼龍踹攝影機，訓練小翼龍給大佬鞠躬，向大佬舉爪揮手，去外面放哨，最好一有人過來就嘎嘎叫！

訓練完畢，巫瑾把翼龍塞出帳篷。

小翼龍立刻叫了起來。

巫瑾只能把牠又抱回來哄了哄，再塞出去。

小翼龍繼續叫。

巫瑾無奈，撩帳而出。

雙弦月灑下，衛時抱臂看著他，揚眉，「上車。」

巫瑾驚喜抬頭。

在男人身後，翼展足足有五公尺的翼龍凌然而立，與樹影幾乎凝為一體。

衛時翻身而上，在夜風中向他遞出右手。

男人的手臂壯碩有力，他一把將跳上來的巫瑾攬住，緊接著黑影騰然而起。

碩大的翼膜像是御風的帆，附著在翅骨上劃破漆黑如墨的夜。

巫瑾心跳極快。

大佬熾熱的胸膛在他背後，心跳、呼吸於龍背上方寸之地抵死糾纏。

衛時專注看向少年，直到巫瑾從耳根紅到臉頰，仰頭轉身似要問詢——

男人一手制住翼龍脖頸，一手扣住少年五指，把人攬過來，自然而然與他交換了一個淺嘗輒止的吻。再滿意地把人擺正，往懷裡塞好。

巫瑾腦袋瞬間就像塞滿了熱呼呼的烤棉花糖，砰砰炸出甜絲絲的絮。

巫瑾悄悄地舔了舔唇，無聲傻樂。

視野俯視之中，盆地如網格密布。

山巒於橫斷處雪亮，河流粼粼奪目。偶見零星火光，有守夜的普通選手，扛著火炬爬山的魏衍選手，還有永遠在烤肉的凱撒選手。

翼龍指骨輕薄，偶爾一撲翅就能看到翼膜旁裝載的滑翔輔助裝置。大佬也沒有卸下三角滑翔翼——巫瑾突然發覺，自己竟然還偷偷捏著大佬的手！

他刷的鬆開，伸手抱住翼龍。一面使勁告誡自己，戀愛第一天，不能這麼沒臉沒皮的吃大佬豆腐！要紳士，要尊重伴侶感受……

衛時低頭，看向突然縮回的小軟爪爪。

「翼龍骨骼中空，是為了適應飛行做出的結構改變。」男人忽然開口。

巫瑾茫然回頭。

衛時：「翼展五公尺，骨骼載重不超過六十公斤，作為坐騎必須依靠滑翔輔助裝置，」他示意巫瑾去看裝載的滑翔翼，「裝置操作權在我手上。」

他冷淡闡述：「抱緊牠不如抱緊我。」

巫瑾一驚！

趁著少年愣神的當口，衛時把人往懷裡一按，命令：「伸手。」

十指再次扣合。

飛翔是神祇賜予翼龍的澤惠。山風凜冽有聲，在耳膜旁獵獵鼓動，頭頂是清輝湛湛的雙弦月，腳下是三疊紀大刀闊斧鑿出的版圖。

隨著翼龍騰空直上，腳下的芸芸眾生不斷縮小，最終在巫瑾眼中只剩下依稀輪廓。呼吸裝置均衡了稀薄的氧氣，衛時如同護住巫瑾的暖爐，在少年身後無聲驅散寒冷。

冷風仍是撲面而來，巫瑾下意識瞇起眼睛。

「閉眼。」衛時把人往大氅裡塞了塞，「現在是一千公尺低空。」

巫瑾蹭地揚起腦袋，「風神翼龍是在三千公尺夜空捕獵……」

衛時嗯了一聲：「風神翼龍能看見你看不見的光譜。人類是三色視，爬行動物有四種視錐細胞，是四色精準視覺。」

巫瑾閉著眼睛，眼珠子滴溜溜想像：「四色視……」

衛時：「只依靠月光，就能看到三千公尺下叢林最細微的色差，獵物、陰影能清晰分辨。」

巫瑾提問：「那白天呢？」

衛時略一回想，描述：「植被是有層次漸綠，黃色的芽芯實際接近透明。紫外線能給視覺提供第四種維度，灰白的石子看上去是彩色的，每一顆鵝卵石都能折射出不同的光，拼在一起……」他形容：「像色彩彙聚成河流。」

巫瑾一頓，轉身仰頭。

大佬說得太篤定，不像是猜測，倒像是從回憶中抽取。腦海中一瞬無數細節線索串聯——R碼基地、基因改造、人形兵器、魏衍超乎常人的視覺。

四色視覺。

琥珀色瞳孔悄悄地睜開，看向男人純黑的眸。

然還沒等巫瑾看出大佬的瞳孔和常人有什麼不同，衛時揚眉否定：「我不是。」

巫瑾睜圓了眼。

衛時陳述：「四色視覺是人工改造基因，在人類既有染色體上不穩定，」他停頓：「或者說，我曾經有過。」

巫瑾：「後來……」

衛時：「後來第四種視錐細胞不再分化，四色視覺消失。」

## 第二章
### 他現在是有家室的練習生了

巫瑾安安靜靜聽著。

視覺降維，就像是原本彩色的記憶突然黑白，直覺中絕大多基於色彩的條件反射都必須打碎清零。他忽然狠狠吸了口氣，似乎能看到年幼的大佬因為改造基因坍塌，重新認知視覺，在原本毫無阻礙的黑暗中艱難摸索。

就像是被蒙住眼睛的翼龍。

巫瑾低聲開口：「四色視覺消失，會不會很難適應……」

衛時操縱翼龍向更高處飛去，「不會。」

他把人往懷裡攏了攏，眼神微動。少年微微皺著眉頭，五官在朗月下蒙了一層光，像是把人往黑暗外拉扯的焰，帶著溫暖的神性。

視覺維度似乎頭一次這麼鋪開。

「不會。」衛時緩緩重複：「看你的時候，它們——那些色彩就會回來。」

巫瑾呆呆看了他兩秒，蹭的一下回頭。

翼龍一路扶搖直上，略過星羅棋布的峽谷，無邊無際的山脈。

巫瑾不得不再次閉眼，直到寒風驟停，翼龍盤旋向下，源源不斷的熱氣自地面蒸騰。

衛時把他的供氧設備扣到最後一檔——和外接空氣完全隔絕。

「睜眼。」

巫瑾睜開雙眼，向下俯瞰的一瞬瞳孔驟然明亮。

這是一處地圖盡頭的火山，白煙在月色下滾動，火山口發出幽光——

白煙繚繞之中，是藍色的、妖冶的，電光穿徹般詭異的岩漿。

岩漿本該是紅色，藍色就像是人類對脈搏的錯視。硫磺從火山中噴出，在高氧下迅速燃燒噴出藍色烈焰，又有一部分冷凝為液體，順著火山口的紋路向下流淌。

一片漆黑的夜色下，地底灼熱的純藍靜謐延伸，如同魔鬼盛大的祭祀，高貴的血液肆意流淌。從千尺高空看去，靡麗詭譎，脈絡縱橫。

衛時擦著巫瑾耳邊，聲線低沉：「喜歡？」

巫瑾使勁兒點頭點頭，幾乎要點成虛影，小捲毛在男人臉頰磨磨蹭蹭。

衛時輕笑。

原本看火山看得目不轉睛的巫瑾卻突然回頭望向男人。

衛時扣住他的掌心，抬起，在他手背上落下一吻。

最古老的效忠禮。

巫瑾砰地再次炸開。

翼龍對火山、硫磺有著本能的畏懼，在盤旋幾周之後就載著兩人回程。

巫瑾不知道是被火山烤的還是被撩的，整個人像一隻鬆鬆軟軟的兔子餅，嚴肅分析起賽程來也毫無氣勢：「……大、大哥，等到火山爆發，就是三疊紀結束，侏羅紀開始……」

「現在還剩一百三十四位選手存活，等新紀元開始，地形重塑，整片大陸應該會打通，規則有可能會繼續發生變化……」

衛時聽他呱唧呱唧說著，偶爾開口參與討論，並在失重來臨前把人按住——防止兔子餅被拋成兔子甩餅。

巫瑾在小隊中當值下半夜，降落後，臨近換班還剩一個小時。

少年明顯不想睡覺，蹦蹦躂躂恨不得繼續膩歪下去。衛時看了眼時間，強行命令巫瑾入睡。

男人手段老辣，巫瑾愣是在兩分鐘後意識昏沉。

陷入夢鄉之前，最後看到的是撩起營帳的夜風，透入帳中的月光。帳外小翼龍在撲棱大翼龍的翅膀，還有帳內帥氣的大佬——

如夢似幻。

巫瑾迷迷糊糊說了一句：「侏羅紀見……」撲通一聲把自己埋到了用一進化點兌換的被子枕頭裡。

衛時又靜靜看了他許久，撩帳而出。

侏羅紀見。

清晨。

守上半夜的明堯顯然還沒睡醒，打著瞌睡爬起來去找物資箱「收租」進化點。

和巫瑾換班後，他依次夢到了少年時候的隊長、井儀基地的滷雞腿飯，然後被翼龍吵醒——再夢到自己登記稱帝，一半朝臣吵著要立后，再次被翼龍吵醒——

然後是隊長牽了根繩子出去溜狗，自己高高興興問啥時候買的薩摩耶，隊長說這不是薩摩耶，是在他膝下養大的嫡太子，那薩摩耶開口一叫，嘎嘎嘎嘎，於是又被翼龍吵醒——

明堯數完進化點，用麻袋套了裝了，氣衝衝跑過去跟巫瑾告狀：「哎我說這翼龍傻不拉幾的，半夜不睡覺這麼興奮作甚！」

再定睛一看，那翼龍還真不樂意睡，正到處亂飛。

再一看，小巫這狀態……

進化點跟昨天一樣，怎麼數著還傻笑吶！

巫瑾立刻收斂笑容，小圓臉強行嚴肅：「進化點沒變。」

「三疊紀進化觸頂了。」

明堯反應過來：「紀元要結束了？」

巫瑾點頭，「三疊紀—侏羅紀滅絕事件，百分之十五的物種消失，恐龍正式成為優勢物種——我們要開始準備應對第二次滅絕。」

明堯打了個響指，比起捉襟見肘的二疊紀，他們完全有足夠進化點兌換應對滅絕的呼吸設備。他忽然納悶開口：「咱們能上山躲著，這些恐龍……」

巫瑾收回看向遠處的目光，「紅皇后遊戲一共有四個版本。二疊紀、三疊紀、侏羅紀和白堊紀。任何遊戲，版本更新都伴隨著對上版本高等級、高裝備玩家的制裁。只有強行縮小玩家間的差距，才能在版本中重塑『可玩性』。」

明堯一頓：「你是說，咱們就是三疊紀的滿級玩家，大滅絕——也就是版本更新之後，我們手中的物種優勢會歸零？」

巫瑾：「對，但是進化點優勢還在。」

明堯聽到這句，終於鬆了口氣：「行吧，侏羅紀，咱雖然等級清零，倒是可以當氪金玩家！現在三百六十個進化點在手，小隊也武裝差不多了，回頭玩把大的！那侏羅紀啥時候開始，還有你這翼龍怎麼飛來飛去，今天能不能吃椒鹽翼龍啊……」

明堯忽然卡殼。

遠處轟隆隆大地震顫，板龍慌忙逃竄。龍群尾巴後面沒有捕食者——就連腔骨龍都在到處亂跑。不僅是翼龍，幾乎所有生物都陷入反常的躁動之中。

明堯看了一眼自己脫了繫在腰上的作戰服，喃喃開口：「井水變濁，動物反常，突然升溫……自然災害……」

他眼神一肅。

巫瑾一個呼哨，把小翼龍抱入懷中護好。林客、索拉也迅速反應過來，林客拎了兩隻腔骨龍，就跟拴蜥蜴似地用尼龍繩一捆，索拉則強行趕了一隻小板龍過來跟隊。

空氣瀰漫著淡淡的硫磺味。

板塊崩裂，火山迸發，海升陸沉。

巫瑾和明堯對視一眼，「走。」

生靈倉皇逃竄，持續五千萬年的三疊紀湮滅——

真正的恐龍霸主時代，侏羅紀，終將開啟。

三疊紀的隕滅，同樣伴隨火山爆發、大量水合物氣化。

山脊岩洞外，濃煙滾滾而來，視野幽茫悲愴如煉獄。

岩洞內——

「連了連了！斜著數正好五個！」明堯大聲嚷嚷，直拍大腿。

明堯得意洋洋，刷的撕了張白條下來，遞給林客，「落子無悔，輸的人自覺啊！」

在一旁無辜圍觀的腔骨龍只覺虛影一閃，腦袋上又被貼了一張白條兒。

山洞內空氣溫暖，一角層層疊疊鋪了不少枝葉。

地上被劃出來一塊用來下五子棋，巫瑾、索拉正排隊等下一局，明堯、林客還在地上蹲著。

輸了就要貼條——林客、明堯的兩隻腔骨龍頭上貼了不少條子，索拉的白條掛在小板龍的腿肚子上，只有巫瑾實力保住小翼龍。

「智腦得謙讓啊，」眼看下一局對手換成巫瑾，明堯立刻提議：「要麼咱就跟圍棋一樣，小巫開局讓幾個子？四個子怎麼樣……」

巫瑾抓狂：「這是五子棋……」

一旁，剛剛敗北的林客活絡了兩下筋骨，將抵在洞口的防水布扒拉開少許，神色頓時一喜：「火山灰散了！」

幾人瞬間蜂擁而出——

視野一片寬闊，高高低低的山巒在持續了整整一天的震盪中幾乎被夷為平地，蕨草、巨木群依然蓊鬱，原本密密麻麻的恐龍群卻徹底消失。

遠處傳來嶄新的獸吼。

輪迴涅槃，生生不息。

許久，明堯感慨：「溫度變高了，山脈下沉，盆地貫連。是侏羅紀沒差了，而且遲早要和其他小隊遇上……」

他忽然一頓，四人幾乎同時掏出了微微發燙的進化點。

# 【第三章】——適者生存，不是強者生存

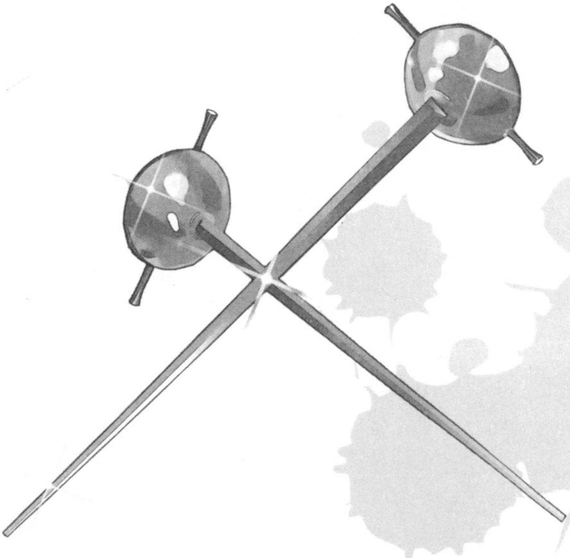

克洛森秀第四場淘汰賽地圖中，所有存活選手都在這一刻收到了節目組的提示。

巫瑾迅速把進化點螢幕打開，兌換清單還在，一旁卻多出一欄飄著「NEW」。

點進去後，隊伍介面伴隨著密密麻麻的說明呈現：小隊組成：蓓天翼龍×1，腔骨龍×2，板龍×1，智人×4。

介面中，不同物種的資料附加在簡略結構圖旁，同樣可以點觸的還有小隊恐龍的4D投影——以小翼龍為例，模型旁有個淺色的「研發」按鈕，顯示可以投入進化點研發「基因進化」，並有膜翅、大腦、利爪、牙齒、體型等多個進化方向可供選擇。

巫瑾一愣，呼吸頻率微變。

進化點此時不僅能夠用於武裝選手，還可用於武裝恐龍。

而當下拉到頁面最末，一行小字浮現。

蓓天翼龍，種群已存活週期：0（當前收益：0×1＝0進化點）

腔骨龍，種群已存活週期：0（當前收益：0×2＝0進化點）

「規則變了！」巫瑾飛速開口，將介面投影到幾人正中，「進化點可以用於物種基因研發——比如，跑速更快的腔骨龍，體型更龐大的板龍，翼展更長的翼龍。」

「而且進化點不再由物種多樣性產生。」他指向當前收益那行小字，「進化點收益只和種群生存週期相關，種群能存活多久，獎勵的進化點就有多少。」

「那麼遊戲規則非常簡單——選手投資物種進化，成功的物種得以生存，換取進化點利潤。而一旦進化方向錯誤，物種存活機率就是零，選手血本無歸。」

明堯張大嘴巴，「等等，為什麼是看存活時長？如果節目組最終目的是讓選手培育基因完美的恐龍，把所有恐龍聚起來打一架不就行了？」

巫瑾抱起小翼龍，一面冷靜陳述：「為了公平。」

「再弱小的草食恐龍也是生態鏈中的一環。物競天擇，適者生存而不是強者生存。侏羅紀遊戲的規則——不是為了培育出最強獵殺者，而是為了培育出最適應環境的完美物種。」

「如果二疊紀是滅絕之戰，三疊紀是共榮進化——從侏羅紀開始就是真正的叢林法則。侏羅紀到白堊紀，最大的特點就是高節奏、高強度的極限進化。」

「高等植物出現，水文分布密集，優渥生存條件下物種進化飛快，越是古老、越是進化緩慢的物種越容易被淘汰。」

「想要賺取進化點，遊戲玩法只有一種。」巫瑾深吸一口氣：「進化種群，為牠打造賴以生存的兵器，讓牠不惜一切代價活下去。」

一旁林客恍然，一抓腦袋，「巫哥巫哥，咱是不是可以訂製自己的恐龍了……」

明堯熱血沸騰：「要不麼先把霸王龍搞出來——管他什麼大腦、體型、咬合力強化，等等，這些對應的是不同的物種分化方向？」

巫瑾點頭，「對於小隊來說，恐龍就是戰力。物種分化——就是兵種分化。」

明堯還待再說，不遠處突然一聲獸吼。

翼龍不安地撲打著翅膀，又是驚疑又是畏懼，兩隻腔骨龍不甘回吼，氣勢卻硬生生差了不少。次聲波貼地而來，蕨葉簌簌而動，大地從微微震顫，到因振動轟鳴。

索拉迅速伏地，「巨型掠食者，體重兩噸到三噸……」

明堯瞳孔驟縮，「不可能，這才侏羅紀初期！」

巫瑾眯眼看向不斷振動的樹林，心中預感不祥，「看植被，現在至少是中晚期。如果節目的玩法是極限進化，直接把時間線跳到晚期也不是沒有可能。」

兩人突然噤聲，幾乎同時想起一件事。

漫長的史前進化圖譜上，絕大多數殘暴獵食者都出現在白堊紀末期，除了其中一種——蜥臀目獸腳亞目恐龍，晚侏羅紀出現，食物鏈無可撼動的頂端，兩千萬年內所向無敵。

身長九公尺，體重一點五到三點五噸……

巫瑾一把抱起翼龍，火燒火燎地大喊：「跑！」

身後，碩大帶腥臭味的褐色頭顱出現，巫瑾趁間隙回頭，琥珀色瞳孔驟然灼燒。血液沸騰，分不清是肅然敬畏還是戰意激蕩，身後三公尺高的掠食者就像最精美的藝術品——牠沒有白堊紀這麼漫長的演化時間將每一寸骨骼、肌肉調整到精微，但牠卻以一種最簡單粗暴的方式登頂。

異特龍，又稱躍龍，跑速每小時三十至五十公里，擁有社會行為，通常採用群體伏擊方式出獵。

四人毫不猶豫地打開奔跑推進裝備——異特龍最大時速五十公里，身嬌體弱的智人單憑肢體力量完全不可能從牠爪牙下逃脫。

巫瑾一馬當先跑在前面，明堯扛著腔骨龍緊跟其後，「臥槽異特龍，異特龍啊！霸王龍都能鬥一鬥的玩意兒！今天啃板龍，明天吃翼龍，要是想嘗點新鮮的，兩片蕨葉裡外一包，中間夾個小巫兩口就能吞了，跟生菜夾烤肉似的……」

巫瑾勉強在勁風中大喊：「你——能——拿自己舉例嗎——」

巫瑾突然轉頭，「等等，索拉！」

明堯跟著回頭，索拉已是落到了隊伍最末。索拉養的小板龍每天胡吃海塞，雖然還是幼體，已經將近一公尺二十公分高，他硬生生拖著板龍，即便有推進器助力仍是差一步就要被異特龍追上。

蜥腳類，包括板龍在內，是異特龍食譜中的最愛。

此時小板龍就像一塊鮮美的午餐肉……

巫瑾定定看了幾眼，毫不猶豫掏出麻醉槍，推出藥劑，注射器上膛。

明堯傻眼，「你你你……」

巫瑾飛速做開戰準備，「你去幫索拉保護午餐肉。」

明堯一呆：「你真要去打異特龍？不是我說啊，咱們這板龍不大好帶，超重！要不……丟了也就丟了，我算過了，腔骨龍和霸王龍一樣都是獸腳亞目，有兩隻小骨在，咱不愁弄不出霸王龍……」

巫瑾打斷：「不一樣。我們只有這一隻食草恐龍。」

明堯熄聲，半晌也跟著掏出槍，嚷嚷：「你一個人去？一個人怎麼打……」

明堯突然張大了嘴巴。

巫瑾將作戰服外套拉鍊扂扂拉開，鬆鬆垮垮的領子下露出少年漂亮的脖頸、肩胛、鎖骨。

明堯喃喃：「怎麼紅了一塊，看上去有些時候，誰給捏的……」

巫瑾嗖的一下轉身，小捲毛故作無事翹起。然而明堯的視線很快上移，注意力被吸引。

翼展只有六十公分的小翼龍停在巫瑾肩側，就像是少年馴養的鷹。

這一幕卻又遠比馴鷹要詭譎——翼龍線條簡明俐落，從鼓起的眼，到手骨黏著的膜都泛著爬行綱特有的冷光。

明明是最不易近人的凶獸，爪子卻聽話地掛在巫瑾的外套上，翅膀不斷撲動。

巫瑾撫摸上翼龍的薄翅，低聲沉吟：「——走吧。」

他是隊裡唯一的突擊位。

小翼龍看上去跳脫得很。

翼龍的腦容量不足以接受更複雜的資訊，但被巫瑾馴養了好幾天，一旦形成條件反射，就能成為少年最大的助力。

腳底的推進裝置再度打開，這一次巫瑾調轉方向，毫不猶豫地向異特龍迎面撞去。

鬆散披著的外套逆風揚起，翼龍振翅追隨，耳邊侏羅紀的熱風呼嘯，被挑釁的異特龍在低頻巨吼。巫瑾瞇眼，他甚至能清晰看到進化完美的頜部中腥臭尖利的牙齒，上下撐開，一旦獵物被咬中，異特龍可以在零點幾秒之內將頜部再次左右擴張，將死死卡在齒槽的食物吞下。

就是現在！

身後傳來林客的驚叫，明堯爆了一聲粗口，異特龍的獸眼已經完全鎖死了密林中與他間隔不足四公尺的巫瑾。漆黑的作戰服就像是鮮明的靶，牠赫然張開血盆大口——

巫瑾閃身躲入巨木之後！

肩頭的翼龍利爪幾乎在同時刺破作戰服，卻沒有鑿入巫瑾肩臂。牠在電光石火之間將外套扒拉了下來，扔到半空——如同無數次訓練一般，翼龍撲翅提著作戰服飛出。

跨越整個中生代，即便是最聰穎、最有可能進化成智慧物種的傷齒龍，牠們的大腦都遠不足以分辨這類金蟬蛻殼戲法，更不提將顱腔塞滿肌肉的異特龍。

異特龍下意識對著懸空的作戰服嘶吼，再不去管樹後的巫瑾。

巫瑾安靜趴伏在樹後，將麻醉槍劑量推到最大。翼龍越飛越高，被激怒的異特龍就著後足站起，露出沒有任何骨骼保護、角質層稀薄的腹部——

麻醉推進器悍然出膛！

巫瑾低頭看了眼進化點，藉著腳底裝備加速掉頭離去。身後枝葉折斷、巨獸吃痛長嘯，翼龍依然抓著外套嘎嘎高飛……

直到異特龍轟然倒地。

麻醉劑最先截斷的是牠的後半身，如異特龍這類九公尺多長的龐然大物，必須依靠長尾來平衡沉重的頭部，即便麻醉劑只在局部生效，牠已是寸步難行。

身後，明堯遙遙接應：「上山！」

小隊四人拖家帶口，藉著其餘異特龍還沒趕來支援的間隙，將板龍塞到僅有一人高的岩洞中，終於鬆了口氣。

明堯撐著膝蓋，不斷喘息，少頃抬頭，敬佩看向巫瑾。

巫瑾向他示意了一下手中的進化點，「剛才異特龍中麻醉的時候，我看過一眼，小隊成員沒有增加。麻醉捕獲的恐龍不算作小隊物種。」

明堯點頭，倒是不意外，「看來通關手段只有一種，只能進化，不能捕獲。」

岩洞外，轟然又是一群異特龍跑過。

索拉略作估算，「有組織，有社會行為，跑速每小時四十五公里，比牠快的沒牠能打，比牠聰明的跑不過牠——這片區域，任何物種都不是異特龍的對手。」

逃殺選手尚有方法逃脫。

除此之外，任何種群的存活時長，都會因為異特龍掠食而被無限削減。

明堯清了清嗓子說：「咱們現在有四百二十一枚進化點，異特龍又不是天下無敵，咱們玩把大的，不就是砸進化點嗎！製造個咬合力比牠強、體型比牠長、腦容量比牠大的震古鑠今掠食者……」

巫瑾、林客和索拉同時眼前一亮。

明堯嘿嘿一笑：「霸王龍！打牠丫的！」

光線昏暗的岩洞很快被搭建成了臨時實驗室，被幾人寄予厚望、被歸為「暴龍先祖」的腔骨龍被恭恭敬敬地請到實驗臺上掃描。

——雖然這位先祖只有公雞大小，還是在被索拉將其餵得特別肥美的情況下。

腔骨龍資料很快地在螢幕中顯現，一行可選強化分支啟動。

體型（使用二十進化點），速度（使用二十二進化點），咬合力（使用七進化點），前肢（使用十六進化點）……

明堯一個投票沒數完，四人齊齊指向體型。

這位狙擊手一個響指，按下按鈕。一刻鐘後，執法機器將明堯這隻小骨連拖帶拽拎走，在岩洞外倒下子似的咕咚咕咚扔了好幾隻恐龍。

「肉食，身長二至三公尺，四隻，跑速每小時二十公里。」巫瑾看向面板，彙報：「生存週期……」

明堯已是擰起眉頭。

只有異特龍三分之一長，跑得還沒人家一半快，四隻恐龍完全可以命名為獻給異特龍的飯後馬卡龍。

他再次抽出二十二進化點，「砸速度？」

小隊齊齊同意。

一刻鐘後，第二批恐龍被送到，同樣二至三公尺，極限跑速已經與異特龍相當。此時牠們看上去更像是某種手盜龍科——除了爪子稍鈍。牠們的身上甚至覆蓋了細密的羽毛，這類恐龍通常生活在叢林……

明堯屏著一口氣：「怎麼樣！能打不！咱們小骨吃肉這麼猛，進化出來的肯定……」

說話間，其中一隻仿款手盜龍安靜埋頭，吃了一口蟲。

明堯大吃一驚：「……牠吃蟲子？咱們花了這麼多進化點栽培，是指望牠去勇者鬥惡龍的，牠牠牠吃蟲子？臥槽牠還吃草——」

巫瑾定定盯著那隻恐龍看了半天，許久才糾結開口：「……進化決定。」

「我們的方向可能一開始就錯了。侏羅紀末期大型食草動物有限，能供養的掠食者也有限。這類恐龍……與異特龍競爭必然敗北，為了攝取維持肌體運轉的蛋白質，只能選擇別的獵物，退出食物鏈頂端而尋求轉型。」

明堯神色微變，眼神顯見沮喪。

巫瑾思索許久，目光看向一旁安靜吃草的小板龍，最終在一片寂靜中慢慢開口：「我有一個大膽的猜想。」

幾人刷刷看向他。

「種群規模、種群生存時長都可以換取進化點盈利。如果我們的目標是擴大種群——自然界裡，草食恐龍的數量永遠會優於肉食恐龍。」

明堯一個卡殼：「你是說，培育草食恐龍？但是吧，就小板這個體型、智商，異特龍要吃牠是絕對沒有反抗餘地。」

巫瑾點頭，「萬一異特龍吃飽了呢。」

幾人一愣。

巫瑾：「掠食者總有吃飽的那一天，比起創造更多凶殘的掠食者——最簡單的通關方法，就是進化出無窮無盡、掠食者也吃不完的食物。」

索拉忽然開口：「但是掠食者也會繁衍，會增加。」

巫瑾掃了眼板龍，認真回答：「那就讓牠的食物——繁衍得更快。」

克洛森秀導播室，鏡頭依次掃過辛勤耕耘的每個小隊。

血鴿順次點評：「每個小隊，最大的對手都是同等環境下的侏羅紀頂級掠食者。」

「佐伊在滅絕中保住了喙頭鱷，但他現在面對的是沼澤王者大頭鱷；巫瑾明堯需要對付異特龍；左泊棠正在處理的是一大群手盜龍；衛選手依然在發展翼龍，但是注意，侏羅紀後期，鳥類出現——天空殘酷的生存鬥爭已經開始。」

「魏衍選手——這位唯一在三疊紀遊戲中沒有積累任何資本的種子選手依然一身白板，但是他……漂亮！魏選手想到了一個最佳方案。他的個人擊殺已經從六跳到了九……」

岩洞中，無辜吃草的板龍最終被推上實驗臺。

草食恐龍的進化點數比肉食略低，巫瑾的第一選擇就是體型。要讓異特龍吃飽，首當其衝就是要肉多。

四隻肉乎乎的小恐龍很快被丟在山洞外，牠們優良繼承了板龍的基因——身長恢復到了三疊紀滅絕前巔峰水準，六至九公尺之間。

其中一隻更是一邊吃草一邊快樂生蛋，一邊生蛋一邊快樂踩踏……

明堯一臉恍惚，「這玩意兒不絕後真是說不過去……」

巫瑾趕緊又把進化點砸到「育崽」上面。

四隻同樣身長九公尺的恐龍被替換出來，牠們有著深褐色的脊背，像溫柔的鴨嘴獸，剛一落地就開始認真築巢——扁平的鴨嘴在柚子般大的龍蛋上拱來拱去。

巫瑾仔細思索：「我好像記得這種恐龍……慈母龍！」

記憶被翻到資料頁：「和標準慈母龍有微小差距——當然，正版慈母龍是白堊紀恐龍。慈母龍育雛需要將近一年，連續幾個世紀被評選為『最偉大的爬行綱母親』之一，全身沒有任何防禦措施，活下來主要靠群居，龍多勢眾……」

巫瑾瞬間傻眼。

山洞外一共就四隻慈母龍，還需要整整一年時間養蛋，幾乎不可能適應侏羅紀末期的高強競爭節奏。

巫瑾靈光一閃，瞬間開口：「等等，繁衍種群不一定需要育雛，還可以通過大量產卵應對低生存率……」

腦海中隱隱劃過一個身影，幾乎是侏羅紀末期象徵性的卓越草食恐龍群。

「還有，要大型化，」巫瑾補充：「越大越好。」

明堯指向面板：「要不要試試腦容量？給牠砸聰明點，自己知道躲著異特龍，別跟個靶子似的到處亂跑。」

巫瑾卻是迅速搖頭，「不用，這種龍就是異特龍的午餐龍，逃都不用逃——只要牠學會最基礎的反射，知道吃和產卵就夠了。」

「……」明堯一陣恍惚，面色匪夷所思：「你確定？腦容量變小難道不是反進化……」

巫瑾看向他，「不。智慧是武器的一種，但是進化不偏愛強者。」他重複：「是適者生存，不是強者生存。腦容量退化是在為其他賴以生存的物種特徵讓步。只要草食恐龍足夠大，牠站著不動都能抵禦一切外在威脅。異特龍只有九公尺，如果草食恐龍進化到三十公尺……」

三十公尺。

林客第一個呼吸急促，他和索拉交換了一個眼神，同時想起了某種龐然大物。

一刻鐘後，十二公尺長的恐龍扒拉著小胖手出現。

兩刻鐘後，二十公尺長的迷惑龍落地，四隻厚重的腳掌踩向地面。

「你看，」巫瑾輕聲道，視線追隨著侏羅紀的巔峰進化產物之一，「獵物為了抵禦掠食者必須長得更大——意味著牠們必須落下兩隻前爪支撐沉重的身體。」

「幾千萬年前，恐龍用兩足跑贏了所有生物，站在生態的最頂端，現在又換回緩慢的四足。不是因為退化，而是因為，一些優勢必須給牠們用來拯救族群的體徵讓步。」

對於迷惑龍，只有放棄奔跑，才能活得更久。

迷惑龍全然沒有慈母龍的育崽激情，基本就是產了卵隨便找個坑埋埋了事。岩洞周邊很快堆滿了亂七八糟的蛋坑，巫瑾甚至見到過一次，龍媽媽挖了個坑——看到之前埋下去的蛋，於是擠一擠繼續埋。

這類食草恐龍果然對得起腦容量零加點。

然而迷惑龍卻比任何恐龍都要容易存活。

生存率高，無時無刻不在吃，沒事幹就創造下一代，一個成熟、自足，在異特龍飽餐一頓之後還能維繫種群繁衍的物種——畢竟二十公尺長的迷惑龍使勁吃也吃不完。

小恐龍接連不斷從蛋殼冒出，高高興興奔向森林，雖然絕大多數都會在成年之前消失，但卻又有數不清的迷惑龍加入成年龍的行列之中。

一晝夜過去，小隊成功在迷惑龍種群上收獲了侏羅紀的第一桶金，加上之前亂七八糟的——共四十二點進化點。

「四個智人、四十四隻恐龍，大的被吃了兩隻……」

明堯捏著個小本本統計龍口，喜不自禁。

有了初始進化點回饋，四人小隊再度投入瘋狂研發之中。

繼續大型化——得到身長三十公尺的恐龍，梁龍。

從盤龍的背帆得到靈感，給食草恐龍加上恐嚇性裝飾——得到類莫雷里亞禽龍。

給食草恐龍裝甲——得到劍龍。

岩洞附近，兩隻異特龍緩緩走來，似乎被吃撐了不少。獸吼低聲交談——最終擄了一隻沒吃過的養殖龍押送去林間享用。

林客納悶：「我咋覺得，牠倆速度變慢了咧？」

明堯嘖嘖鄙視：「每天吃自助，不吃傻才怪！」

然而明堯的狀態也和異特龍差不多——面前擺了個燒烤架，上面兩個溏心蛋還在煮著。明堯打了個飽嗝，視線向上看去，終於找到了梁龍脊背上一隻小小的小巫掛著。

克洛森秀導播後臺。

節目PD掐了個菸頭，納悶：「咱們節目是做的逃殺秀對吧？不是農業致富經？」

小編導點頭點頭，見PD目光掃來一個激靈，趕快又搖頭搖頭。

節目PD一拍桌子，「那還杵著幹啥！把屏障撤了，喊劇務準備，讓各小隊交戰——」

山巒轟轟晃動。

正在騎龍的巫瑾眯眼看向前方，突然：「敵襲，敵襲！」

明堯慢悠悠吃了一口溏心蛋，若有所思抬頭，「這個留給隊長……臥槽？隊隊隊隊長？」

明堯一拍石頭站起，指著遠處，滿面紅光炫耀：「看到沒，我隊長賊帥——等等，誰在打我家隊長？」

林客結結巴巴：「魏、魏衍……」

明堯驚怒，抄了傢伙就要上去暴揍魏衍，林客趕緊拉住，悉心勸說鷸蚌相爭漁翁得利，明堯立刻反駁我家隊長那是河蚌嗎？他是珍珠貝，正在此時又一道塵煙翻滾。

薄傳火領著一長串羽毛亂飄的女妖龍出現，斜坐在一看就是妖豔賤貨的頭龍脊背上，把自拍杆舉成了指揮刀，背後雞飛狗跳。

河灘一側，佐伊驅著鱷魚緩緩趕來，渾身淤泥，滿臉滄桑。

進化點為零的白板凱撒正緊張躲在叢林深處——這廝淘汰賽開始之後竟然還吃胖了，小肚子貼著樹。

再遠處，意外被分到一組的卓瑪兩位選手，簇擁著用盡全隊進化點之力砸出來的舉世瑰寶——唯一一隻霸王龍緩緩前行。

林客噗的一聲，崇敬的小眼神瞪圓，差點沒把水吐出來：「霸王龍怎麼走得這麼慢？」

索拉：「……霸王龍本來就慢，你不知道？」

「那他們幹啥不先走？還等霸王龍一起走？」

「為了照顧霸王龍的尊嚴吧。」索拉胡亂猜測。

分隔在各小隊之間的屏障終於撤去。

所有選手都被節目組趕向中心區域，還剩八十四人存活。

明堯戴上全部裝備，準備爬上梁龍應戰，「哎你們誰再數數，我怎麼覺得少了四個人，就是一個小隊……」

天空中滑翔翼突現，明堯隱隱認出是那位衛選手的隊友。

繼而是兩團巨影——

牠們比任何滑翔翼都要寬闊，在上升氣流中如同肆意翱翔的信天翁，翼長近十三公尺。

於三千公尺晴空之上凌空展翅。

巫瑾仰起脖頸，眼中映出遮天蔽日的翼。

有人在急促驚叫：「風神……」

風神翼龍，兩隻。

翼龍頸間摩挲的手掌微沉，衛時吩咐：「下去。」

在他身後，另一隻風神翼龍脊背空空，探頭探腦。

衛時指著渺小成一個點的巫瑾，把第二隻翼龍招來示意：「看到了？」

翼龍引項長鳴。

兩隻翼龍同時俯衝——期以為禮，納彩親迎。

天空傳來呼嘯。

起初有人以為是翼龍在怪叫，聲源益發尖銳，猶如沸騰的尖哨——竟是薄翼急速切割高空帶出的摩擦聲響。

十二公尺巨翼令人悚然驚懼——牠們是象徵著絕對制空權的兩把尖刀。

兩千公尺之下，喧鬧的地面突然有倉促驚呼：「有人，翼龍背上有人——」

衛時騎在龍脊之上，破濃雲霧靄而出。

一往無前。

叢林內，凱撒目瞪口呆，用手肘子推了下隊友，「他這個龍……他們這個龍，是天上掉下來的，還是節目組分配的？咱們要去哪裡才能領到，現在還來不來得及……」

卓瑪娛樂，兩位選手表情呆滯：「好炫酷……」

身旁，霸王龍正對著風神翼龍暴怒低吼，後肢激踏出飛塵石土。兩者同處於食物鏈最頂端，在白堊紀世代纏鬥了幾百萬年，骨子裡的暴虐被激出，生死戰一觸即發。

克洛森秀導播室，在觀眾嗷嗷沸騰的當口，攝影師慌不迭操作鏡頭對著低空聚焦！

翼龍在離地不到一百公尺，堪堪收翼改為飛掠。

接近鏡頭之後，這位龐然大物益發讓人膽寒。不看橫縱，單只這麼虛虛懸著就有長頸鹿之高，何況還是滑翔在空中的長頸鹿。翼龍沒有柔軟的絨毛、沒有萌系的斑紋、沒有水汪汪的眼和柔弱的鹿角——牠只有深藍色令人悚然發怵的頭冠，布滿血管的、嶙峋的翅，和冰冷無機質的眼。

小攝影師突然隱約記起，衛選手的瞳孔多數時候也是冷冰冰的。

機位不斷上調，終於將龍騎士納入視線——

應湘湘忽然誇張捂住心口，臉頰緋紅。

男人眉目淡漠，深邃的眼窩下，浸入冰霜之中的瞳孔卻像是燃起一簇烈火。他脊背挺直，在疾風中巍然不動，與座下猙獰、咆哮的異獸形成鮮明對比——明明極冷，身後麻醉槍與尖刀輕易激起觀眾的血性。

翼龍是霸占天空的風神，他就是駕馭風神的王。

衛時掃了一眼鏡頭，頭也不點，就視線這麼一掠，像在看某個無關緊要的物事。

觀眾卻愣是被這一眼蘇得哇哇亂叫。

「這是什麼神仙馴龍咿嗚嗚嗚——」

「吾王，帶我上天啊啊啊！」

「帥慘！節目直播兩天粉絲暴漲百萬……加我一個！小哥哥我宣你啊！」

應湘湘離了麥克風，喃喃無聲自語：「看人不帶低頭，就眼皮子向下一掃。這年頭抖S還來當練習生了……」

身旁，血鴿接過麥克風解說戰況：「風神翼龍，又名披羽蛇神翼龍，藍星幾億年進化史上，天空中存活過最龐大的物種。牠們有最長的翼展、最堅硬的骨骼，牠們不僅是草原上空的凶神，漫長的一生中還要無數次征服海洋，在狂風巨浪中遷徙。」

「牠們也是極少數敢於掠食霸王龍幼崽的凶獸之一。要維持飛行，牠們需要非常可觀的蛋白質和熱量。」

「現在從鏡頭裡可以看到，兩隻翼龍正在盤旋降落。在絕大多數選手選擇食肉恐龍的前提下，巫瑾明堯小隊非常有意思。他們的養殖場內遍布了梁龍、劍龍、腕龍，對於剛結束一段短途飛行的翼龍來說，這麼多食草恐龍類似於露天擺放的甜點臺，」血鴿突然加速：「一隻翼龍向梁龍過去了！」

混戰中央，明堯呆呆看向驚慌四散的梁龍群，和窮追不捨的風神翼龍，突然反應過來：「臥槽，小巫還在梁龍背上！」

攝影機飛速追趕，巫瑾已是迅速展開了滑翔翼，準備從幾十公尺高的梁龍身上跳車，視線卻始終無法從空中移開。

風神翼龍是造物主手下最完美、瑰麗、驚心動魄的藝術品。

騎在龍背上的大佬讓他幾乎目眩神迷——

第一隻沒有載人的翼龍飛撲而來，與巫瑾擦肩而過。

巫瑾屏息。

翼龍歪著腦袋，似乎是在好奇看向他。梁龍在拖著沉重的身軀奔跑，翼龍控制著氣流不緊不慢追著，突然斜刺裡湊了過來，翅骨一扒拉，訓練有素地去撲騰攝影機。

第二隻翼龍緊隨而下。

刺目的光被薄薄的膜翼遮擋，振翅之餘揚起鋪天蓋地的灰塵。遠處昂然嘶鳴，選手和導播室的注意力再度被分散：霸王龍一腳差點踩到佐伊辛苦培養的帝鱷身上，斜刺裡衝出數隻大鱷小鱷就要對霸王龍實施圍剿——

在被分割的戰場一端，巫瑾揚起脖頸。

天空被兩隻翼龍籠罩，透過長翼的日光昏黃曖昧。

男人翻身而下。

他自四公尺高空跳上寬厚的食草龍脊背，左手厚實的狙擊手套握住翼龍尖利的爪，藉著滑翔的軌跡俐落拔出背後的麻醉槍，上膛。

明堯趕不及地追過來應援，見狀一扯嗓子：「別，小巫快跑啊啊啊啊！」

漫天塵土之中，他只隱隱約約看到巫瑾像撲騰的小魚一般反抗，卻被土匪衛時直接抵入被翼龍遮擋的盲區之中。

明堯：「救命啊啊啊！謀殺小巫了呃啊啊啊——」

衛時手中正要對準巫瑾的麻醉槍一頓，在沒入視野盲區之後突然抵上了少年泛紅的耳朵，冷硬的槍口在少年柔軟的敏感帶摩挲。

巫瑾幾乎在同時扔了槍，軟塌塌的滑翔翼凌亂伸展，下意識伸手想要攬住男人的肩，

「衛……」

冰冷的武器驟然撤下，皮質的狙擊手套突然托住少年腦後，指腹穿過甜軟的小捲毛，後半句被強行堵成細碎的嗚咽。被強行索取的少年腦中一根弦斷裂，再不記著開滑翔翼，身後虛虛懸掛的翼帆像是被攏住掌心的蝶翅。

旖旎絕豔，被牢牢鎖在一方世界。

一大群梁龍身後，林客、索拉紛紛抄傢伙應援，與明堯一併發足狂奔。

戰場另一端膠著成一團，薄傳火的女妖龍已是和左泊棠的伶盜龍槓上，戰況再次加劇。視野盲區內。

衛時終於放開對巫瑾的桎梏，在槍口抵過的軟綿綿兔子耳朵旁逼近，吐息。

巫瑾連著被欺負，控制不住微微抖動，臉上卻恍惚傻笑如在雲端。

「風神翼龍，」男人側頭，微微屈下一膝與巫瑾同高，熾熱的唇挨著少年耳垂，「喜歡？」

巫瑾點頭點頭點頭。

衛時：「送你。」

巫瑾一傻，鋪天蓋地的荷爾蒙撤出。

翼龍高亢叫著，大氅在風中捲動。衛時臨走之前最後摸了把小捲毛。

「牠會在上面轉悠。你一揮手，牠就下來接你。」

——我心中有凶獸，而韁繩予你手。

巫瑾下意識點頭。

衛時嘴角微揚。

兩隻翼龍相繼騰空。

巫瑾伸長脖子看著，冷不丁撲通一下摔倒在龍背上。梁龍竟是被一群伶盜龍團團圍住撕扯，巫瑾毫無防備滑落，即將凌空一瞬手忙腳亂撐開滑翔翼緩衝——

龍群周邊，明堯正嚴肅和兩位隊友商討戰略：「咱們隊四個智人只剩下三個了，從現在起面臨前所未有的磨難，依我提議，不如和井儀的左隊長結盟，你們看左隊這個伶盜龍養得膘肥體壯，一看就很好生養……」

明堯忽然瞪大了眼，看著塵土中一邊咳嗽一邊走出來的少年，「小巫？」他激動跳起，「小巫詐屍了……不對，小巫你沒事哎白擔心了，剛才正說到把小翼龍給你塞到救生艙裡當玩具……」

小翼龍嘎嘎叫著向巫瑾懷裡飛撲，看看巫瑾又看看天上的大翼龍。巫瑾竟是從牠眼睛裡看到了可憐唧唧的訴求——牠們倆吃啥的長這麼大？要不也給我餵點唄？

巫瑾愛憐地摸了把小翼龍，沒忍心告訴牠蓓天翼龍最多也就能長到六十公分，可以和貓咪打架玩。

明堯又看了眼巫瑾的滑翔翼，終於放下心來：「還好小巫反應快！死裡逃生！要不，咱現在去參戰，幹他丫的？」

右側腕錶，還剩最後六十一人存活。

龐大的腕龍在草原踩踏，被衝散的梁龍群最終又聚集到一起。霸王龍和帝鱷遙遙對峙，風神翼龍載著衛時兀然加入角逐。

女妖龍色澤豔麗如鳳冠霞帔，兩公尺長的手刀卻可以斬斷巨木。伶盜龍——這類偶爾為誤稱為迅猛龍的白堊紀速度流狩獵者，正追擊敵手如一團虛影。

巫瑾最後掃了一眼那隻在空中盤旋的風神翼龍，毫不猶豫點頭。

草原中戰況割據，選手如同執權柄的諸侯，帶領大軍於混戰中出征。同時選手又是諸侯國中生殺予奪的神——他們決定臣民的基因，像上帝一樣掌管進化的權柄。

四人小隊擁有占了草原百分之九十以上的食草動物，肉食凶獸一隻都無，卻始終無人來找茬，巫瑾很快發現問題所在。

「還沒到最終戰，各個小隊優先策略都是保存戰力。」巫瑾解釋：「霸王龍挑釁帝鱷——佐伊隊長必然要為了沼澤鱷類向霸王龍反擊。卓瑪也不會坐視霸王龍吃虧。」

林客茫然：「可咱們的梁龍、腕龍也一直在被吃啊……」

巫瑾攤手，「我們有辦法嗎？食草恐龍又打不過牠們。」

林客想了想：「沒辦法。」

巫瑾眨眼，「這就是了，咱們只能看著牠們吃，因為我們根本沒有恐龍戰力，」巫瑾掃了眼裝備，眼神微亮：「我們的戰力，在選手本身。」

「草食動物種群規模大於肉食動物，我們放棄掠食者進化路線，從種群規模獲取的進化點遠比其他小隊要多。」

明堯神色頓喜：「也就是說現在誰也打不過咱們？要不要在這等著，守株待兔？」

巫瑾搖頭，指向遠處，「你看魏衍。」

魏衍沒有豢養一隻恐龍，擊殺數卻遙遙領先，他的策略只有一種——從最弱小的隊伍開始，逐一搶奪、吞併，硬生生從初始裝備白板熬成了各方忌憚的巨頭。

明堯驚訝地張大了嘴，他恍惚覺得，魏衍就是升級流男主角，遲早要借天地運勢滅了他們全部人。

「物資可以兼併，」巫瑾認真開口：「我們的裝備只有在混戰初期占優，一旦有其他小隊提前完成資本原始積累……」

幾人一凜。

林客刷的一下拿出二十進化點兌換的究極迴旋推進麻醉槍，躍躍欲試：「咱們現在去打劫誰！巫哥，明哥，大佬們說話！」

明堯有些緊張看向遠處的自家隊長，似乎還在猶豫。

巫瑾迅速提議：「先捏軟柿子。」

「伶盜龍的近親，體型略小，牙齒退化到下頜，前肢手刀覆羽——似鳥身女妖龍。」

明堯反應過來：「薄哥養的那群？好像是比伶盜龍弱點，不應該啊，都是從邪靈龍一腔骨龍變過來的，薄哥要是一直加點給速度方向，就算沒跟我家隊長一樣養出史詩級伶盜龍，至少也該是個稀有級的手盜龍，怎麼會是女妖龍……」

巫瑾略一思索，艱難開口：「他可能把進化點加在羽毛顏色上了。」

明堯：「啥？」

巫瑾：「女妖龍以黑色及黃色居多，一般沒有他騎的那種……彩虹色的。」

「……」明堯恍惚，一聲輕咳：「走著，捉妖去！」

草原邊緣，兩隻女妖龍被彈入生物救生艙——培育彩虹色恐龍的造價顯然比普通恐龍要昂貴，兩隻龍將被主辦回收利用。

與此同時淘汰的還有一位裝備少得可憐的選手。

薄傳火俐落搜刮了這位選手僅剩的遺產，表情倨傲看向被淘汰者留下的、被女妖龍啄得丟槍卸甲的隊友——凱撒。

「四個月了，」他抑制不住眼裡的快意，為了配合這一經典打臉場景，他特意在追擊戰中手速飛快地改了個眼線——下眼線後段加深，上眼線末端上挑，從上往下看的時候盛氣凌人。

凱撒艱難踹走一隻女妖龍，「我擦死騷男……」

薄傳火揮手打斷，又是兩隻女妖龍衝上。這位銀絲卷練習生此時志得意滿，似乎自己與凱撒同為進入克洛森選秀的采女，明爭暗鬥四個月，最終以自己冊封、凱撒被亂棍打死結局。

「春香，秋菊，給本座上。」又是兩隻女妖龍加入戰局。

薄傳火看向凱撒微微隆起的小腹。喔，懷了PD的龍種又能怎麼樣？等過了這場淘汰賽——現在還剩四十二名選手存活——進不了前十出道位，還有被翻牌子的機會？

凱撒嗖的躥上樹，女妖龍二話不說開始啄樹，凱撒在樹上搖搖欲墜，艱難回噴：「……死……騷……哎臥槽這樹……」

薄傳火幽幽看了他一眼，終於滿意，從角色扮演中回歸現實，他刷的一下舉起自拍杆，催促騎著的女妖龍三百六十度繞樹，勢必讓觀眾看清對手的狼狽體位——尤其是貼著樹的小肚子。

「罷了，念在我們炒過CP的份上，」他笑咪咪開口：「給你個痛快。」

正在樹上搖晃的凱撒正要回噴，忽然定睛往遠處一看，哈哈大笑：「你話真多！」

薄傳火挑眉。

凱撒對著薄傳火身後擠眉弄眼。

薄傳火不聲不響把麻醉槍戳到凱撒屁股上。五公尺近距離之內的凱撒早已和靜態靶無差。

「麻醉劑還有九分鐘生效，咱們好好聊聊……」身後嗖嗖兩聲傳來，薄傳火猛然回頭，突然一聲粗口捂住大腿，拔去麻醉劑。

遠處樹後，明堯遠遠和他打了個招呼。

薄傳火咬牙一聲令下，數不清的彩虹色女妖龍從叢林中對著明堯飛撲而出，像是撲楞著翅膀的妖豔野雞——三公尺長的那種。

巫瑾一聲大喊：「跑！」

明堯一個側身避開女妖龍的手刀，利索翻滾而出，巫瑾正蹲在劍龍背板之間，於電光石火間伸手。

明堯借力一躍而上，劍龍鼓動尾錘向追得最快的女妖龍砸去，巫瑾似乎早算到如此，藉著偏轉力矩帶著明堯就是一個縱越——撲騰撲騰爬上了腕龍尾巴。

明堯比巫瑾晚上一步，吊在空中晃蕩，離地面不足兩公尺，「啊啊啊要死要死要死！」

腕龍頸部高舉，從頭至尾巴呈現六十度至三十度漸變角，明堯不斷下滑，正好卡在尾長的sin30度高度，使勁兒縮著身子。身下，一群紅橙黃綠青藍紫的女妖龍齊齊對他張開尖喙——

林客終於氣喘吁吁趕著迷惑龍過來。

巫瑾火燒火燎大喊：「換迷惑龍！迷惑龍斜率只有十度，一會兒再換梁龍，梁龍和地面平行……」

明堯縱身一跳，在林客的接應下換龍，吭哧吭哧爬了有將近五公尺，終於望著腳下的彩虹戰隊鬆了口氣。

九分鐘後，腕錶數字一跳。

當前存活三十五人。

明堯撲通一下趴在了梁龍背上，一面等著隊友去掃蕩薄傳火的裝備，一面給林客誇張描述：「說時遲那時快，七七四十九隻野雞向著本狙擊手撲來。幸虧我反應迅速，還有平時隊長給我加訓得當——哎，你看過我們隊長的solo賽嗎？啊？沒看過？來來來我給你講講……」

明堯忽然一頓，大喊：「小巫，你你你身後——」

巫瑾猝然回頭。

林中光線幽暗，上方五公尺多的高空，碩大的頭顱骨帶著隱約腥臭，無聲向巫瑾靠去，牠雙眼滾圓暴出，皮膚因為防禦角質密密麻麻堆積而呈現鱗片一般暗色的紋路。

脖頸之下，是兩隻與身體明顯不成比例的短手。

霸王龍。

血盆大口赫然張開。

巫瑾心跳劇烈一窒。

向外鼓脹的獸眼冷冷盯著巫瑾，映出嚇得圓溜溜的琥珀瞳孔，和被巫瑾抱著的、一直堆到少年下巴的繳獲物資——

巫瑾將物資一扔，掉頭就跑，「臥槽啊啊啊啊——」

叢林劇烈震動。

巫瑾甚至連麻醉槍都沒有拔，埋頭狂奔逃命。

即便四個月的訓練讓巫瑾脫胎換骨，從蹦蹦跳跳的男團主舞進化到蹦蹦跳跳的逃殺練習生，也沒有抹去他的基本理智。

物種間的差距是巨大的，主觀能動性是依託客觀條件存在的。

在霸王龍面前搬運物資的巫瑾……就等同於在巫瑾面前搬運綠豆的小螞蟻。

身後無數枝葉劈里啪啦折斷，巫瑾在路障間瘋狂穿梭。

暴龍的最高瞬間跑速能達到三十五公里。智人號稱最高時速為四十五公里……然而這是奧運冠軍的短跑爆發記錄。

如果巫瑾能跑出四十五公里巔峰時速，當初包裝他出道的娛樂公司一定不會讓他去選秀，而是會買水軍炒作「驚！男團練習生跑出奧運成績，終點線制定主題曲打榜」。

實際上，即便體質健碩的人類，長跑速度只有每小時十六至十八公里，遠低於霸王龍追獵的爆發速度。

沉重的頭顱再一次砸來，巫瑾一個踉蹌飛撲躲過，跌坐在地上，倉促回頭。無數枯枝碎葉當頭砸下，身後是一片空曠的清場區。

暴龍所過之處，寸草不生。

暴龍終於又露出了尖牙。

視覺在瞬間逐幀分解，巫瑾勉力抬頭，能看見近兩公尺長的頭顱骨砸下漆黑的影，緊密排列的尖牙向彎刀，在光線下分泌帶著血沫的黏液，布滿牙床前後緣的鋸齒。

霸王龍是恐龍統治中生代一億六千年的掠食者優勢集大成。

牠的每一道基因都經過最殘酷的篩選——和牠相比較，僅有四十萬年演化史的智人就像是進化樹上的殘次品。

腥臭味益發濃烈，巫瑾暗罵一聲，兩手撐地盡全力向後退去，正要拚命向隊友呼救，才發現遠處林客指著這裡，嗷嗷嗷鬼叫得比他更淒厲。

黑影當頭將巫瑾籠罩，暴龍粗壯的頸椎像是重錘，支撐著每一寸都為咬獵物咽喉設計的頜骨猝然下沉——

明堯心中一懸：「小巫！」

少年原本躲藏的巨木折斷，暴龍尾巴猛甩，拖著六公噸沉重身軀旋轉——巫瑾悄無聲息從另一方向鑽出。

明堯正要狂喜，神色突然一肅。巫瑾的右手猛烈握緊，左手吃痛，臉色發白。

他可能撞到了折斷的蕨木上。

少年微一咬牙，將疼痛後的眩暈感驅散，霸王龍已是於瞬間再次鎖定方位，低沉怒吼——

天空驟然一聲長鳴。

包括明堯在內，在場幾人都愕然抬頭看去。

盤旋於三千公尺晴空之上的風神翼龍俯衝而下，正是衛時帶過來的其中一隻，對著暴龍和巫瑾所在的方向厲聲怪叫。

牠似乎焦躁想要降落，又礙於某種指示不能下來。

明堯喃喃開口：「牠在等什麼……」

霸王龍暫時放下巫瑾，抬頭不甘示弱挑釁。

巫瑾陡然睜大眼睛。

——「送你。」

——「牠會在上面轉悠。你一揮手，牠就下來接你。」

巫瑾突然一扯嘴角，瞳孔發亮。

原本握緊的拳頭微微鬆開，又重新握緊。

這是大佬送的禮物。

但他不能躲在大佬的護佑下，他要正大光明的贏。

巫瑾不再看向翼龍，悄無聲息起身，出手如電打開動力推進裝置。

零檔，預設六檔，加速緩衝五十六秒——五十六秒後將耗盡推進器全部能量。

不成功，便成仁。

重達六噸的霸王龍從骨骼武裝到皮肉，是整個中生代最具效率的殺戮機器。牠能催動全部力量爆發出不遜於巫瑾的速度，就必然要犧牲一定機動性。

就在剛才，牠的轉身掃尾，比體型較小的巫瑾要慢上不少。

巫瑾微微瞇眼，腦海中迅速核對模型。

六噸重，十三公尺長，轉身時作用於重心中軸的力量甚至要超過一隻大象。任何生物，往大型化發展必然意味喪失靈活——就像從來沒有人看到過一隻大象轉成陀螺。

以及——高體重意味高代謝，霸王龍無法長時間維持捕獵速度，只要能從轉向上消耗牠積蓄的熱量，霸王龍未必會追著巫瑾不放。

少年悄無聲息拿出了麻醉槍。左手劃了一道口子，但並不被巫瑾放在心上。以霸王龍精準的嗅覺，流不流血沒有任何區別。

在推進器啟動之前，巫瑾驟然一個急退和霸王龍拉開距離，反手就是一槍戳到龍肚子上！

正在和風神翼龍大聲逼逼的霸王龍措不及防，怒吼低頭。

巫瑾乾脆果決，撩完就跑！

身後霸王龍一個提臀，轟轟烈烈追來。

一旁急吼吼給巫瑾開路的明堯驚了個呆：「這麼剛……」

遠處，正在給霸王龍壓陣的卓瑪選手同樣神情恍惚：「這是撩虎鬚啊……」顯然對傾全隊進化點砸出來的霸王龍頗有信心。

然而巫瑾卻知道，霸王龍和老虎相差深遠。

牠缺少貓科動物的延展和柔軟，且霸王龍的大腦——與其說是大腦，不如說是一臺高速運轉、將所有條件反射一板一眼刻在硬體板上的集成裝置。

恐龍不需要學習、不需要思考，只需要保持著牠們經驗主義的世界觀簡簡單單活下去。

牠們更無法完成運算。

腥臭味緊跟而來，霸王龍距離巫瑾不足兩公尺——少年突然Z字轉向！

中生代並不缺乏蛇形走位的獵物，霸王龍在幾微秒內反應過來，控制著龐大的身軀旋轉，轉眼就被巫瑾拉離了身位，但牠有足夠的信心能夠追上。很快兩者再次逼近，巫瑾毫不猶豫又是一個轉向。

霸王龍顯然被激怒，掉頭跟著巫瑾狂奔。

第三個轉向，第四個。

硬刻在霸王龍顱腔內的條件反射集成裝置終於適應了巫瑾走位的節奏，牠就像是被輸入訓練集資料的程式，輸出越來越快，預判越來越精準，終於抵消了轉向時的速度差異，把和巫瑾的距離拉到兩公尺之內——

卓瑪娛樂練習生大喜，一拍大腿，「成了！快快，快給大王擊鼓！」

明堯爆了一聲粗口，再不顧忌暴露方位，扛著把槍就要上去支援。林客則慌不迭趕了隻小梁龍進去，對著霸王龍喃喃有聲：「吃雞腿啊……別吃巫哥……」繼而和索拉去聯手截下卓瑪。

就在此時，巫瑾第七個轉向。

少年陡然變速。推進器切入預設二檔，時速二十五公里！

原本以為能一口咬中食物的霸王龍撲了個空，經驗主義搭建的模型崩塌，因為收拾不住衝力差點摔倒——

對於六噸重的龐然大物來說，沒有什麼比摔倒更為致命。

巫瑾反手，嗖嗖兩槍射出，明堯與他同時開狙！

共中七槍。巫瑾默數。

追擊戰沒有停頓，再次無縫開啟。這一次巫瑾依然用原速度放著霸王龍風箏，直到轉向——推進器切入速度四檔，時速三十公里！

霸王龍又是差點一個跟頭，步履卻遲疑不少。

巫瑾抽空回身，十五槍。

麻醉劑量夠了！

他長舒一口氣，終於加速到六檔拉開距離。

五十六秒一過，推進器能量耗盡，螢幕微閃關閉。霸王龍在身後跌跌撞撞跑著，明堯仍在後面拚命追擊補槍，他的推進器同樣也已經耗能完畢。

霸王龍身形微晃，動作終於遲緩。

麻醉開始起效。

巫瑾不再奔跑，他死死卡在樹後猛烈喘息，右手依然警惕扣住麻醉槍。

直到霸王龍轟然墜地。

明堯上氣不接下氣跟過來，一腳揣在霸王龍的小短手上，使勁兒齜牙：「後……後面在打打打……」

兩人互相攙扶著循聲而去，索拉還在卓瑪的圍攻下負隅頑抗，林客已經身中麻醉槍睡得人事不知。

九分鐘後，卓瑪兩人淘汰，明堯使勁兒把林客搖醒，「別睡，一會兒比賽結束，睡著要算淘汰的！」

還剩二十人存活。

四人迅速收繳了卓瑪、薄傳火的裝備，將僅剩的食草恐龍聚集到一起。

明堯正在苦口婆心給林客講巨型昆蟲恐怖故事，防止人一個不留神睡著。精疲力盡之後，又由巫瑾接上，拉著林客強行做廣播體操，跳克洛森主題曲。

然後再換索拉。

草原上接近黃昏，散亂的大恐龍、小恐龍和形狀各異的恐龍專用救生艙混在一起。

明堯累到癱著，喃喃出聲：「好累，幾天沒睡個完整覺了，我還是個寶寶，等比賽結束……」他抬頭看了一眼巫瑾，頓時傻眼。

人家睡得比他還少，竟然還興致勃勃仰著腦袋在看翼龍。

——看大的那隻，風神翼龍。

小翼龍被巫瑾當玩具抱著，正在和巫瑾的作戰服拉鍊打架。

夕陽下的雲像是粼粼的水紋。

明堯有一搭沒一搭聊著：「聽索拉說你家隊長和我家隊長剛才混戰來著……哎凱撒怎麼回事啊，咋什麼裝備都沒……還有白堊紀副本啥時候開始……」

巫瑾忽然一頓，愣愣看向天上的細雲。

「地震雲……」他猛地從梁龍背上爬起，腦海中不少被忽視的細節浮現：「侏羅紀——從第三次進化遊戲開始，就沒有明確的侏羅紀、白堊紀區分。霸王龍、帝鱷和似鳥女妖龍都是白堊紀末期出現，也就是說現在是一半侏羅紀、一半白堊紀，薛定諤的白堊紀……」

明堯瞬間繞暈：「所以？」

巫瑾：「白堊紀的結束，以所有恐龍、翼龍滅絕為終止。」

明堯一個驚嚇，鯉魚打挺坐起，看向右手腕表，「都半小時了，還剩二十個選手，如果現在是白堊紀——你是說，最終戰是滅絕之戰？」

旁邊的索拉瞬間看向這裡，三人交換了一個眼神，當下拖著林客就往上一次躲火山的掩體跑去。

明堯一面跑，一面數著手指總結：「兩百五十名練習生，第一次大規模滅員是二疊紀滅絕戰，第二次是三疊紀物種殖民戰，第三次是三疊紀滅絕戰，第四次是侏羅紀掠食者，比如咱們遇到的異特龍，第五次是剛才的混戰，第六次……」

明堯的聲音像是被突兀掐斷：「第六次。滅絕之戰……就是現在。」

草原轟然開始震動，無數恐龍驚慌奔逃。鳥類遁入密林、洞穴，火山灰與地震同時襲來，河水帶著酸味氾濫，很快，包裹恐龍的救生艙如同下餃子一般撲通撲通往地縫掉去。

曾在三疊紀末期是安全區的山脈，成為一片混亂中唯一的高地。

巫瑾大聲提醒：「快！」

幾乎所有躲藏在各處的小隊出動，齊齊奔向安全區。

斜地裡突然兩隻小龍躥出，對著明堯就要咬去，被他一腳踹開。

「小心！」巫瑾迅速拔槍把明堯護住，「天災。恐龍不會在這個時候掠食，除非人為控制——有別的小隊在附近！」

五分鐘後，巫瑾明堯終於狼狽從灰塵內奔出，巫瑾的擊殺數字又上跳一單位。

還剩十五人。

山巒嶙峋險絕，中了麻醉劑的林客終於在一處停下。

巫瑾毫不猶豫：「我背你……」

林客搖頭，表情異常輕鬆：「哎別，巫哥別！我就等著開艙睡一覺……」

巫瑾眼神微眯，固執不肯先走。

林客大手一揮，「我是擋了卓瑪，這不巫哥還擋了霸王龍咧！十五名，這場淘汰賽妥妥值了，要不是巫哥、明哥還有索拉哥，我估計開場就被蜻蜓給端了——」

他爽朗一笑：「回見！」

銀色救生艙主動打開。

還剩十三人。

火山灰煙霧繚繞，剩餘三人不得不換上應急氧氣罩。

明堯於混亂中再度淘汰一人，突然驚喜出聲：「隊、隊長？」

巫瑾強行打斷：「現在哪裡都是非安全區，是無差別放毒了。只有兩種選擇，繼續往上，或者進洞。」

狹小的洞口入口再次爆發混戰，直到腕表數字跳到十。

所有人都鬆了一口氣。

出道位。

巫瑾勉力睜開眼睛，向山洞內看去。有索拉、明堯、左泊棠、魏衍、佐伊……沒有大佬。

天空突然一聲尖鳴，巫瑾猛地抬頭。

翼龍載著衛時孤身盤旋向上。

十二公尺長翼破開濛濛灰燼，向著最後的夕陽衝去。

天地變色，山河搖動。

剩下的一隻風神翼龍對著即將被遮蔽的霞光淒厲長鳴，膜翼顫動。

明堯呆呆問道：「牠怎麼了……」

巫瑾直直看向衛時離去的方向，忽然擼起袖子招手。

——「牠會在上面轉悠。你一揮手，牠就下來接你。」

被留下的那隻風神翼龍一頓，急速俯衝而來。

明堯大驚：「小心——」

巫瑾不動聲色抓住翼龍腳爪，身形搖晃如在殊死搏鬥。小翼龍一嚇，趕緊幫著去啄大翼龍，卻被巫瑾一把按到懷裡，怎麼都撲騰不起來。

明堯：「臥槽，小巫被翼龍抓走了，救……」

剩下半句埋沒在簌簌灰燼之中。

翼龍帶著巫瑾離開山洞、穿過雲層，進入兩千公尺之上稀薄的高空，巫瑾借力翻身而上。透過重重疊疊漸染的霞光，他看到自己追逐的影。

餘暉將斂，雙月初懸。

兩隻翼龍在雲間重逢，親昵糾纏到一起。

衛時揚眉看向他，巫瑾撲騰撲騰湊過去，終於安心。

男人一個呼哨。兩隻上躥下跳的翼龍立刻收斂，拼成一排。

比翼雙飛。

下方是熔岩洪流，火山口附近熱氣蒸騰，岩漿淌過如被斧鉞劈開的峽谷地縫，金黃色的硫磺冒著白煙，河水激蕩出泛黃的白沫。

風神在熔岩之上振翅。

牠們曾經向大型化義無反顧，牠們飛得最高，看過最悲壯的風景，與鳥類最終殊途。

白堊紀的最後一條生路卻不會在屬於牠們的天空。

天空比陸地更危險。

巫瑾懷裡，小翼龍刷刷兩下叼著拉鍊下滑，從作戰服裡探出一個腦袋，一會兒看看大翼龍，一會兒看看衛時。

巫瑾把小翼龍塞回去，腦袋又刷的一下冒了出來，眼裡滿是好奇。

右手腕表，存活人數降到八。

視野之下，火山口再度沸騰。

男人向巫瑾伸手，「要開始了。」

巫瑾看向那隻手，恍惚覺得大佬是在誘惑自己殉情的妖姬——他心甘情願握住。

還剩六人存活。

少年一躍換為與衛時同騎，密密麻麻的吻循著溫軟的捲毛落下，到少年鼻梁、臉頰。

小翼龍伸了個腦袋，眼巴巴在兩人中間左右張望，似乎篤定巫瑾被欺負了，憤慨啄向衛時的手——

男人按住翼龍，把牠塞進巫瑾懷裡，「抱著。」

「閉眼。」男人又命令。

巫瑾聽話閉眼，眼皮子底下動來動去滿是期待。

肩膀忽然被箍住，灼熱衝擊而來。

火山再次爆發，洶湧的蘑菇雲向上席捲而去，兩隻風神翼龍紛紛化為救生艙跌落。

眾神隕落。近兩億年的王朝終於覆滅。

衛時替巫瑾擋住第一波衝擊，兩人的救生艙相繼彈出——

衛時選手淘汰，最終名次，第六名。

巫瑾選手淘汰，最終名次，第五名。

救生艙內，還在等待親吻的少年一瞬沉睡。

他懷裡的小翼龍動了動，腳爪勾上少年的手，同樣呼嚕嚕睡去。

少年嘴角微揚，在白堊紀的最末與芸芸眾生一併凝固——

紀元落幕，時間封印。

克洛森秀第四場淘汰賽結束。

# 【第四章】——這樣夠格成為您的騎士嗎？

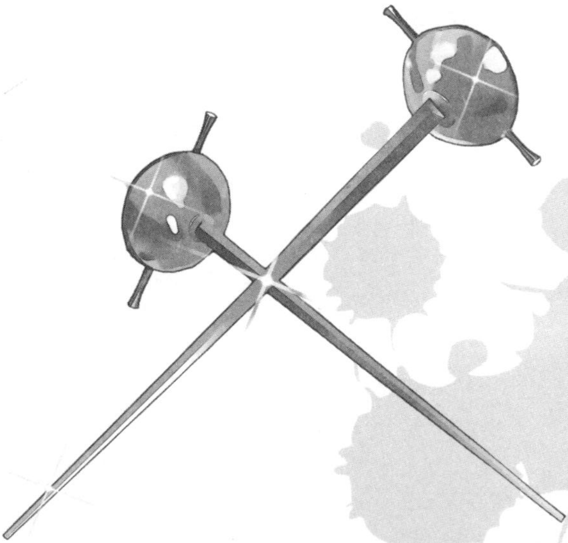

殖民星一側港口，噴漆著克洛森秀logo的星船從接駁口返航。

濃郁翁翠的原始森林、黑沉的火山灰和煙霧繚繞的大氣層逐漸縮小，最終凝聚為恒星光下遙遠的亮點。

星船內，救生艙被逐個撬開。

選手大多嚴重睡眠不足，出艙後睏到人事不知。幾個小劇務麻利地給人塞上睡袋，嫺熟指向旁邊箭頭，「哎哎別在這睡，前面左轉……」

巫瑾於光亮中睜眼。

船艙光線橘黃，隊醫的手電筒正對著他的左臂，白手套架起巫瑾咯吱窩，顯然距離開艙已經有一陣子。

「輕微劃傷，做過簡單處理，消毒噴霧給我。」隊醫打開噴頭，噗噗兩下清完，重新包紮，在巫瑾肩頭一拍，「行了！休息去吧，比賽結果明天公布。」

正在努力坐正的巫瑾一個不留神被拍回救生艙，一張紙條從懷裡落下。

檢疫隔離通知單，B44號。觀察隔離時長：十二小時。物種：蓓天翼龍（蜥形綱—翼龍目）。原生產單位：進化天平實驗室。

巫瑾愣愣看了幾秒，連忙撿起紙條，「請問……」

隊醫掃了眼，「喔，你那隻翼龍被送去檢疫了。得去右轉樓上問問，怎麼走流程給牠辦個寵物證之類。」他又思忖：「這種小翼龍也就幾十信用點一隻，我讀書那會兒在餐桌上流行過幾年，什麼三疊紀本格燒烤，搞得各個實驗室一窩蜂去養，跟養竹鼠似的！結果熱度一過，嘿！養多了，虧本了！」

「……」巫瑾趕緊收好紙條，鬆了口氣。還好節目組不計較他偷渡物資！

巫瑾立即向隊醫道了謝，穿過睏得兩眼烏黑的練習生，向檢疫室走去。

選手開艙在一樓，工作人員大多聚在二樓。

剛一開門，耀眼的背景光和嘈雜忙碌聲響如潮水湧來。

二樓船艙被分割成大大小小幾個功能區。走廊一側，節目PD正在聯動血鴿搞第四輪淘汰賽周邊拍賣會，旁邊坐了一位仙風道骨的保健專家。

「這個，是咱們凱撒選手最常烤的蜥蜴對吧？」PD問道。

「對。」老專家點頭，「這個啊，不是蜥蜴。牠的學名叫做鱗龍超目，這個鱗龍啊，牠的皮營養價值很高的啊，特別是氣血虛的朋友拿來泡酒很好的啊！血鴿老師你說對不對……」

血鴿僵硬點頭。巫瑾伸著腦袋看了兩眼，這才發現血鴿導師平時用來泡枸杞的茶杯裡被強行塞了一隻小蜥蜴。

直播室旁邊，在副本中主宰選手生死的場務正拿著麥克風激情配音：「好消息、好消息，迎中秋有好禮！鱗龍大禮包直降五折，前一百名訂購送克洛森月餅……」

巫瑾悄悄穿過拍攝間，終於找到了檢疫室的大門。

門一打開，他就看到玻璃罩裡委屈撲騰的小翼龍。

玻璃罩旁邊，兩個贊助商公司職員立刻起身招呼巫瑾，有個還掏出筆讓巫瑾給簽了個名。

「小巫啊，我妹妹可喜歡你。」這位科研人員熱情洋溢，聽到巫瑾要馴養翼龍立刻給他列印了一份食譜指南，「蓓天翼龍是三疊紀物種，三疊紀和咱們現代含氧量差別不大，就二氧化碳高了點！你要養沒問題，帶出去溜也行，就是空氣成分有差，翼龍容易睏。」

巫瑾終於放心，眼角彎彎道謝。

十二小時隔離檢疫遵從聯邦進出口法規。小翼龍在罩子裡出不來，巫瑾趴在玻璃上陪牠玩了一會兒，臨走前把作戰服塞了進去。

小翼龍終於滿意，和外套拉鍊打得飛起。

一刻鐘後，巫瑾從檢疫室走出，閒聊間終於對三〇一八年的生物科技公司有了模糊認知——殖民星大半用於栽培養殖，小半發展娛樂產業。克洛森秀節目組離開後，立刻又有新劇組無縫進駐布景拍攝《星際網紅大戰恐龍人》網劇，此外還有訂製豪華遊、狩獵包場等等。

第四場淘汰賽的最終結果也被熱心研究員提前透露。

左泊棠實至名歸第一名。

最後的決戰岩洞，這位井儀狙擊手豢養的伶盜龍所向無敵。佐伊的帝鱷爬不上山，明堯的梁龍又塞不進洞，剩下一個魏衍起手就被四隻伶盜龍團團圍住，走位限死，左泊棠一狙得手。

至於明堯……據說被彈進救生艙的時候還在傻笑，又在救生艙悶了兩個多小時，蘋果肌都僵了，只能由應湘湘的御用化妝師幫著揉臉。

巫瑾下了樓，光線再度昏暗。

即便賽程中晝夜輪迴短暫，從開始到結束也過了百多個小時。兩百五十名練習生都要補覺，船艙位置不夠，後勤組就撤了餐廳桌子給大家打地鋪。

巫瑾去領睡袋時，只剩下最後幾個剩餘。

在旁邊閒著看電子書的應湘湘見到巫瑾，立刻笑咪咪招呼：「小巫，來！老師給你留了一個最暖和的……」

十分鐘後，巫瑾沖完澡，僵硬地捧著小白兔睡袋從更衣室走出。

趁著所有選手呼呼大睡，他趕快找了個靠牆的角落把睡袋鋪開，以防丟人現眼。

左右掃了兩下沒人，巫瑾嗖的一下鑽進白兔毛毛，舒適攤平——下一秒迅速捂著屁股彈起。硌到了！

巫瑾狼狽鑽出，氣憤看向剛才硌到他的兔子尾巴，圓溜溜，毛絨絨。巫瑾只能把睡袋翻了個面，睡在兔子肚皮上，小軟毛搭著帶兔子耳朵的配糖棉枕頭，在暖洋洋的棉花香味裡面小幅度翻滾——

枕頭上的兔子耳朵突然被人壓住。

巫瑾趕緊坐起。餐廳內關了燈，選手睡得亂七八糟，他半天才分辨出來旁邊攤著的是胖了不少的凱撒。凱撒睡得非常放肆，東踹一腳西推一肘，竟然睡成了一個突擊位。

巫瑾只能把兔子耳朵從他肘子下面扒拉出，小心翼翼捲到枕頭下方，在安靜的餐廳內微微闔眼。

直到有人進門。

門口就著昏暗的光描摹出一個影，昏昏欲睡的巫瑾突然清醒。

練習生密集的餐廳內，巫瑾使勁拱著睡袋，像一隻執著的毛毛蟲朝門口挪騰，一路拱到大佬旁邊——

衛時把送上門的巫瑾俐落捉住。

圓溜溜的瞳孔在黑暗裡發著光。男人手臂攬過巫瑾帶著沐浴露香味的肩，手指撚住被拖了一路的兔子耳朵玩弄。

眼神微動。

誰給的。衛時無聲問。

巫瑾做出口型：應湘湘導師。

衛時鋪開睡袋。

巫瑾趕緊再往大佬身邊挪了挪，美滋滋拱著，冷不丁又被兔子尾巴硌到。

巫瑾悄悄捂住屁股。

「不舒服？」男人低頭看向他，命令：「把睡袋拉開，靠過來。」

靜悄悄的餐廳內橫七豎八躺了一地練習生，人造風捲起此起彼伏的夢囈。

巫瑾靠在衛時懷裡，占了大佬一小半睡袋後果然舒服許多。

半夢半醒之間，似乎還是三疊紀搭建的臨時帳篷，翼龍在帳外長鳴。

衛時俯身，把亂動的兔子精按住，防止他繼續煽風點火。

「睡覺。」男人的聲音略帶沙啞，意味不明。

巫瑾睏得厲害，又不甘心就此睡著，撐著仰起臉，閉著眼睛在男人臉頰上軟軟的吧唧一聲。小捲毛枕著的肩膀驟然繃緊，黑暗中蟄伏的巨獸鎖住獵物——

巫瑾咂吧著嘴，心滿意足地陷入夢鄉。

許久。

男人轉過臉，藉著月光沉沉打量著巫瑾沒心沒肺的睡顏，他咬了咬牙，最終在均勻的呼吸聲中合上了雙眼。

八小時後。

艙體燈光漸亮，早餐香氣循著走廊飄來。

巫瑾迷迷糊糊睡醒，大佬已經不見蹤影。

自己半邊還塞在純黑睡袋裡，半邊枕著小兔子睡袋的白肚皮，懷裡抱著多餘的枕頭——枕頭忽然被抽走。

驚！巫瑾一秒清醒，下意識就要去找麻醉槍、抬頭招呼小翼龍備戰，冷不丁對上金碧輝煌的屋頂與璀璨絢麗的水晶燈。

身後，搶了巫瑾枕頭的明堯哈哈大笑。

星船還有兩個小時抵達港口，此時練習生才起床不足小半。走廊上，巫瑾正抱著兩個睡袋吭哧吭哧朝後勤部走，準備提前歸還。

特別是小白兔睡袋——夾在一群純色睡袋中尤其顯眼，黑燈瞎火還好，燈光一亮簡直能閃瞎眼。軟綿綿，毫無尊嚴！

長長的走廊上，明堯好奇心旺盛地玩弄兩個兔子耳朵，一面在巫瑾旁邊吵吵嚷嚷：「哎小巫你知道最後誰第一嗎！不知道吧我給你講講哈哈哈哈——」

巫瑾把兩個睡袋疊好，禮貌遞給劇務。

明堯一拍桌，「那一戰可是驚天地泣鬼神！這故事啊，得是要從第一隻伶盜龍的孵化講起……」

劇務被明堯嚇了一跳，回頭思索嘀咕：「不應該啊，怎麼有選手領了兩個睡袋？發出去兩百五十個，難道有人睡了地板……」

巫瑾一僵，眼珠子滴溜溜直轉。

身旁，明堯撣起兔耳枕頭充作驚堂木，又是奮力一摜，「卻說那伶盜龍打在蛋內就飽受薰陶，聆訓受教，師從井儀七子之首，左槍聖！哎不是人字旁的那個左啊！這伶盜龍留著一口先天真氣，加上高人點化，剛一出殼就是築基三階修為！開口即吐人言：大楚興，井儀王……」

劇務立刻轉移注意力：「抬個肘子，收枕頭了啊！哎小明選手你別抓著枕頭不放啊，要說書，去後邊餐廳拿個牛奶盒子拍桌子去，拿兩個還能打快板……」

巫瑾領著說個不停的明堯穿過餐廳，又領著明堯去探視了還在隔離期的小翼龍，臨下樓時明堯忽然狂喜大喊：「隊——長——」

巫瑾鬆了口氣，小明選手終於消失。

星船抵達克洛森基地已經臨近傍晚。

兩百五十名選手著陸之後，就被依次推入導播室等待採訪。

巫瑾排在第五，前面湊巧又是魏衍。

來自進化天平的女研究員對魏衍噓寒問暖，最終拉著他的手慈祥鼓勵：「小夥子，好好幹！這次沒拿到進化點，還有下次、下下次。不要給自己太大壓力！」

魏衍面無表情，出門之前卻向她輕輕鞠了一躬。

女研究員往他離開的方向望了許久，才回頭微笑看向巫瑾。

她的一頭銀絲被髮網綰起，眼角有細微的皺紋，作為進化天平首席研究員之一，平時多數時候表情嚴肅，笑起來卻溫柔可親。

螢幕上輕輕閃爍，投影出巫瑾小隊的草食恐龍養殖場。

「整場比賽中，我最欣賞的通關方案。幾乎所有選手都選擇了掠食者進化方向，除了小巫選手。自遠古至今，從來都是適者生存，而不是強者生存。」她贊許：「不過，和選手們的第一選擇一樣。直到現在，人們還在追求最頂端的基因，而不是最適合的基因。」

女研究員的表情微微轉冷，似乎想到了什麼，少頃回歸話題：「舉個最簡單的例子，四色視覺。」

巫瑾一頓。

她指向虛擬投影中遮天蔽日的恐龍，「恐龍擁有這個世界上最完美的視錐細胞之一，能清晰辨認出自然光中的紫外線光譜。這一優勢是哺乳動物所不具有的。」

「恐龍統治整個中生代近兩億年，不斷壓迫哺乳動物——也就是我們的祖先的生態位。如果咱們不幸生存在那個年代，多半是需要穴居、夜晚才敢出來捕食。」這位研究員一笑，「晚上出門，還住在洞裡，自然就沒有對高感光度的需求，視錐細胞也就漸漸退化了。」

「後來靈長目出現，把哺乳動物的二色視覺進化為三色視覺。人類就是三色視覺，要想從三色再到四色——仍然需要一個漫長的過程，」她輕輕比劃，「幾百萬年，千萬年。」

「至少不該是現在。」

巫瑾正聽得入神，這位女導師卻突然岔開話題，照著腳本對巫瑾採訪。

十五分鐘後，工作人員向兩人打出OK手勢，巫瑾離開備採間等待。

巫瑾接了杯水，剛在椅子上坐定就聽到帷幕後隱隱有談話聲傳來。

節目PD似乎含了半截菸，吞雲吐霧悠悠開口：「我說老同學，妳都一把年紀了，憤世嫉俗，採訪還夾帶私貨！嘿！」

女研究員：「閉嘴。」

巫瑾立刻要起身離開，旁邊戴著監聽耳機、重播採訪的場務立刻打手勢讓他坐下。

巫瑾：「……」

帷幕後，女研究員冷淡說道：「要編碼出任何一段基因都是有代價的，改造人六年存活率不到百分之五十。視錐改造，代表高機率視網膜剝離。骨髓改造，代表高機率骨骼纖維化，更不提造血改造、免疫改造、神經元改造、情緒枷鎖。」

「六年前R碼基地解散，收編為R碼娛樂。聯邦破產法只保護失敗的企業家，可不會保護失敗的實驗品。當時遣散那麼多改造人，沒有昂貴藥物維繫身體機能，放出去就等於人道毀滅，就算能活下來。」她頓了頓，冷笑：「沒有情感、沒有過去、沒有未來。」

「誰又會對他們負責。」

兩人拿了咖啡，在帷幕後漸行漸遠。

巫瑾在帷幕後坐了許久，脊背冰寒。

直到場務示意巫瑾可以自由走動，他渾渾噩噩打開門，忽然朝一個方向拔腿就跑。

門口的小編導微微吃驚：「找誰？衛時選手？喔衛選手剛進去……」

備採間門扇緊閉，巫瑾吧唧一下趴在落地窗上，冷不丁腳下喵喵直叫。

巫瑾低頭，把使勁兒拽他褲腳的黑貓抱起。

門內，正在和劇務交談的衛時忽然回頭。

落地窗外，少年抱著貓，腦袋一併貼在玻璃上，眼巴巴看向他。

劇務也跟著轉身，「喲小巫來了啊。你們倆在比賽裡打得不死不休的，私下裡感情還真好……」

他眼睜睜看著衛選手放下腳本，打開門，伸手在小捲毛上擼了一把，然後才輪到貓。兩人低聲交談了兩句，巫瑾緊繃的肩膀微微放鬆。

少年搖搖頭，走出備採間，和衛時揮手告別。

等衛選手回來，劇務再次攤開腳本，說明道：「那咱們繼續！這一段採訪不要繃這麼緊，這個……」他抬頭，忽然一愣。

衛時依然面無表情，瞳孔裡凜冽的寒意卻微微鬆融。

「……對就這樣，保持、保持！」劇務終於鬆了口氣，合上腳本遞了過去。

賽後採訪結束，佐伊立刻恪守白月光隊長職責，召集小隊成員開會。

在資源匱乏的練習生時期，佐伊一力承擔了訓練計畫制定、賽前動員、賽後複盤和小組績效等多項職能，如同幽靈一般遊走在克洛森基地各處——

操場旁，正在追著球跑的凱撒忽然一個哆嗦。

佐伊的戰靴冷冷踩在球上。

凱撒：「咦你們怎麼來了……哎手下留情，我自己走，這就走！小巫、文麟別別別……」

凱撒很快被三人押著緝拿完畢。臨走之前，巫瑾蹭的一腳把足球再次踢回操場。

克洛森雙子塔南塔，佐伊反鎖上門，翻開墨跡未乾的記錄本，當先第一件事就是嚴厲批評凱撒。

「三天，第四輪淘汰賽的個人反省要交到我手上，一式兩份給公司存檔。還有，」他掃一眼凱撒的小肚子，凱撒立刻吸氣憋氣試圖遮掩。佐伊冷笑：「一週內我要看到體脂降下來，如果降不下來……」

凱撒瞪大了眼。

佐伊：「就送你去和曲祕書一起上健美操進階班。」

凱撒：「臥槽！太狠！」

佐伊威脅：「再這樣下去，我會和公司申請約束練習生談戀愛……」

凱撒一抖，連忙大聲求饒。巫瑾也跟著一抖——

文麟茫然開口：「小巫你抖什麼？」

巫瑾使勁兒搖頭，「沒……沒沒沒！」

佐伊給筆記本翻了頁，再抬頭時心平氣和：「小巫，第五名，再接再厲。大局觀值得表揚，近戰格鬥這週起要加訓。」

「阿麟，」他看向自家輔助，表情溫柔：「十九名，離出道位不遠，努力。」

文麟微笑點頭。

「還有，這一次回公司非常重要。」佐伊打了個說正事專用手勢，「戰隊那裡要把今年的預備役甄選提前。」

巫瑾一愣：「提前……」

佐伊點頭，「肯定有事情發生，不好說。還有，這次換凱撒、阿麟去浮空城參加特訓，其餘練習生自由選擇跟訓。我不出意外會一起過去，小巫的話我也建議……」

巫瑾思緒電轉。

夏季賽結束是逃殺秀跳槽高峰期，白月光臨時將甄選提前很有可能也和選手跳槽有關。等等，浮空城特訓——巫瑾刷的一下抬頭。

佐伊：「小巫去不？」

巫瑾眼睛晶晶亮亮，嗖的點頭，「去！」

臨近晚飯，佐伊終於宣布散會。幾人走出南塔時，正看到一群機器人在北塔門口忙忙碌碌，又是鬆土又是栽花，還有扛著粉刷亮麗的傢俱、床位往北塔裡頭送。

凱撒看了半天，忍不住拉住巫瑾比劃，「兩百五十個人淘汰到一百八十個，咋床位還增加了？還有蚊帳——夏天都過去了摳門節目組也沒想著給咱買過蚊帳。這咋回事啊？」

佐伊想起來什麼：「下一輪淘汰賽，聽說是室內賽，有特邀嘉賓參加。早上應老師還說過，要把所有選手搬到南塔，北塔空出來重新布置。」

凱撒瞠目結舌：「一個塔都給嘉賓住！這什麼嘉賓？巨型哥斯拉？」

巫瑾也忍不住多看了幾眼。

機器人們似乎還在把花盆聚起來拼字，夜幕中卻並不真切。

克洛森秀碗型大廳，在原始叢林餓了一百多個小時的選手剛一走進，立刻看直了眼。

紅燒蹄膀、紅燒天鷹蟲獸、熟成異種牛排、烤乳豬、白堊古鱘魚子、佛跳牆、南十字肉夾饃……等等盛筵，整整齊齊排列在長桌上，節目PD於燈火通明處發表講話——臺下狼吞虎嚥，愣是沒有一人抬頭。

凱撒當機立斷，捲起袖子就要往熟成異種牛排猛衝。

文麟提醒：「體脂……」

凱撒大手一揮，「管他呢！胖都胖了，吃完還是胖，反正都得減！」

巫瑾向文麟解釋其中的哲學意義：「胖是具有冪等性的……」

臺上，節目PD發表完對贊助商爸爸真情實感的謝意，繼而一拍麥克風。

刺耳爆裂聲傳來，臺下響起練習生此起彼伏的嗆嗝兒。

「我宣布兩件事啊，」節目PD拍著桌子，「都停都停！第一件，咱們之前提過，要給所有選手重新分寢，這次還是按照觀眾投票來。」

「第二件，明天開始七天長假，放假前記得去找咱們湘湘老師，學習下一輪淘汰賽需要用到的生存技……」

練習生一片茫然：「應老師？不是找血鴿老師？」

應湘湘在一旁笑咪咪點頭。

聚餐結束，晚上八點一到，選手分寢的投票通道立刻開啟。

等待間隙，鏡頭掃過僅剩的一百八十位選手，正在晃悠消食的秦金寶、妝容妖豔的薄傳火、和佐伊小聲交談的巫瑾、和紅毛gay在一起的凱撒……

直男血鴿納悶：「那兩個人在作甚？光著膀子靠在一起，成何體統！」

應湘湘嗑著瓜子，「應該是凱撒不想和小薄分一個寢，帶頭下場炒二傻CP，」她看了眼後臺投票統計：「唔，估計咱們克洛森二傻都沒想起來，寢室是四人一間，不是兩人。」

兩小時後，投票結果公布。

凱撒鬼叫狼嚎向節目組申訴：「不可能，我舉報，這騷男要是同寢會對我圖謀不軌。」

負責解決民事糾紛的劇務樂了：「你們兩人又不是沒住過，再說人家小薄……」

凱撒立刻生硬改口：「那我舉報，住一起我會對那騷男圖謀不軌。」

劇務：「……行吧，那你們互相不軌去吧。」繼而手速如電列印寢室成員名單，「改不了了，要對觀眾投票負責！記得回頭貼你們寢室門上。」

南塔602：凱撒、薄傳火、毛秋葵、魏衍。

浩浩蕩蕩的練習生大軍終於趕在宵禁前回寢。

凱撒左右琢磨著不是個意思，開門伸頭一看——

隔壁603寢室，井儀雙C正在和卓瑪娛樂友好溝通，樂於助人的明堯選手幫秦金寶搬了涼蓆，兩人就現代評書發展進行了深切探討，秦金寶還送了他一塊肥皂當驚堂木。然而還沒等明堯在走廊上吹起自家隊長——左泊棠趕在千鈞一髮之際按下明堯靜音鍵，把人領回。

凱撒又看向601寢室，佐伊文麟小巫……剩下那位衛選手依然不見蹤影。

601寢室，三分之二選票都是由圍巾CP一手撐起。

凱撒哇嗚撲向巫瑾，「巫啊，哥不能陪你住了，不過咱倆就隔那麼一面牆，要是那騷男半夜對你凱撒哥做啥，我一敲牆，咱們就一起抄傢伙打他丫的！」

巫瑾被凱撒搖搖晃晃，勉強點頭，連帶著懷裡抱著的小翼龍被搖得暈頭轉向。

小翼龍憤怒伸出腦袋。

「……」凱撒愣是看了半天，才反應過來自己已經回到現代社會：「小巫你還把這個帶回來了！哎這玩意兒我吃過……牠幹啥呢？別啄別啄！」

宵禁前最後一秒，神出鬼沒的衛選手卡著點抵達601寢室。

早在五分鐘前，佐伊就召集文麟巫瑾開小會。

「寢室關係是社交中非常重要的一環。」

「咱們同屬白月光娛樂，只有衛選手是個人練習生。我們要讓他感覺到家一樣的溫暖，而不是三對一的排斥！」

文麟點頭點頭，巫瑾也跟著點頭點頭。

佐伊：「特別是小巫。往屆克洛森秀裡面，很多選手因為炒CP反目成仇。切記，一起戰鬥的友情是無價的，不能讓節目組的行銷手段干擾你和衛選手之間純潔的戰友情！」

巫瑾繼續點頭，臉頰微微泛紅。

佐伊滿意：「具體落實到方法論層面，什麼叫室友關心。比如咱們可以每週日晚上一起看個電影……」

寢室外傳來聲響。

佐伊迅速站起，熱情洋溢和衛時握手，順便介紹了自家輔助文麟。

衛時抬眼。

巫瑾站在佐伊文麟後面，伸個腦袋往裡面看，咧著嘴巴笑得像個小傻子。

趁著還沒熄燈，三人幫著衛時往房間內搬箱子。

腳下喵嗚一聲，一隻毛茸茸的黑貓腦袋自然而然蹭上巫瑾的小腿肚子。

路過客廳吊燈時，趴在上面的小翼龍瞅了衛時幾眼，突然撲了兩下翅膀停在箱子上，臉上寫滿了「要抱抱」。

黑貓頓時不蹭了。

戒備嫉妒的貓眼看向箱子上的小翼龍，罪惡的貓爪爪伸向獵物，黑影突然暴起——半空中龍飛貓跳，長喙對著毛腦袋就是猛啄，黑貓哇哇嗚嗚揮舞爪子，全身毛毛炸開。

佐伊一驚：「小巫——」

巫瑾與衛時同時出手。

少年一把抱住還在撲騰的小翼龍，安撫拍拍牠的翅膀。

衛時拎起貓，黑貓立刻諂媚狗腿舔他指尖。

然後推著箱子繼續走。

「……」佐伊似乎覺得哪裡不對，又一時半會兒說不上來。

兩個人從出手到收手節奏一致，半拍不差，如果剛才一幕是在逃殺秀——算得上相當默契。再看著一屋子貓咪、翼龍、兔子……

佐伊忽然想起自己瞅過一眼的論壇生子條漫：衝呀——第三胎呀——生呀——

佐伊微微一晃，被雷得外焦裡嫩，趕快轉移注意力。

601寢室比701略小，選手各自有單間、洗浴、露臺，共用寬敞的客廳。等衛時安頓完畢，巫瑾乖乖跟著自家隊長撤出。

黑暗中紅外鏡頭泛著幽光，代表此時處於節目錄製之中。

巫瑾照常洗漱，摸摸小翼龍，把牠留在客廳和兔哥隔離開來。兩隻小動物的和平相處還需要一段時間來磨合。還有貓……

巫瑾躺上床。鏡頭跟隨他緩緩移動。

少年故作無事捲在被子裡，心跳卻比平時微快。

——像是在家長眼皮子底下談戀愛的小朋友。

時鐘滴答、滴答指向十二點，枕頭上睡得軟乎乎的小捲毛微微翕動，像是被夜風吹拂。

十二點一到。紅外鏡頭熄滅，拍攝結束。

巫瑾高高興興躥起，光著腳丫子就往外面摸。

他向兔哥做了一個「噓」的手勢，無聲地打開門。

寢室客廳。

巫瑾撒著歡跑了出去，正要一個急轉摸進大哥房間，面前突然一道黑影出現。

藉著微弱的夜光，隱約能看到他皺起的眉，無意識在茶几上叩著節拍的手，和旁邊歪著腦袋、睡眼矇矓的小翼龍……

他緩緩轉過了頭。

巫瑾嚇了一跳！蹭的一下貼在牆上，「隊、隊長……」

佐伊嗯了一聲，示意巫瑾過來，沉聲開口：「我思來想去覺得不對。」

巫瑾緊張落坐，腦海裡一片空白，像極了被抓包審訊。

佐伊：「你來得正好，我想聽聽你的想法。」

小翼龍砰的一下跳到巫瑾懷裡，一臉睏了，要抱抱。

巫瑾抱住翼龍，掌心在微涼的翼膜上摩挲，最終下定決心。

有膽子談戀愛，就要拿出勇氣供認不諱！巫瑾深吸一口氣——

佐伊：「小巫，下一輪淘汰賽必有蹊蹺。你怎麼看？」

巫瑾驚得差點一腦袋栽到茶几上：「……」

佐伊鄭重：「第五輪淘汰賽，一百八十進一百，淘汰率將近一半。走到最後，運氣、實力都同等重要。尤其是最後幾輪，五十進二十、二十進十。就算是S等級練習生，也不能保證每一場防著不進套。」

巫瑾點頭，視線不著痕跡掃過大佬緊閉的房門，神思不屬：「……下一場是室內賽……」

佐伊頷首，繼續坐在原地，盯著遠處月色下的雙子塔北塔。正在巫瑾伺機開溜的間隙，他示意巫瑾向塔下草坪看去。

一整個傍晚，勤勞的機器人們都在草坪上搬運大大小小的花盆。

「你看下面那花壇——是不是暗藏機巧，有沒有可能在向選手暗示什麼？」佐伊沉吟。

巫瑾只能伸著腦袋向下看去，沉沉夜幕中最多隱約拼出個大致輪廓。

然而巫瑾實際並不贊同佐伊的猜測，克洛森秀的線索要麼會「高級的」隱藏在字裡行間，要麼就正大光明貼在告示板上。一般花壇拼字頂多就是個「歡迎各位領導參觀」——

巫瑾忽然一頓。

他迅速打開終端，調整為拍攝模式，焦距拉到最長，對著遠處花壇咔擦咔擦猛拍，緊接著縮放拓出輪廓。

佐伊緊緊盯著巫瑾的動作。

一行還未拼接完整的字跡隱約浮現。巫瑾瞇起眼睛：「歡迎……風……全體……師生……蒞臨指導……」

## 第四章
這樣夠格成為您的騎士嗎？

佐伊猛然一頓：「風什麼？」

巫瑾：「風信……」

佐伊迅速補全，臉色驚了個呆：「風信子秀！」

還沒等巫瑾拿出終端搜索，佐伊已是秒速號召白月光全員來陽臺集合。半夜十二點，凱撒還在和女朋友磨磨唧唧，文麟也在寢室內刷劇，隨著小隊集合完畢、陽臺大門關閉——

巫瑾恍惚收回視線。

月色極佳，夜風正好。如果自己乖巧躺在床上，不出門搞事，還能和大佬更近一點，畢竟只隔了一面牆……

緊接著佐伊嚴肅宣布了兩人的調查結果：「下一輪比賽，參與嘉賓是風信子。」

凱撒、文麟齊齊一愣：「什麼？」

巫瑾這才發現，自己竟然是隊友中唯一沒有聽懂的……不對，他似乎一直是隊中常識匱乏的那一個。

佐伊轉向巫瑾，解釋：「第五輪淘汰賽，參賽人數不止一百八十人，而是三百六十人。怪不得北塔要清空——克洛森秀要聯動風信子逃殺秀。」

巫瑾：「聯動什麼……」

佐伊、凱撒同時回答：「聯動女團！」

巫瑾睜大了眼睛，腦海中第一反應就是穿越前、同公司的女團練習生。俏皮可愛，溫柔恬靜，成熟知性，唱唱跳跳——不對，是逃殺女團！

巫瑾迅速回神，那邊佐伊已是和文麟在飛快交流。

「風信子秀這一季流量可觀……」

「節目組主要炒雙女神相愛相殺陣容——銀絲卷和蔚藍人民娛樂那倆。她們現在也是剛過第四輪？」

「對，還有幾個也不容小覷。」文麟見巫瑾一臉茫然，回頭向他解釋。

「逃殺秀女選手不多，但絕不比男選手遜色——甚至代言吸金的商業價值有可能會更高。」

「風信子秀走的就是女練習生選秀line，她們戰鬥方式靈活，戰術風格也很有特色，穿著高跟鞋都能比恐龍跑得快。還有，」文麟想起一事：「風信子秀的藝術性、綜合觀賞性在業內是毋庸置疑的第一梯隊。」

巫瑾了然，比起絲毫不注意形象的克洛森秀練習生，女團絕對可以稱得上「賞心悅目」。

凱撒卻是嚷嚷：「哎我這一大老爺們兒，怎麼對人家小姑娘下得去手……」

佐伊文麟對視了一眼，白月光狙擊手補充：「還是說不定能一拳把你揍扁的小姑娘。」

在凱撒扯著脖子反駁之前，佐伊示意他閉嘴：「行了……男女練習生之間體力耐力確實存在差距，不到萬不得已別先動手，要不蔚藍之刃明天就能開貼掛你踩著人家小姑娘出道。」

「都過來商量商量戰術！」

四人迅速圍攏，佐伊沉吟：「女團……」

他忽然看向巫瑾。另外兩人也齊刷刷看向巫瑾。

巫瑾懵逼：「……」

佐伊一拍陽臺欄杆，「好了就這麼定了，方案A，小巫負責色誘！」

巫瑾兩眼一黑，凱撒已是迅速提出第二方案：「方案B，小巫和咱隊長一起去色誘！」

佐伊：「胡扯！別鬧，小巫你記著啊，女團練習生不少走高冷女神那掛的，面冷心熱，特別是喜歡你這種活蹦亂跳、積極向上的……凱撒！」

凱撒一個立正，「到！」

佐伊：「表演一個。」

凱撒立刻露出傻子強行甩酷的笑容，手上拿了兩根遙控器嘿嘿嘿嘿遞給巫瑾，「巫啊，哥給你做個示範。咳，小姐姐，這有兩把槍，難道是天定的緣分在這裡等我們？」

凱撒又嗖的撤回一柄，「看好了啊，現在只有一把。小姐姐，這裡竟然有一把槍，難道是上帝的旨意讓我扛著它守護妳？」

凱撒把最後一柄遙控器塞到口袋裡，兩手空空，「小姐姐，找了這麼久都沒有槍！妳靠到我這裡，我用血肉之軀擋著妳！」

巫瑾忍無可忍：「凱撒哥——」

佐伊在一旁大笑：「行了，我倒是想起來一件事。小巫你這個聯邦工作簽證，隔段時間就要續一次，綠卡排期遙遙無期。還不如靠結婚證入籍實在……」

陽臺內，突然傳來輕微聲響。

佐伊一頓，緩緩回頭，正對上面無表情走出臥室，在客廳倒水的衛時。

嚇得佐伊強行打了個招呼，第一反應就是不能讓衛選手發現白月光的軍事機密。

佐伊秒速回頭，又強行愛憐看向巫瑾，「這麼晚了，小巫怎麼睡不著啊。」

巫瑾一個沒反應過來，和佐伊配合默契的文麟迅速補上：「是啊是啊，小巫怎麼睡不著啊，沒事大家都在這裡……」

文麟一腳踹上凱撒。

凱撒捂著屁股齜牙咧嘴：「哥、哥也特地跑來陪你說會兒話啊……」

巫瑾冷不丁被三雙大手輪流拍肩、拍背，眼神絕望穿過人群，進入光線幽暗的寢室客廳——衛時目光意味不明。

約莫是剛洗過澡，男人穿著鬆鬆垮垮的睡袍，壯碩的肌肉線條在視野中一路糾葛入袍袖、衣領，陰影中的輪廓如同令人心悸的雕塑，明明運筆冷淡，混在一起卻能輕易勾起巫瑾心跳。

衛時向他頷首，轉身。

小捲毛刷的一下耷拉下來，凱撒精神振奮繼續會議，佐伊倒是突然回頭看了一眼，向巫瑾分享感悟：「咱們這個室友……確實很有氣質！怪不得紅得這麼快，回頭咱們給凱撒理個髮……」

等白月光散會已經是凌晨兩點。

巫瑾灰溜溜回到臥室，眼皮子都不大抬得起。再一想佐伊哥明早要督促大家收拾箱子，剛把兔哥抱起就控制不住沉入夢鄉。

兩間相鄰臥室中的牆壁厚實冰涼，巫瑾睡著後，卻像是能聽見對面的心跳，緩緩翻了個面，磨磨蹭蹭靠牆蜷成一小團。

隔壁。

正在與終端對面通訊的衛時一頓，看向雪白的牆壁。

「嗯。」男人聲音放低。

「第四個療程，我知道。」

「不需要，這件事情和他無關。」

男人掛了通訊，黑貓立刻乖巧躥上床，攤平等摸。

他隨手安撫了兩把，吞下櫃子上最後兩粒藥。

在少年淺不可聞的呼吸中入睡。

第二天天亮。

南塔一陣雞飛狗跳，到處充滿七天長假前的快活氣息，衛時已經人去屋空。

練習生的髒衣服與臭襪子塞得箱子合不攏，家務機器人不得不把往行李箱上硬坐的選手們拉走，細心疊衣疊被，送去樓下的懸浮車。

難得有一天不用穿訓練服，克洛森基地頓時五顏六色。

薄傳火的粉紅襯衫尤其醒目，秦金寶穿了件休閒馬褂，佐伊的白襯衫竟然還配了條休閒領帶，分分鐘像是要參加商務洽談。

三個月從沒逛過服飾店的巫瑾套了件公司救濟他的文化衫，正遇上迎面走來的明堯。

明堯一身高訂低調奢華，英姿颯爽，意氣風發跟在左泊棠身後。

巫瑾小白T恤一看就品質不佳，正面燙白月光logo加五個大字「練習生來了」，反面五個大字「練習生走了」。

巫瑾鎮定打完招呼，走出十幾步，終於露出了被土豪震驚的表情。

佐伊拍拍他的肩膀，「咱不能和他比！明堯那家境，實打實的聯邦貴族！不好好逃殺就得回去繼承億萬家產那種……」

巫瑾神情恍惚。

佐伊想起來：「喔對，有個逃殺秀吃瓜群，回頭把你拉進去。正好缺個位置，上次凱撒吃瓜太多耽誤訓練，被曲祕書踢了。」

臨走前佐伊最後點了一遍名，帶著隊員走進應湘湘的辦公室。

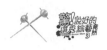

這位女導師巧笑嫣然給他們下發了所謂「淘汰賽生存技」的電子資料，以及人手一張第五場淘汰賽的邀請函。

鑽進懸浮車後，幾人手速飛快打開——

邀請函封口印火漆，圖案是個花體的字母V，帶著濃厚的西歐中世紀風格。信紙呈復古淺黃，暗紋側對陽光能看出玫瑰與劍的輪廓。

「宮廷舞會……」凱撒讀著請柬內容：「這是啥玩意兒啊？」

巫瑾打開應湘湘給的資料，「宮廷舞，十五世紀晚期起重要的貴族禮儀之一，每一位騎士必須掌握嫻熟的舞步……」

文麟迅速反應過來：「宮廷舞，交際舞——女選手是入場舞伴？」

佐伊附議：「估計是的。先學著吧，也不知道是先殺再跳還是殺完再跳。」

凱撒誇張嚷嚷：「說不定是一邊逃殺一邊跳！就那種，高跟鞋扒下來全是血，騎士分分鐘被砍頭，宴會隨機下毒……」

佐伊喉嚨動了動，「才吃早飯，你能不能別烏鴉嘴——回去好好練，說不定是從舞跳得最爛的開始淘汰！」

凱撒：「那還用比？小巫穩坐第一了！」

半小時後，白月光大廈出現在幾人眼前。

巫瑾下了車，才發現過來接人的曲祕書嘴唇緊抿，只朝幾人無聲點了點頭。

即便佐伊早有鋪墊，公司內的氣氛仍比巫瑾想像要凝重。

公司戰隊，隊長林玨和副隊陳希阮在二樓坐著，偶爾交談，整棟大樓安靜得連一根針掉地都能聽清，戰隊經理不見蹤影。

「主偵查位於賽季末轉會坐實，去商鷹娛樂了。」佐伊去問明情況，低聲說道：「消息要兩週後才公布，算是提前讓我們知道。」

巫瑾點頭。

夏季賽之後大換血很少發生於豪門——白月光偵查位挑這個時候走，就是在戰隊連連失利的情況下雪上加霜。

「走得太倉促。」佐伊語氣甚至有憤怒：「商鷹是篤定了白月光沒有能接偵查位的苗子。預備役偵查於夏季賽前就被挖走了，補位練習生都還經驗欠缺。」

巫瑾想了想：「只有換配置，或者挖人。」

白月光兩賽季都是狙擊突擊、加偵查輔助首發，主力被挖走必然元氣大傷。

「來不及磨合了，馬上就是星塵杯蔚藍區域賽。」佐伊搖頭，「這次經理PR那裡會試著處理，陣容……儘量還是用公司現有的。」

巫瑾一頓，主戰隊明顯人手不足。

佐伊：「凱撒會以突擊位預備役身分參加星塵杯，這次從浮空城集訓回來，我也會申請替補陣副。還有……」

佐伊看向巫瑾，終於露出點笑容，「你和阿麟都要做好跟隊打比賽的準備。」

巫瑾措不及防，說不出是驚嚇還是驚喜。

佐伊哈哈一笑，給他豎了個拇指，「槍械還差了點，近戰搏鬥差得更遠了。但是小巫啊，記住，你是咱們練習生部的祕密核武！行了，收拾收拾準備去浮空城。」

巫瑾的捲髮蹭蹭揚起，雖然知道佐伊話中鼓勵居多，仍是振奮不已。

幾人只回寢稍作休整，就馬不停蹄拖著箱子朝浮空城進發。白月光隊長林玨坐在二樓單面玻璃後面，副隊陳希阮看著巫瑾套著小白T恤竄來竄去，失笑：「沒人給他買衣服啊？」

曲祕書立刻回答：「買好了，塞箱子裡啦！」

陳希阮點頭，看向林玨，「氣完了？完了就送小戰士們出發吧。」

懸浮車旁，四人對於戰隊核心的送行受寵若驚，一向板著臉的林玨難得說了幾句鼓勵。

等上了車，在隊長面前安靜如鵪鶉的練習生頓時嘻皮笑臉鬧了起來。

「蔚藍深空，浮空城！」凱撒拍著椅背，搖頭晃腦，「那叫一個紙醉金迷……」

佐伊給凱撒、文麟發了幾週前的訓練手冊，並重點敘述了封閉訓練模式：「還有，面具都給我戴好了。尊重文化習俗，特別是凱撒，管住你的爪子，別去揭人家面具！」

凱撒：「揭面具啥意思來著？」

佐伊點名：「小巫，把你看的那本什麼，浮空王強行揭開面具迎娶綠帽小嬌妻，拿出來給凱撒看看……」

佐伊：「小巫？」

佐伊回頭，突然發現巫瑾美滋滋靠在車窗上，也不知道在瞎想什麼，半句話都沒聽進去。

佐伊嘖嘖稱奇。

等幾人到了港口，登上前往浮空城的星船，凱撒倒了杯白酒癱在沙發上。

終端忽然傳來一條訊息。「克洛森秀……」凱撒扯著嗓子忽然一嚎：「投票介面出來了！還有下一輪淘汰賽主題！」

巫瑾刷的一下湊上來。

虛擬螢幕中，噴泉在陽光下湧動，朗朗晴空下建築群雄偉壯闊，大理石庭院熠熠生輝，貴女三五成群嬉戲，騎士手持著刻有金色祈福詩句的佩劍微微躬身，數不清的壁畫、浮雕躍動如真──每個人的臉上都是一片空白。

像是失卻了靈魂的軀殼。

下書一行花體字。

Chateau de Versailles

巫瑾立刻認出了與邀請函火漆紋章如出一轍的V。

Versailles凡爾賽。

在隊友思索間隙，他迅速反應過來，巫瑾的中世紀史比一千年後的普通人都要好。

「凡爾賽宮，」他脫口而出：「騎士時代最末，國王、軍權的最高象徵……」

巫瑾看往螢幕中姿態各異的人物：「皇室、神職、貴族、貴婦、騎士、扈從、僕役。」以及最中間的男人：「太陽王，路易十四。」

佐伊愕然：「他們是……」

巫瑾指向那些空白的面孔，「第五輪淘汰賽開啟，我們就會進入凡爾賽宮，變成他們。」

凱撒：「等等──角色扮演？抽卡？」

巫瑾點頭。

凱撒：「那要不咱搶個國王當當……」

巫瑾思索：「不一定，抽到路易十四，就是在位最久的君主，抽到路易十五也能情婦遍地，如果抽到路易十六……」

凱撒：「然後？」

巫瑾認真道：「就會被……砍頭。」

星船穿過懸浮的隕石帶，窗外復被照亮，凱撒咂舌拍桌，「這特麼抽到國王會被砍頭，抽到別人要被國王砍頭，最慘是抽到宮裡頭的太監……」

佐伊：「……這是凡爾賽宮，不是紫禁城。」

凱撒鬆了口氣：「喔喔，那要是抽到貴婦……」

佐伊冷漠：「那你就乖乖穿女裝。」

凱斯神情一變：「我萬一要是被變態皇帝召過去侍寢……」

佐伊煩不勝煩：「誰他媽眼睛瞎了找你侍寢？你睜著眼睛看看！」

凱撒虎目睜睜，回頭看了眼巫瑾，兩相比較之下鬆了口氣。

巫瑾驟然反應過來，瞳孔溜圓！

女團、凡爾賽宮——兩項提示集齊，白月光小隊有條不紊進入戰略布置。有了前四輪淘汰賽的充沛經驗，佐伊早已熟門熟路。

「既然是凡爾賽宮，戰鬥方式不出意外以冷兵器為主，騎士劍、長矛、盾牌、匕首。可能包含少量火銃。」佐伊看向隊友，「小巫、阿麟，你們這兩週的核心訓練是近戰，器械和非器械都要有涉及。」

巫瑾飛速應聲。

「凱撒繼續綜合訓練，行了。」佐伊一頓：「喔對，還有宮廷舞。抵達浮空訓練基地之後，每天晚上十一點在我的寢室集合。有別的問題嗎？」

眾人齊刷刷搖頭。

佐伊關掉終端投影。

巫瑾最後看了眼宛如油畫中的凡爾賽宮，和五官一片空白的宮廷人物。等比賽開始，他們就要進入這些人物的軀殼，太陽王、路易十五、路易十六、瑪麗皇后，代替他們去宴飲、狩獵、舞會……以及權鬥。

佐伊拍拍他的肩膀，「小夥子加油，像個騎士一樣去戰鬥！」

兩小時後，星船抵達浮空城接駁口。

星港一側吞吐來往旅客、貨物，一側通往浮空城池——

峽谷天塹將地脈凶險鑿斷，鐵索懸著石板在萬丈深淵之上凌空架橋，從星港出來的懸浮車駛入稀薄的雲霧，視野一片混沌。等光芒再次躍進，所有人齊齊倒吸了一口氣。

浮空之城。

整座城市就建在迷霧之中，凌駕溝壑淵藪。照亮天空的燈光來自於手持槍械的執法機器人，濕潤的空氣帶著淡淡白蘭香。行人中有不少戴著面具，路邊商家以在看板上印刻銀色面具標識為榮。

即使來過一次，巫瑾仍是控制不住被震撼。

食指在大佬贈與的面具徽章上輕輕摩挲，再次親眼目證浮空城龐大勢力，巫瑾有一瞬甚至分不清虛幻與現實，甚至迷蒙中有種錯覺——只有克洛森秀中的大佬是真實可觸摸的。

巫瑾突然清醒，金屬徽章從冰涼被焐熱，和體溫融為一體。

身後，佐伊依次給隊員檢查完面具，開始介紹自己聽來的小道消息：「銀色面具是浮空城新王的標誌，在此之前，這位浮空王蟬聯過地下逃殺秀三年冠軍，後來還推進了浮空城生物產業改革、收容聯邦廢棄改造人進入產業鏈。」

「在民眾中呼聲很高。改造人那事算是將了聯邦一軍，咱們這裡報導不多，帝國媒體都吹捧翻了。還有，蔚藍深空這種地方，本來就是強者為尊，城主就是絕對權威。」

「浮空王在這裡，就是高於一切的神。」

佐伊突然看向巫瑾。

巫瑾下意識握緊徽章，腦海中一個沒反應過來——

佐伊盯著巫瑾那件「練習生來了」的小白T恤，語重心長：「小巫啊，咱不能太張揚！」

一分鐘後，巫瑾裹著佐伊的外套，終於爬上通往訓練基地的計程車。

城市的上空，下午的陽光穿過薄霧。

此時浮空基地大批學員抵達，多半計程車都通往一個方向。

文麟看向窗外，沉吟提到：「我在想，應該不止白月光一家娛樂公司送練習生來浮空城。集訓的時候，有可能還會遇到別人。」

佐伊贊同：「咱們不招惹是非就好。」

幾人抵達基地，便拖著箱子分頭行動。

巫瑾與凱撒寢室相鄰，和佐伊、文麟隔得較遠，剛一進門，淺淡的花香自書桌上飄來。

一朵香檳玫瑰插在細瓷花瓶之中。

顯然不是訓練生單人寢室的標準配給。

巫瑾鎮定自若和凱撒道別，關上寢室門，然後扔了箱子高高興興一個撲騰——

淺香檳色的玫瑰在陽光下描出鋪金邊的影，新凝的露水閃爍。

十二管深紫色高級體力補充劑平放在桌上，絨緞般的花瓣被撚下兩三瓣，壓在補充劑試管下。沒留紙條。

微風拂過，無聲撩動。

浮空基地的日程與幾週前相仿。

巫瑾換上訓練服，在開營大會上勉力認出了小肚子依然沒消下去的凱撒。

凱撒和所有初入浮空城的學員一樣，對面具文化產生了極大熱情，一個招呼砸在巫瑾身旁的地板坐下，隨手在終端翻閱相關讀物。

《強娶豪奪：霸道校草摘下我的面具》

凱撒：「哈哈哈哈這他媽戴了面具還能被選出來當校草！看啥選？看髮型選嗎！」

《甜婚百分百：看錯面具嫁對郎》

凱撒：「有趣，這玩意看錯了，是不是還找賣面具的商家賠錢……」

《活色生香：極品鳳凰面具邪君》

凱撒：「臥槽，這本有點意思。小巫這書的點數咋充啊？佐伊說你每天追那本什麼浮空王來著……」

巫瑾抓狂：「沒沒沒沒——」

臺上，遲到十分鐘的訓練講師姍姍來遲，依次按志願給每人分配訓練場地。

「近戰搏擊，冷兵器專項C組，W13訓練室。」

巫瑾領了鑰匙，推開訓練室大門。

房間開闊寬敞，開燈後頂光自上而下投射，全息投影觸發，自動掃描巫瑾全身，示意他披上鐵葉甲冑。

右側兵器陳列，長矛、利斧與匕首泛著烤藍後的幽光。

巫瑾握住其中一把騎士劍，其餘兵器列次撤下，包裹著粗布的稻草人靶位出現。他掂了兩下劍身的重量，手指向掌心握住劍柄，與投影中的示範姿勢重合。

劍鋒驟然劈下。

靶位窸窣作響，稻草人支架傳來阻力。螢幕一閃，顯示出初步測評分2.3/5。紅色掃描點停留在少年的左臂，巫瑾立刻放鬆左腕，將雙手持劍的受力點集中在手肘。

第二次揮劍，調整姿勢，第三次……直到第五十四次。

稻草人靶位頹然崩散，三架移動靶悄無聲息出現。

鐵箭破空而來，巫瑾被重甲所限，一個回撤抗住衝擊反擊，第一架目標消滅，緊接著更多敵人蜂擁而出——

許久，稻草散落一地，少年急促的喘息聲中評分上升到3.1/5，微微震顫的劍身幾乎與手臂黏著在了一起。

糾錯用的紅點終於停歇。

不遠處的刷卡機滴滴作響。

少年一把摘下頭盔，捲髮濡濕凌亂，瞳孔比平時更亮。長達幾個小時的鏖戰輕易激起了骨子裡的血氣，握住佩劍的手與臉頰同樣泛紅。

黑色的學員卡應聲插入機器。

「滴，教官監護包年套餐使用中。」

門驟然從外拉開。

黑黑沉沉的走廊被拉出修長的影，光線浮沉之中，軍氅因為男人停步而微微翻動。

衛時眯眼看向身被甲冑的巫瑾。

劍、鏈甲、鐵葉將甜軟的少年包裹成鋒銳的戰爭機器，冰涼的寒鐵與微紅的臉頰相抵，當少年舉劍時就像是舉起十字架的騎士，映出寒光的瞳孔閃動，混雜了神性與野性。

男人解下皮質手套，隨手去武器架挑了一把與巫瑾相仿的騎士劍，示意他準備對招。

巫瑾咧嘴一笑。

衛時看向他，手掌與劍柄的十字扣合，視線張狂侵入——明明是在看他的騎士，卻像是特洛伊的繼承人在凝視海倫、蘭斯洛在凝視關妮薇。

指示燈亮起，兩人背後出現記分牌。沙漏倒懸，兩把劍同時揮出——

巫瑾手臂巨震，鐵甲碰撞作響，順著衛時的餵招發力，剛才還看上去綿軟無害的小白牙死死咬起，眸中斂入寒光。

男人將巫瑾力道帶偏，在少年一個收勢不住時開口：「重心下沉。」

巫瑾點頭，爬起就是繼續。

劍鋒像是燃起熾熱的焰，騰然糾纏男人的劍勢而上。這一次比剛才更穩，指尖甚至因為太過專注用力而泛白，猝然帶著巨力揮擊。

衛時：「收緊，注意平衡。」

鐵葉被汗水浸透，窗外雲霞從霧靄中褪去。

起初限制巫瑾動作的鐵甲、鎖鏈逐漸成為與騎士劍融為一體的鈍鋒，少年掙開桎梏，虔誠握住劍，遵循教導者的每一句命令。

衛時終於頷首。

劍鋒格擋在身前，他示意巫瑾盡全力劈砍——

評分閃爍刷新，3.5/5，合格。

虛擬場景消失，露出訓練室的本來面貌。

天鵝絨窗簾高高撩起，牆壁上有淺淺的洛可可浮雕。

大佬似乎在笑。

巫瑾急促喘息，沸騰的血液瞬間湧上大腦。他隨意撩開凌亂的碎髮，目光戀慕追逐一身戎裝的教導者，嘴唇輕動，鬼使神差：「這樣……夠格成為您的騎士嗎……」

衛時勾了勾嘴角，神情故作肅穆：「還差一個授劍禮。」

巫瑾睜圓眼睛，忽然被灼熱的手掌覆上肩臂，拆下繁瑣的鐵葉。少年像粽子一樣被一層一層剝開——

衛時：「授劍是騎士的冊封。」

巫瑾立刻挺起胸膛。

衛時：「在此之前，需要考核騎士的品格。」

稻草人靶位再次出現，巫瑾條件反射拿起劍。

衛時：「勇武。」

巫瑾驟然出擊，力貫手臂劈砍，順著劍鋒的走勢拖割。

衛時：「忠誠。」

副本驟變，無數靶位蜂擁。巫瑾毫不猶豫換點刺為橫掃，擋在大佬面前清出扇形安全區，身後的敵人卻無暇顧及。

衛時拔出佩劍，護住巫瑾背側。

衛時：「慷慨，俠義。」

副本再度變換，這一次稻草人靶換成了與巫瑾裝束相近的騎士。少年踏出一步，鈍擊避開對手要害，像一名強大而悲憫的擊劍者，直到對方身影散去——

投影消失。

少年側身，眼神晶晶亮亮看向衛時，手中握緊十字劍，似乎任何關卡都無須畏懼。

衛時看向他，終於說出最後一道品格：「浪漫。」

巫瑾一頓，軍靴擊打在厚實的地板上，男人徑直向他走來，陰影鋪面而下。少年揚起脖頸，突然前傾——

嗆的一聲，兩柄騎士佩劍撞擊在一起，巫瑾趺趺撞撞壓住男人的薄唇試圖親吻，然而很快被熾熱溫度吞噬、搶走主動權。

衛時毫不留情在少年口腔中肆意掃蕩，手掌蠻橫扣住巫瑾的五指。

少年嗚咽出聲，佩劍自濕透的掌心滑落，睫毛不停顫動，雙眼似闔微闔。

像被剝開的奶糖。

男人終於不滿足於舔舐，粗糙的手指順著純黑訓練服從腰間探入，在緊繃的腰腹間遊走。

巫瑾渾身巨震，練舞多年最敏感的要害被挾制，幾乎一秒被抽乾力氣，軟塌塌在男人懷裡撲騰掙扎。生理性淚水因為歡愉不受控制湧出，很快被男人覬覦已久的舌尖捲走。腰間微微發燙，以及被一處抵上——

刺耳的下課鈴驟然響起。

巫瑾像是被突然捏住長耳的兔子，小捲毛抖抖索索蓬開，從耳後開始迅速紅到臉頰。

帶著槍繭的手指一頓，最終沒狠下心，在少年頭頂微微安撫，捂住了巫瑾被鈴聲摧殘的耳朵。直到鈴聲停止。

「怕？」衛時聲音沙啞，帶著濃濃的情慾，指尖不甘地在曾經留下牙印的頸側反覆摩挲。

巫瑾呆呆低頭，似乎已經被什麼嚇傻了。

緊接著他才意識到自己的視線，慌亂抬起對上大佬風暴醞釀的雙眼。

巫瑾的腦袋嗖的一下轉走，又嗖的一下轉回，「沒，我沒有……」

衛時看向懷裡的小傻子，彎腰在他耳側輕吻，「伸手。」

巫瑾恍恍惚惚伸出右手。

男人覆上他的手掌，緩慢靠向自己。巫瑾的眼睛越睜越大，呼吸不斷急促，少年緊張到極致，幾乎要抵達沸點，在激烈的心跳中使勁喘息，試圖壓抑體內的異樣。

繼續壓，努力壓。最後猝不及防壓不住——

巫瑾帶著哭腔軟乎乎打了個嗝。

衛時：「……」

十分鐘後，巫瑾恍惚洗完澡，覺得自己已經變成沒用的練習生了。

淋浴下的少年就像一個標準節拍器，沒隔個十幾秒就噉的一下打個嗝，或者定期噴水的小藍鯨。

磨磨蹭蹭許久之後，他竟然還是比大佬從浴室出來得早。

男人裹著浴巾走出，在訓練室衣櫃中換上襯衫，正在言簡意賅回覆通訊：「我知道。嗯，晚上開始。」

## 【第五章】——R碼基地什麼時候來了一個小矮子

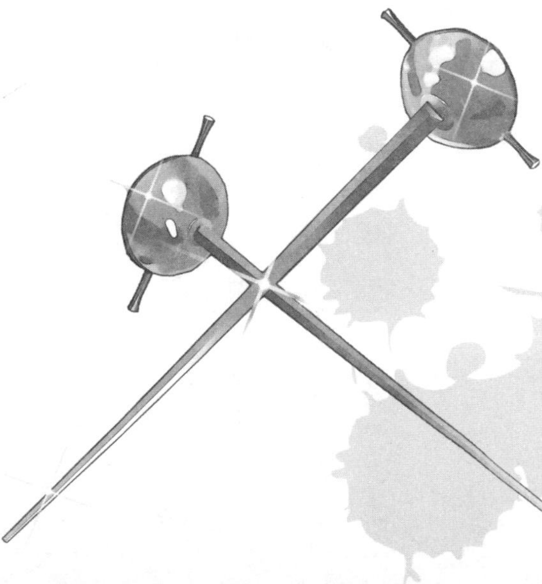

巫瑾這才發覺，整座訓練室到處都能見到大佬留下的痕跡。合身的襯衣，久遠到六年前的、近乎滿分的訓練記錄——除去巫瑾可憐的三點五分，評判清一色都是「地獄難度」、「完美通關」。

這是大佬的私人訓練室。意識到這一點之後，巫瑾立刻佯做無事踱步到武器架前，在各種劍柄上偷偷蹭蹭。

男人揚眉，「退後。」

武器架後的機關轟然響起，巫瑾刷刷後退，第二排器械出現——鋒利的輕劍、帶著血槽的重劍、修長的火銃和長短不一的雙匕首。

鋒刃在燈下凜冽冰寒，像是真正用於砍殺的利器。

衛時挑出一把，遞給巫瑾。

通過考核的騎士終於被授予他的佩劍。

少年揚著臉頰接過，入手的一瞬堅定握上。

這柄比他訓練時用的更重，衛時側身，覆著他的手替他糾正握姿，「騎士劍的劍身和橫檔組成十字，用於保護持劍的手。」

「還有，十字架具有宗教護佑意義。」男人示意巫瑾在劍柄上扣住食指，「上戰場前，騎士會在劍柄刻上金色詩句，被祭祀加持祝福。每位騎士的劍柄篆刻都不一樣，因為支撐他們戰鬥的信念不同。」

巫瑾突然抬頭，看向衛時，「如果是我的劍……」

衛時：「嗯？」

巫瑾忽然臉紅住嘴。

少年高高興興拿了劍，不出一會兒又活蹦亂跳。

衛時看他沒心沒肺地在訓練室裡蹦躂，直到把自己玩得饑腸轆轆。

距離浮空訓練基地的飯點結束還有十分鐘。

巫瑾立刻驚醒，拿了外套就要往外衝，忽然被大佬遞了一張白色面具。

男人披上大氅，拎起車鑰匙，示意巫瑾跟上：「出去吃。」

少年嗷的一聲躥起，與男人一併消失在薄霧濛濛的夜色之中。

懸浮車在高樓廣廈中飛馳，最終停在一處夜市。

香甜帶油炸的食物氣味循著巷口傳來，一對小情侶正手把手坐在石凳上啃手抓餅。

巫瑾看手抓餅幾乎看直了眼睛。

兩人下了車，巫瑾立刻眼神亮晶晶看向對面，又看向衛時，那意思昭然若揭。

男人頷首表示知悉，緩慢從大氅裡拿出手，隨後在大庭廣眾下握住巫瑾，與對面發狗糧的情侶如出一轍。

「滿意了，嗯？」

浮空城夜景爛漫。

燈光把濛濛薄霧染得火燒火燎，夜市裡五光十色的霓虹被濕漉漉的水汽暈開，走路時視線都打著飄兒。

巫瑾認真吃著手抓餅，空出來的一隻手乖巧牽著衛時。

衛時低頭，兩分鐘前他給巫瑾買了個大餅，現在只剩下一小彎月牙。

少年面具微微掀開，啊嗚啊嗚啃得不亦樂乎。

他不得不再帶巫瑾買了個餅，走進小巷時輕輕捏了一把掌心的小軟肉，敢情小傻子是來饑荒逃難的。

攤餅子的是位四十來歲的大叔，看到巫瑾開開心心趴在窗戶前，伸了個腦袋，也是樂了。

「培根要不要？」

巫瑾點頭，「要！」

「奧爾良雞腿肉？」

巫瑾點頭點頭，「要要要！」

「九層塔？」

巫瑾看了眼大佬，「別……這個不要！」

大叔了然：「喔，男朋友不吃啊。這玩意兒和八角茴香似的，喜歡的人喜歡得不得了，不喜歡的碰都不碰。」

巫瑾聽到「男朋友」，美滋滋悶著腦袋點頭點頭。

大叔往手抓餅裡頭攤了個蛋，加上香菜小蔥頓時香氣四溢，「認識多久了啊？」

巫瑾咧嘴，「三個月啦。」

「喲，」大叔揮著鏟子吹噓：「我和我老婆就是三個月結婚的，你們小年輕也該早點考慮……喏，好了，拿著。」

對半折起的手抓餅被一堆醬汁、培根、蔬菜填滿，合都合不攏。巫瑾連忙把塑膠袋接過，最上面的生菜葉子撲簌簌往下掉。

衛時伸手撚了兩片葉子，給小兔子精餵草。

巫瑾一口啃上，舌頭一捲，腮幫子鼓鼓地往下嚥，然後迅速呵氣。

衛時揚眉。

巫瑾：「辣……」

辣醬汁最後才被擠上，這兩片生菜硬是被澆了不少。

衛時嗯了一聲，把剩下一片紅彤彤的生菜從巫瑾嘴邊撤了，遞到自己嘴裡。

巫瑾鼓起臉告狀：「辣吧辣吧！」

衛時三兩下消滅，替巫瑾復仇：「還行。」

兩人坐在路邊長椅上，夜風颼颼吹來，小捲毛高高興興蓬鬆著。兩個人安安靜靜等剛出鍋的餅子降溫，燈下只有塑膠袋獵獵作響。

巫瑾抬頭，視線略過燈火璀璨如長龍的夜市，和遠處霧氣中的廣廈高塔。他在很認真、很認真的想自己和大佬的未來。

紙醉金迷的浮空城過於神祕，他對大佬也瞭解得太少。

漫長的一生中，也許永遠只能追逐在大佬的背影之後，但他至少想在螢幕和戀人並肩而行。記憶回閃到剛才和店主的閒聊。

「……三個月結婚，你們小年輕也該早點考慮……」

巫瑾晃了晃腦袋，作為貧苦的小練習生他還沒有任何求婚的資本！至少要出道、要成為職業逃殺選手，還有星際聯賽……

巫瑾忽然側過腦袋，眼神閃亮看向大佬的側臉，思維飄啊飄。

如果能捧著星際聯賽的冠軍獎盃向大佬求婚——

衛時：「嗯？」

巫瑾刷的一下挺直脊背，手忙腳亂關掉腦海裡正在放映的「奪冠凱旋、抱得美人歸」小視頻，磕磕絆絆承諾：「我、我會努力的！」

男人看向傻里吧唧的少年，竟是把毫無上下文的這句給聽懂了。粗糙的手掌在小捲毛上擼了把，「行。」

——好好打比賽，想蹦躂就蹦躂。

等巨大的手抓餅涼下來，巫瑾立刻從左邊開啃，嘴巴張到最大。

衛時：「就這麼吃，嘴巴張得不累？」

巫瑾不好意思：「好像是點多了……」

男人捲起袖子，壯碩有力的手臂越過巫瑾，慣於持槍的手抓起油膩膩的塑膠袋，替他把手抓餅聚了個角，「從這兒吃。」

巫瑾眼神景仰，啊嗚咬了一小口，然後把完好的另一邊遞給大佬，問道：「沒放九層塔……好吃不？」

男人順著他的牙印咬下去，「不錯。」

巫瑾喜滋滋要回來，兩人你一口我一口直到把餅子吃完。巫瑾半天也沒找到洗手的地方，一回頭才看到大佬在長椅旁，找清潔機器人慢條斯理擠了點泡沫。

沒見識的小練習生睜大了眼睛。

衛時招呼他過來。

巫瑾不懂就問：「這種是搓搓就行……」

男人點頭，示意巫瑾伸手，一把捉住搓啊搓，亮晶晶的透明泡泡從兩人間飄起。

巫瑾呼呼吹氣。

泡泡打在衛時臉上，吧唧破了一個。

衛時：「……」

巫瑾一驚：不是我，我沒有……

正一陣風吹來，亂七八糟的肥皂泡泡全打回了巫瑾臉上。

衛時低笑：「閉眼。」

巫瑾閉眼，下意識握住大佬的手，絲毫沒有發覺男人正定定看向他。

像是要把人死死記在腦海裡。

夜宵之後，懸浮車再度把巫瑾送回訓練基地。

「我會出去一趟，兩週後回來。」黑暗中，衛時突然開口。

巫瑾一愣：「兩週……」

這甚至包括克洛森秀開課的一週時間，然而再問卻撬不出更多資訊。

巫瑾稍有失落，少頃振作，一面磨嘰時間一面向大佬闡述自己的推斷，女團、凡爾賽宮、舞會……

終端投影在懸浮車狹小的空間內，前排躺椅放下，兩人並肩靠著，呼吸打著呼吸，多數是巫瑾在說，偶爾衛時加入分析。

「甚至有可能，選手之間不存在初始組隊機制，結盟也隨時會因為派系鬥爭、身分卡牌調換而拆散……唔！」巫瑾咕嘰咕嘰說著，突然瞪圓了眼睛。

衛時表情不顯，滿意撤回座位，命令巫瑾繼續。

巫瑾眼神控訴，嘴唇濕潤溫軟，磕磕絆絆解釋：「……卡牌調、調換之後，就就就……」

男人突然把人往懷裡攬了攬，「嗯。」

巫瑾抬頭等大佬剖析規則。

衛時琢磨：「……嗯，再親一下。」

巫瑾一驚！

左臂突然被拉扯，巫瑾被迫揚起腦袋，鋪天蓋地燒灼的荷爾蒙在懸浮車狹窄的前座轟轟烈烈蔓延，衛時幾乎是以脅迫的姿態在少年唇齒間掃蕩，緊實堅硬的肌肉硌得巫瑾生疼。

許久，衛時才停下動作。

近乎偏激的占有欲消退，激素依然在血液內沸騰。

情緒波動在剛才有一瞬甚至超出閾值。

第四個療程。

他眼神微暗，覆上巫瑾頭頂的捲髮，把委委屈屈的小軟毛摸順。

就這麼零星半點規則，兩個人硬是「討論」了半個小時。等巫瑾暈暈乎乎走下車，突然想起什麼回頭，「兩週……」

衛時頷首。

巫瑾記下，揮揮手和大佬告別。

然後徑直走入夜色中的訓練基地。

不能站在大佬身邊，只有一個原因，就是自己還不夠強大！

巫瑾風風火火跑進訓練室，舉起十字劍，打開副本——還在傻笑的表情收斂，目光凜冽如刀鋒，在燈下熠熠閃爍。

刺擊，劈砍。

虔誠篤定。

深夜，浮空城軍事基地。

金屬器械在無影燈下泛著寒光，宋研究員最後一次和衛時溝通療程細節：「……兩週內的事務會由毛執法官處理，炙薇那裡有阿俊跟進，請放心。記憶回溯——和前三次療程不同，會激發大量負面情緒，包括暴虐欲、嫉妒、憤怒等等。我想再確認一次，您可以選擇拒絕療程，維持現狀，也可以選擇承擔風險繼續……」

衛時：「繼續。」

宋研究員點點頭，感嘆地把簽字單遞給衛時，「負面情緒調動的時候，被治療者潛意識仍然會對外封閉——我們無法替您梳理，只能依靠您自己。第四療程是高危治療，就算在帝國，成功率也不超過百分之八十五。」

「記憶回溯類似一次性注射兩百毫升MHCC，被治療者有極小可能被困在潛意識裡。當然，我想讓您知道，您身後還有整個實驗室和浮空城，就算這次療效失敗，我們也會全力以赴把您帶出去。」

衛時頷首，拿起筆徑直簽字。

情緒枷鎖。

比起控制改造人情緒波動閾值，在設計最初，它更重要的職責是作為一道自毀鎖。

就像加持於武器上的鞘，以防它對控制者倒戈。

違令者死。

六年前，唯一的金鑰被摧毀在R碼基地之中，包括他在內，邵瑜、毛冬青、魏衍和所有改造人體內的枷鎖都變成了不定時炸彈。沒有人知道什麼時候會觸發，唯一退鎖的方法，就是用漫長的療程一道一道解開。

宋研究員收了簽字單，走廊上，等候已久的毛冬青推門而入。

無影燈下，衛時進入冰涼的儀器。兩位身著醫生白袍的助理與宋研究員一起，反覆確認預設無誤。

毛冬青點頭，宋研究員一咬牙打了個手勢。

燈光熄滅，儀器緩緩運轉。

指針微頓，靠向夜晚十一點整。

叮咚一聲。

浮空基地，巫瑾被掛鐘驚起，慌不迭關了訓練設備，囫圇吞下體力修復劑，將訓練服頂在腦袋上，飛奔回寢。

寢室樓內，在樓上看小說的凱撒一拍欄杆，「哎回來了回來了！我說這大半夜的怎麼有一塊布在底下跑！」

巫瑾閃速洗了個戰鬥澡，濕唧唧擠到隔壁，比預定的組會時間遲到五分鐘，趕緊道歉：「外面下雨……」

佐伊毫不在意，大手一揮徵用了凱撒的毛巾把巫瑾裹上，並大力誇讚了愛學習、能吃苦的訓練楷模小巫醬。

良好的小隊氛圍卻在開啟當天組內特訓後陷入詭譎。

投影螢幕正中，應湘湘千叮嚀萬囑咐的「學習資料」正在緩慢播放。一男一女兩位舞蹈老師笑靨如花，在紅毯上旋轉、跳躍、旋轉、跳躍——

佐伊按下暫停鍵，慢吞吞開口：「誰跳女步？」

放在桌子上的幾隻手秒速收到桌板底下。

佐伊和顏悅色問：「有沒有有想法的練習生願意為大家犧牲一下？」

一片寂靜。

佐伊一聲輕咳：「有沒有打突擊位，還很有想法的練習生願意給大家奉獻一下？」

凱撒大喜：「有有有！」刷的一下舉起了巫瑾的手。

巫瑾懵逼看向自己的手。

佐伊一拍桌子，嚴肅：「行，就是這位有小肚子的凱撒選手了！」

半小時後，被輪流蹂躪到精疲力盡的凱撒癱在床上哀嚎：「跳、跳不動了，今天不接客了……」

佐伊一腳揣在他的大肥腿子上，「你特麼減脂了沒啊？怎麼又胖了？」

巫瑾於心不忍，替凱撒拆了一管修復劑，和隊友打了個招呼，趕在十二點前回到寢室。

鬆軟的床被帶著淡淡的陽光香氣。

香檳玫瑰在花瓶內輕輕倚著，窗外小雨霏霏。

巫瑾照例打了兩個滾兒，小圓臉在枕頭上蹭來蹭去，直到整個被窩都熱烘烘的，眼睛一閉就陷入沉睡。

夢境裡洋溢著暖融融的光。

身著白袍的祭祀在為出征的騎士祈福，光影虛化了殿堂上的神像，有人在悲憫微笑。

巫瑾看向腰間的佩劍。

同僚嘻嘻哈哈推搡著，燙金的詩句環繞他們的劍柄。祭祀笑咪咪對巫瑾灑水，「神靈會因為詩句站在你的肩側——告訴我，你的劍柄上寫著什麼？」

巫瑾低頭：「衛……」

神光驟然耀眼如晝火，整座殿堂熊熊燃燒，巫瑾慌忙看向神龕中的神靈。祂有著和衛時一模一樣的五官，眉眼低垂，穿過遙遙虛空相望。火舌順著他的長袍蔓延向上，吞沒男人的衣襬、握劍的手、寬厚的肩——

巫瑾在火海中急促喘息，下意識伸出手，被火舌吞噬的指尖卻不像被灼燒，而是如墜冰窖……巫瑾猝然驚醒。

急劇的風聲在耳邊呼嘯，窗外暴雨如注。

雨水順著半開的窗扇湧入，打濕了床鋪邊沿。

香檳玫瑰被妖風吹得歪歪斜斜，花瓣零碎散落。

在巫瑾準備關窗前的一瞬，心跳驟烈。

幾十公里外的浮空軍事基地。

冰冷的儀器突然發出刺耳警報。

值守在旁邊的小研究員一個哆嗦，臉色慘白，「衛哥……儀、儀器……」

他哐啷撞開大門奔出，「出事了！」

暴雨滂沱而下。

第二天清晨，所有學員濕淋淋抵達訓練室。

窗外是陰鬱凝重的雨幕，轟隆隆閃電劃過，圍牆驟然一片慘白。

學員幾乎是泡在雨裡過來的，講堂內水滴接連不斷，在嗡嗡沉悶的交談中彙聚成打在地板的水窪。

直到階梯教室的大門打開。

「咦，不是阿俊老師？」坐在前排的學員愣愣抬頭。

按照宣傳手冊，培訓第二天將由浮空基地知名訓練顧問阿俊老師進行成功學演講。

來人揮揮手，「都是灌雞湯，換誰都一樣！阿俊老師臨時有點急事……行了都看講義！成功是一門科學，參加咱們培訓，就是用少量的學費換取通往成功的捷徑……」

教室後排，巫瑾一頓。

不止阿俊，浮空基地幾位高層都像是在暴雨中憑空消失。

身旁，文麟低聲問詢：「小巫怎麼了？」

巫瑾搖搖頭，心跳猛烈加快。

連他自己都不知道怎麼了。

終端第十二次的打開，給大佬的訊息仍然沒有收到回覆。巫瑾沉默許久，飛快在通訊錄中找到紅毛。

按下發訊。

浮空軍事基地，L2地下實驗室。

儀器數值依然顯示異常，在警戒閾值之外。幾乎整個實驗室研究員全部出動，房間內密密麻麻擠了十幾個人，卻硬是連一根針落地都能聽見。

一門之隔，有人在激烈爭吵：「是儀器被動過手腳……」

「盤查一整夜了，從兩週前到現在，監控、物質監測，都確認沒有一個人進來過。」

「儀器正常？那衛哥也不會在這一步出事！」

一旁，面色凝肅的毛冬青終於開口：「哪一步？」

宋研究員咬咬牙：「浸入記憶那一步——最容易把患者困在潛意識裡的那一步。」

沉默如冰寒刺骨。

宋研究員再次抬頭，下定決心：「不行，我必須進去。」

備用儀器從軍械室運送過來，放置於衛時身旁，在反覆檢測後兩者連通、啟動。宋研究員進入第二臺設備，許久綠色指示燈亮起。

毛冬青無聲看著，扶在椅背上的手掌攥得鐵青。

第四個療程，不是「疏導」而是「重現」，不看向未來，只回溯過去。

儀器電波會迫使受療者面對他們內心深處的恐懼——

如果沒有恐懼，就會呈現受療者最厭惡的一段記憶。

宋研究員要做的，就是進入困住衛時的記憶。

旁邊，小研究員低聲向毛冬青彙報：「宋院長有過兩次輔助治療經驗，對思維同步造詣很高，只要宋院長能進去，就能把衛哥帶出來。」

紅燈猝然閃爍，兩位實驗室成員大驚失色，倉促關上宋研究員與衛時的同步。

儀器內咚的一聲，宋研究員捂著左肋出來，臉色慘白，胃裡翻江倒海。

「是我強制退出的，」他勉強說道：「進不去，被衛哥抗拒得厲害。裡面，」他深吸一口氣，閉上眼睛擰眉描述：「大霧天，到處灰濛濛，味道嗆鼻，就像人在燒硫磺和粗煤，能看到鐵塔，還有鐵門。」

「就是這道門，進不去。」

毛冬青的手攥得更緊，幾乎能繃出青筋，「門上有什麼？」

宋研究員一頓，因為搜羅記憶末節而更顯蒼白，緩緩說道：「門上……有鎖鏈，鎖鏈生銹……還有掛牌。」

「掛牌！」他突然吸入一口涼氣，「聯邦九處研究基地。」

他看向毛冬青。

毛冬青點頭，「我記得。九處研究基地，又叫R碼軍事基地，基因武器研發基地。你出來，我進去。」

宋研究員眼睛血紅，差點一口氣喘不上來，「你瘋了？我都進不去你能進去？」

毛冬青：「我對基地有印象，換我。」

宋研究員嚥了口唾沫，斷然回絕：「不可能。我都進不去，你一個外傾性A的怎麼進去？就算進去了，是要和衛哥在裡面打到自毀？兩個人一起腦死亡？」他嚴厲訓斥：「他思維排斥很厲害，就算你瞭解基地，你敢說你瞭解衛哥？」

「外傾性A不可能進去，C都不可能。那道鐵門就是意識壁壘，沒人願意把最脆弱的意識暴露在別人面前……」

毛冬青冷冷打斷：「解決方案。」

男人站在年輕的研究員面前，氣勢逼人：「我只需要你告訴我，怎麼解決。」

宋研究員動了動嘴唇，最終咬咬牙開口：「……去找人。」

無影燈打開，幾位研究員走出，在走廊上沉默集合。這裡聚集了幾乎浮空基地所有高層——六位執法官、阿俊、護衛隊隊長和行政副長。

「我們需要在基地找這麼一個人，或者一類人。外傾性E，經過專業訓練，心理抗壓能力強。」護衛隊隊長葉催迅速查閱資料，說：「基地內編制三千零七十七人，登記外傾性E的只有十二個人，全部為非戰鬥人員。基地之外……」

宋研究員搖頭，「限制在軍事基地內。」

阿俊突然想起：「幾週前特訓基地也收到過一位外傾E的學員，下面有向我提過。」

毛冬青漠然開口：「讓所有符合條件的人都過來。」

宋研究員一頓：「基地之外，就算外傾性E，不會自願進儀器……」

毛冬青面無表情說：「不願意進去，就拿槍逼他進去。」

五分鐘後，數輛懸浮車在暴雨中離開，警報急促拉響三聲，浮空基地霎時進入戰時戒備。

「怎麼了？」緊急集合的護衛隊員緊張詢問。

「我點到名字的出列，還有……」隊長葉催一頓：「基地全部封鎖戒嚴，去找最近兩週所有監控資料。」

「實驗室那裡，有人入侵。」

雨水瓢潑而下。

烏雲、暴雨、大霧幾乎將整個浮空城傾覆。

毛冬青走出走廊，宋研究員最終開口：「你……」

毛冬青點點頭，從副官那裡接過豚鼠，攥緊的左手才稍微鬆開。

豚鼠嗅到掌心的血氣，瑟縮著想要後退，最後還是在毛冬青手上蹭了蹭。

走廊外，屋簷下嗖的躥起來一個人，竟然是蹲了許久的紅毛。

「哥！」他梗著脖子，手忙腳亂，通訊想接也不是，掛了也不是，熬了一整夜頭髮亂成稻草，「哥，唉你說，衛哥家屬有知情權嗎……」

宋研究員一窒：「什麼家屬？」

毛冬青突然開口，眼裡光芒驟聚，「巫瑾？他在浮空城？」

浮空特訓基地。

原本正在各練習室和動態靶不死不休的學員紛紛被挖出，進行不知所謂的心理測試。

凱撒直接一個招呼摟住巫瑾，「這題啥意思？在下列線段中選擇一條延伸為射線？射線是啥玩意兒？哎小巫——」

凱撒猶疑，隔了個面具也能察覺巫瑾狀態不好。

臺上，兩位導師亦是神色嚴肅。

特訓基地保障每位學員隱私，他們只知道幾週前外傾性E的學員已經回來複訓，卻無法從清一色的純白面具中把人挑出來。

直到巫瑾交上試卷。

兩人齊齊鬆了口氣，正打算把人騙走，教室大門突然被強硬推開。

「第四執法官先生……」一位導師愕然。

巫瑾驟然回頭看向毛冬青。

毛冬青言簡意賅：「你跟我來。」

巫瑾急劇跳動的眼皮子一瞬聚焦，轉身跟著毛冬青離開時是手腳冰涼。

出現在這裡的是毛冬青。

不是大佬，甚至不是紅毛。

他強迫自己深呼吸，不去想那個詭異的夢境。

集訓導師忽然追上，「等等，執法官先生，這位就是你們要找的學員。」

心理測評報告遞到毛冬青手上。

開放性S，穩定性S，外傾性E，承壓能力A。

初訓項目：動態射擊，近戰格鬥。

複訓項目：近戰格鬥。

綁定教官卡ID：0001。

毛冬青一頓。

五指再次攥緊，緊繃的肩膀卻終於放鬆。

「有勞，我負責把他帶走。」

身後，抄完巫瑾試卷答案的凱撒愣愣看了半天，突然跳起，「臥槽什麼情況？這這這……你們是拐賣人口還是……」

兩位導師立刻和顏悅色安撫：「沒沒！哎哎我們這個是每期特訓都有的彩蛋活動，答題答得又快又好的人可以免費贈送額外輔導一次！」

凱撒：「怎麼不在基地裡面輔導？」

導師：「喔，咱們這個輔導很特殊，還能帶剛才那位幸運學員去參觀浮空城護城河裡的大黃鴨。」

凱撒：「就這大雨，鴨子放外面不被砸漏氣了才怪。」

導師一個頭大：「行了行了，這位同學稍安勿躁。」他低頭看向讀卡器，突然一呆。

凱撒抄了巫瑾全部答案，得分也大差不差。

導師瞠目結舌：「這、這位學員也是外傾性E……」

懸浮車內。

雨水不斷衝刷窗扇，毛冬青看向巫瑾。

巫瑾緩緩開口：「執法官先生，我想知道發生了什麼？」

毛冬青：「我希望你有心理準備。」

巫瑾沉默，最終點頭。

沉悶的懸浮車內，浮空城的第四執法官平靜解釋了昨晚發生的一切，出乎他意料，巫瑾比他想像的鎮定。

只有臉色顯見蒼白。

毛冬青：「我起初的猜想是，衛哥的意識更容易接納你，沒想到你湊巧又是外傾性E。」「不過，即使外傾性E，進入他人的意識世界也會有一定危險。我不能保證你的安危，你可以拒絕。」

巫瑾打斷，直接同意：「我要進去。」

毛冬青看了他許久，輕聲說了一句「謝謝」。

胖乎乎的豚鼠被遞到巫瑾手上。

少年沒有拒絕，沉默抱著豚鼠，胖乎乎的小腦袋在他脖頸上亂蹭。

毛冬青：「我想還是要坦誠告訴你。剛才——如果你拒絕，我也會強迫你過去。」

巫瑾看向窗外，絲毫不為所動。

毛冬青：「因為他對於浮空城比任何人都重要。告訴你，是想讓你放心。包括我在內，我們會不惜一切代價把他帶回來。」

巫瑾終於有了反應，向毛冬青輕微點頭。

浮空軍事基地。

實驗室大門推開，所有人齊齊張望走在前面的毛冬青，繼而是身被雨披的巫瑾。

黑漆漆的防水布把少年包裹大半，他隨手把雨披解下扔到門外，雨水順著訓練服滴落如河流。他目光直直看向最正中的儀器。

宋研究員一愣，反應過來。

他不是第一次見到巫瑾，克洛森的轉播他看過四期，他甚至做好了一切應對準備。

外傾性E在基因改造產業中並不罕見，對於改造後的人形兵器，他們是唯一可以在高危狀態下進入改造人意識的「天賦者」。

他們是「人形兵器」的反義詞。天真、內斂、情感充沛，但巫瑾卻與他想像的並不相同。

白熾燈下，臉色蒼白的少年更像一把手術刀，直直插入視野之中。

毛冬青和他站在一起。

只代表一個含義——巫瑾和他一樣，會不惜一切代價把衛時帶出來。

宋研究員起身，大步走過去。

巫瑾低頭，只說了一句話：「我想見他。」

儀器的遮罩層緩緩上升，實驗室內只剩下最後三人——和像在沉睡中的衛時。

男人擰著眉，在耀眼如白晝的燈下陷入不可掙脫的夢魘，明明伸手就能觸及光，閉眼時卻投下深邃的影。

巫瑾安靜看著他。

和夢境中的神祇一模一樣。

巫瑾再抬頭，抿著的唇毫無血色，依然認真向宋研究員求教。

「兩臺儀器會連接在一起，等你做好準備，就能進入衛哥的意識。」宋研究員解釋：「我需要你做好心理準備，一旦進去——你的意志會受他主導，你會被迫與他共同承擔情緒，還會被拖入記憶旋渦。」

「可能是任何一個記憶時間點，我們唯一知道的，是記憶場景。場景在R碼基地。」

巫瑾：「需要我怎麼做？」

宋研究員：「讓他信任你，願意被你入侵意識本源，然後……帶他出來。」

「信任是一把雙刃劍，」宋研究員微微停頓，鄭重開口：「如果操縱不當……」

巫瑾看向他。

宋研究員：「你也會被留在那裡。」

巫瑾乾脆點頭。

毛冬青讚賞看向他。宋研究員再不耽誤，迅速給巫瑾回饋他所收集到的資訊：「灰霧，高塔，鐵門，還有詭異的哭泣，堆在門內的機械廢墟。最重要的那道門——我們試了三次，沒人能走過那道門。」

「你試著進去，不要完全沉浸，我們會在這裡指導你。」

巫瑾知悉。

第二臺儀器再度打開，綠光閃爍。

毛冬青看向淺綠色的燈光。

一旦巫瑾成功，燈光會平穩熄滅，失敗會以紅色示警。

身旁，宋研究員替巫瑾做最後準備：「好了嗎？」

少年頷首，突然回頭，走向沉睡的神祇。

他彎腰，在男人冰涼的手背落下輕吻，大步跨入另一臺儀器。

冷硬的探針刺入，巫瑾下意識捂住胃，視野天旋地轉。

骨髓像是被抽空，肌肉不受控制顫抖，眼前一片黑暗。

巫瑾咬緊牙關，直到意識接近模糊——

第一道光點終於亮起。

第二道，第三道。所有光芒彙聚，他驀地睜眼——

灰濛濛的空氣夾著嗆人的黑煙，巫瑾虛弱蜷縮在地上，許久勉強爬起。

繼而差點翻了個跟頭。

重心不穩。

巫瑾茫然舉起自己的雙手。

## 第五章
R碼基地什麼時候來了一個小矮子

有點小。

身高也縮水了……大概只有十四、五歲。

他不再細究，竭力向前看去。

鐵門，鏽跡斑駁的鎖，聯邦九處研究基地。

R碼基地。

巫瑾拖著極度不平衡的小身板緩慢走向鐵門，心幾乎跳到了嗓子眼。就是這道門，他必須想辦法進入——

門內，一道視線向他掃來。

巫瑾下意識看去，驚喜睜大了眼睛。

十五、六歲的少年正瞇眼看向他，右手傷痕累累，饒是如此依然擼起袖子，左手拎著木棍像是提著他的劍。

他的瞳孔漆黑無光，眉目與十年後相比要稚嫩不少。抬眼時卻仍然銳利。像山間的鷹。

還沒等巫瑾來得及激動，注意力立刻被少年手臂的傷口攫住。

巫瑾眉心重重一跳。

對方的身上布滿青青紫紫的瘀痕，從裸露在外的小腿，到被半長不長灰色訓練褲覆蓋的膝蓋，甚至臉頰都有擦破。最顯眼的還是縱貫右臂的紅腫道子，像是被利器隔著布料劃傷。

巫瑾刷的一下跑到鐵門前，心疼得要命。

他從沒見過這樣的大佬。

十年後的衛時身被金甲，受萬人崇敬，十年前卻傷痕累累，獨自坐在R碼基地門口斑駁的臺階上。

鐵門內，少年看向巫瑾的目光微凝，低頭望了望自己的手，再看向巫瑾。視線戒備警惕。

剛要開口的巫瑾一頓。

十多年前的大佬顯然並不認識自己。

潛意識同步後，巫瑾的胃部依然在翻江倒海，眼前天旋地轉。耳邊刺耳的電流聲像是從遙遠的另一個世界傳來——

「讓他信任你。我們會在外面指導……」

巫瑾捂住冰涼的額頭，終於勉力抓住思維中飄忽不定的通訊電流：「宋……」

實驗室內，面色焦急的宋研究員開口：「連上了！你那裡怎麼樣？」

毛冬青神色肅穆，沉默聽研究員轉述：「十五、六歲，帶傷，灰色訓練服，撿了根棍子當武器……」

毛冬青：「是衛哥第一次改造後。小巫，想辦法讓他放你進去，跟著他。」

鐵門外，巫瑾暫時切斷連接。

他眼巴巴看向門內的衛時，手臂透過鏽跡斑斑的鐵柵欄伸進去，思維被大佬潛意識壓制，連思考都變得極端困難。

衛時面無表情看著。

門外的小矮子穿著明顯大了一號的衣服，皮膚是淡淡帶著奶香味的瓷白色，小圓臉就卡在鏤空鐵門上，也不知道他自己拔不拔得出來。眼神濕漉漉的像是帶著霧氣——

似乎欺負一把就能委委屈屈滴出水。

衛時終於從臺階上站起。

他冷漠開門，「誰把你丟出去的？」

還有，R碼基地什麼時候收了一個傻子。

巫瑾眼神驟亮，刷的一下把腦袋從鐵門上拔出來，三步兩步跟上。

衛時掃了他一眼。改造人身上不少融有凶獸基因，蒼鷹、獅子、科莫多蜥，旁邊這個矮子大概是兔子、倉鼠，也不知道基因設計者怎麼想的。

巫瑾一面跟在衛時身後，一面努力適應大佬的意識世界，終於努力扒拉出了少許思考判斷能力。

面前的少年大佬走路並不快。他並非被腿上的瘀青阻滯，而是看路非常仔細，眼睛微微瞇起。不像看不見，而像——

記憶翻滾，黑夜、三疊紀、火山口翼龍盤旋。

——「四色視覺是人工改造基因，後來視錐細胞不再分化，視覺退化。」

現在是第一次改造結束，大佬視覺退化的時間點。

巫瑾心跳微窒，下意識就要去牽少年的手。

衛時反應極快，刷的一下縮手。

他莫名有些生氣，撿回來的小動物竟然還不知檢點！對著陌生人就要親昵，看著就是被馴養過的！

衛時冷漠回頭，就差沒在臉上寫了三個字——不給牽。

巫瑾只能磕磕絆絆跟著，因為沒有和意識世界完全同步，走起路來同樣一腳深一腳淺。

「你……你叫什麼啊？」巫瑾湊過去套近乎。

「我叫巫瑾。」巫瑾又自顧自說道：「你的手怎麼了？」

小矮子不停呱唧呱唧說著話，衛時只掃了幾眼就不去看他。太弱了。眼睛和臉頰都圓溜溜，整個人軟乎乎的，估計一個手指就能戳出紅印子。自己果然撿了個被拋棄的改造品回來——傻乎乎站在門外，如果不是自己好心，估計都活不過明天。除了自己可沒人會要他！

正在此時，刺耳的集合鈴聲突然響起。

嗆鼻的黑煙被鈴聲擾動，遠處、近處不斷有人奔跑，衛握緊了手中的木棍。黑煙中有人在幽幽哭泣，有人在詭譎大笑，有人在對著空氣說話，有人四肢扭曲著地，像蟲一樣慢慢爬動。

巫瑾愕然抬頭。

衛時看了眼沒有見識的小矮子。距離上一次改造不過兩週，R碼基地裡多得是適應不了新基因的瘋子。他的敵人不是他們——

衛時提著木棍，綴在人群後面，緩緩走進黑霧中低矮的廠房。

巫瑾立刻亦步亦趨跟著。

比起廠房，這裡似乎更像一間「教室」。投影打在前面，用於教授被改造者最基本的讀寫，兩位教導員正在臺上低聲交談。

巫瑾跟著衛時坐到第二排。

幾個高矮不一的少年立時向兩人方向看去。他們與衛時差不多年齡，說話故意大聲：「他還敢進來？等下課，哥幾個就給他點顏色看看……」

「媽的，早上沒弄斷那隻手，必須讓他賠兩隻。」

「改造前狂成這樣，他以為自己是邵哥？改造後還不懂得夾著尾巴做人……」

# 第五章

## R碼基地什麼時候來了一個小矮子

巫瑾皺起眉頭，終於聽懂幾人的叫罵。

大佬在兩週前第一次改造——視錐細胞改造失敗，基因評級從原本的S跌落到B，基地裡多得是落井下石的小人，一身瘀傷也來自他們。

兩排桌椅前，教導員們視若無睹，對學員之間的衝突習以為常。

巫瑾沉默看著，手掌攥緊。

對外封閉的R碼基地就像一個扭曲的世界，被改造者自相爭鬥，促成這一切的改造者們冷眼旁觀。

上課鈴再一次打響，試卷從前往後分發。

教導員對課程、考試都並不上心，兩人甚至還在間隙談論家長里短，顯然沒發現多出來個巫瑾。

講臺之下，右手受傷的衛時，用左手彆扭握住筆。

巫瑾忽然捏住衛時的試卷。

少年警戒看向他。

巫瑾一聲不吭，拿起筆，示意大佬自己可以幫他寫。

試卷一側選擇題，巫瑾輕輕寫個胖乎乎的D，下一道就是個胖乎乎的B……再下一道被衛時手肘壓住。

巫瑾眼巴巴抬頭。

琥珀色瞳孔微微發亮，淺色的小捲毛差點要蹭到衛時身上。

少年的視線在小軟毛停頓許久，最終移開手肘。

巫瑾鬆了口氣，拿著大佬的筆開始奮筆疾書，絲毫沒注意到身旁少年沉沉的目光，再抬頭時，衛時又嗖的移開視線。

巫瑾把寫好的試卷還給他，衛時勉強哼了一聲，不置可否。

一個小時後，試卷上交，下課鈴響起。

教導員前腳出門，剛才那群少年就嘻嘻哈哈圍了上來，「喂，瞎子。」

嘲笑的是視覺退化的衛時。

衛時掂量了兩下手裡的棍子，終於站了起來，「出去。」

巫瑾這才發現，「出去」是對他說的。

巫瑾當然不可能出去，又往衛時身邊湊了湊。

衛時冷冰冰看向他，「我讓你出去。」

那群霸凌者終於注意到巫瑾存在，教室內清場完畢，門被一個馬仔反手帶上。

為首那人驚訝看向巫瑾，眼裡興味異常：「那個誰，你過來。」

巫瑾轉頭看他。

軟乎乎的小圓臉帶著奶凶奶凶的意味，也不知道衛時是從哪裡撿來的，看著有趣得很，長得還很漂亮——在男性改造者占百分之八十以上的R碼基地，漂亮並不是什麼好事。

幾人低聲說了些什麼，繼而哈哈大笑，過去就要捉巫瑾，又對著衛時嘲諷：「人我們收下了，留你一隻手……」

沉默的衛時突然開動，木棍對著人砸下。

「我操！」那混混措不及防被砸到右肩，疼嗖嗖咧著嘴，罵罵咧咧就要反擊，一腳橫踹。

六人中有五人都往這裡聚攏，剩下一人剛要對巫瑾動手——巫瑾突然舉起椅子，對他當頭就是一掄。

咯嘣一聲。

那人腦袋一涼，接著反應過來，一聲怒吼從口袋裡拿了把餐刀就上。

巫瑾終於知道大佬右手的傷口是哪裡來的。胸膛裡憤怒醞釀，他也不廢話，一個側閃避過刀刃，反手就是回搶。巫瑾眼中一片冰涼，壓出湛湛寒光，電光石火之間，對手被他硬生生壓制了兩個照面——

巫瑾再抬起手肘。

銀光一閃，餐刀已是夾在他的兩指之中。

戰術動作A12銜接C8，十年後，大佬手把手教會他的連招。

教室內一片靜默，就連衛時看向巫瑾的視線都帶著驚訝。巫瑾回頭對上他的目光。

R碼基地內，這群十五、六歲的學員還停留在混混打架的初級階段，巫瑾這個半吊子逃殺選手，只要出其不意，未必不能一戰。

那群少年的頭目終於狠下心：「媽的，不留手，給我直接幹！」

巫瑾看了一眼年少的大佬，兩人不發一言，默契替對方擋住後背。巫瑾徑直把刀遞給大佬，自己繼續抄起椅子——還是最原始的重型武器趁手。

衛時也不廢話，受傷的右手握住小刀，左手棍棒刁鑽狠辣，幾乎從未有過失手。

兩人以少對多，脊背挨得更近。巫瑾打得上了頭，加上找到大佬，頭一次參加群架，血液裡興奮勁兒一股冒出來，像是嗷嗷亂叫的小豹。

衛時貼著背後軟乎乎的小矮子，根本不知道他興奮個什麼勁，脊椎骨微微僵硬。

等對手只剩下最後一個，衛時毫不猶豫蹂身而上，餐刀在霸凌者身上俐落劃拉——和他手臂上的傷口一模一樣。

等報復完畢，衛時蹲下，在滿地求饒的幾人口袋裡翻找，搜出幾張綠色卡片，抽出一半遞給巫瑾。

「你叫什麼？」他突然對著巫瑾開口。

巫瑾瞳孔一亮，「我叫巫瑾，」他又緊緊看向大佬，高高興興道：「我知道你叫衛時。」

衛時視線掃過突然蓬鬆柔順的小捲毛。

小矮子得意洋洋告訴他：「你的名字，我在試卷上看到的。」

衛時嗯了一聲，面無表情帶巫瑾離開教室。

掌心微微發癢。

兩人順著黑煙走出廠房，天色已經偏暗。巫瑾拿了那幾張綠色卡片，不久後摸清了用途。

R碼基地內食物、藥品、補給都需要定時定點換取，綠色卡片就是通用於改造者之中的「兌換券」。被稱為「食堂」的補給戰內，僅在十分鐘內就爆發了兩次改造者之間的衝突。

他們大多是十五、六歲的少年，也有個別年紀差距稍大。教導者沉默地看著改造人互相爭奪，甚至會以此作為「是否有攻擊性」、「是否有生存能力」的評分依據。

等到了晚上的訓練，巫瑾思維一片冰涼。

沒有接受完整改造、沒有套上情緒枷鎖的改造人不被允許學習槍械、格鬥。所謂的「訓練」不過是教導者提出各種無意義的、甚至有挑撥學員間爭端性的指令，少年們卻瘋了一般前仆後繼去做，以此換取極其微小的獎勵。

R碼基地是分等級的。

地位最高是不常露面的研究員，他們決定改造者的「分數」和「適配基因」，其次是教導者，最後是改造人——

改造人在極端壓抑環境下傾向於社會屈從性，作為等級制度的最後一層，會用盡手段討好教官和研究員。甚至在巨大心理落差下，他們會自發利用霸凌和暴力製造出改造人與改造人之間的「差距」。

每個人都有被認同的需求，R碼基地正是利用默許、漠視與心理壓力，在基地內挑選出最適合改造的人形兵器。

巫瑾跟在衛時身旁，在一群不被教導者重視的改造人中把訓練蒙混而過。

他的眉心緊緊擰著。

改造人大多只有十幾歲，在心智、價值觀最模糊的時候被強行塑造成最卑微的服從者，為了生存，只能不惜一切代價融進去。

操場另一邊，訓練結束後，教導者講了一個簡單的故事：一位C級學員在接受高危改造後直接飆入A級，即將被實驗室派遣第一個任務。

身旁是一張張躍躍欲試的臉——

巫瑾轉過頭。

在顛倒扭曲的R碼基地，「接受改造」、「接受高危改造」都被視為英勇榮耀。

這是所有改造者的童年，也是大佬的童年。

他忽然轉身。

衛時看向小矮子，示意他別傻站在訓練場，趕緊跟上。晚上十點之後是醫療器械的兌換時間，兩人守在兌換機器前，巫瑾趕緊搶著插了卡，繃帶、藥品緩緩從傳送帶吐出。

衛時一把把東西護住，大喊：「跑！」

不遠處，另一隊改造者正虎視眈眈，換到手的物資立刻被搶在R碼基地也是稀鬆平常。

兩人一直跑到小樹林內才氣喘吁吁停下，衛時隱約露出快活的笑意，下一秒又迅速收斂。

巫瑾見大佬坐定，趕緊挨著他坐下，少年們汗涔涔的手臂貼著，衛時肩膀微微一僵。

這小矮子跟果凍似的，忒軟乎，走哪兒都要黏一起！

然而等巫瑾主動要給自己包紮，衛時頓了一下，最終沒有拒絕。

布滿傷口的手臂被纏了一層一層繃帶的，小矮子的腦袋暖和得很，繃帶上像是被塗了一層蜜，香香甜甜。

衛時無意識舔了舔嘴唇。

小矮子的手看著也挺軟。

巫瑾很快把大佬的手臂包紮成了猴麵包樹，打了個胖胖的蝴蝶結，然後假裝不經意想要把手手——

衛時驀然被戳中心裡所想，瞪大眼睛，扭頭縮手。

撿回來第一天就這樣，不檢點！以後還不知道會什麼樣！

巫瑾喪氣收手，然而很快就打起精神。他需要一步一步獲得大佬的信任，不急於現在。

身邊的空氣忽冷忽熱，耳邊電流聲再次響起，巫瑾幾乎能看到儀器綠光閃爍。他在意識世界待不了太久，必須撤出休息再行繼續。

等到兩人包紮完畢，衛時看了眼昏昏欲睡的小矮子，自覺把人領回宿舍。

宿舍有兩張簡陋的行軍床，一張壘著被子，一張空空如也。巫瑾看了眼貼在空床上的編號——比大佬要靠前六十號，共用的桌子上還留著寫有前一任室友名字的教材。

從寢室消失私人物品卻無法帶走，只有一個可能，就是改造失敗。

衛時從櫃子裡抽了床被子扔給巫瑾。

巫瑾乖巧抱著，一會兒看看自己，一會兒看看大佬，忽然嗖的靠近。

「沒床墊，冷……」小矮子拖著被子就要往衛時身上撲。

衛時一驚，措不及防，也不知道是氣的還是怎麼的，耳後微微發紅，「手、手放哪兒呢！」

巫瑾喔了一聲，爪子從大佬肚肚上拿下。眼睛晶晶亮亮，把被子挪騰到前面，隔著被子繼續撲——

年少的大佬比十年後青澀許多，沒經過專業訓練，甚至還不一定打得過他！只要自己爭取，一定能搶到半個床位！

巫瑾鬥志滿滿。

衛時冷不丁被撲到被子裡頭，被巫瑾捉住到處亂拱。他忍無可忍出手，把小矮子死死抓住，偏淺褐色的小軟毛讓他鼻翼不斷翕動，淡淡的薄荷甜奶香味充斥鼻腔。

衛時臉上突然一紅，又偏偏冷漠板起臉，「不許鬧！」

巫瑾終於不冷了。

他吸了吸鼻子，原來十年前，大佬是鬆軟的陽光乾草和堅果味的！巫瑾又往大佬懷裡鑽了鑽，說不出的興奮。

衛時哼了一聲扭頭，默許他在床上擠著。

「衛……」巫瑾在大佬的潛意識內思維沉浮，迷迷糊糊叫了聲。

衛時默數三秒，才不淺不淡應了一聲。

「大佬……」

衛時茫然：「什麼……」再低頭時，小矮子已經呼呼睡著。

「……」他把人往被子裡塞了塞，決定不與他計較。

夜風從輕輕拂動窗扇。

過了許久衛時突然睜眼，把人從被子裡撈出來看了一眼，才放心去睡。

少頃，雨水輕輕打落，衛時警覺醒來，又把小矮子撈出來看一眼，下床關窗。

就像害怕人會突然消失。

撿到的就是他的，別人扔出鐵門不要的，所以只能是他的。

巫瑾翻了個身，手露在被子外面。

衛時給他塞回去，又想到這小傻子第一次見面就想牽手！十分不檢點！他生氣捏了捏，立刻斥責。

果然是仗著手很好捏就勾引自己。

藉著月光，衛時又仔仔細細看了看巫瑾的臉，最終彆扭睡著。

* * *

浮空城實驗室。

巫瑾捂著胃部從儀器內走出，立刻被宋研究員扶住。他呼吸微弱，臉色泛白，儀器已經紅燈閃爍。

宋研究員迅速試探巫瑾脈搏，「M7助眠藥物給我，加兩管體力恢復劑。」

一旁小研究員立刻去拿。

巫瑾搖頭，「不用，我馬上再進去。」

宋研究員皺眉，「休息兩小時，否則有可能造成不可逆的損傷。」

巫瑾還待再說，宋研究員安慰他：「潛意識可以邏輯自我補全，沒事，只要兩小時。衛哥不會發現。」

巫瑾頓了一下，終於點頭。

R碼基地。

衛時突然睜眼。懷裡的小矮子不見蹤影，宿舍內只有他一個人的呼吸聲。

少年神色驟變。

實驗室內燈光幽暗。

巫瑾驟然驚醒，一管體力補充劑、一杯清水被送到他的手裡。

「信任、潛意識安撫。」宋研究員低頭瀏覽剛剛生成的分析報告：「衛哥那裡，檢測波動已經接近降到安全閾值以下，是個好現象。」

巫瑾快速嚥下補充劑，鬆了口氣。

宋研究員看向巫瑾，「帶他出來，還需要一個契機。」

「從潛意識裡出來，需要一個極端應激環境——前提是衛哥必須絕對信任你。」

一份資料遞到巫瑾手中。

短短十二頁，詳細描述了R碼基地布局、人員架構以及幾個重要時間線。資料對基地相當熟悉，編集倉促，像是臨時搜刮記憶——巫瑾下意識望向毛冬青。

毛冬青微微頷首，鄭重道謝：「略盡棉力。」

一刻鐘後，巫瑾再次進入儀器。

等待應激契機需要時間，在這之前必須穩固少年大佬對他的信任，俗稱固寵——

天旋地轉之後，巫瑾瞳孔驟縮。

他站在R碼基地臨近指導員居所的開闊空地，和昨晚的寢室相距近半個山頭。濃濃黑霧遮蔽視線。

他沒有跟在大佬身邊。

巫瑾一頓，拔腿往回狂奔。

腦海中電流嘈雜，與外界的聯絡通路終於建立，宋研究員的焦急問詢，連接斷斷續續：「小巫，看到衛哥了嗎……儀器波動剛才又和閾值拉開，不對勁……要找到衛哥……」

時間流逝在潛意識與現實不對等，僅僅兩個小時，R碼基地已經從深夜推移到正午。巫瑾穿過嗆鼻黑霧，在快速奔跑中捂住左肋，呼吸幾乎要從胸腔中炸開，直到宿舍樓近在咫尺。

寢室空空蕩蕩，門沒上鎖，本該疊得一絲不苟的被子凌亂散著，櫃子也被拉開縫隙。訓練服、枕被一樣不少。

不像是有人闖入，更像是大佬在固執翻找。

大佬從昨晚到現在，只可能少了一樣東西。

巫瑾如墜冰窖。

他咬咬牙，再次衝出寢室，飛快聯繫上宋研究員：「潛意識會自我補全？」

宋研究員肯定答覆，突然驚悚意識到什麼。

巫瑾攥緊拳頭，「衛哥……潛意識裡沒有安全感。」

他早該想到，早該想到——十年後大佬睡過的床上槍械齊備，堪比軍械庫，心理防線的成因溯源就在R碼基地。

沒有安全感。塞到被子裡、抱在懷裡的東西都隨時可能消失。

只不過這一次消失的是巫瑾。

巫瑾沒有被挾持，是自己「走」的，出現在兩公里外比衛時「更強大」的教導者附近。無異於捅刀背叛。

巫瑾抿住唇，心跳猛烈，從一間一間平房搜去，無數陌生、驚奇、扭曲瘋狂的面孔閃過，未改造者指著他竊竊私語，改造失敗者神志不清、口吐白沫對著他哈哈大笑。

操場邊沿，兩個十五、六歲的少年正在激動比劃什麼，一眼張望到巫瑾，夾著尾巴就要避開。那兩人正是昨天打群架的嘍囉，被巫瑾衛時搶了武器，還搶了兌換券餓了一晚上肚子。眼見巫瑾直直走來，一聲不吭擼起袖子露出手指間翻飛的餐刀，兩人腦袋後面隱隱一抽。

這他媽哪裡來的凶神？看著還矮一腦袋，人狠話不多——

巫瑾還沒動手，一人立刻嚷嚷：「別，有話好說！您找、找誰？衛時？他他……聽人說他昨天晚上不知道受了什麼刺激，從半夜到早上一直在鐵門那邊晃悠……」

巫瑾眼皮跳動，鐵門是自己昨天出現的地方。

那少年又急促補充：「……就剛才，教導員來問改造意願，衛時直接簽了一次改造……」

巫瑾呼吸一窒，耳邊嗡嗡電流紛擾：「在哪裡？」

「CL04樓……」

巫瑾掉頭狂奔。

意識最遠處，正在指導他R碼基地布局的毛冬青脫口而出：「不對，衛哥二次改造不應該是這個時間。」

「基因改造」是R碼基地中扭曲的榮耀，是改造人向上攀爬的唯一手段。巫瑾視線掃過濃煙滾滾的基地，受害者在加害者的鼓勵暗示下相互爭鬥、霸凌，每個選擇簽下改造協定的少年，都由不同的內因驅動。

有人是為了凌駕於其他改造人之上，有人是為了能填飽肚子，有人是為了能走出基地，有人是為了更高難度的訓練准入，大佬提前申請改造——

巫瑾心疼得一塌糊塗，悶聲道：「他想趕快變強。」

CL04樓出現在視野之中，巫瑾切斷通訊，深吸一口氣推開大門。光滑的大理石地、淺色的訓練場高級塗料，比昨天簡陋的操場高檔了不止一級。

這裡是少年們只有在改造前才能踏入的訓練場。

是R碼基地對「自發、英勇接受改造」的嘉獎。

巫瑾沒有准入晶片，只能順著巨大的玻璃窗一扇一扇找，最終在一處停下。

射擊訓練室。

衛時側對著他，訓練服脫下只剩背心，汗水順著少年略顯消瘦的脊背滑下。他皺著眉頭，手中是一把老舊款的手動步槍。

他握槍的姿勢並不熟練，還顯得有些可笑——如果在克洛森秀，第一批淘汰的F級練習生都有可能嘲笑此時的衛時。他正對著一小塊落後的投影螢幕，盡力調整射擊體態。

巫瑾趴在窗戶上，對這樣的少年幾乎看入了迷。

簽下改造後，這是衛時第一次被基地准許握槍。明明青澀得一塌糊塗，卻將每一個動作都落在了巫瑾的心尖尖上。

撲通撲通。

一整片巫瑾黏著明亮的落地玻璃，使勁兒敲打窗戶。

衛時一頓，似是不敢相信自己眼睛，最終側過臉冷冰冰掃過巫瑾的方向。

他漠然回頭，視若無睹繼續擺弄槍枝，原本差一點接近靶位的彈道卻再次因為抖動失準。

大佬在生氣。

巫瑾繼續砰砰敲窗，使勁兒做出口型，手忙腳亂比劃——衛時！衛、衛時！

衛時毫不理會，甚至換了個方向。

巫瑾趕緊又厚著臉皮換了面玻璃黏著，可憐巴巴對著玻璃道歉。

衛時近乎惱怒。準鏡內視野扭曲，夾著黑霧的冷風從凌晨一直颳到清晨，他在冷風中找遍了整座基地，在鐵門外執拗等到日出——

少年冷冷扭頭。

正午的太陽從一側移到另一側，巫瑾幾乎換遍了每一面玻璃。

衛時收了槍，一眼掃到小矮子軟唧唧扒拉在窗戶上，被曬得蔫蔫巴巴，就像是一塊奶油棉花糖被烤化，在陽光下滋滋冒著奶香。

見大佬訓練結束，巫瑾嗖的一下振奮精神，使勁兒在玻璃上拉伸自己，又生怕大佬看不到，高高舉起的小胖手努力比心心。

衛時終於推開練習室大門。

巫瑾拖著冒煙兒的小身板追上，糯糯開口：「衛時！」

大佬步伐加快，巫瑾又湊上去，「衛、衛時……我錯了……」

大佬回頭，眼神冰涼。

巫瑾呆呆愣了兩秒，幾乎控制不住慌亂，小短腿卻執著跟上。衛時一言不發，巫瑾就在後面失魂落魄跟著，大佬走哪兒他去哪兒。

他跟著大佬經過人聲喧囂的操場，大佬去兌換物資他就在旁邊守著，大佬去食堂吃飯——

R碼基地，食物和任何物資一樣需要用券兌換。巫瑾消失前把所有綠券塞到了大佬抽屜，沒有食物不能上桌，只能默默找了個角落，可憐巴巴蹲著。

衛時拿碗筷的手一頓。

巫瑾又往角落縮了縮，小動物一般敏銳的直覺瞬間警惕——大佬好像比剛才要更生氣。

巫瑾的眼睛下意識睜得溜圓，使勁兒把自己藏在陰影裡，努力表現出乖巧、不占地兒、不吃東西很好養的……等一系列無害形象，以期再次被大佬撿走。

衛時吃飯速度極快，幾分鐘後，碗碟重重摜在桌上，轉身漠然離去。

塑膠碗下一角，隱隱壓著一張綠色紙條——

巫瑾心跳急劇攀升，從角落躥起將綠券攥在手中。

R碼基地物資兌換券，1點。

折合一頓標準餐。

壓在這個角度，只有在牆角種蘑菇的巫瑾能夠看到。

小圓臉突然揚起。

巫瑾抑制不住傻笑，迅速把綠券珍重收好，向著大佬消失的方向衝去。

## 【第六章】——進鎖，你就不記得我了

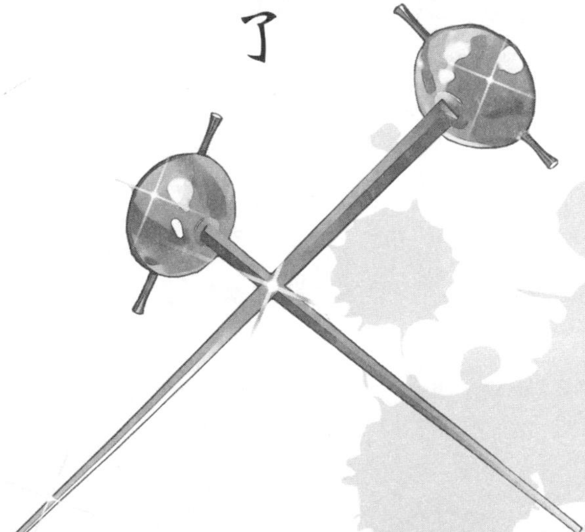

食堂一側，樹林邊緣，衛時終於肯正眼看巫瑾。

大佬筆直站在樹蔭之中，稚嫩卻初見英挺的輪廓於光影中明明滅滅。他抱臂站著，有那麼一瞬，巫瑾幾乎以為自己看到了十年後的衛時。

眼中光芒灼灼，薄唇抿起的角度都一樣冷硬。

像一把剛剛出鞘的刀。

巫瑾乖巧走到他面前，正要開口解釋，肩膀忽然被巨力按住，脖頸、鎖骨一應被衛時鉗制。陰影兜頭而下，小捲毛傻乎乎翹著，巫瑾倏忽反應過來，不是親吻而是質問。

大佬的動作和十年後出離一致，快準、狠辣，做出威逼脅迫的架式卻遠沒有十年後熟。

衛時表情緊繃，啞聲開口：「你到底是誰？」

巫瑾被迫靠在身後冰涼的樹幹上，脖頸泛紅，理智飛速運轉，「B、B區改造者……」

B區，非戰鬥類改造試驗區，毛冬青給巫瑾找的理由。

衛時：「昨天晚上去哪裡了？」

巫瑾可憐兮兮回答：「回B區拿東西，回來的時候路封了……」

基地內各區互不相連，只偶爾才有教導者打開通路，回答並不違背常理。至於是否封路——潛意識中，如果衛時願意相信巫瑾，邏輯會自動補全藉口，如果不能信任，再多理由也是白搭。

巫瑾緊緊盯著大佬的眼睛，不反光的瞳孔有風暴醞釀，直到自己的影子在瞳孔中亮起。

衛時面無表情：「走的時候為什麼不告訴我？」

巫瑾終於鬆了口氣，指尖微微發顫。

大佬選擇相信。

巫瑾小聲道：「我怕吵醒你。」

小矮子小心翼翼蹭著少年挾持他的手，最脆弱的咽喉像稍微使力就能掐斷，就剛才稍微嚇唬一下都能冒出嬌弱的紅印，還眼睛濕漉漉看著他。

不僅矮，而且傻。

衛時眼神微深，竟是有些不知所措，少頃才想起來架起氣勢。他必須要在小矮子面前樹立起威嚴。

少年眯著眼睛開口呵斥：「站好。」

巫瑾嗖的一下站好。

衛時命令：「我只說一次。在我面前，不許隱瞞、不許逃跑。如果被我發現……」他捏了捏手指，骨骼咔嚓作響。

巫瑾瞪大眼睛，衛時數了幾秒，直到確認小矮子被嚇唬了個夠，冷冷開口：「我會把你抓回來。」他又凶狠補充：「你跑不掉，我有槍。」

巫瑾一呆。

衛時略顯稚嫩的眉目又變為倨傲，熟悉少年微表情的巫瑾卻是能看出他在緊張。

「剛才，」他開口：「在靶場，你看到了。那把步槍是我的，你不可能跑掉。」

R碼基地，沒有任何東西比槍更珍貴。巫瑾睫毛微微抖動，大佬一定花了很多代價才換來那把槍。

衛時看他皺眉，心裡咯噔一聲，又怕把人嚇壞了。這小矮子雖然能打群架，看著膽子就挺小。他又故作厭煩補充：「作為義務，欺負你的人我替你記著。喂，聽懂了？」

這種沒有人要的小傻子，只有自己才會花費這麼大代價馴養！

巫瑾連忙點頭點頭，跟著大佬重複：「不隱瞞，不逃跑……」

衛時滿意，繼續把人壓在樹上逼供。

「你的基因改造供體是什麼？」

巫瑾趕緊搬出準備好的說辭：「雪豹！就那種，白白的、有斑點、捕獵很靈敏的小豹子！」

衛時氣壓沉沉，巫瑾的答案顯然沒通過潛意識判斷。

巫瑾緊張補充：「還有一點遠古翼龍基因……」

衛時面無表情看著他：「不許隱瞞。」

巫瑾抓狂，只得嘗試性添加：「還、還有兔子……」

衛時哼了一聲，終於通過答案。

巫瑾：「……」你根本就是想用步槍打兔！

不料下一秒大佬又扔出史詩級難題：「什麼兔？」

巫瑾磕磕絆絆：「好像就是普通白兔……」

大佬不鹹不淡嗯了一聲，慢吞吞開口：「食堂有，燉得不好。」

巫瑾：「……」又和我有什麼關係！

衛時：「你的改造方向是什麼？」

巫瑾努力比劃：「非戰鬥方向，藝術類……唱、唱歌，主要是民謠，帶一點流行。」

衛時指示：「唱。」

巫瑾被迫唱了一整首克洛森主題曲，最後終於消除大佬疑慮。

衛時頷首，「怪不得會被扔到鐵門外面，果然沒什麼用。」

巫瑾嗚嗚嗯嗯應著，冷不丁又被大佬扯著領子往他拉了拉。衛時嚇唬巫瑾完畢，最後準備給小矮子蓋章了事：「喂。」

巫瑾揚著小圓臉看他。

衛時手指緊了緊，少年修長的手還沒有十年後厚重的槍繭，驅使人做事也不甚熟練。他指了指自己，讓小矮子利索做事。

巫瑾茫然。

衛時催促：「向我表忠心……」

巫瑾欸了一聲，腦袋高高興興湊過去。少年比他高不少，臉虛張聲勢繃著，握住自己衣領的手卻刻意控制力度，像在拎著一袋易撒的糖果。巫瑾又是心疼又是暖乎，下意識踮起腳尖揚起臉……

衛時一僵。

等待的那聲「大哥」沒有聽到，臉頰卻微微濕潤——

被啾咪親吻的地方火燒火燎。少年驀地臉色通紅。

小矮子軟軟的，踮起腳尖時帶著淡淡的甜香。

衛時如同被燙到一般刷刷後退幾步，臉頰上像是落下了輕飄飄的棉花糖，腐蝕得他腦袋酥麻。放浪！不檢點！這——這是什麼歪門邪術！

少年眼看就要呵斥巫瑾，卻突然憤憤掉頭就走。

巫瑾趕緊邁著小短腿在後面追，又試圖去拉大佬的手。

衛時奮力甩開，腦袋一團漿糊，腳下越走越快，最後拔腿狂奔。

巫瑾在後面蹦蹦躂躂地追：「衛時、衛時衛時衛時……」

兩人你追我趕跑過整個操場，路邊正在雙槓上認真鍛煉臂力的灰衣少年：「……」

兩人繞過黑煙濃郁的矮房，再出現在操場，衛時終於放慢腳步和巫瑾並排走。

巫瑾依然高高興興：「衛時！大哥！衛時衛時！」

在雙槓上翻滾的灰衣少年：「……」

兩人從樹林緩慢走出，又一次經過操場。衛時表情倨傲，勉勉強強被巫瑾扯著袖子。

巫瑾央求：「我能不能陪你一起訓練……」

雙槓上孤單的灰衣少年終於大聲開口提醒：「衛時，基地裡不許偷偷談戀愛！」

衛時冷冷轉頭看他。

自己和小矮子是純潔的馴養關係，由不得他來污衊，再說——和他又有什麼干係。

衛時：「閉嘴，毛冬青，先管好你弟弟。」

巫瑾好奇向灰衣少年看去。比起嚴肅的毛冬青，他更像是沒染頭髮的紅毛，和大佬互相認識——似乎是某種暫時同盟。

此時毛冬青表情尤其複雜，又想吃瓜，又想擼起袖子和大佬幹一架。

衛時一肘子推向巫瑾。

巫瑾回頭。

衛時瞇著眼睛質問：「你看他做什麼？」

還沒等巫瑾反應過來，手腕突然被捉住，被大佬連拖帶拽拉到了操場之外。

「現在是十二點四十分，」衛時看向錶，對小矮子發號施令：「我要去訓練，兩小時內不許煩我。」

巫瑾失落喔了一聲：「那我幹啥？」

衛時：「自己去吃飯！」

衛時掃了眼蓬鬆晃動的小捲毛，一看就不是什麼正經捲毛。小矮子就像是過時的機械寵物兔，不僅晚上亂跑，自己吃飯都不會！發條擰一下動一下。

作為飼養者真是煞費苦心！

衛時冷酷地把巫瑾丟在原地，繞了個彎消失在視野。巫瑾坐在草地，伸著腦袋看著，等大佬消失，忽然嗷的一聲在草坪翻滾。

好……好可愛！

巫瑾在陽光下翻滾成了一個蓬鬆的練習生球球，少頃才坐起來揉臉。他把綠券認真折好塞到口袋，然後拔腿就向槍械訓練室跑去。

他要躲在窗戶後面偷偷看。

午後的槍械訓練室陽光灼熱，巫瑾起初還偷偷摸摸彎著腰，然後才想起十四歲的自己本來就矮！於是巫瑾肆無忌憚循著窗戶一間一間找去，卻愣是沒看到大佬的身影。

巫瑾眼皮忽然一跳。

他迅速接通與實驗室的聯繫，雜亂電流傳來。

「……波動趨於穩定，做得很好。先鞏固信任，不急於採取動作，等第二次改造——你那裡怎樣？」通訊另一端，宋研究員說道：「找不到人？不在槍械室？」

「去北區找找……」

北區平房前，下了課程的改造人三三兩兩走出。

巫瑾蹲在矮牆下，正在人群中努力搜尋，不遠處有交談聲飄來。

「衛時去CR7做情緒鎖適配了？」

「我說他怎麼會有那把槍！那可是槍……如果是我的……」

「閉嘴，適配失敗崩潰的大有人在。誰他媽會為了一把槍去進鎖……」

「不只是槍。你難道不想變強？那是他自己的選擇。」

巫瑾眉心猛烈一震。他毫不猶豫向CR7奔去。

R碼基地，情緒鎖就是嵌在改造者身上的遙控晶片，將任何施加於改造者的指令凌駕於他們自身的意志之上。按照毛冬青給的資料，改造者會在四到五次改造之間進鎖，進鎖之前會進行適配。

他知道大佬為了那把步槍付出了代價，沒想到卻是提前適配情緒鎖——

電流聲時斷時續，浮空城實驗室，宋研究員急切出聲：「小巫你說什麼？」

「適配情緒鎖——千萬不能讓他進鎖。這是第四療程，只能往前不能倒退——別急，還好、還好只是適配。」

CR7大樓前，巫瑾被突然出現的教導者攔住。

「衛時？他剛結束。」

大門從內打開。

巫瑾眼睛驟然一縮。

衛時站在門口，只差一步就要走入熾熱的陽光。他臉色發白，嘴唇緊抿，和二十分鐘前高傲的少年截然不同。

他的手指緊緊扣入掌心，從肩膀到手掌都在不斷顫抖。

在看到巫瑾後，衛時突然用力握緊拳頭。

小矮子果然跑了過來，眼睛還在發紅。

「走開，」衛時低聲訓斥，眼神說不清是厭惡還是遮掩：「我說過，兩個小時……別來煩我……」

巫瑾一聲不吭扶住衛時。

大佬的手臂冰涼冒冷汗，適配即使不同於進鎖，依然能喚起所有負面情緒。

他顯然已經脫力。

兩個小時——衛時是算準了要避開巫瑾，把適配的事瞞過去。

少年額間布滿虛汗，執拗不去看巫瑾，似乎此時的狼狽比剛才的煎熬更為恥辱。直到被扶進樹蔭。

「你……」小矮子的聲音也在發顫。

強烈的陽光被樹冠遮擋，衛時終於找回知覺。少年竭力揚著下巴，像在泥潭之中維持最後尊嚴的孤狼，「我沒事……」

他的心跳遠比平常急促，吐出來的氣息發冷：「訓、訓練而已，你走開……」

冰涼的身體突然被冒著熱氣的小矮子覆蓋。

衛時陡然被打斷，呼吸錯亂低頭。巫瑾正在努力伸展抱住他，軟乎乎的手臂繞過他發寒的肩臂，腦袋貼住他的下頷，脖頸被小捲毛抵著——

他在艱難地把自己焐熱。

巫瑾小心翼翼用自己暖和虛脫的大佬。從少年發抖的手掌到小臂、肩膀。巫瑾體質不熱，等到自己也全身涼透，就趕緊跑到陽光下，曬熱乎了就衝回來繼續給大佬捂著。

許久。

衛時突然消聲。

「喂，」他用最後的力氣悶聲開口：「我沒事，我不會有事。」

陽光傾斜，樹影拉長。

衛時突然睜開雙眼。自己身上蓋了兩件訓練服，小矮子坐在旁邊昏昏欲睡。知覺逐漸恢復，幾小時前情緒鎖適配的後遺症依然在腦內震盪，壓抑所有感官。巫瑾緊跟著醒來。

「走，」衛時看了眼時間，估算著恢復的體力，把小矮子拉起，「我們去吃飯。」

食堂內人聲嘈雜，打從衛時進門，十幾道目光若有若無看來。少年脊背挺直，把比他矮一頭的巫瑾擋在身後，用綠券兌換了兩份標準餐。

米飯剛一入口，衛時微微皺眉，很快又恢復表情冷淡。

巫瑾卻是迅速想起了剛才宋研究員給的資料。情緒鎖適配會駁亂感知，最普通的米粒、清水都會讓舌根發苦。

衛時果然吃了幾筷子就放下。

巫瑾三下兩下扒完飯，藉著洗手的工夫嗖的奔向兌換口，然後啪嗒啪嗒跑回。

衛時低頭，小矮子護著一碗焦糖布丁艱難擠出人群。

甜點到手，巫瑾終於鬆了一口氣，滿懷期待遞給大佬——

「你中午沒吃飯？」少年聲音驟然冷硬。

小矮子兜裡只有唯一一張綠券。

巫瑾一愣。

他看向衛時，少年的臉色依然蒼白，飯菜只動了兩口，第一反應卻是從布丁反推自己吃了沒。胸腔猛然酸澀。

衛時怒氣醞釀，正要給瞞著自己餓肚子的小矮子一點教訓，見巫瑾呆呆抱住布丁站著，心裡突然咯噔一聲。

小矮子在難過。

衛時停頓幾秒，終於伸手接過布丁。

小矮子還在為沒有綠券難過。

「喂，」衛時立刻慌了，表面不動聲色：「等我改造完了，就能搬到大一點的寢室。你住著，跟在我旁邊沒人敢欺負你。到時候我們一天能分到八張綠券，你不許亂跑，留在家裡看兌換券。」

衛時板著臉命令，特意用手比劃了八張，「聽清楚了沒？」

巫瑾悶悶開口：「那你呢？」

衛時：「第二次改造之後，我就能接任務了。我接任務養你……」

他忽然一頓，又立刻強調：「除了我可沒有人會養你！聽懂了？聽懂了就過來吃布丁。」

巫瑾哎了一聲，把小胖手裡握著的勺子遞給衛時，眼睛晶晶亮亮。

衛時挖了一塊，放進嘴裡，甜絲絲的糖份順著舌尖滑動。他把勺子還給巫瑾。

巫瑾也挖了一小塊，啊嗚啊嗚。

兩個人你一口我一口，吃到最後挨得極近。

巫瑾的吐息就打在衛時臉上，少年耳後微紅，分不清空氣中的香甜是來自哪裡。

巫瑾忽然湊到他耳朵旁。

衛時一驚。

巫瑾：「衛時！你想去外面嗎？」

少年措不及防，瞪眼，「基地外面？我不知道……教導者說外面很危險。你不許出去，我出任務的時候先看一眼。」

巫瑾心情微沉。R碼基地的慣用伎倆，高壓、恐嚇。

改造者潛意識中的安全區只有基地，實力、榮耀都來自於「改造」。他們唯一存在的意義就是作為聯邦的試驗品。

巫瑾：「我去過……」見衛時驚愕，他立刻補充：「就、就是被扔到鐵門外的時候。」

「外面和他們說的不一樣。」巫瑾用只有兩人能聽到的聲音說道：「有高高的樓，乾淨的街道。」

小矮子輕輕、軟軟的聲線打在耳朵上，像是輕輕翕動的蝴蝶翅膀。

衛時下意識開口：「什麼……」

巫瑾認真道：「有很漂亮的藍天、草坪，雙子塔。」

「還有遊樂園，雲霄飛車，摩天輪。住在外面的人，大都沒有槍。最多只是遊樂園的氣槍——就是一排小氣球，扣下扳機，碰的一聲氣球就破了！打到很多很多氣球，就可以兌換毛絨玩具。」

「這麼大、這麼大一隻兔子！」

——你替我開了最後一槍。

衛時眼神微閃，巫瑾緊緊看著他，執著於大佬細微的表情變化。少年似乎在一瞬間與記憶相接，下一秒又被潛意識牢牢壓下。

但他明顯想聽到更多。

指標指向七點，鈴聲再次督促改造者們集合。

兩人誰都不捨得挖完最後一勺，焦糖味的布丁被越分越小，最後被衛時強行塞到巫瑾嘴裡。兩人踩著鈴聲融入衝向操場集合的改造者大軍。

教導者在臺上指揮少年們列隊，例行懶洋洋地驅使他們操練。

巫瑾仗著短胳膊短腿兒，混在人群裡看不到，刷的一下偷了根落在地上的樹枝。

衛時揚眉。

等操練結束，改造者齊齊坐在沙地上。喇叭裡放著昏昏沉沉的基地規章。

兩人躲在樹蔭之中，巫瑾用樹枝在粗沙中寫寫畫畫，衛時低頭凝視。

「外面的人，會養很多寵物。」巫瑾刷刷畫了個胖乎乎的兔子腦袋。

衛時：「你這種？」

啊！巫瑾鼓起臉，「不可能，我不是……」

衛時：「喔，你親戚。」

巫瑾放棄辯解，在簡筆畫兔子上寫了一個一：「這是第一隻！」

接著是一隻黑色喵喵：「第二隻。」

然後是撲騰撲騰的小翼龍：「第三隻。」

臺上，喇叭中換成改造者們在任務中的榮譽通報，其中又夾雜了一道「某某學員自發接受高危改造，資質大幅提升，成為二十七營首席」的消息。

一眾少年表情狂熱，不斷有人興奮低語。

臺下，巫瑾把三隻小動物圈到一起，旁邊畫了兩個小人，笑咪咪道：「我們。」

衛時心臟猛烈一動，似乎有溫暖的洪流沖過，表面卻斷然否決：「養三隻，太貴。綠券不夠，只要這一隻。」

衛時圈起兔子。

巫瑾趕緊解釋：「外面不需要綠券——而且，兔子吃草，翼龍吃蟲子，只有貓糧貴一點！但是我們可以掙！」

衛時：「怎麼掙？」

巫瑾高高興興：「真人秀！打副本！」

臺上，喇叭開始播報下一週的訓練安排，和空餘的改造名額。少年們瘋了一般湧去。臺下。

衛時琢磨：「副本打不贏怎麼辦？」

巫瑾緊張：「……我、我還可以寫歌賺錢……」

衛時盯著他看了許久，終於微微勾唇。

少年的臉頰幾乎要融入漆黑的夜色，熟悉卻稚嫩的五官牢牢吸住巫瑾的目光。

衛時：「有點意思。」

巫瑾忽然開口：「那你——不要上情緒鎖。」

衛時擰眉，巫瑾立刻改口。大佬有記憶以來就在R碼基地，潛意識中知道自己必然會進鎖。改變既有思維太難，但不妨一步一步走。

「第二次改造前，可不可以不要進鎖。」巫瑾央求。

衛時一頓：「為什麼？」

巫瑾看向他：「我們才認識兩天。進鎖了，你就不記得我了。」

少年低頭看著巫瑾。夜風中的小矮子帶著淡淡的甜味，改造後受損的視覺似乎只有聚焦到他身上才會明亮。如果沒有自己，沒用的小傻子一定會被丟到門外。

衛時緩緩開口：「好。」

巫瑾驟然雀躍。

刺耳的鈴聲再次炸開，晚課結束，定點物資兌換開啟。

衛時條件反射彈起，還沒跑兩步，回頭迅速示意小短腿巫瑾拉住自己的手。

兩人順著人潮穿過樣式各異的兌換機器，直到人頭攢動的一角——

淡藍色的兌換機中，擺放著近乎於「天價」的玩偶、氣球、遊戲機。最少也要一百張綠券起步，多數聚集在這裡的少年都只是看看而已。

衛時揚起下巴，示意巫瑾看好，「第二次改造，獎勵六十綠券，第三次獎勵一百券，第四次獎勵兩百券。第四次之後能接高級任務，每次兩百券起。這些，你想要的，我們總有一天都會有。」

「等攢到能換功勳……」衛時壓低聲音：「嗯，我們搬出去。」

巫瑾咧嘴一笑。

十分鐘後，兌換時限結束。兩人跟著大部隊慢慢回寢室，巫瑾一面走一面左右張望，對照毛冬青給的地圖熟悉R碼基地各處。

地圖中有三處標紅，注釋為需要儘量避開的禁區。在基地一天半，巫瑾已經見到兩處。

能源站、軍械庫。

黑夜中，循著一處道路盡頭，巫瑾終於見到了第三處的輪廓——一扇有著橘紅色塗漆，緊鎖的大門。

衛時捕捉到他視線，立刻警告：「不許過去。」

巫瑾好奇。

衛時皺眉，許久開口：「只有一種人會被送進去，需要基因復刻的人。」

巫瑾：「什麼……」

衛時：「死人。」

巫瑾愕然張大嘴巴，下一瞬被衛時強硬拖走。

正在此時，人群中忽然一陣喧嘩，兩位教導者帶著一張名單出現。

「都安靜！我報到名字的出列……」

握住衛時的手忽然一緊。

衛時抿住唇：「無事，他們不會……」

「A區6634號，周恪，第三次改造。」

「A區8205號，衛時，第二次改造。」

巫瑾一頓。

改造需要整整一天，不會在晚上，能在幾分鐘內完成的只有情緒鎖。

巫瑾猝然開口：「別——」

衛時神色一變，「你在這裡等著，我去申請延後進鎖。」他停了下：「如果我沒回來……你在寢室等我。」

巫瑾急促拒絕：「不行，你聽我說……」

不遠處，兩位教導者已經注意到這裡。

幾位帶著槍的基地執法者向兩人走來，人群畏懼分開。

衛時攥緊拳頭，打斷：「聽著，我走不了。」

執法者比十六歲的衛時高壯，裝備、火器一應齊全。很快衛時就被戴上黑色手環拉走，夜色中，他在激烈和執法者爭論什麼，最終只得到冷冰冰的否決。

身後驀然一陣騷動，一位教導者走出，聳聳肩，「有個改造人鬧事，抓了。」

衛時眼皮一跳。

巫瑾被人狼狽捉了出來，很快又被分開帶走。

衛時驟然開口：「等等！」

衛時一字一頓：「把他帶過來，我現在就進鎖。」

教導者微愣，乾脆點頭，「成。」

幾分鐘後，巫瑾再次被押送出現。

夜風將他的訓練服涼透，如果衛時離他更近一點，就能看到巫瑾額間細密滲出的冷汗。

大佬一旦進鎖，就再也無法從潛意識出去。

巫瑾的掌心幾乎攥出斑駁血跡。

腦海中，電流駁雜紊亂，宋研究員、毛冬青似乎還有別人，斷斷續續的通訊將思維擠壓到極致。

「波動幅度超過閾值……」

「小巫你冷靜……」

「伴療者是可以替治療者承擔，但是，小巫你抗壓能力等級多少，會不會情緒崩……」

咔嚓一聲。

大腦中如同一根弦繃斷，毛冬青切掉了宋研究員的通訊許可權。

他沉默許久，啞聲和巫瑾說了兩個字：「去吧。」

「謝謝。」巫瑾掛起通訊。

他清楚知道自己將作出的決策會有怎樣的後果。

訓練服口袋中，那把搶來的餐刀冷得沒有一絲溫度。

衛時就在幾公尺外死死看向他。

巫瑾嘴唇動了動，開口：「我能不能過去陪著他？」

教導者起初不願，想到衛時是個刺頭，最後也答應了。

巫瑾走過去，背對教導者站立，輕輕握住大佬的手。

少年眼裡血絲密布，依然倔強冷著臉，他把巫瑾反握住，「放心。」

——不會忘了你。

教導者熟練啟動衛時右手的黑色手環。尖銳的刀鋒從手環內側突然刺入，衛時吃痛，一聲不吭。腕動脈刺破，鮮血順著血槽淌下。

再下一秒，情緒鎖會從手環逆著血液注入。

所有恐懼、憤怒焦慮抑鬱會在一瞬堆積，記憶會被攪得天翻地覆，所有看得見的、看不見的傷口都會再度捅開，從皮到肉翻個底朝天。

情緒鎖進鎖時，載體崩潰機率高達百分之四十。

衛時知道，他絕不可能是百分之四十。

手腕忽然被溫熱的掌心覆上。

似乎有滾燙的液體摻入脈搏的傷口之中，衛時於電光石火間低頭。

巫瑾收回手。

十幾公尺外，被同時注入鎖的兩位改造者同時吃痛嘶吼。

一人的聲音接近癲狂，繼而嚎啕大哭。

「沒了。」教導者嘖嘖感嘆。

百分之四十崩潰率。

衛時擰起眉，沉默等待記憶爆開。

一秒、兩秒。除了手腕的刺痛，知覺沒有任何變化。就在衛時以為手環僥倖發生故障的時候，握住自己左臂的手掌突然冰涼。

巫瑾雙目緊閉，渾身一顫，臉色慘白近乎虛脫。

有那麼兩秒，衛時愣怔看向巫瑾，頓時被他慘白如薄紙的臉頰刺痛——

下一瞬心跳驟停。

少年不敢置信，踉蹌握住巫瑾手臂給他支撐，喉間發出低吼。

——怎麼可能？怎麼會？明明該上情緒鎖的是自己。

黑色手環吸完了血液，由深變淡。

教導者點頭，「成功了兩個，瘋的那個明天處理。」

教導者走來，低頭就要檢查衛時的手環。

衛時猝然反應過來，竭盡全身力氣不去看巫瑾。他紅著眼眶低頭，與一旁同時進鎖的改造者情狀相似，手腕肌肉因為緊繃而抽搐，不露出半點端倪。

另一隻與巫瑾相握的手卻抖得更厲害。

小矮子連呼吸聲都要消失，就像是不斷融化的冰塊。

手環滴滴兩聲。教導者滿意看向衛時。

「這個行了，上過鎖了。」

教導者卸了手環，又轉頭看向巫瑾。

衛時猛地擋在巫瑾前面，血絲密布的雙眼把教導者嚇了一跳。衛時就像基因改造失敗的怪物，比起人更像令人戰慄的凶獸，他呵呵低吼出聲：「滾……」

教導者怒罵了一句，啐了一口唾沫，轉頭想到情緒鎖後遺症，暗自陰陰暢快：「小兔崽子，合該你被上鎖……還真他媽把你自己當人看？」

那教導者大搖大擺轉身，又有R碼基地工作者安慰他：「和改造人置什麼氣？同他計較，掉了份！」說話聲漸遠，幾人在陰鬱的夜色中消失。

衛時猛地轉身，顧不上滿手臂的鮮血，倉促抱住巫瑾。

小矮子的呼吸接近於無，嘴唇先是被抽去血色，繼而接近反常的瘀青。整個人都脫力倒在衛時身上，唯一昭示人還活著的體徵就是顫抖——巫瑾一直在抖。

衛時慌亂把人按到懷裡，擱在巫瑾頸後的手只觸摸到一片冰涼，脈搏弱得可憐。

小矮子的下巴輕輕靠在他肩窩上，衛時忽然一頓。

肩膀被淚水打濕。

巫瑾在哭。

衛時整個人如遭重擊。他摸出巫瑾的手，果不其然在手腕內側看到了餐刀留下的劃痕。

情緒鎖毒素遇血即融，瞬間蔓延，直到侵蝕中樞神經才會向教導者回饋「啟動」信號。手環啟動之前小矮子背對教導者站著，忽然伸手握住自己——那時候有溫熱液體流入自己傷口。

把毒素從尖刺上帶走的不是自己而是巫瑾，被侵蝕中樞神經的也是巫瑾。

黑夜中驀然劃過閃電，雷聲轟鳴。

衛時一把將陷入夢魘的巫瑾抱住，給他披上訓練服外套，聲音帶著驚懼，近乎於哀求：

「小矮子……你、你別有事，我求你……」

肩側再次有淚水落下，像巨石砸在衛時心坎。

他抖著手臂抱住巫瑾，衛進淅淅瀝瀝的雨幕，在閃電照得慘白的R碼基地狂奔。

寢室門「砰」的一聲被大力推開。

昏黃破舊的頂燈被打開，衛時身上濕了大半，懷裡小心翼翼護著的巫瑾雖沒有淋到一滴雨水，體溫卻依然低得嚇人。

少年一把脫了外套，將濕衣物扔在門口，想盡辦法替巫瑾取暖。厚厚的棉被從櫃子裡哐當拽出，把他從頭到腳掖著，屋內甚至燒起了什麼——火舌在簡陋的小盆裡晃動，衛時將火盆搬到床前，緊張看向巫瑾。

巫瑾依然在顫抖，濃密的睫毛在凹陷的眼廓中落下揪心的陰影。

衛時儘量克制自己不去想那些情緒崩潰的改造者，小矮子沒有大嚎、沒有慘叫——但他太安靜，一聲不吭在所有情緒中掙扎。

像是被釘到獻祭架上的天使。隨時會融化消失。

衛時無助地看著，拳頭攥緊時刺破了掌心都毫無所覺。

直到被手環劃破的創口靠近火盆，血滴在火舌中落濺。他冷冷看向創口——甚至凝固的血塊都凝眼。為什麼被上鎖的不是他，是巫瑾？本來就得是自己，小矮子怎麼就傻哩吧唧替自己擋了，根本不值得。

床上，巫瑾終於發出了微弱的聲響。

衛時嗖地起身，聽到巫瑾輕輕喊著「冷」。

寢室內所有被子都疊到了巫瑾身上，取暖設備只有教導者的住所才有。衛時一咬牙，撩開被子擠了進去。少年不算壯碩卻熾熱的身體瞬間將巫瑾籠罩，他小心翼翼把人圈在懷裡，軟趴趴的小捲毛被下巴抵著，溫度最高的胸腔貼著巫瑾。

一無所有的少年甚至想把心臟挖出來給巫瑾焐熱。

淚水依然在小矮子的眼眶積蓄。

衛時笨拙重複安慰「別哭」，冷不丁聽到小矮子又軟軟叫了一聲。

「衛時。」

衛時眼眶一澀，差點要用力把人揉到骨頭裡，又怕疼著巫瑾。

他使勁回答：「我在，你別怕……」

巫瑾又小聲喊道：「衛時……」

衛時：「我在！」他頓了一下，懷中軟乎乎的小矮子如同終於從夢魘喚醒，用盡所有力氣向他湊了湊。

衛時又驚又喜，他一聲聲惶急應著，恨不得自己能衝到夢魘裡護著小矮子，直到巫瑾終於「哇」的一聲哭了出來。

「怎麼了？怎麼了？」衛時趕緊捧起他的臉。

睫毛帶著水汽顫動，巫瑾終於在火光中睜眼——

脊背因為夢境冷汗淋漓。負面情緒鋪天蓋地襲來。

他甚至分不清哪些是大佬的記憶，哪些才真正屬於自己，記憶線混亂駁雜。

先是一千年前低矮的平房、水泥地，空氣陌生逼仄，密密麻麻的冷，年輕的女警官蹲下來把他抱起，「……怎麼走丟了啊……」

冰涼的實驗室，實驗體像行屍走肉一樣沉默排隊。胳膊沉重抬不起來，尖銳的探針突然打入皮下，人群中一陣騷動。

巫瑾呆呆抬頭，「不是……走丟。」

記憶再次扭曲，灰褐色大門緊閉，除了金屬機械聲就是哭泣聲，畸形試驗品從手術臺下來，下一秒就會被拖出去——

「六萬！你他媽就為了六萬把人送去領養了？你們不知道申請人有猥褻前科？」女警官怒氣衝衝：「我告訴你們……」

女警官摸摸巫瑾腦袋，「真聰明，還知道自己……」她忽然不說了，巫瑾抬起軟乎乎的小手踮腳替她擦眼淚。

灰褐色的大門又一次打開，穿著白袍的研究員把他送上手術臺，「第一次改造，直接上最高劑量。」

「什麼？」

「上面說了，只要S級適配，只差一個。以後都這麼來。九處不需要殘次品。成功了就是他的榮譽……邵瑜是聯邦的第一把劍……他就是劍鞘……」

沉重的藥水味瀰繞鼻尖，巫瑾上一秒還在公司練習室，下一秒卻沉默地坐在床上，看著灰褐色的大門淺淺打開一條縫。

他想出去。

窗外，黑霧滾滾，他似乎看到有人從遠處快步走過。

巫瑾忽然赤腳衝下床，拚命敲門，「衛時！」

大佬恍若未聞。

巫瑾絕望：「衛時！衛時！」

大佬消失在視野盡頭，巫瑾轉身，鼓足力氣拚命推門，直到縫隙越來越大——

怒氣衝衝的科研人員出現，視野驟陷入無盡深淵。

雷聲轟鳴。

R碼基地寢室。

自己被塞在厚厚的被子裡，大佬紅著眼睛捧著他的腦袋。

巫瑾慢慢抬頭，生理性眼淚順著臉頰一滴一滴落下。

少年猝然慌亂，又是後悔又是揪心。順著火光，他下意識低頭去親吻巫瑾掉落的眼淚。

「對不起……」衛時沙啞重複：「對不起、對不起……」

這是巫瑾第一次見到大佬哭。

火光暖融，少年三兩下抹去眼角的濕意，繼續給巫瑾捂著。

床頭的水杯蒸汽騰騰。

「不想做噩夢就不睡，」衛時小聲緊張道：「說會兒話，或者我說，你聽。」

巫瑾反應遲緩，慢慢搖頭。

夢魘裡一半是自己記憶，一半是衛時的。兩道脈絡先是分開，最後摻雜到一起，攘攘擠在腦海裡。到了最後——巫瑾甚至能清晰感覺到，自己坐在R碼基地的改造室內，還能看到窗外年少的大佬。

「我……在門裡看到你，一直在喊你。」巫瑾悶聲道。

「然後呢？」衛時急切問。

巫瑾：「你沒聽見，就走了。」

衛時心疼：「那是噩夢。不可能，永遠不可能。」

他慢慢摟緊小矮子，少年吐出的熱氣吹著無精打采的小捲毛：「以後你在哪兒我都會去找你，看，我們住一起！」

「……就算不住在一起，我也三更半夜偷偷跑過去陪你。」

巫瑾頓了一下。

腦海中忽然浮現出克洛森秀第一次海選——大佬拿著把槍，說話冷冷冰冰踐得二五八萬，但每次出現都是半夜三更偷人摸兔。

他輕輕嗯了一聲。

衛時恨不得他再嗯一聲、嗯兩聲，變回活蹦亂跳的小矮子，心裡像被刀子劃拉了一道。

第一道生死關邁過去了，但情緒鎖的後遺症還有很長一段時間才能消失。

他要替小矮子做好一切準備。

「對不起。」許久，少年啞著嗓子開口：「我、我現在太沒用了。你……等我一下。」

衛時似乎鼓了很久很久勇氣，小聲說：「我想照顧你一輩子。」

「認真的。」

被窩裡稍微暖乎點的小矮子動了一下，衛時表情嚴肅，心臟卻跳個不停。然而半天也沒等到小矮子有反應，他輕輕低頭，巫瑾已經再次沉睡。

少年安靜看了他許久。

窗外雨聲漸大，衛時又往火盆裡添了點。

一會兒又不放心，把小矮子的手悄悄牽過來，數著脈搏。數了一遍又一遍，最後衛時也沒理由繼續數下去，卻又捨不得放開。

被子輕輕翻動，衛時把偏涼的小胖手放到自己心窩子前面。

小心翼翼暖著。

浮空城實驗室。

儀器數值趨於正常，緊緊盯著監控的宋研究員終於扶了下眼鏡，長吁一口氣，說：「還好人沒事……」

櫃子裡叮鈴哐啷一陣響，十幾支深紫色高級精神安撫試劑被宋研究員拿出，他顯見的比剛才放鬆許多，感嘆：「一會準備接小巫出來，這在我知道的個例裡面都算好的。是不是衛哥潛意識裡也在保護小巫……」

「毛冬青？」宋研究員半天沒聽到聲響，回頭瞧見毛冬青在走神，肩膀沉默僵挺。

這位浮空城執法官終於反應過來，侷促開口：「對，可能……應該是。」

R碼基地。

巫瑾在暗淡光線中醒來。

衛時嗖的出現，小心翼翼端了一碗粥，呼呼地吹。

南瓜粥冒出淡淡的起士甜香，少年吹好了，把勺子小心遞到巫瑾面前，「張嘴。」

巫瑾乖巧張嘴，小舌頭在勺子上舔了舔，然後才捲掉喝下。

巫瑾吃了兩口就不再繼續，渾身上下亂七八糟地疼。衛時又連哄帶騙灌了幾口，最後巫瑾刷的一下咬住勺子，鼓著臉頰不讓衛時再餵。

「好好好。」衛時只能舉手投降，才把勺子拔了出來。

他原本要同往常一樣把剩下的熱粥一碗端喝了，卻是視線一停。

撿起巫瑾的小勺兒慢吞吞舀了一口。

早餐之後，衛時立刻扯了一件小棉襖出來給依然發冷的巫瑾套上。

「去外面曬曬太陽，我抱著你。」衛時給小矮子搓揉了兩下手，向他預報行程。

小棉襖只比巫瑾大上一點，顯然不是衛時自己的衣服。

少年輕描淡寫介紹這是從隔壁借的，巫瑾卻能藉著模模糊糊的光看到大佬身上的打架痕跡。衣服應該是搶來的，或者至少是暴力借來的。

袖口內側，用針線封著三個歪歪斜斜的小字。

巫瑾瞇眼睛看了半天，最後伸手摸了摸，才勉強讀出——毛秋葵。

「穿褲子。」

小矮子被手法不甚熟練的少年倒騰來倒騰去，在床上軟綿綿表示拒絕，最後還是被大佬強行套上秋褲。

「你穿什麼都好看！」衛時滿頭大汗，信誓旦旦道。

「……」巫瑾扯著被子擋住這條同樣屬於紅毛的鹹菜色秋褲。

於是少年又轉頭哄著他伸腿穿鞋——

兩隻雪白的小腳丫子從被子裡不情不願冒了出來。

衛時眼疾手快捉住一隻。

少年單膝跪地，替巫瑾捂熱，然後認真穿好鞋。

巫瑾歪著腦袋，遲鈍看了幾秒才慢慢開口，另一隻腿往裡面縮，「我自己……」聲音虛得發輕，淡淡的在屋裡打著飄兒，衛時卻愣是聽得骨頭發酥。他掀開被子，在巫瑾背後放了個抱枕，順便偷走另一隻腳，「你歇著。」

腳丫子在微涼的空氣中微微發顫，衛時捂了半多分鐘，塞進鞋子裡時還有些不捨，懷裡空空蕩蕩，於是下一秒就把巫瑾抱了起來。

「咱們出發。」

寢室樓草坪上只有三三兩兩少年。

現在正是操練時間，能留在宿舍樓內要麼就是被批了病假，要麼就是有點路子不怕缺勤。

衛時把人裡三層外三層毛茸茸裹好，出門時就像抱著易碎品。

草坪一角正有小朋友嚎啕大哭。

「哥嗚哇啊啊——他搶我衣互嗚哇哇——」

毛冬青鎮定：「搶就搶了，沒到冬天，你又不穿。」

「我不嗚嗚嗚——」

毛冬青教導：「他剛上了情緒鎖。就這兩天，揍人都不算違規的。小不忍則亂大謀。」

小朋友毛秋葵就地一攤，開始滿地打滾，「我就要衣互啊啊啊——」

毛秋葵從草坪一邊滾到另一邊，又軲轆似的滾回來，正哭哭唧唧賴著，猛然望到什麼，嚇得連滾帶爬躲到親哥身後。

毛冬青抬頭，看到衛時從宿舍樓走了出來。他丟下親弟，徑直向衛時走去，從口袋裡拿出一管淡色精神修補劑，「你要的。」

衛時一言不發接了。

毛冬青從來不做虧本買賣。他比衛時遲半年進鎖，現在一管試劑，能換到時候衛時還他三管。兩人熟練交易完畢，毛冬青剛一好奇看向巫瑾，立刻被面色警惕的衛時擋住。

他面色了然，聳了聳肩，回頭走向毛秋葵。

毛秋葵哭得鼻涕泡亂冒，「我的衣互……他把我的衣服給別的小朋友了……」

毛冬青點頭，突然想起什麼，警告弟弟：「以後別向他學壞。衛時他——違反基地規定，他早戀！」

衛時抱著巫瑾走到草坪正中，陽光傾瀉而下，視野明晃晃鍍了一層光。巫瑾輕聲問道：「是不是要下雨？」

少年一僵，緩緩點頭，在巫瑾看不到的地方拳頭握緊。

巫瑾趴在他的肩膀，小聲道：「沒有太陽。」

衛時把他放到臺階上，下面鋪了一層軟軟的毯，替巫瑾拆開修復劑，說：「一會兒太陽就出來了。」

巫瑾咕嚕咕嚕喝完，被衛時塞了一顆糖，安安靜靜乖巧含著。

遠處早課上，少年們正在教導者的命令下跑圈。

巫瑾看了許久，突然開口：「我看不清他們……」

衛時岔開話題：「你閉眼歇會兒。」

巫瑾卻依然睜著眼睛，直到衛時捂住他的視線。

巫瑾輕輕說：「有太陽的，對不對？我好像……不大看得見光。」

衛時肩膀一震。

情緒鎖後遺症影響五感，方向不可測。衛時適配的時候被影響的是味覺，小矮子卻是抽中了最嚴重的後果——視覺受損。

小矮子的運氣好像一直不好。

被扔到門外，視覺受損……最差的是遇到自己，替自己擋鎖。

衛時：「睡一覺，起來什麼都好。」

巫瑾似乎想說什麼，最後只乖巧嗯了一聲：「好。」

衛時卻立刻慌了，小矮子果然知道。他什麼都知道。

衛時啞聲解釋：「後遺症……後遺症只有三個月，這段時間你到哪裡我都跟著，你看不見還有我。」

巫瑾彎了彎眼角，神情信賴。

衛時胸腔猛烈一撞。

後遺症，三個月……到一年。小矮子越是信任，他越是自責，直到左手被小矮子握住。

巫瑾一臉理所應當，「看不清，拉著你……」

拉住的手臂突然僵硬。

巫瑾捏了捏大佬的手。

衛時悶聲生氣開口：「我……太弱了。」

如果不是自己……

小矮子忽然湊了上來，淡淡的甜香順著鼻翼鑽入。

巫瑾軟軟抱住衛時。還在病中，力氣究竟不大，思維還能緩緩轉動。

他在情緒鎖裡看到了自己記憶中沒有的過去。

實驗室、改造、注射、囚禁環境。如果自己不記得……只有可能是大佬的記憶。十年前，大佬的生命裡沒有自己，真正上鎖的時候，只有他一個人撐著熬過去。

「沒有！」巫瑾否認。

——以後的你會強大到讓人戰慄……但我也喜歡現在的你！

少年頓了頓，終於伸手回抱住巫瑾。熾熱的呼吸打在他的珍寶上：「別想太多。睡一會兒，我看著你。」

巫瑾慢慢點頭，合上雙眼。

儀器滴滴作響，幽暗的光線下不斷有人急促穿梭忙碌，「準備接人……」

「血壓六十二毫米汞柱，不能休克……」

「精神安撫劑C管兩支，兌MHCC。」

「MHCC？只有改造者才能……」

「不用確認，直接兌。」

「心率緩過來了，每分鐘五十五下。」

「把燈調暗，準備關儀器……」

巫瑾睫毛微動，緩緩睜眼。

浮空城實驗室。

宋研究員輕聲安撫：「放鬆，看我。」

腦海突然尖銳刺痛。

巫瑾一聲悶哼，很快被兩位研究員扶住。熱水遞到他的手中，窗外依然在下雨，實驗室內暖氣開到最大，徹骨寒冷終於略微從骨髓驅逐。

探頭撤出，造影顯示在虛擬投影上。

宋研究員鬆了口氣，終於跌坐在椅子中，「沒事……情緒鎖沒帶出來，還好……」

他又遞了兩管試劑給巫瑾，「後遺症會持續一段時間，小巫你要有心理準備，不過藥劑輔助下不會超過一個月。以及我們建議你參與至少半年的心理干預治療。」宋研究員一頓，定定向巫瑾說：「還有，謝謝。」

巫瑾虛弱看向他，許久點頭輕聲：「不客氣。」

實驗室燈光緩緩調亮，巫瑾躺在病床上，戴著溫熱的眼罩。

短短一刻鐘內，宋研究員至少在他眼睛上換了十種熱敷藥劑，「視網膜、視覺神經完好，損傷的是處理視覺畫面的中樞……」

「我們稱為可逆視覺障礙。最普遍的視覺畫面由內容、方位、外形色彩構成，小巫你的障礙區域在色彩，對光的感知度下降。白天影響不大，一個月內最好不要晚上出門。」

「行了。」

眼罩固定在巫瑾臉上，巫瑾眨了眨眼。

「可逆視覺障礙沒有特效藥，不過一會兒進儀器戴著，心理上能舒服不少。」宋研究員嘆息：「情緒鎖……情緒鎖後遺症和進鎖時候的主要負面情緒有關。衛哥當時喪失的是味覺，毛執法官喪失的是聽覺——小巫你是視覺。僅出於治療目的，我想試著瞭解你在進鎖時看到了什麼？當然，你也可以選擇跳過這個話題。」

巫瑾慢慢點頭，「進鎖的時候，我看到……」

記憶自腦海劃過，大概是喝了太多藥劑，巫瑾就像是在講旁人的故事，明明異常熟悉，又能將感受剝離，只剩下奇異鈍痛。

「看到……一扇門。我被關在門內，看著R碼基地的研究員進進出出。」

宋研究員和毛冬青對視一眼，點頭確認：「是衛哥的記憶，有可能是第一次改造。」

巫瑾繼續：「我看到他……衛時從門外走過。」

宋研究員記錄的筆一頓，神色訝異：「在衛哥的記憶裡看到衛哥？是潛意識交疊？非常罕見——至少我從來沒見過。那扇門是什麼樣的？」

巫瑾努力思索：「灰褐色。」

「什麼質地？花紋？鏤空還是……」

「鐵門，很重，菱形花紋，菱形正中嵌圓，」巫瑾緩緩呼出一口氣：「像……眼睛。」

碰的一聲。就連宋研究員都嚇了一跳，和巫瑾同時轉向毛冬青。這位浮空城執法官向來穩定的手臂像是忽然抖動，將放在桌子一角的茶杯打碎。

毛冬青突然站起，抽走宋研究員的筆記，「以後再問，現在讓小巫休息。」

宋研究員愣怔許久，遲疑點頭，「我還是建議，小巫再次進入潛意識前接受心理疏導。但他的狀態確實比我想像要好。」

甚至比他接手過的幾乎所有類似案例都要好。

不僅可以抵抗情緒鎖，還能輕易獲取衛時信任——巫瑾就像是天生為情緒疏導而生。

他看向巫瑾，「過了這一關，後面要容易很多。等衛哥第二次改造，趁著應激把人直接帶出來。越快改造越好——當然，小巫你要記得，現在最重要的是你自己。」

「你和衛哥都是病人。」

兩小時後。

儀器再次啟動，宋研究員看著巫瑾進入，終於鬆了口氣：「我去睡個後半夜，你守著？」

毛冬青點頭。

宋研究員離開之後，毛冬青才拿出剛才的問診筆記。

毫不猶豫地塞進了碎紙機。

他沉默地坐了許久，才打開通訊，吩咐道：「我需要當年R碼基地未銷毀的資料，對，加密之後傳到實驗室。」

儀器嗡嗡作響，巫瑾慢慢睜開眼睛。

寢室裡一陣叮鈴哐啷，正在搗鼓著什麼的衛時驚喜地跑了過來。模糊視線下，巫瑾能看到曾經雜亂的地面被清出一條乾乾淨淨的通路。

衛時腿長，在障礙物上跨欄毫無問題。

又矮又腿短還看不清光線的只有巫瑾。

少年顯然收拾得笨手笨腳。

鍋碗瓢盆大多被扔到床底下，櫃子塞得合都合不上。衛時小心翼翼把縫得歪歪斜斜的眼罩給巫瑾戴上。

針腳和毛秋葵的小棉襖如出一轍——合著大佬把針線也搶了過來。

「鐵粉，蛭石，活性炭，」衛時給巫瑾調整好，「加了點水，一會兒就熱起來，你閉著眼。去哪兒我抱著你。」

巫瑾乖巧點頭，「我睡了多久了？」

衛時：「沒多久。」

巫瑾：「衛時！你是不是沒睡？」

衛時嚴肅：「睡了！」

巫瑾：「你眼睛紅了！」

衛時胡亂抹了一把，估摸著眼白血絲氾濫。他看了眼巫瑾，忽然鬼使神差開口：「那我也捂一下。」

巫瑾正要把眼罩解下，衛時卻湊了過去。對著小矮子的眼罩外側就是一扯，鼻子撞上鼻子。少年的喉結控制不住動了動。

衛時哼了一聲：「好了。」

巫瑾：「沒……」

衛時：「我說好了就是好了！閉眼，不許亂動。我看到你睫毛在抖了！」

巫瑾申辯：「我沒睜眼！」

衛時一聲咳嗽，自顧自分析：「那就是你睫毛太長了！」勾勾搭搭的！

「行了，我們出門，今天去訓練室！」

少年熟練地給巫瑾套上鞋子秋褲，抱著人快步往訓練室走。在克洛森秀隨處可見的靶場，於R碼基地都是珍貴的「兌換資源」。

衛時交了綠券，把巫瑾放在地板上，墊了毯子。小矮子軟軟的手摸了摸毯子，就像在摸自己的固定底座。

衛時給他塞了一雙耳塞，和一袋小金魚餅乾，「乖。」

說完，少年轉身脫掉訓練服，拿起槍。

十五、六歲的衛時摸過槍的次數寥寥可數。子彈只有三板，他每一槍都打得極慢。和十年後精通器械不同，現在的少年拿槍時還如臨大敵。

衛時瞇著眼，脊背挺得筆直，估算好彈道之後謹慎扣下扳機——

巫瑾悄咪咪拉下眼罩。

焦點虛化的視野中，大佬的身體泛著微弱的光。暗淡的光線在幾處瑩瑩發亮，應該是有汗水滑落。

衛時每開完一槍都會閉眼回顧下彈道。少年皺著眉頭，靜態環數明顯不能讓自己滿意。等到半小時後，少年回頭蹲在巫瑾面前。

巫瑾連忙把眼罩戴好，乖巧等著大佬給自己親手摘下。

「餅乾沒怎麼吃？」衛時皺眉。

巫瑾睜著圓圓眼睛看向他。大佬似乎天生就合該和槍械融在一起，從靶位下來之後整個人都帶著尖利的銳意，混合出矛盾的氣質——就像是剛剛出鞘的劍。

巫瑾撿起一粒小餅乾塞到衛時嘴裡。

少年脖頸突然變紅，嚴厲批評：「你怎麼這麼熟練？算了——過來。」

衛時牽著巫瑾的手，把走路還帶踉蹌的小矮子拉到靶位前，「我每開一槍，你就吃一塊金魚餅乾，九環吃兩粒，十環吃三粒。聽清楚了沒？」

巫瑾點頭點頭，轉身看向大佬的步槍。

衛時立刻獻寶似的給他拿了過來，「小心，不許亂按！這個很危險知道不——好吧如果你特別想摸的話，我允許你碰一下扳機，我給你卡著。」

軟軟的小手扣到扳機內。衛時緊張抵在後面，少年半跪在地上，從身後將巫瑾環起，記憶深處突然一頓。

好像曾經有過同樣一幕，又偏偏想不起來。

巫瑾安靜靠在他的懷裡。

兩人的姿勢與記憶完全重合。

「猴子拿著也能打人。」大佬在克洛森賽場揚眉——

小猴子頓了頓，窸窸窣窣握住身後少年的手。衛時瞪大眼睛，自己是讓小矮子摸槍，不是摸自己！

巫瑾輕聲道：「肩膀放鬆。」

肩膀放鬆——男人在白月光訓練室抵著他的脖頸命令。

R碼基地年少的衛時一頓，跟著巫瑾的指示控制肩臂。

「保持重心。」

浮空城訓練基地，男人替巫瑾托著槍，軍靴抵住顫顫巍巍的小白鞋。

巫瑾用小腳丫子示意大佬兩腿分開，「重心。」

他慢慢握住大佬右手，「開槍。」

碰的一聲。

最高記錄刷新，八環。

衛時驚愕看向巫瑾，猝然把人抱住，像是懼怕巫瑾從指縫裡溜走。

小矮子揚起腦袋，笑咪咪在他脖頸上蹭了蹭。

時間緩緩推移，巫瑾在訓練室內睡睡醒醒，每次醒來都能聽到緩慢的槍聲——他把毯子挪騰到積分板前，瞇起眼睛，看到靶位準星在一路飆升。

等到一天結束，巫瑾藉著昏暗路燈看向自己的雙手。

他能感覺到自己在緩慢恢復。

衛時喜出望外，卻依然執著給小矮子脫衣脫鞋洗洗涮涮。等上床時還是一溜煙先把被子捂好。巫瑾被嚴嚴實實裹在棉被裡，也不知道大佬怎麼忍受溫度——硬是和他擠得大汗淋漓。

少年對著巫瑾的小身板比劃，「吃太少了。」

巫瑾睜圓眼睛，「像在買肉秤排骨！」

衛時板起臉嚇唬：「是啊，不好好吃飯會被吃掉的。」

次日一早，第二輪改造時間發布。所有申請者必須通過考核才能確定改造方向。

衛時比其他改造者的申請時間都要短，只能抓緊一切機會拚命。

少年幾乎完全泡在了槍械室內，從脫靶，到平均四環、七環、九環。

他有著令人戰慄的天賦，卻比巫瑾見到的任何人都要努力。

入夜。

巫瑾沉沉入睡，衛時準點醒來，替人把被子掖好，徑直翻牆而出直奔訓練室。

浮空城實驗室。

巫瑾捂著胃從儀器出來，「準備帶衛哥出去——應激反應資料再給我一份。」

訓練室中，衛時看向靶位，突然關了燈，憑藉記憶嘗試盲狙。額頭因為毫無參照座標的精準計算沁出汗水。

宋研究員攔住巫瑾，「別看，我讀給你聽。」

巫瑾點頭道謝，安靜聽著，眉宇因為快速思考而微微斂起，「稍等，這一段實操……」

清晨降臨。

巫瑾緩緩睜眼。

剛從訓練室回來的衛時打了個哈欠：「昨晚睡得不錯。」

小矮子眼角彎彎，「我也是！」

衛時嫺熟替他穿上鞋子，「今天考核。」

巫瑾立刻為大佬鼓氣。

衛時給巫瑾繫上鞋帶，突然開口：「你等著。」

所有榮耀我都會替你掙到——替你護航、替你復仇。

「行了，」衛時起身，拍拍巫瑾腦袋，揚起下巴。

巫瑾：「嗯嗯？」

衛時梗著脖子：「表示下。」

巫瑾立刻哎了一聲：「大哥加油！大哥衝鴨——」

衛時：「……」

臨走前，少年突然回頭，「以後……」

巫瑾揚起腦袋。

衛時努力保持冷靜：「以後……你沒哭的時候，我能不能……像上次那樣親你？」

巫瑾一愣，想起情緒鎖之後，少年赤紅著雙眼親吻他的眼淚。

衛時握緊拳頭，「因為我想好了，以後一輩子都不會讓你再哭！」

巫瑾失笑。

少年似乎看到默許，磕磕絆絆地湊上去。

小矮子在視野中泛著光。

他輕輕在巫瑾臉頰上落下一個乾燥的吻。

緊接著，少年急速躥起，腦袋打到床柱碰的一聲。

「我、我先去了，你等著我。」

——等我。

巫瑾和他揮揮手，眉眼彎彎地盯著少年離去的方向，等遠去的腳步已經完全聽不到時，下一瞬，他轉過身連接通訊：「我準備帶他出來。」

# 【第七章】

# 我是來接你的騎士

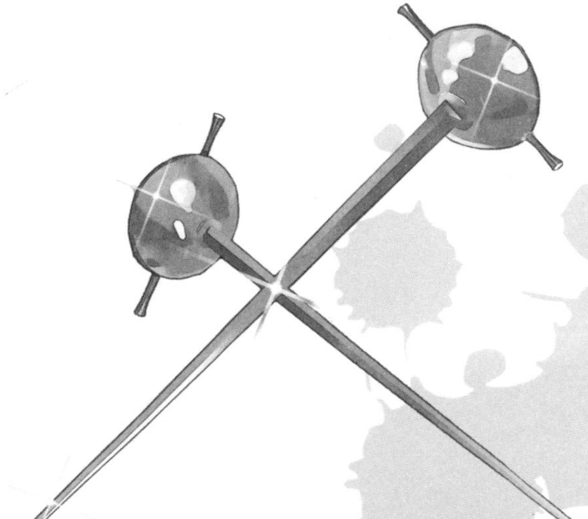

上午倏忽而過。

R碼基地內消息瘋傳——衛時在考核中大放異彩，直接搶到了S級改造名額。這還僅僅是「第二次改造」，如果第三次、第四次乃至第九次都是S，他將會成為僅次於邵瑜的再一個基地傳奇，前途遠大。

基地更是直接獎勵了他一百二十張綠券。

食堂餐桌。

巫瑾眼睛發直看著連續不斷端上來的餐盤，前菜二道、主菜甜品應有盡有，最後還配咖啡和清茶。

大佬神色倨傲，替他理好餐巾。

遠處毛秋葵可憐巴巴暗中觀察，毛冬青在大聲呵斥：「看什麼看？我是餓著你了還是怎麼了？回家！」

衛時給巫瑾切好抹茶小蛋糕，看他腮幫子一鼓一鼓。

巫瑾咬著小蛋糕問：「什麼時候改造？」

衛時低頭，面無表情吸了一口抹茶味的小矮子，「晚上。」

巫瑾點頭。

如果說情緒鎖是負面應激，基因改造就是被R碼基地矯做「榮耀」的「正面應激」。他與宋研究員意見一致，第二次改造是帶大佬出來的最好機會。

巫瑾略微好奇：「改造是什麼樣的？」

衛時想了想：「看具體。考核是一道分水嶺，分數高的會去更『穩定』的改造方向，分數低的會變成『試驗品』。」

巫瑾立刻想起了大佬的不穩定視覺改造。

衛時示意他張嘴吃蛋糕，「第一次改造前看不出實力差距，每個人都是試驗品。這一次，」衛時揚起下巴，「我選的方向是速度和力量。」

巫瑾睜圓眼睛，「為什麼呀？」

衛時故作不耐，用指節敲著桌子，「我不選戰鬥方向，怎麼罩著你？」

大佬擼起袖子，緊實的肌肉貼在線條流暢的手臂上，沒有十年後那種極致的力量賁張，在同歲數少年之中卻算非常了不得。

兩隻圓溜溜的小眼珠子立刻被手臂勾了過去。

衛時嘖了一聲：「想摸就摸。」

巫瑾伸出小爪子捏捏捏。

衛時：「……行了，什麼眼神！怎麼看著還想啃兩口！吃飯吃飯。」少年敲著桌子，差不多要吃撐打嗝兒的巫瑾只能乖乖張口。

「太瘦。」衛時挑剔。

巫瑾吭哧吭哧扒了兩口飯，「衛時，你真會罩著我啊？」

衛時揚眉，「廢話！」

臨近傍晚，R碼基地內。改造人再次集合時，大喇叭裡已經換了一批「勇士表彰名單」，其中赫然有申請第二次改造的衛時。

教導者唸著毫無新意的說辭，將今晚改造的幾人鼓吹為「為聯邦基因產業、人類發展」貢獻的先驅，巫瑾則坐在人群外低頭默算。

晚霞鋪了整個天空。

一旦夜晚開始——以他受損的視力，夜間行動會極大受限。

腦內嘈雜的電流中，宋研究員正在和他核對最終計畫。

第二次改造的正面應激，能將改造者腦電波激發到最活躍狀態。巫瑾需要做的，就是借助大佬記憶的這一階段，將人直接拉出心理封閉區。

改造人的封閉區只有一個——R碼基地。

他要帶著大佬逃出去。

對於少年衛時來說，基地外的世界未知。越往外走，潛意識的觸動就會越大。只要意識振動能超出這段「年少記憶」的範圍，巫瑾就能一舉把人拉回現實。

不遠處，掌聲轟鳴響起。

少年們豔羨地看向即將接受改造的「英雄」，在教官的鼓動下爭先恐後為英雄送別。其中有兩個考核分低、被指派去試驗性高危改造的十六、七歲男生，幾分鐘前還麻木懼怕，此時竟是被畸形狂熱的氣氛影響，臉上生發出兩團不正常的紅暈。

連他們自己都被說服。他們是「聯邦的榮耀，年少的英雄」，哪怕他們從沒去過除基地外的任何地方。

衛時冷靜站在人群中，無悲無喜。巫瑾只能模糊不清地看到臺上，卻能精準地在一群混雜的色塊中找到大佬。

似乎有位教導者開口指責衛時，為什麼不為自己鼓掌。

大佬敷衍抬手拍拍巴掌。

表彰結束，手術室的大門終於打開。

巫瑾眉心一跳，約莫是受大佬記憶影響，潛意識裡排斥得很。他邁著小短腿跑到門口，使勁和大佬揮手——

衛時向他點頭，終於露出細微笑意。

巫瑾目送大門合上，快速開啟通訊。

「改造後的黃金波動期只有兩個小時，」宋研究員與他做最終確認：「必須在兩個小時之內離開。衛哥這個階段，R碼基地之外的認知還是空白，記住，你的語言、行為都能誘導他的潛意識。」

巫瑾點頭，在人群邊緣默數到教導者消失，「可以開始了。」

通訊另一端，對R碼基地熟悉的毛冬青接過聯絡線：「按照之前設計的路線走。我會替你報鏡頭方位，記住，最重要的是把握兩個小時時限。」

巫瑾瞇起眼睛，在暗淡的光線下小心行走，「我看到了。」

R碼基地A區外接能源箱九號。

巫瑾從口袋裡翻出餐刀——兩把，交界處被鐵絲簡易箍住，像剪刀又像是鉗。

毛冬青：「先斷紅色線。」

巫瑾湊著微弱的的光低頭看著，蹭的一聲，火光與刀刃擦過。巫瑾狀若未覺，握住刀柄的手穩穩當當。繼而是藍色線——默等三分鐘，綠色線鉗住，最後是白色線。斷線之複雜如同設置密碼，巫瑾脊背甚至有汗水滲出。

咔嚓一聲。

細微金屬零件跳動。

「這是基地上層留給他們自己的底牌，」毛冬青冷淡嘲諷：「一旦改造人暴亂，電網會在設定時間內下降，把他們保護在裡面——當年衛哥找到的。」

「我們剛才設置的是四十分鐘。」

「只要把絕大多數教導者關在電網內——你們需要面對的，只有外面做手術的七個人。」

毛冬青身旁，宋研究員緊接著開口：「小巫，準備破壞禁區防禦裝置。把人引過去。R碼基地禁地有三處，能源站、軍械室和離你最近的基因……」

毛冬青忽然打斷：「不去那裡，讓他去能源站。」

巫瑾轉瞬反應過來，能源站一旦起火，蔓延的速度最快。

「去能源站。」他毫不猶豫認同毛冬青的布置，在轉移陣地時微微側目。

最近的那處「禁地」，橘紅色塗漆大門緊閉，在視野中模模糊糊看不清紋路。

巫瑾不再注目。

半小時後，空氣劈啪焦灼，電流因為猝然相接而短路，電弧憑空燃起。細絨乾草被迅速堆積到火苗上，巫瑾確認之後轉身就走。

宋研究員驚喜開口：「波動幅度一百二十二，衛哥手術結束了！」

大門碰的一聲開啟。

衛時慢吞吞走出來，臉色略微蒼白，看向巫瑾的眼神卻閃著光，「小矮子，過來。」

巫瑾蹭蹭跑去。

衛時把腦袋埋在巫瑾肩上吸了一口，「手術挺好。以後哥說罩著你就罩著你。」

巫瑾踮起腳尖，在大佬腦袋上蹭了蹭，將沾染了焦灰的手偷偷塞到口袋。

此時晚霞散了大半，基地內的路燈還沒亮起。衛時惦記著巫瑾眼睛，不容分說就把人抱起，直到寢室才小心放下。

寢室床墊下，正藏著衛時的唯一一把獵槍。

巫瑾看向槍，慢慢默算時間——

尖銳的基地警報猝然響起。

衛時一愣，第一反應就是把巫瑾護在身後。

少年撈出槍，在槍托入手的一瞬像是有了底氣。他瞇眼看向窗外，「有地方失火了，教導者都在往那裡跑，咱們躲著別出去。」

然而很快，寢室樓就驚叫此起彼伏。

火勢在蔓延。

衛時皺起眉頭，迅速披上外套。一手背著槍一手就要抱起巫瑾，「走，這裡也不安全。我們去操場上等著。」

巫瑾突然揚起腦袋，眼睛在遠處火光中晶晶亮亮：「我們……要不要出去？」

衛時猝不及防：「什麼？」

巫瑾小聲分析：「能源站失火，到處都在調動，基地門口缺少警衛支援。鐵門那裡，這個點沒有人……」

衛時猛烈一震，眼神緊緊看向巫瑾，「你知道是能源站失火？」

巫瑾點頭。

衛時再看了眼窗外，拳頭忽然握緊，「他們，教導者還不知道。」

窗外火光一片，遠處隔離帶後，教導者、執法者、機器人還在尋找火勢源頭，有人在大喊著需要滅火設備，教導者、研究員的居所內卻像是發生了某種騷亂，人群嗡嗡擠在一處，被突然出現的電網擋著出不來。

離著最近的幾個低等級改造人已經被攆著過去，喇叭嘈雜響起：「所有人操場集合，經過第二次改造的都過來滅火，找到火源的獎勵S級改造……」

人群譁然而動，爭先恐後扛著滅火器往火海衝去。

衛時轉過頭。偌大的人群如無頭蒼蠅亂飛，沒人知道任何線索。這個時候能一口說出是能源站失火的，只有一種可能。

衛時低聲爆出粗口。

衛時看向巫瑾，「放火的是你？」

巫瑾乾脆點頭，又可憐兮兮開口：「我想和你出去……」

巫瑾安靜等待他的抉擇。

逃出基地，在任何人看來無比正常的選擇，對於年少的衛時來說無異於天翻地覆。大佬在基地生活了十幾年，在R碼刻意的恐嚇氛圍下對外界排斥多於好奇。加上二次改造成功，如果沒有巫瑾、如果他按部就班走下去。

他的生活只會比過去更好，前途光明。

衛時一言不發背起槍，在櫃子裡飛快收拾東西。

巫瑾一頓，驟然驚喜：「你同意了……」

衛時凶狠開口：「你不知道基地有鏡頭？要是被他們抓到，頭都能給你打飛，我們走。」

小矮子急促歡呼，在旁邊蹦蹦躂躂：「教導者被電網攔住了，咱們絕對能出去！外面有雙子塔、摩天輪、氣球！咱們出去之後就打比賽，養兔，還可以談戀愛……」

大佬怒氣衝衝：「你和誰談戀愛！」

小捲毛蹭的一下雀躍揚起，「和你啊和你啊你啊——」

衛時一個踉蹌，竟是被憑空絆了一腳，「誰教你的！閉嘴……出去再說。」

R碼基地操場人山人海。

火光燒了半邊天，照亮巫瑾視野。剛才還為獎勵瘋狂的人群陷入詭譎恐慌，有人在戰戰兢兢議論。

「燒傷了基地不會管。」

「那邊被電網攔著，人出不去。這裡說是被燒的資料比人重要——現在沒人敢進去滅火，他們開始從等級最低的抓人。」

「教導者……不進去，只看我們進去。」有人打了個寒顫：「現在在滅火的是誰？」

「兩個改造者，都是上了情緒鎖的。」

此時就連最硬的刺頭都脊背發寒，面前擺著的是兩條絕路。不聽話會被基地銷毀，就算聽話——等上了情緒鎖，也能被基地輕而易舉操控。

直到人群盡頭突然騷亂：「鐵門！鐵門開了，有人跑出去了！」

R碼基地邊緣。

電路損壞的警戒設備毫無反應，臨走前衛時最後回頭看了一眼。

這是他撿到小矮子的鐵門。

獵槍背在衛時的身後，這一段路的光線極暗，巫瑾被他單手抱著。

少年神色凝肅，擼起的袖子下手臂肌肉收緊，顯露出少年淺淺的力量輪廓。他瞇著眼睛，將R碼基地於黑暗中的牢牢記住。

巫瑾小聲道：「咱們會有別的家的！外面雖然地價很高，但咱倆一起努力肯定能買到比寢室更大的房子……」

衛時扭頭，「閉嘴，誰說這是家。」他不再看基地：「我這是記著出去的路，以後回來給你報仇。」

巫瑾樂了，笑咪咪露出看著都不能咬人的小白牙。

身後的鐵門處一陣異動，不斷有腳步傳來，伴著呼吸急促，聽不清是倉皇還是激動。

衛時不再細究，R碼基地想逃出來的顯然不止他們兩個。

還有改造失敗者——那名平日在操場上哭嚎，像蜈蚣一樣四肢著地、詭異爬行的少年竟然也蹚著鐵門外的淤泥拚命擠出。

抬頭癡癡看著基地外的光景。

那是遠處黑霧外的城市，在山坡遙遠的另一端。璀璨燈光像是鑲嵌在夜幕中的繁星，巨大的看板在樓頂森然林立，粼粼發光。

改造失敗的少年突然大聲怪笑了起來，在黑夜中讓人毛骨悚然。向外逃竄的少年們紛紛將他避開，慌不迭的往山丘衝去。

警笛猝然響起。

衛時毫不猶豫抱緊巫瑾，「跑！」

巫瑾竭力抑制腦海中的震盪，火光消失後，情緒鎖後遺症再度上浮。

意識末端宋研究員驚喜開口：「衛哥潛意識波動到一百三十了，很好。」

巫瑾霎時找回力量，趴在大佬耳邊軟軟說道：「咱們能出去……一定能出去！你記得的，咱們說好的。」

探照燈從基地內打來，衛時咬牙，「嗯，說好的。」

腎上腺素急劇上升，少年眉目緊緊擰起，用後背護住巫瑾。

波動一百四十。

身後已有跑得慢的改造者被抓住，人群開始騷動，退後的也有，繼續往前衝的也有。巫瑾順著微弱的視野看去，克制住生理性反胃。

被驅著捉改造人回來的，也是改造人。

他們中不少是低等級改造者，終其一生都沒有拿槍的機會。此時他們被教導者發了槍，顯得激動亢奮。子彈自從未開過槍的一雙雙手上迸出，沒有既定彈道、沒有目標——甚至分不清他們是在為基地效力，還是在宣洩。

嚎哭再次傳來，那位改造失敗的瘋癲少年視若無睹，對著基地外的地平線癡癡的笑，突然變成慘叫。有子彈貼著他擦過。

巫瑾急促開口：「我下去自己走，你拿槍。」

衛時點頭，伸出一隻手牢牢握住巫瑾，兩人一腳深一腳淺在叢林中跋涉，直到黑霧將近散去，背後突然有探照燈亮起。衛時示意巫瑾躲到樹後，抬手給步槍上膛。

宋研究員於意識深處通知巫瑾：「波動一百五十——兩百是閾值，快了快了！」

視野陡然明亮。

全副武裝的教導者驚怒看向兩人。衛時一言不發上去就是剛槍。

巫瑾心跳一窒。少年僅僅在靶場訓練了不到一週，戰術躲避、走位都是野路子，但他卻像是天生的天賦者。大佬緊緊瞇著眼，直覺敏銳放在教導者的手臂上，而不是他的槍。

對面子彈驟然出膛。

巫瑾：「小心！」

子彈破空呼嘯，急促劃過空氣帶出嗡鳴，在碎土上爆開。

巫瑾抿著嘴。

空心彈。目標侵徹能力強，殺傷力大，R碼基地下的是死手。

幾乎在巫瑾出聲的一瞬，大佬的潛意識波動跳上一百七十一。出乎所有人意料，衛時沒有急退，而是徑直向教導者飛撲。少年的肩臂、腰腹緊張到極致，在來人錯愕的目光下調轉槍頭，一槍柄砸了上去。

教導者的步槍掉落在地上。

巫瑾悄無聲息摸了過去。

教導者狠狠看向衛時，卻是毫無畏懼，按動掌心按鈕，「小雜種，上了鎖還敢……什麼？怎麼會……」

情緒鎖發動，衛時卻像是毫無影響，只突然惶亂回頭，看向替他進鎖的巫瑾——

巫瑾眨眼。

好像……並沒有什麼感覺。大佬卻顯而易見炸了，少年拿起獵槍就要對著教導者開槍，卻突然想起什麼。

衛時彎腰，眼神驟厲在教導者身上翻找。小矮子抱著步槍在旁邊狗腿守著，直到衛時挑出還未開封的黑色手環。

教導者瞳孔驟縮，「你不能、小畜生你敢……」

衛時面無表情給他套上手環，順手摸出控制器丟給小矮子，「左邊上鎖、右邊自爆，自己拿去玩。」

巫瑾眼睛驟亮，想都不想按下左邊，給右側設下定時——

淒厲慘叫自教導者傳來，空氣中腥臊味蔓延。上鎖時改造者的慘狀時常被教導者拿來嘲笑，甚至模仿，沒想到真正套到他們身上卻是屎尿齊流。

衛時向巫瑾豎了個大拇指，「走！」

兩人順著叢林狂奔，竭力躲避改造人的攻擊。

衛時抱著獵槍，巫瑾捧著步槍。打從巫瑾開槍的一瞬——衛時一句不問，直接把後背交給小矮子。

兩個少年汗濕的後背緊貼，衛時微微一動。

波動一百八十三。

接近鏖戰整夜，遠處的城市終於在視野中清晰。巫瑾愕然抬頭看向大佬。

星星點點的燈光中摩天輪緩動，翼龍在城市上空盤旋，野貓在琳琅滿目的店鋪上優雅踩步。這就是大佬潛意識中，巫瑾形容過的「城市」。

每一寸都帶著小矮子的影子。

身後腳步聲急促傳來。宋研究員興奮開口：「波動一百八十七。」

衛時眼神驟深，帶著巫瑾於流彈中逃竄。子彈擦過兩人，衛時於電光石火間把人推開。

巫瑾拍拍屁股，趕緊站了起來。

人沒事，衛時狠狠鬆了口氣。

宋研究員：「波動降低到一百八十五……」

「……」巫瑾差點爆出粗口，這什麼見鬼的波動幅度！正在此時，一顆流彈直衝著衛時而去——巫瑾瞇起眼睛。

邏輯先於一切做出清晰判斷，他比任何時候都要冷靜，繼而思維帶動意識、控制身體。巫瑾一個躥起替大佬擋住子彈，「快跑——」

鮮血滋溜一下冒出。

巫瑾狠狠一震。

「波動一百九十八，小巫可以了，準備出來。」

他似乎正在從大佬的意識中慢慢抽離，分不清是因為意識沉浮，還是情緒鎖之後對疼痛的忍耐力急劇上升，巫瑾竟然並不覺得疼。

他伸手摸了一下創口。

侵徹之後彈頭爆開，自己的腰好像都要被打穿了。

巫瑾立刻捂住腹部，指尖被顫抖的手掌覆上。鮮血滲出創口，繼而是自己的指縫、衛時的指縫。

大佬的眼中布滿血絲，絕望嘶吼。

第一次、第二次。

整個意識世界都在交替震盪，時間軸終於衝出束縛。巫瑾能看到天光在一點點亮起，基地在烈火中灼燒，城市天旋地轉，大佬的記憶、認知都在迅速蛻變。

少年死死抱住巫瑾，像抓住最後一根稻草，小矮子軟塌塌靠在他懷裡。

巫瑾用盡最後力氣踮腳，親了一下大佬，「衛時！」

耳邊嘈雜響起，他幾乎能聽到實驗室中的忙碌腳步。巫瑾抓緊一切時間安撫。親一下，再親一下，直到視線發黑，「你好好想想，現在是不是在做夢？」

「你別管這個槍傷，我……等你出來。」巫瑾努力揚起臉，正想抱抱大佬，看到一手血趕快藏到背後。

衛時的眼中幾乎失去了光亮，腦海因為亂竄的記憶近乎炸開，基地、聯邦、帝國、浮空城，最後視野聚焦在巫瑾身上，沙啞開口：「你……」

巫瑾想解釋，力氣卻軟綿綿的使不上來，他最後用力往大佬耳邊一湊，費力撲騰像是翅膀染血的蝶。

「我是——來接你的騎士。」失去意識支撐的身體在衛時懷裡倒下。

少年瞳孔驟縮。

浮空城實驗室，宋研究員長舒一口氣，猛然站起，「波動兩百零二，超過閾值。準備接他們倆出來。」

浮空城暴雨連下了幾天。

心理醫師周楠從診室出來，等在門外的助理立刻起身要替他關門。

「不用，」周楠從助理手中接過白袍，溫和道：「掩著就好。」

這位年輕的心理醫師穿過燈光暖融的走廊，在研究室外等待。

一牆之隔，宋研究員正慷慨激昂彙報：「從資料回饋來看，衛哥的意識波動一切正常，情緒鎖有退鎖現象，比預想的第四個療程要推進更快、更好。」

阿俊：「你確定？儀器都出了這麼大簍子……」

「衛哥的潛意識已經從記憶裡出來，人預計再過兩天能醒，」宋研究員一頓，把白板敲得邦邦響，看向阿俊，「要相信資料，資料。」

阿俊看向曲線圖，瞠目結舌。

衛時的退鎖速度以「突飛猛進」形容也不為過，就像是下了一劑靈丹妙藥，顛覆了浮空城對所有案例的認知。

敲門聲響起。

毛冬青打了個「稍等」的手勢，和宋研究員一起走出研究室。

「病人情況比我預想要好，」醫師周楠溫聲道：「基本看不出心理創傷，反應速度快，邏輯清晰。」

宋研究員鬆了口氣，瞅到走廊盡頭，「門是不是忘關了？」

周楠搖頭，「是我讓他們掩著的。」

「我剛才說的，『基本』看不出心理創傷。」周楠說道：「我注意到一個細節，如果門是關死的，患者會比平時更緊張。差異非常微小，可能連患者自己也沒有意識到。」

宋研究員一愣：「幽閉恐懼症？我不記得小巫有……」

周楠：「症狀很輕，而且需要觸發條件。」

毛冬青看向周楠搭在臂彎的外套，忽然開口：「白袍？」

周楠點頭，「可能還有別的。」

毛冬青：「走，去看看。」

同樣半掩的玻璃窗內，巫瑾正在手忙腳亂聽收音機調頻。

仿古收音機是紅毛替他從大佬房裡拿的，還順手撈了一隻貓給他解悶。

巫瑾戴著半透明眼罩，指尖正在終端螢幕上劃拉，黑貓在被子裡拱來拱去，偶爾躥出來喵喵亂叫。

周楠笑道：「他很有動物親和力，而且活力充沛。頭三十分鐘，我還以為你們指派錯了病人給我。」

毛冬青的視線在病房內掃過，終於定格在病房的紅褐色實木大門上。

裝飾性菱形花紋非常普通，如果不是刻意留心必定會忽略。

宋研究員一瞬反應過來，驚訝開口：「這——」

毛冬青：「讓他去六樓住，玻璃門視野開闊。」

宋研究員立刻點頭，「還是被潛意識影響了。」

周楠好奇抬眉，和宋研究員輕聲交談：「……受潛意識影響？進鎖時看到衛哥的記憶……在封閉門內被改造……原來是這樣。」他頷首，「我知道了。」

周楠說道：「病人心理創傷來源於衛哥的記憶，隔離治療，分開一段時間就能自癒。暫時性，不嚴重。」

宋研究員趕緊應下：「好，先觀察一天試試。」

門內，巫瑾被告知換病房，嗖的一下躥下床，紅著臉拒絕了護士妹子的愛心小輪椅。一手抱貓一手抱收音機走進電梯。

周楠：「找個人陪他說會兒話。巫先生既然拒絕了後續心理治療，不妨多和人群接觸，參加參加社交活動，出去走走也好。」

宋研究員哎的應下，看向毛冬青，「你弟呢？讓他給小巫講笑話去！」

浮空研究院六樓。

巫瑾一邊擼貓，一邊乖巧卡著時間。等半小時一到，他立刻準備下去溜達，摸摸蹭蹭沉睡中的大佬——

護士妹子歉疚地給他遞上處方單，「周醫師說了，今天是隔離治療。」

巫瑾睜圓了眼。

護士妹子殷勤安慰：「巫先生要不四處逛逛，衛哥後天才醒，都來得及嗟。」

巫瑾用終端向宋研究員發訊，果然得到同樣回答，只能重新攤到床上，繼續研究大佬的復古收音機。

電流嗡嗡響著，熱鍵綁了幾個常用調頻。

頭兩個都是軍政相關，第三個綁了財經，第四個頻道只有長短不一的敲擊聲，像是某種摩斯密碼變種。

第五個。

「好消息好消息！浮空城出版社精裝《和人氣愛豆談戀愛》第三部火速推出！前兩部熱銷兩千五百本！已有讀者五星回饋打賞！詳情諮詢〇六九—四一九……」

巫瑾一驚，趕緊轉到最後一個頻道。

「同走農業經濟路，共創養殖新生活。您好，蔚藍深空《養兔經》節目為您播報……」

門吱呀一聲推開。

紅毛帶了一遝子A4紙進來，往沙發上就地一癱。

原本趴在櫃子頂端的黑貓瞇起眼睛，估摸覺得沙發更軟，喵的一聲跳下把紅毛擠走。紅毛只得投降，讓出沙發坐到巫瑾床邊。黑貓又撲通占了床，紅毛最終只能再回到沙發。

「牠這兩天不大高興。」巫瑾抱住黑貓撓撓下巴，趕緊解釋。

紅毛苦著臉，「唉，可不就是基地的貓祖宗嗎。」他刷刷拿起文件，快速說道：「小巫，我讀你聽著哈！」

巫瑾：「什麼？」

紅毛：「從前有一個逃殺練習生，他……他哈哈他哈哈哈哈哈……」

巫瑾好奇開口：「他怎麼了？」

紅毛：「哈哈哈他在比賽前逃跑了，跑到了沙漠裡，變成了淘沙練習生哈哈哈……」

巫瑾：「……」

紅毛：「從前有個突擊位，掉到了水缸裡。隊裡的輔助位急中生智，不停的往缸裡面丟石子，然後、然後哈哈哈哈……然後他終於和狙擊位喝到了水哈哈嘿嘿嘿……」

巫瑾艱難看向在沙發上笑成鬼畜虛影的紅毛。

紅毛：「哈哈哈從前……」

十分鐘後，巫瑾神情恍惚。

二十分鐘，巫瑾終於藉口接通訊，頭重腳輕出門。

通訊另一端，佐伊看到兩天未見的巫瑾終於鬆了口氣。

巫瑾努力對著口供：「對，是答題抽獎抽中的特殊培訓。不在附近，有點遠……」

「不是病號服！是特別訓練服。臉色蒼白？沒有沒有！這裡光太亮。誰在怪叫？喔喔是有人在笑，他在房間裡給他自己講笑話……沒、沒傻……」

佐伊略微狐疑，最終是對巫瑾、以及對昂貴浮空基地學費的信任占了上風：「那行，小巫別和傻子一起玩，玩久了會變成凱撒那樣。對了小巫，凱撒是不是也跟你一起？」

巫瑾一愣。

房間內，紅毛正在向自家兄長彙報：「小巫心情看著不好啊，都不帶笑的！」

「啊，對小巫照顧點？知道知道，這不肯定……」

「帶他出去走走？哎行，啥？順便把樓下誰帶走，別讓他再出現在基地？」

對面掛了通訊。

此時巫瑾推門而入詢問：「上次問卷答題，其他外傾性為E的學員是不是都在這裡？」

巫瑾順著紅毛的目光向窗外看去。

戴著白色面具的凱撒身強體壯，正指揮幾個外傾性E的學員在執法官辦公室門口抗議。

「說好的每期特訓彩蛋活動呢？」

「說好的送學員去浮空城護城河看大黃鴨的呢？」

「我們要大黃鴨——」

「我們要見其他學員——」

巫瑾眉心一跳，趕緊下樓把凱撒拖走。

紅毛一個蒲扇大手砸在凱撒肩膀，「兄弟！」

凱撒虎目睜圓，「臥槽，兄弟！你怎麼也在這裡？我還在想他們是不是把小巫偷走了，正要用民意逼問出來，沒想到他們連你也一起偷走了！連你也偷，這圖個什麼啊！」

一旁的工作人員頭疼腦大，見凱撒要走恨不得擊掌相慶，連忙說：「行了行了，快把人帶走。這什麼外傾E，他到哪兒都雞飛狗跳！還到處振臂一呼攛掇人抗議——再不走我怕他要原地稱帝！」

凱撒給了紅毛一個熊抱，大剌剌攬上巫瑾，「走著，哥帶你回去！」

巫瑾使勁兒從凱撒的肱二頭肌裡面擠出半個腦袋，「凱撒哥，等等……」

他正要找理由拒絕，卻忽然收到宋研究員的簡訊。

「放心，衛哥後天才醒。回去看兩天，隔離治療也好。」

浮空城訓練基地。

兩人的回歸受到了全隊上下——也就佐伊、文麟的熱烈歡迎，狙擊手、輔助分別給了巫瑾熱情擁抱，繼而寒暄招待克洛森同窗毛秋葵。

凱撒：「臥槽，我是透明的嗎？」

佐伊敷衍拍了拍他的肩膀，對於一向撒手丟的凱撒渾不在意，「才發現你也在。來，鼓勵一下，恭喜歸隊，白月光喜提凱撒一隻。」

對於紅毛的出現，白月光幾人毫不意外。不說紅毛原本就住在蔚藍深空，在訓練之初，佐伊就猜測，會有其他戰隊把選手送來。

畢竟誰家小朋友不偷著上輔導班呢！

文麟又透露給巫瑾：「井儀的左泊棠也在。」

巫瑾：「哇……」

文麟感慨：「井儀左隊把咱們佐隊的訓練狙擊分刷新了，我看這兩天隊長都在一怒刷榜。」見佐伊若有如無看過來，文麟立即嚴謹補充：「當然，左泊棠是單項狙擊特長，咱們隊長是全面發展，不能以偏概全。」

佐伊滿意：「行了，都記著，今天晚飯後過來開個短會。公司PR那裡給回覆了，今天開始準備下一場淘汰賽。」

巫瑾欸的一聲答應，正要蒙混過關溜走，卻愣是被狙擊手敏銳的洞察力發現。

佐伊皺眉：「小巫生病了？怎麼臉這麼白？過來。」白月光隊長刷地一下拎住巫瑾的爪子，「手心怎麼還冒虛汗。」

小捲毛嗖的緊張起來，巫瑾搪塞：「下雨去看大黃鴨……感冒了！」

佐伊：「感冒了？感冒你為什麼捂著腰？感冒傷腎？」佐伊略一思索，好像也說得通，當即劃了自己的訓練卡給巫瑾預點了一份腰花，說：「郡肝要不要？再來點毛肚，給小巫做一鍋毛血旺……」

巫瑾十分感動，並支支吾吾點頭。

打開訓練室大門的一瞬，巫瑾微微一頓晃了晃腦袋。

光透過玻璃窗，景物與反覆的記憶離奇重疊。對光線接納薄弱的視力下，他似乎還能隱隱看到年少的大佬架著獵槍，打個幾槍就回頭監督他吃小金魚餅乾。

巫瑾抽出騎士劍。

從潛意識出來之後，他因為情緒鎖虛弱不少，卻幾乎每時每刻都能感覺到身體在緩慢恢復。按照宋研究員的說法，巫瑾看著不顯，身體素質比絕大多數人都要好，情緒鎖的痊癒速度更是聞所未聞。

巫瑾對著陽光握劍，雙手卡在十字正中。

佩劍湛湛劈下——還沒完全痊癒的神經中樞被動作牽動，巫瑾輕微嘶了一聲，趕緊把劍放下，蹲在牆角揉臉，揉了半天才想起來該揉腦袋。

腦海裡翻來覆去都是R碼基地手持獵槍的少年。

巫瑾這才發現，這座大佬專用訓練室和R碼基地布置得十分相似，從武器架到靶位到鏡子，估摸是大佬用順手了。

年少的大佬——鬆軟的陽光乾草和堅果味道的！巫瑾嘿嘿傻笑，半天才再拎起武器，像老幹部健身一樣慢吞吞揮個太極劍。

飯後，巫瑾趕在夜幕降臨之前回到了學員寢室。

一盆毛血旺擺在佐伊寢室正中，白月光四人開始圍爐商討淘汰賽大計。

「女團，」佐伊把公司團隊研究的資料打到投影上，「俗話說得好，男女搭配，幹活不累。下一場淘汰賽，初始入場組隊很可能就是和女團一起。」

佐伊將節目組給的凡爾賽請柬敲在桌上，指向選手名字後空白的一欄，「比賽前我們需要挑選舞伴。」

巫瑾、文麟點頭點頭，凱撒趁佐伊不注意抓了個毛肚就往嘴裡送。

佐伊：「經核實，風信子女團逃殺秀的成員一百七十人，克洛森秀一百八十人。也就是說，至少有十位選手，連女練習生的手都摸不到。」

凱撒又偷了根肥腸。

佐伊：「按照女士優先選擇，是風信子挑選我們，而不是我們挑選她們。根據公司大數據分析……」

螢幕刷刷變換，巫瑾一呆。密密麻麻的頭像連線圖占了大半個螢幕，白月光四人包括大佬、魏衍、薄傳火都赫然在列。

「組隊機率圖。」佐伊解釋：「主要分析依據是看選手人氣、看女練習生娛樂檔案中的擇偶偏好，和看臉。小巫不用說，等著被揀走就行。凱撒——」

佐伊皺眉：「凱撒。」

正抓了塊肺葉的凱撒被當場抓包，嚇得直接把肺葉塞到了巫瑾嘴裡。

巫瑾一噎：「汪嗚嗚嗚！」

佐伊：「女選手裡有二十四個喜歡『活潑單純的小狼狗』，從今天開始，你星博往這個方向包裝。」

凱撒：「啥玩意兒？」

「你不用發博，反正帳號也不在你手裡。」佐伊溫和看向自家輔助：「阿麟繼續走溫柔line。」然後打了個響指，「行了，下面看看我們的對手……」

「第一個，衛時。」

巫瑾差點打了個嗝。

佐伊：「衛選手上場比賽吸粉很厲害，在女粉絲中又被稱為『吾王』、『風神』──因為那兩隻翼龍，咱小巫上場就是被衛選手派遣翼龍抓到天上淘汰的！」

巫瑾附和點頭。

佐伊警告：「一旦你的搭檔舞伴在比賽中對衛選手有意，請立刻更換舞伴防止被綠。」

巫瑾：「……」

佐伊：「下一個，魏衍。」他看向發來的資料：「風信子秀有十二位籍貫在帝國的女練習生，大部分都是魏衍後援團成員。」

文麟向巫瑾做了個口型：出口轉內銷。

聯邦逃殺選手，以薄覆水為例，去帝國轉一圈回來就能被稱為星際薄，風信子秀也不乏來聯邦「鍍金」的帝國練習生。

佐伊將游標指向魏衍，「在帝國，改造人、人形兵器可是全民偶像。」

「行了，再下一個，薄傳火。」

……

一頓毛血旺結束，巫瑾回到寢室，迷迷糊糊躺在床上翻滾。

窗外雨聲不斷，香檳玫瑰凋落大半巫瑾還是小心翼翼養著。

凱撒隔壁寢室開著窗子哈哈大笑：「下面怎麼有個傻子在擺心形蠟燭！」

很快凱撒就和樓下擺蠟燭的學員吵了起來，學員音色十分耳熟，說話一連串蹦個不停。

巫瑾再看了眼終端，依然沒有大佬的消息，便捲起被子沉沉睡去。

夢境中是R碼基地暖呼呼的被窩，巫瑾被子裹得極熱，半夜三更就想蹬一腳大佬讓他去換被子。

巫瑾突然在雨聲驚醒。

黑暗如潮水湧來，記憶中像是有什麼突然被黑暗撕開。灰褐色的鐵門外重重疊得分不清是人影還是鬼影，巫瑾捂住腦袋，倉促摸索著去開燈——

燈光點亮。

他走下床，把通向陽臺的門微微打開一條縫，鬆了口氣繼續捲著被子入睡。

巫瑾第二天起得極早，一覺醒來精神煥發。

大佬還有一天才醒，宋研究員又給巫瑾開了張「隔離治療」的單子。巫瑾在通訊中鼓著小圓臉費力辯解，隔離治療好像並沒有什麼用，最終不僅沒駁回處方單，還收穫小護士們的愛憐無數。

「人家只是想看一眼衛大人啊咿嗚嗚咿！」

「問世間情為何物，我嗚嗚嗚……」

宋研究員被吵得頭昏腦脹：「你們問周醫師去，別問我——等等，外面什麼聲音？」

幾秒後，宋研究員忽然站起，「出門，拿儀器，衛哥估計要醒了！」

浮空訓練基地，巫瑾只能整裝出門繼續訓練。

門外，暴雨之後，昨天擺在樓下的愛心蠟燭倒了一半。

「……」巫瑾認同凱撒的看法，好像是有點傻。然而他很快就遇到了又抱了一堆蠟燭過來修修補補的基地學員。

巫瑾這才發現，每一根蠟燭都是高檔奢華防水室內香氛，這位土豪不僅一口氣買了九十九根，還把室內香氛擺在外面……巫瑾突然一頓。

土豪的背影十分熟悉。

土豪昂首闊步，一身高訂。土豪大概二十歲左右……

巫瑾：「明堯？」

明堯刷的回頭，驚掉下巴：「小小小小巫？」

十分鐘後，巫瑾還沒來得及辯解小巫理論上沒有這麼小小小小，明堯已經把人拖回寢室，呱唧呱唧義憤填膺說完前因後果。

「我們隊長今天生日。」

「什麼？你連我們隊長的生日都不知道！小巫這就不應該了啊，你看不看蔚藍之刃未來新星爆料板塊啊！我們隊長生日都有板塊開屏的欸！算了現在告訴你了下次不許忘了——啥，你問我生日什麼時候？這個不重要！」

巫瑾：「……我……記住了……你別晃我……」

明堯不搖巫瑾了，一拍桌子，「然後，隊長今天生日，結果連他女朋友的電話都沒收到！」明堯拍完桌子，開始憤怒繞桌團團轉，「連我——一個普通隊員都知道擺愛心給隊長慶生，她竟然一點表示都沒有！不僅如此，她還和男閨蜜背著我家隊長在沙灘度假！那種夸克級柔軟的人造白沙！」

巫瑾：「你怎麼知道得這麼清楚？」

明堯抓狂：「這不是重點，我關注她星博小號不行嗎？我從兩百條轉發抽獎裡面扒出來的不行嗎？問題是我家隊長怎麼辦！」

巫瑾安慰：「當然是選擇原諒她……」

明堯瞇眼，「嗯？」

巫瑾嚇得改口：「分手，下一題！」

明堯點頭，「這才對嘛！行了，今晚我訂了間酒吧包廂給隊長慶生，紅毛、凱撒也去，你也得去啊。」

巫瑾一頓：「等、等等！」以他現在的視力，晚上出門就是小瞎子。

明堯不滿，伸手就要去擼巫瑾的小捲毛，「是不是兄弟啊？要不要給兄弟撐場子啊？不答應我擼禿你啊！」

「……」巫瑾鼓起臉頰飛快閃避，腦海中微微一頓。昨晚的暴雨、黑夜、門縫相繼湧來，他努力不去想像刻在記憶深處的灰褐色大門。心理醫師的建議再度浮現。

『心理創傷獨處很難自癒，小巫不妨多和人群接觸，參加參加社交。』

在明堯捲起袖子準備開擼的時候，巫瑾趕緊喊停：「行了行了，我去！」

明堯哼唧一聲，又落下袖子，不滿嚷嚷：「小氣！明明這麼好摸，幹麼不讓摸！」

日頭推移。

白天迅速而過，巫瑾趕在天黑前就跑到明堯的訓練室當背景板，絕不在黑夜中獨自行動。

明堯嘖嘖感嘆：「你怎麼這麼黏人啊！」

巫瑾：……我招惹誰啦我！

臨近約定時間，明堯卻越來越像熱鍋上的螞蟻：「先去酒吧啊，十二點有凌晨驚喜，小巫你要記得營造氣氛，回來之後我拉開窗簾讓隊長看到蠟燭。然後唱生日快樂歌……」

巫瑾安慰：「我都幫你記著啦！」

明堯嗖的一聲躥起，「小巫我好緊張鴨！」

巫瑾：「……」

明堯提議：「咱們不如一起上逃殺新秀星給隊長打CALL叭。」

巫瑾：「什麼？你說話語氣怎麼這麼奇怪！」

明堯立刻掏出終端，滿螢幕的「你的小寶貝左泊棠被井儀官方星博@了」、「你的小寶貝左泊棠發星博了」。他按部就班做完話題熱度日常，把#狙擊新秀、#井儀希望、#井儀雙C、等等話題各自頂了一遍，長舒一口氣：「行了，晚上再換小號。」

順便鄙視了一下熱度在井儀雙C之上的圍巾CP拉郎配。

巫瑾一噎：「……這和我們有什麼關係！」

明堯：「我和隊長竹馬竹馬長大的！圍巾不rio！」

巫瑾迅速爭論：「我和衛哥……小時候也認識！」

明堯嚴肅：「我們從小就睡一張床！」

巫瑾正經：「你以為圍巾不是嗎！」

明堯笑容光輝：「我能為隊長淘汰自己，奉獻自己，只要他晉級！」

巫瑾：「我能……」

明堯突然如同離弦之箭一般躥出，「隊——長——」

巫瑾看了眼遠處一臉無奈的左泊棠，忽然有些悶悶不樂。

他想大佬了。

很快兩輛高檔懸浮車停在基地門口，明堯緊緊跟在左泊棠身後上車。巫瑾看了一眼，直接踏入後一輛和凱撒、紅毛一起。

上車的時候巫瑾突然心跳一快。

「咋了小巫？」紅毛回頭問道。

巫瑾搖頭搖頭，拿起終端問明堯：我們去哪兒來著？

明堯：酒吧啊，那家叫藍澀！

巫瑾：等等、這個名字好像……

明堯：甭管了，環境肯定好，那條街就它最貴！

巫瑾喔了一聲，收起終端，對著窗外發呆。

浮空軍事基地。

幾乎在同一時刻，男人修長粗糙的指節叩向實木桌板。

「儀器是在一週內被人動了手腳。」毛冬青彙報：「監控在三天前凌晨兩點到四點被人為改動過，循環了一段上週的錄影。」

毛冬青點頭。

「繼續查，」男人開口：「去比對實驗室哪些資料被動過。」

「核實浮空城入境記錄，重點關注持帝國護照晶片的。」

「還有，他人在哪裡？」

毛冬青打了個通訊下去：「我問問。」

衛時披起外衣，「給我拿兩支精神安撫劑。」

門口，宋研究員愕然看向衛時，「衛哥，你這還在情緒非穩定期……」

衛時面無表情看了他一眼，眼皮微微抬起讓人大氣都不敢喘，宋研究員刷的退縮一步。

「……欸，好。」宋研究員乖覺道：「您記得按時吃藥。」

衛時給自己灌下一支安撫劑，另一支未動。

他看向毛冬青。

毛冬青沉默少頃開口：「查到了。」

「在C6區的藍澀酒吧。」

衛時眼神一暗，拎起車鑰匙推門而出。

晚上九點，藍澀酒吧門口。

豪車泊了一地，燈光在浮空城濕潤的空氣中妖嬈亂舞。明堯掃了一眼，就門兒清地把自家隊長往裡面推，「隊長走！舞池卡座……」

光線曖昧昏暗，巫瑾勉強瞇起眼睛，路過的酒保大哥向他嫵媚一笑。

深V從領口開到了肚臍眼。

巫瑾一驚，蹭的後退兩步，「……」

身後，凱撒一拍大腿，「小明真有錢啊！」

巫瑾揚起腦袋，「啥！」

「還卡座！就這家的布置，在聯邦卡座少說得四萬信用點一晚！最低消費！」凱撒興致勃勃給他比劃：「當年你凱撒哥泡吧的時候，都是超市買瓶酒混進來，在散臺溜達！」

「不過撩妹這玩意兒，看的不是兜裡，是——哎不過你凱撒哥已經是有家室的人了，低調低調，一會兒教你兩手。」

臺上DJ從慢搖改為hip-hop，原本鬆鬆垮垮的人群頓時群魔亂舞。

巫瑾在一片噪音中勉強開口：「凱撒哥！這裡沒有……」

凱撒：「沒有啥？你大點聲！」

巫瑾給自己調大音量：「好像沒有妹！子！」

兩個隔了一公尺不到，凱撒梗著脖子，愣是半句也聽不清，還要再問卻被紅毛一把撈住，「兄弟走走走，嗨皮去——」

舞池吵作一團，巫瑾頭昏腦脹忍不住捂住腰部，想想不對，趕緊捂住耳朵。

斜刺裡突然鑽出來一個水靈靈、年輕俊俏的保全小哥，笑咪咪提醒：「幾位哥哥，記得前頭左轉換特質面具，咱們藍澀今晚的主題是『心動』……」

明堯揮揮手，立刻有服務生替他把面具取了，依次分發。

明堯遞給巫瑾，好奇道：「哎小巫這臉怎麼比凱撒小這麼多，原來凱撒頭這麼大！」

巫瑾善意提醒：「你不緊張了？」

明堯嗖的一下躥起，「臥槽你提這個幹啥？我特麼又開始緊張了！」

一行人高高興興換了面具，終於擠出人群在卡座坐定。

沙發正對著舞池，視野寬敞明亮，掠過燈光、人海、背景牆，處處一覽無餘。

等慶生開始，三層蛋糕插著爆炸煙花棒次溜溜端上來，明堯兩杯酒下肚，頓時把小富二代遊手好閒、愛搞事的勁兒表現得一覽無餘。

一會兒逮著自家隊長灌酒，一會兒和凱撒哥倆好，和紅毛搖篩子，中途還醉醺醺問巫瑾翼龍好吃不。

「……」巫瑾深切懷疑，如果明堯不參加逃殺秀，肯定會變成每天胡吃海塞的酒囊飯袋！就當明堯的智商直線下墜的當口，酒吧內驀地瘋狂歡呼。

巫瑾微微抬頭，持續近一個小時的R&B放完，DJ正在臺上甩著頭髮扭動，背景音換成了某種奇異的電音house套曲。

凱撒喲了一聲：「到中場了。」

凱撒話音剛落，才發現除了快醉成狗的明堯，其他人都齊刷刷看著他。黑暗中像是有一道神聖的光束照耀著凱撒老司機。

凱撒：「臥槽？你們都沒來過？」

左泊棠頷首微笑，坦蕩承認：「平時訓練忙。」

紅毛誠懇：「那啥，我哥管著！」

巫瑾乖巧：「我哪兒都沒去過。」

凱撒恍惚以為自己面前小板凳上坐了三個小巫，半響才反應過來，得意洋洋打了個響指，「這種夜場，到中場就該high了，等著。」

臺上，隨著DJ搓盤打碟飛歌，氣氛越來越熱、越來越熱，凱撒一瓶酒灌下砸在桌上，「小巫，聽出來了沒？節奏變快了！」

巫瑾搖頭，「不是節奏，是重鼓點頻率增加了，貝斯從副旋律切到主旋律，和絃變多，還有音量落差增大，歡呼聲變強，造成一種節奏加快的錯覺，實際鼓點cue得非常準……」

凱撒：「啥玩意兒？我讓你看臺下！」

夜場中央，猝然一道光束打中一側散臺，被照到的是個胸大肌發達的漢子，二話沒說接過侍者的酒呼呼就往嘴裡灌。

舞池裡妖嬈蹦躂的群魔頓時齊刷刷鼓掌起哄，很快有個染藍髮的男人湊過去，和胸大肌開始勾搭。

光束再次一閃，又是一個漢子被照到，他向人群招招手，毫不猶豫一口悶完。歡呼再起。

巫瑾眼皮一跳，「這這這個是照到誰誰就得喝……」

他突然一噎。視野中，光束緩慢、緩慢從舞池移到卡座，在五人中間微微顫動——

巫瑾毫不猶豫就要往桌子下面鑽。

凱撒：「臥槽，小巫你咋這麼迅速……」

光束停在了明堯身上。

左泊棠一頓，下意識就要擋住明堯。

紅毛小聲道：「等等，小明不是已經喝斷片了嗎？」

誰知明堯刷的站起，不等酒保過來就豪情萬丈撈了一杯Four Loko，對著光束就是一個舉杯，「敬自由、理想和隊長！」

左泊棠一個沒攔住：「……」

人群轟然炸開，舞池中不少人都對著此處蠢蠢欲動，尤其在燈光給兩位突擊位、兩位狙擊手帶著傷疤的肌肉鍍了一層金——

酒吧保全迅速拿起對講機，「注意一樓，那群小零要瘋。」

光束下，明堯咕嘟嘟喝了一半，突然咂咂嘴往沙發一歪，抱著枕頭酣然入睡。

一切發生得猝不及防，紅毛一拍大腿，「我就說，小明早就斷片了，剛才那是迴光返照——哎這光怎麼還在咱們這兒？」

凱撒攤手，「酒沒喝完啊！這要不再把人撈起來？」

一旁的左泊棠搖頭。這位井儀隊長接過明堯的半杯酒，風度雍容，明明和夜場格格不入，但井儀君子人設不倒，分分鐘吸引一片目光。

左泊棠溫和道：「我替他喝吧。」

人群一靜，頓時吵得更歡。吹口哨、嗷嗷叫的比比皆是，DJ一連飛了三首曲子助陣。

臺下正要上去搭訕的小零們頓時快快：「唉，人都有主了。」

「那上面不是還有兩個嗎！不對三個……我說桌子下面怎麼還有一個在暗中觀察的？」

臺上，凱撒趕緊反應過來按住左泊棠，把酒杯子一搶，「哎左隊別，這玩意兒一杯倒，你不常來就別喝。哥幾個今天沾了井儀的光才過來，沒事！哥替你喝！」

臺下一滯。

幾個小零咬牙切齒：「什麼關係啊他們？兩個都搶著替喝？爭風吃醋？」

光束終於移開。

卡座再次恢復其樂融融，左泊棠向凱撒道謝，紅毛翻開桌布等巫瑾出來，思索：「要不咱把小明也塞桌子底下去？」看到左泊棠的目光立刻住嘴。

安靜的舞池一隅，巫瑾繼續咬著他的牛奶百利甜吸管，安安靜靜聽凱撒大吹特吹夜店經。

凱撒撓頭，「說起來我怎麼覺得這個酒吧有點不對。」

「到現在都沒有妹子啊！我說你們浮空城夜場都這麼沒意思啊，事先說好，我是有老婆的人，我這是沒啥遺憾，倒是你們幾個……」

身後突然有清脆的開瓶聲響。

凱撒轉頭，一旁一位皮褲、紫色緊身上衣的青年向凱撒拋了個眉眼，「吶，請你喝酒。」

凱撒立刻感激，自來熟湊過去，哈哈大笑給了他一個熊抱，「謝了大兄嘚！」

青年茫然：「大、大胸什麼……」

臺下嘰嘰喳喳的小零們吃了一驚：「什麼？給他得手了？真請到酒了？走走走咱們也過去，有肉一起吃。」

一群小零手把手衝上來把凱撒、紅毛團團圍住，很快卡座就少了兩個人。左泊棠向巫瑾點了點頭，「我先送他去洗個臉。」言畢同樣帶著明堯消失。

巫瑾孤零零坐在卡座咬著吸管，直到萬惡的光束再次移來——

巫瑾一個激靈，趕緊躥出沙發往舞池裡躲。

藍紫色的光線下，一大群漢子們扭來扭去，像極了薄傳火直播裡的社會搖。巫瑾在人群裡游了個泳，正要轉向回來，冷不丁被路人叫住。

「你怎麼不跳啊？」路人湊過來問道。

巫瑾呼吸困難，覺得自己要被擠成了一塊小巫餅：「我我沒……」

路人感嘆：「這麼大舞池就你一個人不跳，很容易被吃掉的。」

巫瑾：「什麼……」

巫瑾突然睜圓了眼，那道光束又穿過人群直衝他而來！

路人搖頭晃腦，「你嗨不起來，DJ要扣工資的！所以人家只能請你喝酒了，不喝酒是乾嗨，喝了才是真嗨，要不你還是跳舞叭。」

巫瑾一咬牙，只能點頭，「那行……您能不能稍微讓一下。」

路人哥剛剛藉機湊過來，正盯著少年微微露出的脖頸發呆，連忙應了一聲好嘞：「當然當然，你跳你跳，那個咱、咱們……要不要交換下星網聯絡號……」

路人突然一頓。

面前小白兔似的少年稍微拉開外套拉鍊，露出內裡矯健的腰身，幾乎不少人都齊齊向這裡看來。

臺上中場舞曲正是Soulful House。

House是二十世紀電音分支，混了4/4拍藍調，加高亢女聲唱調富有表現感層次。在Disco裡面能稱得上是「空靈」範疇。「空靈」就代表它不好跳，比起常見的動次大次，任何土嗨亂扭放到House裡都容易出錯——

巫瑾一個節拍踩下去，路人哥呆呆看了幾秒，突然像是踩到了尾巴：「臥槽！」

少年跳的是最標準的House舞。他鼓點踩得太準，每一步都像恰好鑿到冰上的刀鋒、音遊裡十微秒之間的perfect，在混亂的人群裡硬生生拉扯出一道光。少年動作幅度不大，但四肢控制得太好，幾乎能讓人想像出深色汗衫下趨近於完美的、收緊的腰肢。

House是最容易跳「妖」的舞蹈之一，甚至一度和New Jazz被劃歸為「女團舞首選」，然而巫瑾卻跳得異常冷峻。他嘴唇微抿，整個人像擰緊的精巧機關，在爆發時毫無意外勾住所有人目光——冷冷淡淡的性感和遮掩不住的少年氣糾纏在一起。

路人哥倒吸一口冷氣。

正在此時，藍澀大門轟然打開。

還在監視那群小零的保全刷刷回頭，錯愕壓低聲音：「怎麼回事？不是十點就准入結束了嗎，咋這會兒還有人進來？」

他的同事一臉激動，「臥槽你懂什麼？來的、來的人是……」

藍澀舞池內早就嘈雜成一團，自然沒有人注意到門口。

逆著幽微光線，戴上半面具的男人看向夜場一處，視線驟暗。

舞池。

巫瑾睜著眼睛，滴溜溜看到光束移開，終於鬆了口氣往卡座走，絲毫不覺周身無數視線熾熱發燙。

路人哥直愣愣看了他背影兩秒，只覺得少年就踩著節拍、啥都不幹都性感得一塌糊塗。

他趕緊跟上，「交個朋友嗎！」

「換個聯絡號唄！還是我送你回家……」

巫瑾趕緊變作小跑，看向同樣在往卡座走的左泊棠。

這位井儀隊長面色慎重，正護著明堯往外走，解釋道：「小明面具出了點問題，我再帶他去趟洗手間……」

明堯原本的白色面具不知道出了什麼岔子，頭上莫名其妙冒出一對貓耳緩緩拍動。

巫瑾神色恍惚，趕緊摸摸自己腦袋。

沒有貓耳。

等等，面具上怎麼有兩個機關槽，裡面毛茸茸的裝了什麼東西——

那廂，左泊棠連哄帶勸拖著明堯離開，「別賴到地上……小明你多大了？什麼……什麼女朋友？我什麼時候有？」

巫瑾警惕捂住面具……這什麼玩意！

他艱難又擠入舞池旁的人群，正要提醒凱撒、紅毛注意面具，卻只能看見兩人被一群幽怨的青年圍住，如何也蹭不進去。

人群周邊，兩個小零磕著瓜子兒，看著一副哥倆好、摟在一起的凱撒與紅毛義憤填膺，嘴裡嘎嘣嘎嘣連連：「我呸！兩個極品一號湊一塊兒，浪費資源……這瓜子挺好磕的，再給我來點兒。」

巫瑾一頓，好像有哪裡不對！

身後，路人哥還在鍥而不捨推銷自己：「你第一次來啊？留個聯繫方式唄？那面具就這樣，今晚主題叫什麼心靈派對、一見鍾情來著！那貓耳連腦電波的，要是一見鍾情就冒出來，溫情摸摸就慢慢晃，乾柴烈火就使勁兒搖……哎你要不要回頭看看我這貓耳！」

路人哥使勁兒把面具固定機關裡的貓耳往外面扯，「你看你看，一見鍾情！不是我拽的啊，它自己冒出來的……」

「咱們浮空城第一Gay Bar的高科技……」

巫瑾一頓：「什、什麼Bar？」

他剛一扭頭，表情愕然僵硬。

陰魂不散的光束再次跟著他過來，臺上的DJ遙遙向他舉杯。

路人哥憤慨跳腳：「臥槽，這DJ想泡你！」

逃跑的路已經被堵死，侍者笑咪咪端著酒杯過來。

人群瘋狂起哄，甚至有不少人向巫瑾的方向蜂擁而來。

就連那群嗑瓜子的小零都眼神水汪汪看向巫瑾，「雖然看上去是可愛掛的，但剛才跳舞真是帥得讓人合不攏腿呢……哎那誰呢？怎麼先跑了？」

「去門口了。」

「這個點去門口？」

「說是在門口看到一個極品抖S，跑得比誰都快，攔都攔不住……」

侍者將托盤遞向巫瑾，躬身。

果香從赤紅色的酒杯裡傳來。

周圍無數目光如狼似虎，巫瑾只能被迫伸手接過。玻璃杯在接觸指尖的一瞬微微發涼，巫瑾正要端起——

帶槍繭的手將他按住。

衛時：「我替他喝。」

巫瑾猝然回頭。

男人戴半邊面具，只露出高挺的鼻梁和唇。他像是剛剛從實驗室出來，襯衫解開到第二個扣子，有侍者在身後恭敬替他拿著外套。

他居高臨下看著巫瑾，周圍因氣場硬生生清出一片窒息的空地，眼神深邃冷淡，薄唇線條銳意鋒利。

巫瑾呆呆看著，幾乎以為自己在做夢。

衛時揚了揚下巴，示意他把酒遞過來。

巫瑾乖巧遞酒。

男人接過。修長的手指疊放在杯頸下部，烈酒像在手中流淌的光，沉澱出妖異的黑紅。

衛時俐落仰頭。

濃郁的酒香於一瞬炸開，男人將空杯隨手摜在托盤內，面容冷淡依舊，卻與烈酒混合成近乎一種讓人心悸的性感。

舞池瞬間靜止。

衛時用指節點了點桌子，示意巫瑾過來。

巫瑾下意識蹭蹭兩步，翹著小捲毛踮腳——

衛時驀然把人困住，徑直一個吻狠狠壓上。

蔓越莓味兒的伏特加。酒精在唇齒內肆意流淌，巫瑾幾乎在一瞬眩暈，男人蠻橫侵略毫不憐惘，熟悉的氣息震顫交融——

路人哥：「臥槽——」

整個夜場爆發瘋狂歡呼。有人在大笑：「真他媽玩得開！」

「6666大兄弟有勇氣！」

「學到了……臥槽這什麼老司機！」

正和一群「大兄弟」在舞池邊緣交流感情的凱撒扭頭，「咋這麼吵？哎兄弟你去哪兒？」

紅毛掃到臺下動靜，先是一呆，繼而慌忙不迭躥上舞臺，「場控呢？讓場控趕快把那道光挪開！」

凱撒跟在後面嚷嚷：「咋了咋了？他們都興奮個啥？有妹子進來了？」

## 【第八章】

# 霸道城主小寵妃

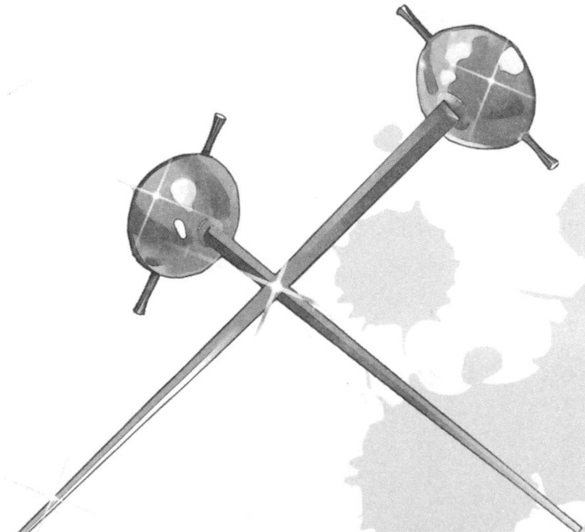

臺下，給明堯換了個面具的左泊棠注意到場內混亂，這位狙擊手憑藉過硬的鷹眼視覺，一眼認出主角之一的巫瑾。

左泊棠：「……」

左泊棠：「等、等等，小巫——」

井儀隊長二話不說就要擼起袖子把人撈出來。站在他前面的圍觀群眾吃瓜正香，冷不丁被擠了一肩膀，不滿：「排隊呢、排隊呢，看熱鬧也要講基本法。」

左泊棠急切擰眉，「勞駕，讓一下，裡面那是我朋友。」

吃瓜群眾嘿了一聲：「棒打鴛鴦啊，人家這你情我願的。」

左泊棠：「什麼？抱歉，我要進去一下……」

群眾：「你看人家貓耳啊！」

巫瑾腦袋上，一對黑色貓耳幾乎要搖成虛影。

左泊棠：「貓耳什麼意思？」他一面奮力往人群裡擠，一面差人通知巫瑾的隊友凱撒。

群眾：「搖成這樣……乾柴烈火啊！多巴胺激增啊！陷入熱戀啊！唉，我看你這個樣子，應該也是個無知的單身狗吧？」

左泊棠一頓：「你說什麼？」

他不可思議看向身後醉成一灘的明堯，肩膀狠狠一震。

舞池一側，衛時領著暈暈乎乎的巫瑾進入走廊。臨走時指尖的刀光一閃，一群小零立刻嗷嗷亂叫：「媽耶，就好想被他用那把酒刀調教……」

兩人路過燈光幽暗的轉角，巫瑾突然一個踉蹌。

衛時伸手就要抱他。巫瑾原本還乖巧等著大佬搬運，半天才反應過來不是在大佬的記憶裡，自己也不是那個十四歲小矮子。

他立刻為了尊嚴撲騰撲騰，小捲毛在掙扎中蹭得亂成一團，最後被衛時強行按進房間。

巫瑾：「衛……嗚嗚嗚！」

激吻如狂風暴雨，讓巫瑾分不清是舒適還是被壓迫，脊背不停戰慄。男人熾熱的氣息像是要把他烤熟，巫瑾軟綿綿靠在牆上，眼眶被欺負得發紅。

男人的聲音低沉沙啞，像在耳邊摩挲：「誰帶你來的？」

巫瑾斷斷續續開口：「明、明堯……給他隊長慶生……」

衛時：「在舞池跳舞？」

巫瑾：「不不不……」

衛時：「隨便喝陌生人送的酒？」

小捲毛緊張炸開，和依然晃成虛影的貓耳打起架。

巫瑾：「沒、沒沒我我我……」

衛時面無表情，陰影自上而下籠罩。

巫瑾「嗷」的一聲叫了起來，然而很快被按住，意識淹沒在唇舌交織之中。這是一個趨近於凶狠的吻，甚至帶了懲罰意味，占據主動權的男人比之前任何一次都要蠻狠，甚至於急躁。

像是要把所有物狠狠桎梏在懷裡，揉於血骨。

巫瑾下意識抱住大佬，意識七零八落拼不起來，只是眼眶越來越紅，生理性淚水順著眼角滑下——

男人微微側過臉，粗糙的舌尖舔去巫瑾的眼淚。

巫瑾瞳孔一縮。

這一幕和記憶中年少的衛時重疊，意識深處隱隱被牽引——腦海突然刺痛，巫瑾猝不及防捂住腦袋。

衛時一頓。他立刻替巫瑾按住太陽穴，眼中光芒一動，眉毛擰起，「靠過來。」指節在太陽穴輕輕撫動，男人算著巫瑾脈搏，許久才放下心來，用手掌去試探少年額溫，表情依然沉肅。

巫瑾卻悄悄抬頭。

大佬擰著眉頭，卻看上去特別可愛。和他小時候一樣可愛！

衛時：「還難受？」

巫瑾小聲道：「沒，還……」

衛時緊張低頭。

巫瑾乖巧：「還想繼續親親。」

衛時：「……」

下一瞬，男人拿出酒刀。

巫瑾刷的彈起，卡在牆角瑟瑟發抖，直到大佬用酒刀開了瓶礦物純水，先讓巫瑾抿一口，再把精神安撫劑灌下，最後還給擦擦嘴。

巫瑾啊嗚張口，咕嚕咕嚕嚥下，再啊嗚張口。衛時的動作比R碼基地的少年更熟練，一切親力親為別無二致。明明面無表情，一套動作下來卻把巫瑾伺候得服帖妥當。

巫瑾喝完藥，美滋滋得冒泡。約莫是酒精作用，加上和少年大佬混得久了，膽子肥得很，對男人一會兒摸摸、一會兒蹭蹭。

衛時喉結動了動，最終嚴厲警告他屏住呼吸，等腦電波測完。

巫瑾屏著呼吸，小聲開口：「你什麼時候醒的？」

衛時：「一小時前。」

巫瑾又想起自己在大佬記憶裡瞎膌薄亂撩，立刻緊張兮兮：「那你還記得……」

衛時按住巫瑾，「嗯。」

「一覺醒來，還沒養夠，小矮子都長這麼大了。」

巫瑾突然覺得鼻子一酸。

大佬漠然：「小時候不能的事情，現在可以做了。」

還沒感動完的巫瑾：「……」

二十秒後。

巫瑾嗷嗷亂叫：「屏氣！屏不住了、屏不住了……」

衛時：「剛才就測完了，儀器都收了。」

巫瑾趕緊：「呼呼呼……」

衛時思忖：「是不是變傻了？」

巫瑾奮力反駁：「沒！不可能！我怎麼會傻……」

大佬乾脆俯身，伸手去撩巫瑾衣服。

巫瑾在沙發上滾來滾去，「啊啊啊我沒傻！」

衛時嚴厲：「我看一眼。」

巫瑾突然反應過來：「看什麼……不對！傻了也是看腦子，為什麼要掀我衣服！」

大佬面無表情：「看你那個腰子。」

巫瑾一呆，立刻擺手表示腰子不重要不重要，卻被男人毫不費力掀開訓練服。昏暗的燈光下，少年白皙的腰身微微泛紅，無聲惑人。

衛時還沒伸手，巫瑾突然沒力氣一抖。

巫瑾抓狂：這不是我的腰！它為什麼會變紅！它為什麼會發抖！難道腰子壞了！

男人喉結動了動。

正在此時，包廂門碰的打開。

凱薩、紅毛、井儀C位和醉醺醺的副C位，擠擠嚷嚷衝了進來。

當先帶路的正是井儀隊長左泊棠，面容嚴肅謹慎：「小巫是在這個包廂裡……」

門應聲而開。

咔嚓。

井儀隊長彷彿聽到了世界觀碎裂的聲音。

白月光新秀、克洛森A級練習生巫瑾正眼眶泛紅蜷縮在沙發，外套胡亂扔在地上，訓練服曖昧撩起，裸露的腰身被男人背影擋住——

左泊棠蹭蹭連退兩步，撞在了正往裡面湊的紅毛身上。

紅毛一探腦袋，霎時魂飛魄散，滿腦子都是：壞了好事壞了好事！秋葵要完秋葵要完！

好在浮空城的高強訓練讓他反應賊快，紅毛一個猛子扎進身後人群，硬是以勇夫之勢把凱撒擋住。

凱撒：「啊？」

走道裡，因為緊急剎車擠在一起的紅毛、凱撒、明堯如多米諾骨牌般倒塌，半醉不醒的明堯奮力掙扎：「隊長救命有人壓我啊啊啊——」

巫瑾於電光石火之間捂著腦袋跳起。

衛時坦然回頭，向左泊棠淡漠頷首示意。

左泊棠鬆了一口氣。原來是認識的，克洛森秀的衛選手嘛……

等等！就算是衛選手，剛、剛才他們——

身後，紅毛咳嗽連連，凱撒終於順利擠入房間，「臥槽，衛選手也在？」

左泊棠張著嘴巴，看衛時面無表情地撿起巫瑾皺成一團的外套，在燈光下尤顯曖昧。

衛時拎著巫瑾的外套向凱撒點頭。

凱撒哈哈大笑，一拍大腿，「巧了！來來兄弟一起喝一杯！」

衛時熟練地替巫瑾套外衣，巫瑾反應過來，嗖嗖兩下鑽進領口，接著袖子左搖右晃。

左泊棠簡直沒眼看了，轉頭試圖提醒凱撒一二，結果人正在樂顛顛倒酒，刷的一杯遞給衛時。衛時直截了當乾了個滿杯。

凱撒豎起大拇指，「牛逼啊！」頓時對衛選手另眼相看，熱絡擠上，問道：「哎小巫，你們倆……剛才在包廂幹啥來著？」

喝得腦袋膨脹的明堯哼了一聲，含糊不清道：「包、包廂，還能幹啥，嘿嘿。」

巫瑾：「……」

衛時：「討論比賽。」

紅毛趕緊附和打圓場：「是啊是啊，我這剛才也想拉小巫討論比賽來——著——」對上衛時視線，他立刻住嘴。

凱撒搖搖腦袋，「巫啊，哪有在夜店討論比賽的，傷感情！來來你也和衛選手走一杯！」

凱撒咕嚕倒了兩杯酒，塞給兩人。威士卡酸冒著白泡兒，檸檬蛋清藏住了酒味，衛時晃了晃酒杯，腦袋還轉不過彎來的巫瑾乖巧碰上——大佬一飲而盡。

那邊巫瑾還在用小貓舌頭舔著，蛋清舔完還打了個嗝兒。喝了一晚上甜酒牛奶，巫瑾愣是對酸烈酒下不了口。衛時伸手，巫瑾想都不想把酒杯獻上，男人又面無表情替他喝了一杯。

「……」左泊棠幾乎要按住自己雙眼，身後紅毛已經急吼吼在岔開話題。這位井儀隊長毫無意外想到了當初意外淘汰自己的「戀人牌」。

就是這種閃瞎眼的默契。

所以，為什麼黑子眼裡只有井儀押槍是睡出來的默契？明明大家都是，不對明明只有圍巾才是——

後半場慶生趴，左泊棠完美維持了破碎世界觀表面的翩翩風度，中途只隱晦提醒凱撒一句，衛選手對夜店「過於」熟悉，甚至可以訂到藍溭的天價包廂。

凱撒哈哈一笑，蒲扇大手拍拍左隊肩膀，「這你就不懂了。」

「玩兒夜店都是要去卡座散臺的，訂包廂？沒人搭訕，嗨不起來，那是初哥才訂的玩意兒。喔，要不就是把人帶進來好下手……」

凱撒：「這不衛選手身邊也沒人嗎！都說了，這酒吧一個妹子都見不到，嗨！沒個意思！」

左泊棠：「……」

然而等零點一過，明堯開始半醒不醒、傻笑跟在自家隊長後面轉悠，左泊棠立刻無暇顧及其他。

當晚夜場結束，兩輛事先訂好的豪車停在藍溭門口。車前後蓋上還都黏著粉紅色氣球「祝隊長生日快樂」。

左泊棠帶著明堯坐進一輛，剩下四人自動配成一車。

去往停車場間隙，夜店窄項燈光幽微，伸手不見五指。巫瑾勉強瞇起眼睛，黑暗中和大佬悄悄牽手。

男人五指修長，手掌乾燥有力。路過障礙物時微微攬過巫瑾肩臂——少年全身放鬆，叫轉就轉，一戳就動，愣是順利越過一路彎彎繞繞，自覺跟著大佬閉著眼睛都能走。

等到了懸浮車前。

凱撒秉承幼稚園畢業生本質迅速搶了個前排，紅毛占了副駕，巫瑾和大佬齊坐在後排。懸浮車自動駕駛，窗外浮空城後半夜迷離夜景一覽無餘。因著內視鏡緣故，巫瑾就像是在家長面前偷偷戀愛的小朋友，和大佬坐得涇渭分明循規蹈矩——

男人低頭，把巫瑾洗得乾乾淨淨的小爪爪拎過來把玩。

巫瑾：緊張！

窗外霧氣翻滾，冷風透過玻璃縫隙帶著濕氣捲入。衛時面無表情把巫瑾微涼的右手焐熱，示意他換一隻爪爪。

巫瑾見凱撒已經黏到玻璃上看得目不轉睛，樂顛顛遞去左手，在大佬掌心撓啊撓。

凱撒突然回頭，「哎小巫咱們今晚是不是還有組會來著……」

巫瑾一抖，慌不迭就要撤手，被衛時瞇著眼睛按住。

紅毛趕緊狗腿關了車內燈。

「改、改明天了！」巫瑾磕磕絆絆開口。

凱撒喔了一聲回頭，巫瑾抿著嘴唇，刻意不去看身邊的大佬。男人粗糙的指腹就像夾了火，反過來在自己掌心無聲撩動。

紅毛一聲咳嗽：「凱撒喝醉了，睡會兒睡會兒！」

凱撒瞪大眼睛，「我怎麼會喝醉？」

紅毛趕緊分散凱撒注意力，給他講自己昨天才學到的笑話。

後座，巫瑾被欺負狠了，呼吸又軟又促，像一顆不斷抖動的棉花。

紅毛：「從前有一隻小老虎對練習生說，你不要打我，我幫你打比賽晉級。然後，然後哈哈哈哈……」

衛時示意巫瑾湊過來點，巫瑾顫顫巍巍挪了挪，被大佬捉住狠狠吸了一口奶味兒兔子棉花。

凱撒亢奮：「然後，然後呢！」

紅毛：「然後練習生就把小老虎抓起來了，因為會說話的老虎還是很少見的哈哈哈哈！」

凱撒：「臥槽哈哈哈哈哈！」

前座兩人笑得滾成一團，後座大佬攤開手臂，把巫瑾牢牢圈住，懸浮車在上升到既定高度後陡然加速，衛時坦然飆車吸兔。

紅毛：「從前有一位普通練習生……」

凱撒：「媽耶哈哈哈哈哈！」

衛時緩慢將手指插入少年捲髮的縫隙，鬆鬆蓬起的小軟毛原本就被貓耳攪和得一團糟，此時被溫溫柔柔順著毛，很快又被安撫下來。衛時低頭，在幽暗的車內兩指撚起巫瑾下巴。

呼吸急促相交。

有那麼一瞬間巫瑾差點就要親了上去。隊友就坐在前座，黑暗中酒精釋放，似乎一切禁忌都能抬腳跨過，甚至血液被這種脫軌的念頭激揚到沸騰。

前座。

紅毛：「從前有一隻小老虎……」

凱撒笑得上氣不接下氣：「紅紅火火哈哈謔謔謔哎怎麼覺得這個好像聽過！」

紅毛笑得抖成篩子：「哎對，好像是剛才講過！不管了哈哈哈哈哈哈……」衛時微微舔唇。

濃郁的酒氣無損男人的性感，甚至讓巫瑾著了迷似的湊得更近。伏特加、蘭姆和杜松子摻雜出錯落層疊的基調，只要再近一點，一點點，唇齒相交，就能汲取到對方淌酒燃燒的靈魂。

巫瑾仰起脖頸，因為醉酒瞇起的瞳孔水光湛湛。

紅毛：「從前……」

巫瑾一頭栽過去，啊嗚對著大佬就啃——

凱撒疑惑回頭，「什麼聲音？」

衛時把僵硬如鹹魚的少年按在自己懷裡，「小巫，喝醉睏了。」

凱撒立刻批評：「小巫不能喝啊！回頭哥多帶你練幾次……」

懸浮車終於緩緩抵達基地。

在凱撒紅毛還笑得手軟腳軟的工夫，巫瑾逃也似的飛躥下車，酒精的緣故，腦袋還不甚清醒——他趕緊把更不清醒的明堯搖醒，「蠟燭蠟燭蠟燭！」

明堯上一秒還醉成柴犬，下一秒就精神抖擻如哈士奇，大著舌頭拍巫瑾肩膀，「難為……你還……記得，哥沒白疼疼疼你……我現在就帶隊長上去，等窗戶一開你們就唱生、生日快樂歌。還有，切記，記、記住住……」

巫瑾豎起耳朵使勁兒聽。

明堯艱難打了個酒嗝：「記住，一定不要……不要跑調！行了回見！」

「……」你們富二代要求真高！

明堯走後，巫瑾只能迅速帶著凱撒、紅毛排練。

凱撒一腳如踩在雲裡，「哈哈哈哈這什麼神仙笑話……哎衛選手不和咱們一起唱嗎？」

紅毛趕緊拖著兄弟岔開話題。

三人趁著井儀上樓的工夫第一次彩排，調子果然完全不在一起。

巫瑾抓狂：生日歌而已！

他不得不暫替了男團vocal位置，給兩人一一調和音準。搖曳燭光下，巫瑾硬是憑一己之力把逃殺男團帶成了阿卡貝拉合唱團。然而紅毛也喝高了，巫瑾一不注意他就往生日歌裡亂加Rap。

衛時站在一旁的樹影之中，臉上帶著晏晏笑意。

等到井儀的寢室燈亮。

巫瑾刷的抬頭，「準備！準備！」

紅毛呼出一口酒氣，「DJ, Drop the beat！」

窗戶刷的打開。

左泊棠在樓上皺眉訓斥明堯：「掉下去了怎麼辦？你一頭栽到窗戶外面，下場淘汰賽坐著輪椅打……」

窗外閃閃亮亮的心形蠟燭像是織好的星星。

左泊棠一頓。

巫瑾：「一、二！祝你生日快樂～」

巫瑾、紅毛凱撒接第二句：「祝你生日快樂～」

明堯一個撲騰，從抽屜裡拽出蠟筆畫的紙王冠就要戴在隊長頭上。

左泊棠下意識就躲，然而明堯上躥下跳折騰得不停，左泊棠定定看了他一眼，表情混雜了六分感動、兩分無奈、一分無措、一分僵硬——

就像是可以無限微分的量子言情小說男主。

巫瑾、凱撒：「祝你生日快樂樂樂樂樂～」

紅毛豪情萬丈：「嘿喲切克鬧，what's up buddy, yo yo yo今天咱們左隊生日，來段freestyle給哥們壯個聲勢，skrskr……」

左泊棠終於戴上了紙王冠。

明堯滿意，放聲大笑。

慶生落下帷幕，紅毛欣然去凱撒寢室湊合一晚。

衛時自然就被安排和巫瑾一起——

明堯已經在寢室呼呼大睡，下樓收拾蠟燭的左泊棠隱晦提醒凱撒：「你們讓衛選手和小巫一起？」

紅毛暈暈乎乎攬住左隊，「是啊是啊！哎兄弟要不你也來擠一晚上？咱們把小明搖醒，湊一桌麻將……」

衛時無聲站在巫瑾身旁。

左泊棠看了他一眼，狙擊手的危險直覺立即湧上。他打了個沒有敵意的手勢，感慨回寢。

凱撒、紅毛勾肩搭背消失，巫瑾打開寢室門的一刻，恍惚中像是回到R碼基地。

少年一蹦三跳上了床，在被子上嘿嘿亂蹭。

衛時攆著巫瑾去洗澡。

巫瑾抱著枕頭掙扎：「睏、睏睏……明天再洗……」

衛時漠然連人帶枕頭從角落拖出，在被單上留下一道長長的小巫印子。

最後巫瑾只能拖著枕頭去了浴室，不一會兒一個蓬鬆的枕頭被扔了出來，「怎麼帶進來了？忘了！」

衛時隨手接住，看向表，「還有五分鐘。」

巫瑾努力搓著沐浴露泡泡，「什麼！」

衛時：「五分鐘，你不出來，我進去。」

花灑嗖嗖開到最大，三分鐘後巫瑾瑟瑟躥出，床上亂七八糟的被單已經重新平整。

衛時低頭，原本有二十幾度酒精的兔子精洗涮完了只剩四、五度，像是剛開瓶的果酒。他撈起人嚐了口，巫瑾起初還掙扎，半天哼哼唧唧張著唇，享受得要命。

一吻輒畢。男人脫下外衣，從第三個扣子解開襯衫。巫瑾看得眼睛發直，等到大佬要解金屬皮帶，突然跳起，「你你你要……」

衛時：「洗澡，陪睡。」

巫瑾腦袋一紅，故作鎮定摸摸洗得鬆軟的小肚皮，啪嗒啪嗒跑上床，把自己掖到最裡面，捲好被子，給大佬騰出地兒。

這麼一捲，不出幾秒巫瑾就昏昏欲睡。等熾熱帶水氣的身軀從背後貼上，他迷迷糊糊轉了個身，用小軟毛蹭蹭。

燈光啪的關閉。

巫瑾下意識一蹬腿，在黑暗中像個小瞎子。男人低沉的聲音在耳畔撩動：「睜眼，我看看你視力。」

巫瑾費力睜眼，眼皮耷拉耷拉就要睡著。

大佬：「這是幾？」

巫瑾自然什麼都看不清，但從心理學角度揣摩，和男性玩石頭剪刀布第一次總會出石頭一樣，比劃數字的時候會習慣性先伸出兩個！

巫瑾志得意滿：「二！」

大佬：「我還沒伸手。」

巫瑾：「……」

衛時知悉，不再詢問，巫瑾整個人洗得香香軟軟，被被子裹著還打了個輕輕的嗝。

衛時：「晚上喝了多少？」

巫瑾數了數：「就三杯牛奶！」

衛時：「然後就醉了？」

巫瑾嚴肅：「沒！」

男人揚唇。巫瑾不滿：「不許笑！」

大佬：「不是看不見嗎？」

巫瑾蹬腿表示：「能感覺到！」

大佬笑起來的時候，有鬆軟的、陽光下曬了很久的乾草和暖融融的堅果味道。

下一瞬，男人低聲開口：「喂，小矮子。」

巫瑾揚起腦袋。

衛時一字一頓：「眼睛養好了，跟我去領證。」

巫瑾呼吸一促。

衛時定定看向他，「等克洛森秀結束，想打比賽就打比賽，不想打……」

巫瑾：「欸？」

衛時：「捧你去娛樂圈出道。」男人分析：「給你湊個男團也行。要是想當製作人，就在家裡寫歌。你那歌要是沒人聽，就砸上排行榜。」

巫瑾聽得暈暈乎乎，給自己小聲正名：「我、我歌寫得其實還好！」

衛時：「嗯，槍口的蝴蝶，紅色的番茄，正好過個兒童節。」

巫瑾立刻裹著被子往大佬身上撲，「忘掉！忘掉！」

衛時陪他撲了會兒，直到小傻子又酒意上湧，昏昏欲睡。

臨睡前巫瑾還不忘喃喃說道：「要是能每天都這麼靠著睡就好了……」

衛時想了想：「那就再靠近點。」

男人伸手撩起少年睡衣，作勢要欺身而上。巫瑾腦袋不清一縮，「啊啊啊啊別擠我，要變扁了！很難圓起來的！」

巫瑾立刻訓斥，表示要乖乖蓋著被子睡覺，不許作妖。

衛時：「什麼都不做？」

巫瑾強撐著最後的意志批評：「能做什麼！你才十六歲啊！崽你不能這樣！」

衛時：「……」

搭在臂彎上的腦袋一沉，巫瑾高高興興陷入夢鄉。

夜風微涼。

巫瑾驚醒，看向閉鎖的寢室門，意識在半醒不醒之間掙扎。

肌肉猝然繃緊。他下意識要把終端調亮，胳膊忽然被大佬按住。

「噩夢？」男人低聲問。

少年一呆，慢慢蜷縮回去，在大佬懷裡舒適攤開，心跳於胸腔中平緩，睡意再次浮起，含糊不清開口：「嗯……門，鎖著……」

夢境記憶如潮水退去，巫瑾咂吧著嘴，眉頭終於舒展。

「想開門？」衛時在黑暗中觀察少年細微的表情變化。

「想……」巫瑾翻了個面，趴在枕頭上開心蹭蹭，「想吃手抓餅……」

說完就睡，小呼嚕蹭著枕頭往外冒。

衛時一頓。

男人慢慢把巫瑾翻成正面朝上，手臂越過枕頭把人攏起，「繼續睡。」

「我守著。」

日上三竿。

巫瑾宿醉後起床，除了昨晚好吃好睡之外，其他一概記憶模糊。

身旁大佬已經不見蹤影。

他一面刷牙一面嗖嗖翻閱終端——衛時正在浮空基地徹查研究室。

書桌上，寢室學員卡槽滴滴作響：「您有【一】位訪客在門外等待。」

巫瑾蹬蹬跑去開門，紅毛大咧咧從門口搬了個兔子燈進來，「小巫設個語音口令，晚上這燈喊一聲就亮。」

巫瑾趕緊道謝，紅毛拍拍灰，看向衛哥給列的清單，劃去一條，「走，吃早飯去！」

凱撒還在寢室呼呼大睡，浮空訓練基地一派繁忙。巫瑾隊尾排到隊首，食堂機器人掃完晶片，立刻給他塞了兩個手抓餅。

巫瑾感動躍起，被手抓餅的芬芳籠罩。

吃完早飯，紅毛繼續對著清單，攆著兩個小機器人搬東西，「哎龍眼凍上再送過去，優酪乳霜淇淋來一箱……」

巫瑾打開訓練室大門，一伸腦袋差點當機。

零食堆了一地，虛擬螢幕三千多個娛樂頻道全亮，原本簡陋的休息室長凳不見蹤影，放了座羊皮小沙發。

機器人殷勤替巫瑾拆開一袋爆米花，再往牛奶插一根吸管，恭敬遞上。

巫瑾覺得自己要被萬惡的物質社會腐化了！

門外，紅毛還在琢磨：「再給小巫送箱荔枝，那什麼唐詩裡面寫的一騎紅塵……」

霸道城主小寵妃．巫瑾開門。

紅毛啃著荔枝向他招手，「吃的夠不？咱今天不用講笑話，任務就是讓小巫你玩得開心！」

巫瑾趕緊道謝，並隱晦表達自己再癱會變成一個鹹魚味的傻子，不如一起去浮空基地找大佬，云云。

紅毛一口答應，指揮機器人直接把荔枝搬到車裡，「成，等我去個訓練室。把今天指標完事兒就帶你過去！」

巫瑾高高興興應下。

十分鐘後，巫瑾抱著高高疊起的零食抵達小隊組會。佐伊正在激情訓斥凱撒：「帶小巫去夜店？帶小巫去夜店，啊？」

凱撒哎喲一聲：「臥槽不是我帶的，是明堯啊！而且小巫聰明得很，一下就躲到桌子底下去了！下次再去夜店，咱們也把小巫塞桌子……」

佐伊痛心：「你就不能不帶他去？看看人家衛選手，就知道把小巫接回來，早上走的時候還給我發了個簡訊，多懂事啊！啊？學學人家！」

文麟笑咪咪打開門。

視野中當先見到的是棉花糖、薯片、優酪乳冰棒，然後才是零食後努力掙扎探出的小捲毛。文麟幫忙接過，寢室內很快咯嘣嘎嘣響成一片。

佐伊嗑著瓜子兒，語重心長：「巫啊，你還小，不能和他們鬧。」

巫瑾睜大眼睛，「我……」

佐伊把瓜子磕成虛影：「尤其是這段時間。白月光在風口浪尖上，小巫你也是。一旦沒有出道——或者更長遠，沒有晉級星際聯賽，包括夜店宿醉、戀情曝光……」

巫瑾一抖。

佐伊：「我說凱撒啊，當然小巫你也聽著，以後用得上。記住，任何變數都會成為別人攻擊你的理由。咱們逃殺秀雖然不屬於偶像產業，也算是在娛樂圈。公司不限制練習生私生活，但只有真正出了成績，觀眾才會對你的花邊小料給予尊重。」

「當年咱們戰隊副隊被狗仔偷拍到戀情，正值白月光戰績下滑期，女方星博被黑子圍攻到註銷。R碼那位邵隊就不一樣，神他媽和男公關玩一夜被粉絲吹成『舒緩賽間節奏』、『風流韻事可以理解』……」

巫瑾點頭。

逃殺選手放在一千年前，定位介於藝人和運動員之間，但「競技成績」才是最重要的衡量標準。

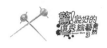

如果要和大佬公開……自己必須要拿到出道位、預備役，甚至走得更遠。克洛森秀只是起點。

想到未來，巫瑾又忍不住開起小差，小捲毛悄悄迎風飛舞。昨天睡著前大佬提過領證！腦海中克洛森論壇同人咕嚕咕嚕冒出，自己……一定要盡到責任，未雨綢繆！做好技術準備……

佐伊疑惑：「小巫，你不跟著凱撒點頭，在那邊揉什麼臉？」

巫瑾：「……」

階段總結結束，克洛森秀投票介面投影在幾人中間。

除佐伊外，白月光三人很快張大了嘴巴。

凡爾賽宮鏡鏡廳金碧輝煌，拱門、落地鏡與蠟燭延伸出重重疊疊的絢光。三頭身、身著純白麻衣的選手們正在長廊內嬉戲玩耍，背後小天使翅膀撲騰撲騰，頭頂光環耀眼。

佐伊動了動游標，把鬍子沒剃、還滿地亂跑的凱撒小天使拎起，扔到一邊，亮閃閃的噴泉旁，一隊彈豎琴的小仙女映入眼簾。

巫瑾：「女、女選手！」

風信子秀的練習生妹子們竟是也加到了場景之中。她們倚著泉水歡歌，或坐或立，溫柔含笑氣質卓絕。

巫瑾看向其中最顯眼幾人。

寧鳳北。黑長直髮御姐，銀絲卷練習生。

薇拉，蔚藍人民娛樂練習生。亞麻色捲髮綰起，如同從希臘神話中走出。

楚楚，脖頸後紋了開機鍵logo的帝國白銀娛樂練習生……

水池邊的小仙女讓人眼花繚亂，巫瑾移開目光，很快在角落找到自己。

胖乎乎的巫瑾小天使正在和衛時小天使玩耍，巫瑾懷裡抱了一個紅色心型枕頭。

巫瑾蹦起，把懷裡的紅心拋給衛時。

衛時接住，又撲撲翅膀，把自己的紅心送給巫瑾。正在此時，剛剛被佐伊一游標撵走的凱撒蹬蹬跑來，伸手就要搶玩具——天使巫和天使衛齊齊伸出小胖手，三人亂揍成一團。

螢幕外，巫瑾看得眼睛一眨不眨。

隊長佐伊的聲音像從遠處傳來：「……從目前投票統計，魏衍第一，小巫排在第二，左泊棠第三，後面我、衛選手還有騷男票數咬得很緊。最終投票才決定組隊先發順序，但是選手可以在頁面中事先表達意向……」

「那咱們先從票數高的開始吧。」

「說起來，小巫你要不要自己打理星博？」

巫瑾立即表示交給公司就好，就自己寫歌詞的水準，發星博怕掉粉。

佐伊：「行，那給你隨機選一個。」

巫瑾好奇：「選啥？」

佐伊：「紅玫瑰還是白玫瑰？」

巫瑾一愣，想起了大佬送的香檳玫瑰：「白……白玫瑰吧！」

佐伊發訊通知白月光PR團隊，一會兒回覆：「選好了。」

投票頁面微微一變。

衛小天使的和巫小天使剛剛趕跑凱撒，正熱熱乎乎靠在一起擼枕頭——巫小天使突然站起。三頭身的大佬一呆，拉住巫瑾衣角，巫瑾卻執意拿走了自己的那顆紅心，闊步向前走。

衛小天使急急忙忙在後面跟著，舉著自己的紅心晃來晃去，巫瑾卻是蹭蹭走到一位女選手面前，吧唧拿出心心送給她。

佐伊滿意點頭，「那小巫的組隊意向就這麼定了。下一個……」

巫瑾眼前一黑：「等、等等，能撤回嗎？」

佐伊掃了眼界面：「沒取消鍵！」

螢幕中央。

蔚藍人民娛樂的女選手薇拉禮貌接了巫瑾的小心心。

巫瑾順利擠入小仙女之中。

咔嚓一聲，衛選手的紅心伴隨音效碎裂。他默默看了眼巫瑾，默默走到角落，默默向薄傳火借來針線，對紅心縫縫補補……

巫瑾抓狂：這特麼誰寫的AI啊啊啊啊！

十分鐘後，白月光組會散會。巫瑾頭重腳輕從寢室樓走出，一把拉住剛洗完澡的紅毛。

紅毛給他塞了顆荔枝。

巫瑾措不及防：「唔唔唔——荔枝好大——」

紅毛晃了晃車鑰匙，「走不！」

巫瑾火速啃完荔枝，「走走走，現在就走，我要去解釋……」

懸浮車在霧氣中穿梭。

巫瑾抵達浮空軍事基地時，大佬還在頂樓開會。坐在樹蔭下吃瓜的心理醫師周楠一眼瞅見巫瑾，把人拎回辦公室複查。

「恢復得不錯啊。」儀器報告打出，周楠感慨。

巫瑾點頭點頭，並隱晦糾正自己並不存在心理創傷。

周楠笑笑：「情緒鎖沒你想的這麼簡單。當年R碼基地幾百個人都對它束手無策。說起來，每個人的情感宣洩方式都大同小異，只有小巫很特別。」

巫瑾好奇。

周楠在紙上寫寫畫畫：「正常人的心理承受能力，像盛水的容器。負面情緒是吞沒容器的水——超出容積，要麼需要疏導，要麼就會溢出。」

「拿溢出比較，就相當於情緒崩潰、人格毀滅。不想讓水溢出，只能給上了情緒鎖的改造人，進行心理疏導。疏導方式有很多種，浮空城常用的MHCC精神藥物，或者帝國的法子——把改造者和疏導者綁定。」

「類似於，把水從一個容器倒入另一個容器。」

周楠看向巫瑾：「至於小巫……」他思索：「倒進容器裡的水，消失了。」

巫瑾瞎瘠薄猜測：「負面情緒消化了？」

周楠搖頭，「這種人為注入情緒很被難消化，就像火鍋裡的金針菇。」

巫瑾：「……」

周楠：「咦，那換個例子。咱們意識中很少存在降解這類情緒的『酶』。還有一種可能，就是小巫的情緒容積很大，所以看不到水位上升——從腦容量來看倒也不像……」

「……」巫瑾鼓氣臉：腦容量明明還行！我又不傻！

周楠攤手，「最後一種解釋。小巫的情緒容器沒有內外之分，沒有邊界，表面也不會終結，永遠裝不滿水。」

巫瑾一頓：「克萊因瓶。」

德國數學家菲利克斯‧克萊因提出的無定向平面。

周楠嘖嘖稱奇：「這都知道，你吃西瓜不？」

巫瑾被這位心理醫師迅速轉換話題的速度唬得一愣一愣。

幾分鐘後巫瑾和周醫師分了最後半塊瓜。

「克萊因瓶……在三維空間是不存在的。」巫瑾認真道。

周楠用繃帶擦了擦西瓜汁，搖搖手指，「意識可不是三維的。對於疏導者來說，最理想的容器就是克萊因瓶。行了，樓上找衛哥去吧！」

西瓜味兒的巫瑾蹬蹬上樓。

浮空城的薄霧繚繞基地塔樓向上，紅毛在走廊使勁兒吃荔枝，毛冬青向巫瑾微微點頭，宋研究員在樓下和巫瑾招手。

頂樓的門半開。巫瑾眼睛一亮。

衛時一把捉了兔子，低頭交換了一個西瓜味的吻。

「挺甜。」大佬點評。

巫瑾殷勤：「樓下還有瓜！」

衛時：「就在這兒吃。」

微風夾雜霧氣，潮濕綿密。唇齒溫柔交疊。

兩人下樓時，巫瑾按住亂七八糟的小捲毛，一手牽著大佬。

宋研究員嘖了一聲。

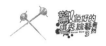

紅毛正齜牙咧嘴：「疼啊……口腔潰瘍，我這咋上火了？」

宋研究員：「你荔枝吃多了。」

紅毛趕緊說：「我去拿個藥，哥你給我留個瓜！」

毛冬青面無表情：「從那邊走，不要把西瓜汁滴到豚鼠身上。」

衛時吃了幾口瓜就放下，把巫瑾帶到儀器室。

一小截晶片附著到了巫瑾終端。巫瑾晃晃悠悠讀完集追蹤、預警、智慧開救生艙、體徵檢測、自主防護等功能於一體的晶片說明，不由感慨，比白月光的兒童防走丟系統先進了不知道多少數量級。

大佬看向心理醫師剛送來的報告，示意巫瑾過來：「等休養好了，回頭把R碼基地的事告訴你。」

巫瑾點頭點頭。還有，他也打算告訴大佬……雖然聽起來匪夷所思！不過男團主舞畢竟是一份自食其力的正當職業！沒有什麼不好意思的！

交換最深的祕密——巫瑾摸摸晶片，笑得傻裡傻氣，一高興立即忘了身在何處，不知自己來幹啥，也不知今夕何夕。

晚飯後。

凱撒、文麟的一週訓練臨近結束，即將去蔚藍深空的地下逃殺秀場做結業考核。巫瑾先行一步回訓練營給隊友打CALL。

浮空基地內。

調查線索逐漸收攏。

阿俊打開監控視頻彙報：「入侵者持帝國電子護照，二十九歲上下。在十二天前入境抵達蔚藍深空，當日下午進入浮空城……」

衛時看向監控，和毛冬青對視一眼。

「邵瑜。」

許久，阿俊開口：「邵瑜……六年前基地解散，他去給R碼娛樂服役。然後叛投帝國，現在又回來，對衛哥陰著使絆。他到底為了什麼？」

衛時指節叩向桌面，「情緒鎖。他在找退鎖的方法。」

男人抬眼，「被邵瑜拷貝的資料找到了？」

宋研究員立即應聲：「邵瑜一共偷走三份資料，一份是關於治療儀器，一份是浮空城內改造人的用藥報告，還有一份……是關於R碼基地情緒鎖，那把消失的『鑰匙』。」

白月光小隊在浮空城的最後一天倏忽而過。

等文麟在地下逃殺秀場積累到三勝，巫瑾、佐伊抱著禮花筒從帷幕高高興興衝了出來。

一週訓練落下帷幕。

四人再次回到白月光大廈之後，不僅要為克洛森秀做準備，還要留心即將到來的星塵杯預備役選拔。

巫瑾咬著根優酪乳吸管，在走廊排號等待PR團隊的包裝評估。

凱撒正在裡面吵得不可開交。

白月光公關部助理：「你這個眼看就要出道了，不能傻子人設一路走到底吧……」

凱撒大聲逼逼：「誰是傻子？傻子在哪裡？」

等待間隙，巫瑾看向牆上的宣傳欄。

克洛森秀招募練習生的宣傳標語已經被撕下，露出被掩蓋的、泛黃的「星際聯賽蔚藍賽區白月光十六強入圍」海報。

日期在三〇一三年六月，白月光戰隊的賽績巔峰。那時候血鴿才剛退役，應湘湘還在十八線掙扎，R碼、白月光風頭正勁，井儀也沒有沒落。

巫瑾看向被壓在最後的一張海報。

海報中的男人捧著獎盃，布滿紋身的手臂纏繞繃帶，氣勢凜冽如荒漠。

甚至有些神似大佬。

文麟見巫瑾瞅個不停，溫聲解釋：「這是當年的R碼戰隊隊長，邵隊。曾經的蔚藍賽區種子選手，後來銷聲匿跡。只有咱們戰隊隊長才會把他的海報留在這裡——大概是為了時刻提醒白月光，當年被R碼零封敗北的恥辱。」

巫瑾好奇：「他為什麼要離開R碼？」

文麟搖頭：「不知道，聽說是身體原因退役。」他感慨：「退役之前，邵隊統治了蔚藍逃殺秀整個時代，被稱為最完美的基因改造者。」

巫瑾：「他叫什麼？」

「邵瑜。」

巫瑾一頓，記憶猝然翻覆。

「邵瑜是聯邦的第一把劍……他就是劍鞘……」

公關部的大門吱呀推開。

凱撒憤憤出門，曲祕書盈盈一笑，「小巫，到你了喔！」

巫瑾哎了一聲，趕緊揉著腦袋進去。

等宣傳定位結束，緊接著的就是綜合素質測試、抗壓訓練。

巫瑾忙忙碌碌直到深夜。

練習生單人寢燈光微亮，小兔子夜燈在床頭蹲著。巫瑾邊擼兔哥，邊打開終端，對著白月光最近複盤的幾次比賽視頻做筆記。

反覆揣摩自己和職業選手的差距。

凌晨一點。

貼在床頭的訓練計畫被撕下，嶄新的訓練表換了上去。近戰搏擊、戰術指揮比重增加。

巫瑾揉揉兔哥，把牠放回拉開的抽屜內。

小翼龍又飛出去玩了，幾小時前回來過一次，給巫瑾送了一隻死老鼠，吧唧扔在陽臺窗戶上——隨後被清潔機器人大驚失色掃走，巫瑾回來的時候還看到機器人在水龍頭下反覆洗手。

巫瑾翻滾兩下，蹭蹭被子。

距離克洛森秀最終出道總選，只剩三場淘汰賽。

全力以赴。

次日下午，白月光全員抵達克洛森基地。

巫瑾瞬間驚嘆。在選手放假的一週內，整個基地被布置得花團錦簇，各色玫瑰四處綻開，節目PD甚至捨得建了兩架花叢鞦韆，代替了遺留了三個克洛森賽季的劣質蹺蹺板。

比往常多出一倍的攝影師在花叢中扛著鏡頭游離，不少都打著藍色風信子的logo。

隸屬風信子秀的女團選手已是先一步抵達。

女練習生們妝容淺淡，氣質優雅。三三兩兩與克洛森選手交談，歡聲笑語，氣氛一時溫和融洽。

佐伊趕快指給巫瑾看，「那邊那個！穿紅色連衣裙，抱著個箱子的——銀絲卷娛樂寧鳳北，她就是紅玫瑰！」

巫瑾睜圓眼睛看去。

佐伊：「風信子秀雙女神之一，還有一個白玫瑰薇拉，我找找。」

巫瑾突然想起：「銀絲卷……和薄哥同一間公司？」

佐伊點頭。

遠處人群一陣喧嘩，紅玫瑰寧鳳北把箱子塞給薄傳火，「你讓我代購的面膜。」

薄傳火驚喜連連，立刻接過箱子，給寧鳳北使了個眼色，笑咪咪和一眾女選手熱絡說道：「……對，邀請小姐姐們晚上來我那兒開面膜派對……不麻煩不麻煩！這種水療面膜很特別，要把精華液和精華粉攪在一起，才能激發修復活性，必須在五分鐘內上臉，我臉小用不完，正好一起分分，用完之後臉上就跟剝了殼的雞蛋一樣……」

懸浮車下。

凱撒誇張乾嘔：「這騷男說他自己臉小？」

佐伊卻是琢磨：「高啊！這一著棋，是要在比賽前獲取女選手好感。而且一舉兩得，還能幫紅玫瑰排擠白玫瑰。女選手最討厭啥？當然是閨蜜茶話會不叫上她！」

巫瑾立刻對佐伊露出欽佩的眼神。

凱撒感嘆：「女人的世界……」他又回過來糾正：「女人和騷男的世界……」

四人拎著行李抵達寢室，小翼龍立刻嗖嗖在燈上倒掛好。

佐伊琢磨：「下次別讓曲祕書給牠看動物世界了，都把自己當蝙蝠了！」

巫瑾趕緊把小翼龍擺正，「你是蓓天翼龍，不是蛙嘴翼龍，這麼掛著會掉下來的！」

巫瑾鬆手，小翼龍又快活的倒了過來，咂咂嘴示意巫瑾再玩一次。

「……」巫瑾只能在燈架下鋪了塊毯子，以防小翼龍睡著砸下去。

此時距離第五輪淘汰賽不足一週，入場組隊必須在兩天內定下，練習生不可缺勤。

巫瑾再一次回到寢室時，終於看到了大佬的行李。少年眼神一亮，雀躍下樓。

克洛森主播大廳。

眾人熙熙攘攘混坐在一起，薄傳火周身三圈圍聚了不少女練習生，頓時被其他選手恨得牙癢癢。

節目PD正在臺上，舉了個喇叭宣布比賽規則：「……安靜安靜！比賽時候，咱們第一支舞非常重要！舞伴是一個雙向選擇的過程，首先由咱們克洛森秀選手表達意向，然後由各位女神在備胎……喔不是，在咱們男選手中選擇……」

臺下，白玫瑰薇拉終於姍姍來遲。

這位少女有著明顯西方風格的長相，輪廓細膩深邃，淺亞麻色的長髮，長裙飄飄，一路走來吸睛無數。

寧鳳北高傲看了她一眼。

薇拉同樣高傲回看。

佐伊、文麟、凱撒一瞬改變坐姿，「有戲有戲！小巫速來圍觀！」

正隔著人山人海遙望大佬的巫瑾被強行扭了個方向：「……」

橘紅落日妝寧鳳北，對初戀桃花妝薇拉展顏一笑，「眼線不錯，不愧是勾了兩個小時。」

薇拉：「彼此彼此，姐姐組隊定了嗎？聽說還在懸著，要不就和薄選手湊合了叭……」

攝影機忽然掃來。兩位女神瞬間挺直脊背，笑容雍容大氣，姊妹情深。

攝影機移走。塑膠姊妹花立刻彈開。

寧鳳北感嘆：「妳說組隊？挑花了眼，都不知道該怎麼選。難道妳已經選好了？」

薇拉勾唇，轉身。

凱撒：「她怎麼在看咱們這邊……哎哎哎她在看小巫！」

薇拉向巫瑾眨了眨眼，回頭對薇拉說：「姐姐還要等結果出來再選選，我就不一樣了。」

「我呀，已經收到意向了。」

巫瑾一呆，下意識看向遠處大佬。

大佬抬眉。

巫瑾刷的一下站起，「我我我出去一趟！」

佐伊按住巫瑾，「別，組隊匹配要開始了。」

場館正中，球幕瞬間變換。投票介面再次展開，一百八十名克洛森選手中已有近三分之一表達組隊意向，其中排列名次最高的是巫瑾。

紙醉金迷的凡爾賽宮鏡廳。

巫瑾正抱著小紅心圍著薇拉蹦來蹦去，軟軟的天使翅膀都開心蓬起。旁邊還圍了兩三選手，再外一圈——衛時小天使孤零零抱著縫好的紅心枕頭，哭唧唧看向巫瑾。

臺下，巫瑾瑟瑟發抖。

衛時瞇起了眼睛。

螢幕中。等巫小天使蹦躂完，衛小天使立刻捧著心心去拽巫瑾袖子。

——這是我的心心啊！你要不要拿去啊！

巫小天使抽出袖子，撲騰撲騰扭頭離開……衛小天使哇嗚一聲哭了出來！

臺下，紅毛一聲臥槽。

衛時面無表情，緩緩轉向巫瑾。

佐伊疑惑：「咦，怎麼有點虐？還有點涼，冷氣放多了？」

被公開處刑巫瑾一臉呆滯。

導播室內，直播彈幕瞬間爆炸。

節目PD悠悠然拿了張名次表，從上往下唸：「魏衍。小魏來來來選個舞伴。」

魏衍接過人群裡傳來的麥克風，麻木：「不用。」

節目PD搖頭，「這孩子，都三〇一八年了還有拒絕自由戀愛的！你這個沒表示我就給你隨機了啊！行了，下一個小巫——喔對，小巫選過了。」

一旁的小劇務立刻把巫瑾的名字貼到薇拉旁邊。

薄傳火很給面子的選了同公司練習生寧鳳北。

「小薄！」

紅玫瑰微笑示意。

「泊棠！」左泊棠上臺選人，明堯竟然連隊長選人還在下面打CALL。

「衛時！」

場務趕緊拿著麥克風奔去。

男人坐在臺下最邊角，在暗淡光線中起初並不顯眼。站起時身材頎長壯碩，加上表情不多，很快引起女選手的竊竊私語。

麥克風還沒開，場務一個趔趄攔住衛時，壓低聲音不讓旁邊聽見：「不行啊！規則不給啊……不不不不能選克洛森選手，只能選風信子……衛選手、衛哥您別激動！」

衛時嗯了一聲。

場務顫顫巍巍遞過麥克風。

PD笑咪咪問：「想好了嗎，衛選手要鎖誰？」

衛時漠然：「蔚藍人民娛樂練習生，薇拉小姐。」

場內一片寂靜。

「同一個？和小巫選了同一個？」咯嘣一聲，蹲在觀眾席的應湘湘一個用力把瓜子磕飛，「情敵，第一對情敵產生了啊！」

應湘湘臉上洋溢著吃瓜的光芒，她像是在看戲，又像是在透過一齣戲玄而又玄的看透選手們的靈魂。

血鴿點頭，「是選了同一個，按照比賽規則……」

臺上，節目PD一拍桌子，激動萬分，「好好好！情敵，情敵是要決鬥的啊！」

臺下巫瑾驟然當機。

克洛森直播間。

緊緊守著直播的觀眾近乎沸騰，此時公共頻道聚集了克洛森、風信子兩個逃殺秀的忠實粉絲，場面一度極端混亂。

「臥了個大槽啊！」

「薇拉女神美顏盛世！瑪麗蘇本蘇了啊啊啊啊！吹爆我女神——」

「這拿的是《參加克洛森秀後四百九十九位練習生向我表白》的劇本吧？一般選隊友都不

會這麼槓的……第二、第五兩名選手同時鎖薇拉啊！」

「醒醒啊啊啊！美顏盛世能美過小巫？我怎麼覺得衛哥是在伺機報復……」

「衛選手衛鴨——把不聽話的小巫拎回家鴨——讓小巫給你生猴子鴨——麻麻替你們把門鎖了，別讓小巫出來鴨——」

「樓上啥玩意兒？」風信子秀直男死忠粉一臉懵逼。

「意思就是圍巾鎖了！解不開了！」

臺上，節目PD洋洋灑灑宣布決鬥規則：「巫選手和衛選手的決鬥定在明晚八點，結束後薇拉小姐可以在勝利一方和失敗一方中挑選一位作為隊友……」

巫瑾抓狂：「導、導演，決鬥的意義在哪裡？」

節目PD：「在收視率啊！」

PD繼續闡述：「……中世紀的騎士決鬥以英勇、浪漫著稱，此外決鬥還出現於《聖經》、《三國演義》等等書目……」

一條彈幕幽幽飄過：「抗議，這不是三英戰呂布，這是呂布戰貂蟬！拒絕決鬥反對家暴！」

PD毫不理會：「……無論最終薇拉小姐選了哪一方，另一位騎士也可以在比賽中隨時帶走我們的白玫瑰，當然白玫瑰也可以退隊搶走其他騎士……」

臺下眾選手一呆：「導演，組隊的意義呢？」

節目PD敲桌，「組個隊又不是宣誓！咱們西歐中世紀啊，騎士大多是婚外戀！為什麼呢！你們仔細想想啊，貴婦可以得到愛情的奉承，丈夫間接得到稱讚，騎士勇敢的名聲還能遠傳，三贏啊！行了行了，你們三個自己去商討角色代入去！」

巫瑾一噎，等等，這場比賽是NTR大賽嗎——

等節目PD念完名單，遠處一道視線冷漠掃來。

驚！巫瑾求生欲極強：「佐伊哥我、我出去一趟！」

佐伊：「小巫不跟咱去吃飯？還是要找白玫瑰？」

巫瑾：「沒沒沒！」然而等他擠出人群，大佬已經不見蹤影。

凱撒在後面喊了聲：「小巫去吃不？白玫瑰都走了！」

巫瑾顫顫巍巍轉身，「不了，給我帶點飯就好。我這個，明天決鬥還得加訓……」

凱撒大手一揮，「成，小巫加油！你是最胖的！」

訓練室無晝夜。

巫瑾握住騎士劍，對照視頻一輪輪糾正劍術姿勢——嚴格來說，這不叫訓練，這叫垂死掙扎。近戰搏擊一直是巫瑾的弱項。即使不為了決鬥，之後比賽也會用上。

反正決鬥也贏不了，巫瑾很快浸入其中。

清潔機器人收了巫瑾吃完壓扁的飯盒，六個小時後再進門一探腦袋，呆呆縮回。

巫瑾還在訓練室。

直到夜色漸深，巫瑾才沖了個戰鬥澡，沿著路燈跑到食堂，趁最後十分鐘狼吞虎嚥。

回訓練室的途中，一群臉頰瑩瑩發光的練習生妹子正慢悠悠散步，似乎剛從添加螢光劑的面膜派對回來，見到巫瑾笑咪咪打招呼。

巫瑾向妹子們禮貌問好。

再走幾個路燈，巫瑾又遇上了白玫瑰薇拉。

這位風信子女神粉唇輕啟，熱絡詢問了巫瑾的練習室所在方位。巫瑾原以為女神在找訓練靶場，熱情給她發了一份克洛森地圖……

薇拉慈祥道：「晚上煲湯煲多了，回頭給你帶點。」

巫瑾一驚。

女神真好……等等，她怎麼煲的湯？克洛森寢室不是限電嗎……還有她哪來的鍋？

薇拉微微頷首，與巫瑾擦肩離去。隨後在寂靜無人的路燈下掏出終端。

她按照慣例登入星博小號，刷完今天的風信子熱搜，給所有「白玫瑰」相關點讚。其中有幾個粉絲站子出圖極快，晚飯時間就把直播中紅白玫瑰的互動逐幀截出，並且只P了白玫瑰，沒P紅玫瑰。

薇拉眼神滿意，飛速在站子下留言，寫了兩百字彩虹屁。

再然後，登上小小號。

「小巫啊啊啊啊！麻麻來看你了！」

「隨手截圖就是這麼史詩級美顏啊啊啊！根本不用修圖！巫不修1551！兒砸快給麻麻抱抱！Prprprpr」

「兒砸你選位很棒棒喔！明天決鬥要加油喔啾啾啾！」

「衛選手太壞啦！看麻麻替你揍他！【拳頭】【拳頭】【拳頭】【哼】」

最後施施然關上終端。

晚上九點。

雙子塔北塔，巫瑾正努力揮動騎士劍劈砍。

練習室大門突然打開。

修長的影逆光拉出，巫瑾一個反應過來，瞳孔驟亮，哐當就要扔了騎士劍。

「繼續。」消失了一整天的大佬冷淡開口。

巫瑾趕緊把鬆鬆垮垮的騎士劍握緊。

男人走到他身後，巫瑾偷偷嚥了口口水。

衛時伸手，替他調整握劍起手式。呼吸打在少年頸側。

巫瑾指尖與大佬食指擦過，掌心的十字劍柄如同被點燃，因為撩撥而發燙。肩臂、腰身在熟悉的荷爾蒙下微微顫慄，小捲毛軟趴趴蹭著。

他抬頭，對上大佬面無表情的一張臉。

巫瑾驚得趕緊解釋。

等巫瑾咕嘰咕嘰說完，衛時：「喔。」

巫瑾更加緊張，喔是什麼意思？他小心翼翼開口：「明天的決鬥……」

大佬：「兩個方法。」

巫瑾豎起耳朵。

大佬：「打敗我，或者……」

巫瑾乖巧等第二個。

衛時：「取悅我。」

少年一呆。他茫然仰起臉，大佬抱臂而站，用眼神指示巫瑾自己主動。

整間訓練室在第五場淘汰賽之前就布置成了中世紀古堡模樣，男人背對甲冑、重劍與壁爐站立。

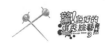

如果說冷兵器是男人的浪漫。濃郁的金屬鐵銹味，混雜的陽光、堅果氣息與近在咫尺的戀人，簡直輕而易舉就能激起少年的情慾。

大佬眼中光芒微閃。

和投票頁面的衛小天使幾乎是天堂地獄兩個極端。像是誘人淪陷的撒旦。

巫瑾喉嚨動了動。

顛三倒四，神魄出竅，忍了又忍。

最後一個忍不住——少年嗷的一聲撲上。

衛時視線深不見底。他抬起左手，在巫瑾脆弱的頸動脈上摩挲，繼而覆上已經消失的牙印。少年毫無章法胡亂啃著，就差沒糊了一臉口水……

衛時一把把人困在牆上。甲冑被震得哐啷作響。

兩人離壁爐極近，火苗躥起映出一片光亮。衛時帶了個節奏就放棄主動權，肆意享受獵物的獻祭與供奉——

門再次推開。

撲通一聲。

站在門口的風信子秀．白玫瑰．薇拉，一個趔趄差點把湯給摔了。

她憤怒看向衛時。又顫抖看向主動啾咪的巫瑾。

巫瑾傻了似的回頭。

白玫瑰深吸一口氣，義正辭嚴開口：「小巫你……要是被控制了，你就眨眨眼。」

# 【第九章】——紅玫瑰與白玫瑰

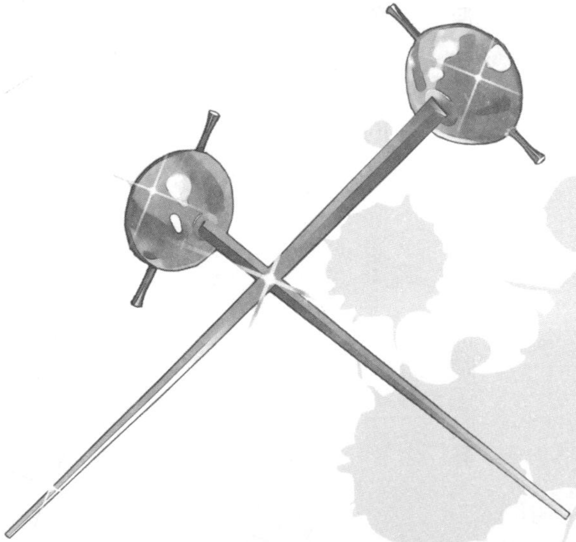

半夜十一點。

巫瑾揉揉眼睛，接過湯，向薇拉禮貌道謝分別。

風信子的白玫瑰在遞去保溫盒的時候微微一顫，臉龐被幸福的光芒籠罩，很快又目光挑剔看向衛時。

——太高了！小巫會吃虧！扣十分。

——冰塊臉，不溫柔，還有肌肉！兒砸的小胳膊小腿肯定會被欺負得淚水汪汪，會心疼死麻麻！扣十分。

——他還非要決鬥！這是要當眾毆打小巫！扣一百分。

薇拉越看越不滿意。

——引誘小巫在訓練室做此等事情！狐狸精！再扣一百！而且不是麻麻最喜歡的小圓臉！這樣還怎麼給小巫延續萌萌的基因！扣扣扣扣光他！

衛時毫不理會，漠然領巫瑾回去。

巫瑾乖巧跟著。

衛時：「你還真不眨眼。」

巫瑾認認真真：「哎！」

衛時示意巫瑾把湯遞過來。巫瑾抱住湯猶豫：「這是薇拉小姐的一片心意……」

大佬無半分表情：「湯放我手上，你揉眼睛。」

巫瑾反應過來，乖乖做眼睛保健操。甜湯清香順著保溫盒滋溜溜往上冒，巫瑾吸了吸鼻子，又往大佬靠近一步。

衛時看向把自己揉得肚子咕咕叫的巫瑾，微微揚眉。

卡在宵禁最後一秒，薇拉精神恍惚回到北塔寢室，並在門口遇到一臉螢光、剛剛做完面膜的寧鳳北。

薇拉一瞬挺起脊背，開啟女神攻擊模式，經過一番唇槍舌戰冷傲回寢。

然後像鹹魚一樣撲通癱在床上。

薇拉艱難撥動魚鰭，拔出終端，用小號發出一長串嚶嚶嚶嚶嚶。

十分鐘前。

巫瑾小臉紅撲撲說道：「我們是正常的戀愛關係，只是暫時沒有向外界公開……」

正常的戀愛關係。

正常的。

——正……那是我養的崽啊嗚嗚嗚咿嗚嗚！從他在第一場淘汰賽，傻乎乎到處轉圈，我就開始養崽了！那麼一小隻！軟軟的，在克洛森秀裡面就跟進了狼窩似的！

每天晚上我都去給他打榜！刷話題！買生寫，買應援！拉票！吹彩虹屁！還下了克洛森合作端遊「五百愛豆環遊星際」！每天這麼努力的去幹任務、氪金，就是為了給崽穿上漂亮的小衣服！把隔壁的小小薄比下去！

可是他才那麼小就被居心叵測的大壞蛋給搶了——我的崽嗚嗚嗚！

一牆之隔，寧鳳北憤憤坐起，「怎麼有人在嚶嚶？哪裡來的嚶嚶怪？還讓不讓人睡了？」

雙子塔南塔。

巫瑾用小勺喝著湯，小翼龍幾次三番想「不小心」掉到湯裡蹭一口，被大佬無情壓制不敢動彈。小翼龍在衛時掌心瑟瑟發抖。

衛時：「記住我說的。近戰決鬥有兩種打法，秀場的打法，和最有效率的打法。」

小翼龍悄悄伸著脖子，被強敵所制，只能用長喙拉了一下巫瑾衣角。

巫瑾揚起腦袋，眼神閃閃：「明天我會盡力。」

男人頷首。

小翼龍又可憐巴巴拉了一下。

巫瑾向小翼龍伸手。

衛時看向桌子底下的小動作，就在分神間隙忽然一勺子遞過來——

巫瑾聲東擊西，果然打了個大佬措不及防：「啊啊嗚！張嘴張嘴！」

衛時：「……」

巫瑾努力晃著小勺兒，「啊嗚！啊嗚！」

竹鼠甜湯泛著草木清香。

少年湊過來，軟乎乎問：「好喝？」

衛時看向他，兩人唇齒間都帶著淡淡的油光，巫瑾當先越過桌子湊上——

小翼龍嘎嘎兩聲，見敵人已經被主人制住降服，立刻高高興興飛上桌，在殘餘的最後湯汁上一啄。滿意咂嘴！

次日清晨。

清潔機器人在訓練室門口滴溜溜打著轉兒，見到巫瑾立即打開大門。

窗外旭日初升，選手大多還在被窩睡得熱乎。巫瑾剛吃完早餐，鑽進訓練室便不再出來。

半小時後，兩位女練習生咬著紫薯包經過，愕然抬頭，「怎麼還有更早的……克洛森選手是魔鬼嗎！」

中午十二點，第五輪淘汰賽課表終於發布。

巫瑾風也似的衝出訓練室，吃完午餐瞄了一眼便再次消失，直到下午四點才回到寢室，捲上被子秒睡。

幾百公尺開外，在巫瑾走後進入訓練副本的練習生，無意間看向留下的戰鬥資料，吃驚地張大了嘴巴。

晚上七點半，巫瑾晃晃悠悠來到克洛森導播大廳，選手已是人山人海。

決鬥將在八點整開始，劇務正在臺上麻溜布置場景。之前的隊友備選環節中，共有十二組練習生需要「為愛情決鬥」，其中第一組就是巫瑾與衛時。

場內泛著冷兵器銀光，武器架分布在入口兩側，觀眾熙熙攘攘。席位第一排中央放了個粉紅色夾白點點絨面小公主專座。

薇拉正在崩潰地和場務溝通。

這可能是她進入逃殺界以來坐過最醜的椅子。

場務一拍大腿，「行！要不我讓他們給妳加個蕾絲？」

薇拉禮貌：「謝謝，但是……」

直男場務：「給椅背套個泡泡袖？紗裙？」

薇拉忍無可忍：「要不我還是站觀眾席裡面吧。」

八點整。

鈴聲清脆響起。臺下迸發出熱烈歡呼，練習生們難得當一次觀眾，紛紛自帶啤酒、瓜子、薯片、雞翅，差不多把食堂搬了個空，只搶了碗南瓜湯的都有。

等兩位決鬥者從升降臺出現，觀眾席嗷嗷吵成一片。

巫瑾身披鎖子輕甲，領口裁片，穿在純黑布料之內。他一手執騎士劍，一手有力握住盾牌，筆直雙腿蹬在長靴之中，瀏海向上撩起。

風信子區域立即吸氣聲一片。

薇拉：嚶。

凱撒一掄胳膊喊起號子：「小巫！最棒！小巫！最……」

紅毛直接給凱撒灌了一瓶酒，凱撒汪哇一陣亂叫：「小呼，最胖……」

紅毛大聲蓋過：「加油衛哥！」

很快就有一疊子練習生幫著紅毛捧場：「給衛選手打CALL！」

幾公尺外，明堯生怕巫瑾大兄弟落了排場，三下五除二捲起袖子，「小巫衝鴨——」

衛時就站在巫瑾對面。

男人壯碩的身材被輕甲勾勒，一柄大劍提在手上，布滿槍繭的指尖卡入傾斜的護手，與巫瑾遙遙對視。

無人機載著鏡頭高飛，將兩人攏入同一視框——彈幕一瞬密集如同狂歡。

巫瑾驟然出動。

臺上，血鴿拿起麥克風嫻熟解說：「給小巫一個鏡頭。鎖子甲由鉚接鎖環製成，與東方環鎖鎧類似，騎士刺劍劍身扁平，適於穿刺。非常經典的圓桌騎士裝束。」

巫瑾單手劍劍勢極厲，從腰間劈出一瞬如白練銀光。少年抿著唇，眼神因為戰意昂揚而光芒凜冽。單手盾增加了半邊負重，他牢牢卡著平衡，繼而裹挾雷霆萬鈞之勢向衛時劈去。

男人側身避過，反手大劍斬擊。

血鴿：「漂亮！大劍——由早期蘇格蘭的巨劍衍生。在十字軍東征之後演化到繁盛，這把是闊刃斬劍，復刻了十五世紀蘇格蘭抗擊英格蘭的騎士配置。值得注意的是，幾乎所有大劍都是雙手劍，需要騎士全身力量支撐。」

應湘湘點頭，「騎士劍重刺擊，大劍重劈砍、猛斬。兩把劍纏鬥了大半個騎士時代——四百多年，將近五個世紀。」

決鬥場地正中，闊劍冰冷森森直擊要害。

巫瑾毫不戀戰急退，筆直長靴在塵土中重踏，腰腹有力收緊，留下的腳印毫不雜亂，出乎意料平整。

應湘湘一瞬開口：「交替步！」

「歐劍套路中對角度控制最精確的後手步法之一，在波蘭軍刀中發揚光大。」

巫瑾退得不疾不徐。

少年的視線多數集中在衛時的劍刃，卻更注重於男人的重心。他的步伐以丁字形足跡變換——然而他甚至不是在撤退。

無論踏出哪一步，巫瑾必然有一隻腳呈防守之勢抵住盾擋拒在前，另一隻腳則踩住反擊契機，逼迫衛時在進攻時分神防守。

攝影迅速拉近鏡頭。

人群驀然驚呼。如果剛才的遠距還分辨不出，鏡頭聚焦後就能分明看到巫瑾走位的節奏感。從第一步始，每一步都與前腳交替，攻守不斷變換，他對角度的計算精準到匪夷所思。

有那麼一瞬，應湘湘幾乎懷疑巫瑾是在魂魄抽離，以第三視角觀看這場決鬥，並飛速演算。他走得太炫技，甚至好幾次差點預算出衛時走位……

或者是因為對對方太過熟悉，無聲默契。

應湘湘一頓。

場內，直到衛時一個側擊將戰場拖割——

巫瑾驟然出動。騎士劍迅猛無儔，左手盾擋住劍刃，右手如靈蛇出動，劍花抖出。

男人劍身寬闊，無需轉腕便再次劈下。白刃於電光石火間相接。

觀眾席猛地一聲爆喝：「好！」

劍光猝然交織。劍身湛湛，將兩人同時映亮。

少年面容冷峻，五官俊美不似人間。衛時沉沉看向他，眼神在輪廓陰影中微動。

下一秒，金屬嗆的一聲相擊！一觸即分。

巫瑾蹂身而上，再次擠入劍影。

此時不僅觀眾彈幕，觀戰選手都趨於瘋狂。兩人決鬥極其凶殘，單看一眼都熱血沸騰。

如果說巫瑾像是手持輕劍的亞瑟王，衛時就是重劍開合的威廉・華萊士。純正蘇格蘭血統的重劍絞著十字騎士劍的鋒刃，在決鬥臺上澄然鋪開光影。

有那麼幾秒，就連血鴿都懷疑兩人打的是套路，然而很快就拋出腦海。

臺上幾次變故突生，兩人鏖戰到現在，憑藉的是巫瑾精準的計算力，和衛時近乎於直覺的作戰經驗。

觀眾看臺。

紅玫瑰寧鳳北嘖嘖稱奇，兩位騎士蘇倒全場，看著也沒白玫瑰什麼事兒了——她一側頭，差點一口水噴出。

薇拉站在人群之間，表情混雜了激動、慈祥、欣慰、亢奮，嘴裡喃喃有詞：「兒砸，嗚嗚麻麻愛你……」

克洛森區域，凱撒就差沒站到桌子上給巫瑾嚎了，自己嚎還不盡興，非要拉著佐伊一起。

佐伊並不理會，眼神直直看向臺上，似乎在擰眉思索，視線在兩人間反覆掃過。

八分鐘，處於劣勢的巫瑾將左手盾擲出，雙手握劍而上。

血鴿眼神讚嘆。

破釜沉舟。

十分鐘，大劍在巫瑾的鎖子甲要害劃出了高得分傷害。PD在中間揮旗提醒。

十分半，巫瑾抓住衛時攻勢撤退的契機，以劍搏劍，以分換分。

十一分五十秒。

PD扛著喇叭提示：「最後十秒！」

整個克洛森導播室呼聲震天，逃殺選手們在看臺燥成一片，紛紛起立鼓掌，向兩位決鬥者致敬。

衛時再次舉起闊刃劍。

少年雙手同時扣入劍柄十字之中。

兩人幾乎在同一時間放棄技巧，鋒刃裹挾巨力撞擊，蠻力交抵。

哨聲響起。

汗水布滿巫瑾脊背、臉頰和劃開的鎧甲。比賽結束，少年驟然綻開笑容，向對手伸出手。

衛時牢牢握住，向內一拉，肩膀相撞，順手抽走巫瑾的輕劍。

巫瑾一愣，迅速反應過來，趕緊搶了大佬的重劍。

觀眾臺一陣哄笑。

節目PD笑咪咪宣布：「小巫差了衛選手九分，還得繼續努力。那咱們這場比賽的勝利者就是衛時選手……」

薇拉不知何時轉悠到臺上，表情優雅像嘉許勝利者的雅典娜：「謝謝他們。非常精彩的比賽。我的最終組隊選擇是巫瑾選手，我從巫選手身上看到了頑強的意志，拚搏的精神，朝氣蓬勃的面貌……」

臺上，選手紛紛傻眼。

「她說的這個，在衛選手身上不也能看到？」

「果然是不看決鬥結果，只泡咱們小巫！」

「瞎扯！人家可是風信子女神！」

「粉絲定位吧，這要選了衛選手，女神粉肯定要鬧。不像小巫，看著萌萌噠，女神一定是把他當弟弟……」

「這，我咋覺得她看小巫的眼神像看兒子……」

臺上，凱撒對薇拉豎起大拇指，「有眼光！給咱們小巫面子！」

說完還打開風信子秀APP給薇拉連點了一百零一個讚，點完讚他一肘子錘向佐伊，「來來晚上給小巫慶祝慶祝——哎你這啥表情？」

佐伊沉默轉身。又回頭看向文麟。

「他們兩個，是不是太默契了？我總覺得哪裡不大對勁。」

「小巫和衛選手，什麼時候認識來著的？」

文麟：「小巫和衛選手認識……從比賽開始，大概三、四個月？」

佐伊還沒開口，凱撒嘿的一聲過來勾肩搭背。

「你說他認識四個月就和小巫搶女人？這大兄弟有點意思！夠剛！」

佐伊推開凱撒，「我總覺得他們……」

文麟微笑：「感情好，是好事。」

臺上，巫瑾終於輸得美人歸。

場務麻溜兒地在女神ID旁邊寫上巫瑾名字，剛回頭就被塞了一臺終端。

薇拉溫柔道：「勞駕，給我拍個合影，把兩個名字都帶上。」

決鬥臺上。

衛時被薇拉決絕拋棄，直接更換第二志願，選了風信子秀帝國女練習生楚楚。節目PD立即殷勤替他安排下一場決鬥。

臺下紅玫瑰招招手，和閨蜜湊到一起。

「衛選手實力不錯啊，鏡頭還多，有後臺沒？」

「哪有！」閨蜜刷刷搖頭，「聽說是沒給節目組塞錢，連著幾場比賽都沒露臉，PD當時都傻了，還問這個人是哪兒冒出來的！後來PD憐惜他是被耽誤的王昭君，什麼鏡頭、廣告，一個接一個拿出來補償。」

「所以啊，你看這克洛森秀。明面上穩坐PD後宮的是魏衍……但人家是個不知趣的榆木腦袋。貴妃小巫、薄哥傾國傾城，看似榮寵一身，PD的心呀，卻在衛選手身上繫著！都說讓一個男人忘不掉你的方法就是讓他愧疚，PD就像是多情的太陽王路易十四……」

紅玫瑰聽得起勁，忍不住一連磕了六十六個瓜子兒。

晚上十點半。所有決鬥終於結束，第五輪淘汰賽分組名單出爐。

紅白玫瑰分別為薄傳火、巫瑾女伴，衛時、毛秋葵各自選了帝國女練習生。

而克洛森頭號種子選手魏衍，最終仍是沒有逃脫被PD隨機配對的「厄運」。很快就有一位靦腆的小妹子抽籤抽中，站到魏衍旁邊，面帶被巨大驚喜砸中的恍惚。

不過魏衍看上去比她更恍惚就是。

吵吵鬧鬧的分組終於定下。

PD在臺上舉著喇叭宣布接下來一週的安排，臺下衛時已經簡單粗暴收拾完行李，打了個飛行計程車回浮空城。

他的女伴楚楚差點沒繃住表情，身旁的女練習生小聲安慰：「他組隊的時候跟妳說什麼啦？妳怎麼一下就答應啦？」

楚楚動了動嘴唇，「他就說了一句……帶躺，包贏。」

分組晚宴結束，佐伊有意無意繞到紅毛身旁，熱絡灌酒：「衛選手多大了？我這邊有個遠房表弟需要介紹對象……」

在啃螺螄粉的紅毛一回頭，「啥？不用，衛哥有男朋友了！」

佐伊一頓，心思電轉。果然被詐出來了！衛選手竟然不是直男！

而且還是有家室的練習生——他掌心一緊。

腦海中一會兒浮現白月光大廈畫面，一位面容模糊的肌肉壯漢哭唧唧提刀來找小巫：「還我衛時！嚶嚶嚶狐狸精！」

一會兒又是曲祕書諄諄教導：「小巫不能被偷！小巫是全公司的財富！」

身旁，紅毛打了個螺螄粉嗝兒，同樣熱絡給佐伊滿上：「那啥，剛才說的，你那個表弟。今年多大來著的？我這……嗨，這不是我還有個哥哥，單身快三十年了！操碎了心！人絕對靠譜！要不給他倆牽牽線，佐伊隊長？哎佐伊大哥？」

佐伊闊步走出導播大廳。

身後紅毛揮著酒瓶叫喊：「讓你表弟留個通訊號啊！我哥他……」

佐伊忽然急剎車。

整個克洛森內，眾人對衛時背景一概不知，倒不如從紅毛下手。

佐伊溫和詢問：「你哥……和衛選手差不多大？」

紅毛趕緊湊上：「我哥稍長！哎不重要、不重要！他倆都一起長大，一家人一家人！那啥男人三十一枝花！」

佐伊：「一起長大？怎麼長大？」

「這……吃吃喝喝不就長大了唄！」紅毛一頓，模糊敘述：「當年都住一個大雜院，然後一起出來找工作，住得也近。您看衛哥氣質多好！我哥也那個模子刻出來的！名字還比我這名兒好聽！」

佐伊點頭，「你哥做什麼的？」

紅毛：「城管！還有養……養殖豚鼠……」

佐伊終於腦補出隱約畫面。

出生貧寒的衛選手來克洛森秀打拚，平時在真人秀裡安靜比賽，偶爾蹺課幫著家裡養鼠插秧。武力值九分，顏值九分，無經紀公司，偵查位穩紮穩打，近戰可圈可點，適合來白月光應聘戰略替補……想岔了。

這樣一位不打比賽就跑得沒影兒的練習生——這兩人要真是有什麼，絕對是7×24小時黏在一起，衛選手可是分完組就走！這得有多重要的城管才能讓他頭也不回趕回去？城主？

退一萬步，自己和小巫同寢，人不是在眼皮子底下看著嗎！

佐伊鬆了口氣，再喝了兩杯酒才平復心情。隨手刷了一兩頁論壇更是理智回歸，這些CP粉看小巫打個嗝兒都能腦補出懷孕被餵多了，這世間又哪裡有這麼多捕風捉影！

佐伊拍拍紅毛肩膀，「多謝。」

紅毛樂了：「這哪能謝我呢！給單身少男牽線，為人民服務，哎你表弟聯繫方式呢……」

次日上午。

三百多位練習生將階梯教室擠得熙熙攘攘，克洛森秀的賽前指導老師終於冒著小雨抵達。

這是一位金髮碧眼的年輕紳士，進門時擠入一身水氣，和淡淡的雪松木調男香。他戴著一副金絲框眼鏡，垂下斯文的復古鏈條，撐一把長柄黑傘，半邊身子微濕，卻把講義護得嚴嚴實實。進門後，他一絲不苟將長傘套入透明傘袋，沒在地上甩出一絲水跡，接著笑咪咪地向坐在前排的練習生分發名片。

卡佩王朝（瓦盧瓦、波旁、奧爾良及勃艮第）復刻景區運營主管，夏佐。

講義自前向後的分發，油墨味自紙間透出。這似乎是克洛森秀歷輪淘汰賽中講義印刷最優的一次，厚重的紙頁間印有人物像、雕塑、戰爭油畫，封面及封底燙金。

凱撒納悶瞅著燙金紋路：「這咋有人把撲克牌草花印書上？紅心方塊不要了？」

巫瑾趕緊解釋：「不是草花，是鳶尾花。」

「鳶尾是中世紀法國皇室標識，常見於盾徽、紋章，用於分辨法蘭克部落騎士，伴隨波旁王朝的鼎盛成為法蘭西王國象徵。這次的贊助商卡佩家族，就是法蘭西波旁王朝的源系……」

巫瑾窸窣翻開書頁，手中的與其說是講義，更像是一本旅遊紀念冊。

第一部分是四疊景區地圖，囊括了凡爾賽宮、大小特里亞農宮、十字運河和附近莊園等等，甚至連遊覽路線都貼心標注。

巫瑾左側，白月光隊長佐伊眼神一頓，未雨綢繆，迅速提筆在地圖圈出可能的埋伏區。

「……」巫瑾小眼神崇敬地看向隊長，再次向後翻去。第二部分是景區內的歷屆展品，第三部分簡述法蘭西宮廷藝術史……

臺上，夏佐導師做完自我介紹，打開了主投影。

「法蘭西藝術登峰造極，始於十七世紀。」螢幕中央，伴隨著輕快的宮廷牧歌，大理石庭院、青銅淺浮雕與層疊起伏的建築立面光影斑駁，緊接著出現的是眾人簇擁下的國王，「路易十四。」夏佐露出欣賞的目光，聲線如同大提琴一般因尊崇而低沉悠揚，繼續介紹：「凡爾賽因路易十四而建城。直到現在，幾乎所有光鮮亮麗的『法式優雅』都源自於那時、那地——也就是凡爾賽宮。」

「凡爾賽宮歷經三位帝王。太陽王路易十四推崇芭蕾舞、歌劇、經文曲，一生研製香水無數，聘用幾乎整個巴黎、佛羅倫斯的畫師、雕塑家為他所用。他的曾孫，路易十五是洛可可藝術的宣導者。如果以路易十五的執政為分界線，我們能清晰看洛可可從俗麗凌亂的巴洛克藝術中誕生。」

「直到路易十六——宮廷藝術演化至鼎盛，瑪麗·安東妮皇后以『洛可可皇后』盛名傳世，與此同時的凡爾賽也是新古典主義的萌芽之地。」

投影像是進入漫長的畫廊，無數絢爛迷離的藝術品交錯呈現，畫廊盡頭是瑪麗皇后的肖像，素白長裙典雅懾人。

「新古典主義。」夏佐介紹道：「洛可可是華麗的極端，新古典主義是樸素的回歸。不過，這幅畫很快被皇室撤了下來。穿著簡樸的皇后被視為『侮辱了法蘭西皇室臉面』，瑪麗皇后被民眾要求必須以華服示人。當然，十年後法國大革命爆發，瑪麗的『合理穿著』再次成為皇室鋪張浪費的罪證……」

臺下。筆記聲刷刷連成一片，到最後巫瑾甚至只來得及記下幾個關鍵字。

剛一停筆，凱撒立刻眼巴巴過來掃描。

佐伊皺著眉頭和巫瑾核對自己的筆記：「路易三連號，宮廷藝術，肖像畫、壁畫、歌劇、芭蕾舞、雕塑和太陽王香水……第五輪淘汰賽是凡爾賽宮作品展？」

巫瑾攤開課前的分析：「不止，還有，」少年視線掃過壁畫中一張張空白的面孔，像是等待選手進入遊戲填補：「宮廷角色扮演。」

凱撒刷刷掃完十幾頁，把筆記合上往巫瑾桌子一拍。

佐伊訓斥：「就你會掃描，看得懂嗎你？」

凱撒空口嚷嚷：「看不懂咋地，人人都有追求藝術的權利！我要是不打逃殺秀說不定還能是個畫家！」

臺上，夏佐導師溫柔合上講義，投影出接下來一週的修習課程。

人群瞬間喧嘩。

夏佐示意眾人安靜，語氣像是華麗的詠嘆調：「波旁王朝湮滅於歷史長河，凡爾賽宮也幾經修繕。唯有藝術長存不朽。」

「當我們想瞭解一個逝去的王朝，瞭解其中形形色色的人，一個最簡單的方法就是觀摩學習當時的藝術作品。記住，藝術風格是一種氣質，是藝術家情感、閱歷最率真的表現。那麼接下來的七天中，會由我帶領大家每天研修一門基礎課程……」

週一石膏雕塑，週二油畫，週三調香，週四及週五古典音樂及舞蹈，週末時裝珠寶、建築傢俱。

巫瑾迅速和佐伊對視一眼。

課程是新線索。

然而，幾個小時後。巫瑾雙眼無神拿了根小木棍在攪拌石膏灰，整個工作間氣味嗆鼻。只有導師走來視察時，巫瑾才趕快往雕塑模具抹兩把泥，露出一個歪七扭八的片狀物。

夏佐和藹問詢：「蝴蝶？」

巫瑾搖搖腦袋。

夏佐又認真看了幾秒：「甲狀腺？」

巫瑾：「……翼、翼龍！」

導師彎腰，替巫瑾把翼龍模具的翅膀拍拍扁，再給小翼龍添了根直戳戳的長喙。巫瑾趕緊道謝，開始向模具撒石膏泥。

三百餘位練習生此時在工作間擠成一團，有雕塑成型的，有還在同模具奮鬥的，也有凱撒、紅毛這類手上一坨灰泥，砰砰大戰麒麟臂的。

佐伊在一片雜訊中艱難開口：「小巫找到線索沒？」

巫瑾恍惚搖頭，直到腰痠背疼上交雕塑作業，吭哧吭哧抱了個寫著「七十」分的石膏翼龍回來。冷不丁看到凱撒在炫耀他的「八十五」。

巫瑾揉了揉眼睛。凱撒、紅毛打完架，終於把手從泥漿裡抽了出來，嘩啦啦倒入石膏水，正好是兩隻大粗手。

凱撒「路易十四的凱旋之手」得分八十五。

紅毛「法蘭西勞動人民的手」得分八十六。

「……」巫瑾默默抱住了自己費盡千辛萬苦鑄成的七十分小翼龍。

週一一晃而過，等近戰搏擊訓練結束後，油畫課開始了。

巫瑾斷然挑選了難度最低的「抽象星空」。

課程間隙，他悄悄把畫架搬到教室角落，和白月光小隊討論講義內容。

「講義像是從某本旅遊宣傳手冊直接拷貝過來……」佐伊皺眉。

「凡爾賽宮參觀導覽圖，藏品簡介，遊客合影。」文麟點頭。

巫瑾藉著畫架遮掩，翻開到講義一頁。正是遊客合影部分，兩位身著黑色長袍的女士優雅慈祥，並肩站在一起。

「黑白照片，看著是在二十世紀以前……」佐伊摸摸下巴。

「一九〇一年。」巫瑾開口：「我嘗試搜索了這張照片。左邊是莫伯利小姐，牛津大學聖修斯學院院長，右側是卓丹小姐，一所倫敦女子學校校長。這張照片最出名的不在於這裡。」

畫架的陰影下，巫瑾的終端螢幕小幅度投影在畫布上。

佐伊、文麟齊齊張大了嘴。

一九〇一年，莫伯利—卓丹事件。又稱翠安農宮幽靈事件。

「兩位德高望重的英國女性向凡爾賽的皇家小別墅走去，這裡名為翠安農宮，曾被路易十六送給皇后瑪麗・安東妮。她們穿過一條長滿草的小徑，突然看到一位婦女在向窗外面無表情抖動白布。莫伯利院長毛骨悚然，但卓丹校長確信，附近並沒有『擁有窗戶的建築物』。」

「當走出小徑時，兩位女士同時受到驚嚇。」

「路人穿著一個世紀以前的宮廷華服，露出意味不明的詭異微笑，耳邊是莫名其妙的跑步聲，卻看不到任何人在奔跑。她們本能厭惡這裡的一切，空氣黏膩，人影虛幻，『幾乎是鬼一般的性質』。她們甚至看到了一位金髮濃密的婦女坐在草地繪畫……」

「兩人匆忙從凡爾賽宮逃竄，直到和其他遊客彙聚在一起，看到凡爾賽博物館牆壁上的油畫。那位朝她們微笑的婦女，是存在於一個世紀前的瑪麗・安東妮。」

「她們一路所見到的，都是曾經生活於凡爾賽宮，不曾離開的幽靈。」

佐伊一愣，直接把油畫布上的雞蛋畫出一個突角，「這是……小說？傳奇文學？」

巫瑾搖頭，「真實事件。以她們當時的名譽，牛津院長和女校長，沒有必要故弄玄虛，之後幾十年中，這件事經常被作為時間穿越和幽靈存在的論證。」

巫瑾攤手，「當然，對於第五輪淘汰賽，我們不需要探究翠安農宮幽靈事件的真相。」

文麟看了終端許久，唏噓點頭。

佐伊從沉思醒來，接過巫瑾的話：「對。我們只要知道節目組給出的線索。」

「藝術品、幽靈和凡爾賽宮。」

一週課程迅速結束，週末的時裝珠寶設計中，風信子秀女選手以高出克洛森直男們近十五分的均分遙遙領先，除薄傳火外無人能敵。等課程總分出來，夏佐導師欣然為「最具有藝術細胞」的練習生們頒獎——凡爾賽宮遊覽年票。

當比賽進入倒數計時，終於不用調香作畫的眾練習生紛紛鬆了口氣。格鬥訓練室再次擠成人山人海。

在白月光小隊率先扒出線索之後，又有幾組選手緊跟其後。

「凡爾賽宮的幽靈」成為幾大娛樂豪門練習生間心照不宣的隱祕。據凱撒所說，就連魏衍都面無表情地看起了鬼片，明堯則是深更半夜在陽臺上跟著教學視頻練習畫符。

「然後就被左隊拎回去睡覺了。」凱撒最後給自己塞了塊牛肉，含糊不清道。

此時的克洛森秀食堂人山人海，比賽前的最後一頓斷頭飯具有標準的法式大餐特色——練習生一律使用刀叉，巨大的白色瓷盤中間僅盛有一小口食物，在素白的圓盤襯托下，就連半塊豆腐乳都顯得優雅貴氣。

巫瑾低頭，銀叉上的一小塊鵝肝入口即化。對面嘎嘣聲不斷，凱撒把一盤焗蝸牛嗑成了開心果。

從斷頭飯的品質來看，第五輪淘汰賽難度不容小覷。

等選手紛紛收了盤，白玫瑰薇拉施施然走到隊友巫瑾面前。

佐伊趕緊替女神拉了張椅子，感慨寒暄。

薇拉眼神激動，面容慈祥：「……佐伊隊長放心，小巫就交給我保管……喔保護了！」

巫瑾一噎，趕緊鄭重表示會保護薇拉。

女神不著痕跡搬著小板凳向他湊了湊，看著巫瑾腦袋一點一點，恨不得把人捲吧捲吧團起來揣著走——兒砸放心嗚嗚嗚！麻麻一定會幫你晉級的！

備戰前的最後半小時，蹺課一週的衛時終於姍姍來遲。

就差沒報警人口失蹤的楚楚鬆了口氣，淚眼汪汪說：「你還活著啊……」

巫瑾摸了摸終端。一週內，每晚長達三小時的視訊時間讓他差點忘了大佬不在基地，兩人隔著投影螢幕，一個擼兔查資料，一個摸貓批文件，除了不能摸摸蹭蹭皆和平日無異。

臨出發前，巫瑾領了套嶄新的作戰服，鑽到更衣間。

門軸咔嚓一聲輕動。

還沒穿好的作戰服迅速滑落到少年的肩膀以下，擼貓的手探入少年腦後，粗糙乾燥的手指在小捲毛中肆意逡巡。巫瑾立刻興奮勁兒往外冒，像是隻精力充沛的幼獸，跳起來就一陣亂拱。衛時將人按住，瞬間把人吻得找不著南北。

然後替少年重新穿好作戰服。

巫瑾這才發現，失聯一整天的大佬比往常更沉默。

「去哪兒了？」巫瑾背對牆壁悄悄問。隔壁更衣間薄傳火正在直播換裝，送個大寶劍就脫一件，吵得不行。

衛時：「R碼基地。」

男人的目光定定落在巫瑾身上，眼神沉沉讓巫瑾一愣：「怎麼……」

衛時：「比賽後再說。」

巫瑾乖乖點頭，認真坐在牆角的小板凳上看大佬換衣。男人壯碩的身軀和筆直的長腿沒入特殊材質的裁線之中。

巫瑾伸著腦袋，看得一眨不眨。

衛時轉身給他塞了兩樣物事。

巫瑾低頭，小小的藥盒上寫著一行字：感光石墨烯夜視隱形眼鏡（美瞳紅色偏光款）。旁邊畫了隻眼睛紅撲撲的小白兔。

巫瑾吃了一驚，趕緊塞回去，好在另一盒是普通夜視無色款。

巫瑾視力還沒痊癒，衛時讓小瞎子自己做決定：「現在去找PD批個帶病條，節目組大概會通融。」

巫瑾拿著小藥盒反覆看了兩眼，最後戀戀不捨放下，「還是不用了。」以帶病參賽為由，在黑暗環境下利用夜視鏡，對其他選手並不公平。

衛時頷首，無條件支持巫瑾的任何決定。

「記住，」男人開口，漆黑的瞳孔直視巫瑾圓乎乎的眼睛，說：「你的劣勢也可以是你的優勢。」

半小時後。停機坪前。

最後一個整裝完畢的薄傳火終於歸隊，選手紛紛與隊友會合。巫瑾最後同薇拉互查了第五輪淘汰賽的「舞會請柬」，在巨大的噪音中登入機艙。

卡佩旅遊公司顯然財大氣粗，選手進入蜂巢般相互隔絕的房間後，依然可以享用柔軟的絨緞沙發、皇家紅茶和甜點檯上精緻的小食。

講義、旅遊手冊隨意放置在花架旁，鳶尾花圖騰暗紋隨處可見。

巫瑾小聲同薇拉探討可能的進場方式。

「舞會前應該要再次換裝，路易十四宮廷舞有極其嚴苛的著裝標準。」巫瑾快速翻閱旅遊手冊，「還有，選手該如何選擇宮廷角色……」

薇拉補了下高光：「你想選什麼？」

溫柔的女聲突兀被打斷，刺耳的鳴笛聲響起，整個機艙因為加速度變化而猛烈搖晃。

兩人陡然抬頭。

機艙通報在此時響起：「尊敬的三百五十名選手，淘汰賽賽場已經到達。現在你們被允許打開遮光板，並有三分鐘時間決定落點。降落傘背包在你們的座位密碼箱中，許可權碼一七八九。祝您旅途愉快。」

巫瑾一頓，和薇拉同時躥起。

鎖死的遮光板終於能打開，腳下是午後陽光中的凡爾賽復刻景區。宮殿森然雄偉，運河波光粼粼，農莊間錯鋪就。

機艙底板轟然打開。巫瑾在耳膜震盪的聲響中迅速開口：「正中是凡爾賽宮，物資應當最密集，西北是大特里亞農宮，國王情婦居所以及宴飲場所，還有送給皇后的小特里亞農宮，運河，橘林，動物園……」

「跳哪裡？」薇拉看向巫瑾，努力做出口型。

巫瑾點頭，飛快背上跳傘包，向薇拉伸出手。少年有力的手臂握住淑女泛紅的指尖，在下墜的一瞬把薇拉護住。

氣流寒冷刺骨。選手如同下餃子一般撲通掉下，七百公尺、五百公尺。

巫瑾大喊：「開傘！」

傘翼同時打開。凡爾賽宮在陽光下熠熠生輝，像是在地平線張開雙臂，肆意展示十幾個世紀前的絢麗輝煌。空無一人的宮殿內光影重重，在臨落地時，巫瑾甚至能分辨出其中漫長的戰爭畫廊和鏡廳。

巫瑾鬆開隊友的手，對薇拉揚起笑容，「賭一把，去凡爾賽正殿。」

少年聲音陡頓。北側翼樓的窗戶內，似乎有個慘白的人影一晃而過。

練習生此時基本還在天上飄著，最快也才衝到門口，那人卻像是在窗欄前站了許久。

巫瑾揉了揉眼睛。

選手降落後，天色以肉眼可見的速度在變暗。遠處河畔、大小特里亞農宮和農莊相繼亮起，兩人對視一眼，毫不猶豫向著宮殿內奔去。

北側翼樓悚然有女選手的尖叫聲傳來！

「先拿武器！」巫瑾開口提醒：「凡爾賽宮有兩千三百個房間，六十七個樓梯，我們往二樓走。」

冗長的走廊上，兩副裝飾盔甲安靜疊在燭臺兩側，被擺作中世紀武士造型。巫瑾眼睛一亮，抽出一副盔甲的佩劍遞給薇拉，再伸手構向另一座。

薇拉突然拉開巫瑾，長劍橫抵在前。

金屬哐啷相交。

武士裝飾的零部件緩緩扯動，先是窸窣碰撞，接著那隻持劍的鐵銹手臂抬起——毫無聲息的盔甲武士緩緩睜開死靈般的血紅雙眼。

場內，三百五十名選手終於降落完畢。

凡爾賽宮像是從沉睡中被喚醒，冷風中飄蕩著選手四處逃竄的聲響，和幾不可聞的輕吟低語。宮殿中，機位盤旋而起。場外，小編導趕緊晃動手上的旅遊宣傳手冊，後勤部手忙腳亂在螢幕上打出當季遊覽套票打折價格——

翠安農宮的綠茵草地上，劇務麻溜兒插了個小木牌進去。

鏡頭切入對焦。

「第五場淘汰賽，卡佩旅遊贊助——復活，凡爾賽宮。」

巫瑾瞳孔驟縮，向後急退。

長劍擦著他的鼻尖斬過，冰冷的鐵銹味順著鼻翼鑽入，似乎混合了苔蘚、泥土和乾涸的血跡，在盔甲晃動時散出潮濕的黴味。

像是盔甲裡悶了十幾個世紀的幽魂猝然被驚醒，血紅的瞳孔悚然黏膩在頭盔內，看不見一絲眼白。

「小心！」巫瑾一腳踹在盔甲武士還不甚靈活的膝蓋關節上。鐵葉護膝噹啷相撞，在火舌妖異的燈光下尤其滲人。

「鐵葉甲下是空的！」巫瑾聽到聲音，迅速開口提醒——沒有骨架、沒有軀體，鬼知道盔甲是怎麼動起來的？

那位幽靈武士恍若未覺，瞳孔轉向薇拉，再次蓄力斬下，力道比上一劍更甚。

巫瑾屏住呼吸，眯起眼睛竭力尋找破綻，視線陡然鎖住一處，「它的右手，握劍的手！」

薇拉低頭看去，目光一亮。盔甲武士的掌心，扣在劍柄的兩指上光芒微閃——一張紫色卡牌。

逃殺秀中，紫色資源相當稀有，僅次於橙、紅兩色，直到比賽中後期都是支撐小隊的重要物資。

這位風信子秀女選手瞬間氣勢暴漲，騎士劍直刺幽靈手腕，劍刃與鐵葉交接，幾乎激出火星迸裂，兩人卻同時色變。

盔甲完好無損，薇拉手中的騎士劍寸寸碎裂。

血紅的瞳孔閃爍，幽魂再次向薇拉舉劍。

「跑！」巫瑾拽住還在憤憤不平的薇拉，拔腿狂奔。

薇拉跑得相當抗拒：「……等著我去搶了它的劍，還有紫卡……」說著就從牆上挖了柄火炬要回頭空手對白刃。

巫瑾慌不迭攔下隊友。比賽前他觀摩了大量風信子秀逃殺視頻，紅白玫瑰兩位都是傳說中的斯巴達選手——頭鐵槍剛，對線敢退一步算我輸。

然而武士的戰力不亞於A級練習生，還比他們多出一柄武器。

巫瑾趕緊勸說：「我們的對手是三百四十八名練習生，不能在小boss上消耗前期，先找資源發展。」

薇拉：「紫卡……」

巫瑾：「紫卡會是我們的，等我們找到合適的武器。」

盔甲武士劍刃鋒利，臂力驚人，除了「保護卡牌之外」並不能達成其他指令，顯然智商不高，很快被兩人甩在身後，巫瑾率先奔出光芒昏暗的走廊，視線飛快向四周掃視。

「這裡。」少年一腳踹開半掩的貯藏室門，把手遞給薇拉，轉身迎向武士幽靈做出奪劍挑釁動作。

武士瞳孔血紅，在薇拉瞇起的視線下追著巫瑾一頭闖進貯藏室，房間內哐啷響成一片，接著巫瑾撲騰著躥出——薇拉伸手把一身灰的愛豆拉出，狠狠關上大門。

撞門聲自貯藏室響起，許久才歸於平靜。

巫瑾擦了把汗，說：「還好不會開門。走，我們去找個書櫃把門擋起來，別讓其他組搶了紫卡。」

薇拉看著灰撲撲、垃圾堆裡撿來的愛豆，默默回頭把武士記上小本本。

等兩人吭哧吭哧搬完書櫃，貯藏室毫無聲息。

巫瑾最後看了眼被遮擋的小門，輕聲開口：「女士盔甲。」

薇拉茫然：「什麼！」

巫瑾：「攻擊我們的是女士盔甲，鐵葉甲，盔甲上燙了一個花體的字母J，做工精細，工藝水平至少在十七世紀之後。從中世紀末期，西歐女性地位開始下降，貴族婦女在軍事活動中被邊緣化，女武士相當罕見。我猜，她的身分有可能和她手中的那張卡牌有關。」

薇拉點頭，突然開口：「這座凡爾賽宮還有多少幽靈？」

巫瑾：「不知道，我希望越多越好。」

少年展眉一笑，「畢竟我們要從幽靈手上搶奪卡牌。」

薇拉看了半天，臉頰也漾出笑意，附和道：「還有，第五輪淘汰賽的線索是藝術，盔甲也是藝術品。」

巫瑾點頭，分析說：「現在要找第二張卡牌。至於藝術藏品……我們去國王套間繪畫長廊碰碰運氣。」

少年低頭看向腕表。三百四十九人。

有人已經被幽靈或者搶到武器的選手淘汰。兩人不再耽擱，順著樓梯一路向上，在打開一扇木門後突然屏息。

彩色大理石在黃昏的餘光下璀璨發亮，高聳的長廊連通整個國王套間，壁畫留有歲月斑駁痕跡，數不清的油畫鑲嵌在牆壁、窗扇之間，走廊另一端遠遠有腳步聲傳來。

兩人悄無聲息踏上天鵝絨地毯。

薇拉走在前面，巫瑾斷後。腳步聲漸行漸遠，似乎另一側的選手已經折入其他房間，走廊上安靜到只剩心跳呼吸。

薇拉極善於卡視線死角，在步入一處陰影後突然示意巫瑾停下。

有人。白玫瑰做出簡單口型。

長廊安靜如昔，從兩人躲藏的角度只能看到畫廊盡頭逐漸消逝的光、和古舊的木質三角鋼琴，巫瑾使勁瞇起眼睛，半天也沒看到人影——

「哪裡」？巫瑾無聲問詢。

「鋼琴。」薇拉動了動唇。

巫瑾睜大眼睛看去，鋼琴前光線昏暗，琴凳上空無一人。

巫瑾：「沒看到！」

薇拉蹙著眉頭，剛要開口——刺耳的琴聲突然響起！

巫瑾嚇了一跳，琴鍵卻像是被一雙無形的手按下，七個琴鍵毫無規律組成雜亂的和聲。不遠處轟的一聲，似乎有選手被嚇得踩錯了樓梯。毫無徵兆的和絃之後，緩慢的琴曲自音箱流瀉而出，巫瑾能分明看到琴鍵在上下浮動，卻愣是看不見彈琴的手。

就在此時，一張藍色卡牌突然自窗簾頂端掉下。

薇拉毫不猶豫拔腿，「搶！」

不過剛才那位一腳踩空的選手卻是離得更近，快她一步將卡牌搶入手中，琴聲在安靜的凡爾賽宮中很快吸引了不少人，同時從各個角落衝出大量選手。

又有幾張類似的藍色卡牌在鋼琴旁撒下。

薇拉距離人群還有十幾公尺，比三角鋼琴高了一個樓中樓，正要直接翻過欄杆跳下，卻突然被巫瑾拉住。

右側長廊，一幅銀框油畫與牆壁的縫隙，插了一張薄薄的深藍色卡片，紋路似乎與鋼琴旁的藍卡不同。

巫瑾迅速伸手將卡牌抽出，薇拉著急看去。

巫瑾愣然，牌面一片空白。

樓中樓下方，鋼琴周圍，選手已經把卡片搶了個七七八八，凱撒、林客赫然在列。

凱撒一低頭也是傻眼，強勢把一個大兄弟逼入牆角，「哎你那張卡有字沒？我這咋沒字？來來我們換一張，不同意就決鬥啊……」

那大兄弟苦笑，「我這也沒字啊！」

斜刺裡又衝出個小姑娘，把鋼琴旁最後一張卡牌撿起。三角鋼琴周圍，幾人齊齊一頓。

凱撒一喜：「出字了！出字了！」

然後趕緊湊到隊友面前，「這什麼？曲譜？」

「人數。」樓中樓上，巫瑾飛快開口：「牌面觸發條件是人數。撿到相同卡牌的選手人數不夠，牌面就不會顯示。鋼琴藍卡選手夠了，線索觸發。油畫藍卡只有我們手上有，所以還是一片空白。」

薇拉恍然：「我們怎麼辦？」

巫瑾攤手，「翻翻長廊，把所有油畫後面的藍卡摳出來，送人。」

樓中樓下，更多聽到琴聲的選手湧來，混戰一觸即發。撿到藍卡的練習生趕緊四散跑走，很快就有人衝到巫瑾小隊面前。

「……」這人正是林客，看到巫瑾趕緊抬手，「巫哥晚上好啊！吃了沒？沒吃下次一起啊，那我走了……」

正在摳第二張油畫卡的巫瑾一招手，「來，咱們換張卡。」

林客自知打不過巫瑾，旁邊還有薇拉笑盈盈看著他的女伴。林客苦著臉乖巧走來，「那行，藍卡換藍卡啊，巫哥不能驢我，剛才還看到三個人拿著綠卡吵架……」

鋼琴卡和油畫卡易手之後，巫瑾低頭看了許久，突然開口詢問：「你給我的這張卡，上面有什麼？」

林客：「啊？巫哥你問我？曲譜啊！上面不是畫著嗎……」

巫瑾將牌面攤開，鋼琴卡一片空白。

林客一愣：「這……剛才在我手裡還有……」

巫瑾嗯了一聲，笑咪咪道：「行了，開個玩笑，換回來吧。」

「……」林客只得乖乖換回。

等林客走後，巫瑾才看向薇拉，「同組選手只能持有一張未破解的卡。油畫卡在我們手上，鋼琴卡就會對我們遮罩線索。」

薇拉低聲總結：「鋼琴旁有七張藍卡，油畫卡至少有兩張。一組選手只能持有一張卡……」

巫瑾深吸一口氣：「第五場淘汰賽的副本。」他頓了一下，開口：「第五場淘汰賽，副本形式和過去不一樣。」

「前幾輪比賽，踏入同一地圖的選手視為進入同副本搏殺。這輪比賽，撿到相同卡牌的視為進入相同副本。」

薇拉睜大眼睛。

巫瑾指向鋼琴：「鋼琴副本、油畫副本。還有我們之前鎖在貯藏室的紫卡，女武士副本。難度級別，紫卡高於藍卡，藍卡高於綠卡。剛才林客說的，綠卡參與人數是三人，藍卡七人。紫卡——我的猜測是，至少有十人。」

薇拉頓了許久，終於理清：「油畫是藍卡。一旦找到油畫卡的隊伍達到七組，這張卡的牌面線索就會開啟。」

「鋼琴卡的線索是曲譜，油畫——至少該是一張畫。」

「從副本難度考慮，在油畫卡牌副本獲勝的最好方式……」

薇拉勾起笑容，「把其餘六張卡牌交給實力E以下的隊伍，才能不對我們構成威脅。」

薇拉指尖微挑，很快把巫瑾扒拉出的第二張油畫卡拿走。

幾分鐘後返回：「給了，妥了。」

巫瑾向她豎起大拇指，繼續在畫廊間當勤勞翻找的土撥鼠。

克洛森秀導播室。

應湘湘笑盈盈稱讚：「又是第一組破解規則的隊伍，小巫和薇拉這個經營，很不錯啊。」

血鴿也笑了笑，「是不錯，但是……」

導播把鏡頭一切，正是國王套間另一側的繪畫長廊。

一個臉色通紅的小妹子正磕磕絆絆向魏衍開口：「畫框後面……好像有什麼……」

套間西側。

巫瑾扒拉出第五張卡，被薇拉再次送人。

還沒找到第六張之前，空白牌面微微一熱。兩人同時動容，低頭向卡牌看去。

「另外兩張被其他選手找到了……」薇拉凝神瞇眼，「……這是什麼？」

卡牌正中，浮現出似乎是一幅油畫的某一部分。

鬚髮皆白的男人被天使簇擁，在雲間仰望眾神之門。光自上而下揮灑，聖潔莊嚴。

巫瑾看了許久，最終搖頭，「希臘神話。其他……這幅畫必然在凡爾賽宮，先找畫。」

薇拉知悉，努力看了一眼卡牌中的畫作局部，幫著巫瑾一畫框一畫框找去。國王套間以及整個翼樓，凡是有牆壁的地方都被大幅壁畫覆蓋，法蘭西宮廷畫作風格相似，細節繁多，等兩人找遍整個長廊已經接近天黑。

整座宮殿燭臺終於完全燃起。

薇拉苦笑，「我以為我們是來參加舞會，沒想到是來找畫的。」

巫瑾安慰：「至少咱們這裡是個愛好和平的幽靈——沒彈琴恐嚇，卡牌都塞到畫框後面。」說完又補充：「到現在也沒和我們碰面。」

巫瑾忽然一頓，腦海中隱隱閃過跳傘落地時，在窗戶旁看到的白影。

然而最終他還是將這個畫面甩到腦後。

找完翼樓，兩人又接著找戰爭長廊，中間遇到大聲唱歌的凱撒兩次，扛著雕塑的佐伊一次，對著瓷器灌水的薄傳火一次，站在牆壁前安靜如石像的魏衍三次。不願折損戰力的A級、S級練習生們紛紛展示表面友好的塑膠兄弟情。

巫瑾慢吞吞看向窗外，大佬似乎並沒有降落到凡爾賽主殿，很可能在農莊打野。這個點說不定還能給自己烤隻兔子吃……

巫瑾鬆了口氣，抽到同一張卡，自己並沒有把握將大佬淘汰。

他突然一頓，轉頭看向薇拉，「剛才——魏衍哥在看什麼？」

薇拉聳肩，「不知道，盯著牆。」

巫瑾緩緩開口：「牆上有壁畫。」

薇拉一愣，秒速反應過來：「他在找畫？他也在找畫？」

巫瑾微微閉眼，記憶閃回：「三次遇到魏哥，前兩次都在看壁畫，第一次他在看我們——

我們身後的油畫長廊。」

「他的卡牌和我們一樣。」

薇拉倒吸一口冷氣，半天苦笑，「怎麼說？」

巫瑾看了眼手中的卡牌，「只有一個方法，淘汰魏衍。我們找過哪裡了？」

薇拉：「鏡廳、戰爭廳、翼樓長廊，有畫框的地方都找過——這裡已經是第二次來了。」

巫瑾輕輕吁了口氣。

他們和魏衍都沒找到卡牌上的線索，巫瑾索性岔開話題：「剛才的三角鋼琴，我沒有看到彈琴的幽靈……」

薇拉笑了下，「幽靈不在琴凳上。」

巫瑾一愣。

薇拉：「幽靈是4D投影，剛才還是黃昏，光線太亮看不到實屬正常。」

「幽靈懸浮在三角鋼琴旁，他的手不在琴鍵，而是放在琴箱，在按……」

薇拉半天沒找到詞兒，巫瑾立刻接上：「按住木椎，木椎帶動擊弦器，從三角鋼琴正面看，琴鍵也會陷下，就像有無形的手在彈琴。」

薇拉笑咪咪點頭，「後來擠過來的選手多了，本該有人看到他，但大家都注意琴凳，他就慢慢飄到天花板開始撒牌。這幽靈挺有意思的，彈個琴，吸引選手注意，深藏功與名。」

巫瑾又詢問了幽靈的裝束，知悉：「是某個宮廷樂師。」

薇拉：「對。鋼琴牌是宮廷樂師，把卡牌塞到畫框後面的，按理也該是個宮廷畫師？」

巫瑾頷首，又在腦內回溯了一遍鋼琴旁的場景，突然直愣愣冒出三個字：「天花板。」

薇拉茫然：「什麼？」

巫瑾語速飛快：「宮廷樂師最後飄到了天花板。我們找過所有畫廊，始終沒看到給我們藍卡的幽靈，有沒有可能它一直飄在天上，沒有下來。」

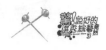

「還有……」巫瑾突然想起什麼，再次掏出卡牌，指尖在雲朵上劃過。

「雲，天使。凡爾賽宮不僅有裝裱畫、壁畫，還有一種畫。我們沒有找過。」

薇拉瞇眼看向巫瑾所指的雲朵，腦海中似乎有什麼呼之欲出——

她突然開口：「……頂棚畫。」

巫瑾長舒一口氣，帶著薇拉從大理石庭院往回走去，儘量避開魏衍的視線，「頂棚畫多出現在教堂，通常是宗教題材，路易十四執政後統一君權神權，弱化宗教地位，在頂棚改畫希臘神話也存在可能。祥雲、天使和眾神之門原本就是適於頂棚繪畫的意象。」

「我們回國王套間開始找。」

薇拉乾脆應下，眼神熠熠發光。

巫瑾甚至隱隱生出一種錯覺，對於這位斯巴達選手來說，比起找到線索，她更嚮往的是「推動副本進程」、「有架打」、「回去和女武士決鬥」云云。

兩人穿過套間前的長廊，樓中樓下，有選手正在試圖拆鋼琴，遭到凱撒的暴力阻攔。

第一扇大門打開，燈光灼灼的天頂上，月神正在頷首微笑。

第二扇大門，阿波羅於穹頂意氣風發。

巫瑾益發肯定：「月神，太陽神。卡牌線索不出意外就在這裡。」

第三扇門。

巫瑾抬頭的一瞬終於睜大了眼。

將近五百平方公尺的穹頂巨幅畫覆蓋了整座海格力斯廳，繪製了整個神話故事。奧林匹斯群山、眾神近百張面孔帶聖潔微笑，畫面正中與卡牌上的提示別無二致。

身材健碩的大力士驍勇善戰，征服古老而原始的力量，庇護希臘萬民，為朋友出生入死，最終在眾神指引下飛升神國。

「是海格力斯，這幅畫描述的是大力士海格力斯。」巫瑾緊繃的肩膀終於放鬆，回頭正要同薇拉說話，卻發現隊友死死盯著牆角一處。

巫瑾抬頭，除了色彩斑駁的穹頂空無一物。

薇拉嘴唇微動開口：「我看到它了，就在這裡。剛才還在，然後突然消失……」碰的一聲。有什麼東西循著牆角落下。

巫瑾伸手，在薇拉肩側拍了拍作為安撫。這位女選手比他稍矮半個頭，見到幽靈偶爾也會被嚇住。

「我去看看。不怕。」巫瑾紳士安慰。

薇拉頓了半晌開口：「它……那個幽靈，有點不一樣……」

巫瑾走到牆角，撿起一本黑革面羊皮紙。

剛一落手他就微微擰眉，紙本後半部分紙張扭曲變形，被深褐色液體浸染後凝固。

薇拉湊了上來。

「沒有人比他更想當首席畫師。他對榮譽的渴望比誰都強烈。他接下了頂棚畫的差事，可惜路易十五並不能輕易被取悅。」

「他真的做到了。〈海格力斯的升天〉，一百四十二個人物，他用四十三塊畫布畫完，貼在了穹頂上。甚至連彎曲面的人物變形都和他事先預想的一模一樣。」

「他真的成為了路易十五的首席畫師。」

「他死了。馮索瓦‧勒摩恩。他用劍在自己的喉嚨和胸部上劈了九下。」

「他死於最後一幅畫，最傑出的一幅畫。」

薇拉忽然驚呼。

巫瑾抬頭，神情驟凝。

捲長髮的畫師幽靈不知何時站在兩人面前，他的五官因為痛苦而扭曲，眼神悲戚。

自脖頸以下傷痕累累，鮮血淋漓。

「小心！」薇拉急促開口。

幽靈突然向巫瑾伸出蒼白染血的雙手！

「沒事。」

在薇拉渾身炸毛的瞬間，巫瑾突然伸手攔住隊友，「筆記本是他給我們的。」巫瑾低聲解釋：「看看他要做什麼。」

幽靈血跡斑駁的雙臂和巫瑾挨得極近，甚至能看到它乾涸的血塊與翻出的森森白骨。自脖頸以下皮開肉綻，觸目驚心。

薇拉喉嚨微動，握住巫瑾手肘。

巫瑾輕聲安撫：「只是四維投影而已。」

畫師的面容清俊蒼白，身形也顯瘦削。除開血污和小半腐爛的皮肉，他有一雙很漂亮的手。很難相信他就是用這隻手拿著劍向自己刺了九下，讓畫師倒在血泊之中。

這雙手顫顫巍巍的劃過紙頁，在筆記的一側反覆摩挲，最終停留在一句。

「他死於最後一幅畫。」

古舊廳室空氣沉悶，海格力斯廳的灼灼燭光下，幽靈轉瞬變淡。

巫瑾還待再問，畫師身影已是迅速散去。

最後一幅畫。

巫瑾翻過紙頁，終於看到畫名。

〈時間從謊言和嫉妒手中拯救真相〉馮索瓦・勒摩恩，一七三七。

巫瑾啪的合上筆記本。

新線索。

少年最後看了眼畫師消失的方向，視線透過穹頂龐然浩瀚的頂棚畫，最終將筆記本塞到作戰服，邁開步伐快速向門外走去。

薇拉緊隨其後：「我們去哪裡？」

巫瑾深吸一口氣：「去資料室。去找馮索瓦・勒摩恩生前的最後一幅畫藏在哪裡。」

凡爾賽宮有著整個法蘭西最富饒的史料藏書。馮索瓦・勒摩恩作為路易十五的首席畫師，生平事蹟、畫作必然記錄在案。然而就在兩人踏出海格力斯廳的一瞬，薇拉忽有所覺，低頭看向卡牌。

牌面微微發熱。

「牌面變了！」薇拉急速開口。

原本繪製在卡牌上的頂棚畫淡去，變成了一行字跡淺淡的花體簽名。

馮索瓦・勒摩恩。

薇拉心下一沉：「只有這張卡牌變了，還是所有的卡牌都變了？」

巫瑾表情並不樂觀：「副本提示第一次出現，就是所有卡牌同時變動。最大可能，一旦有一組選手推進副本進程，所有選手都將從線索中受益。」

薇拉吃驚開口：「這不公平！」

巫瑾搖了搖頭，不再探討。利用卡牌，所有選手同時從線索中受益——這類微小的規則改變旨在削減選手間「資訊不對等」的差距。

自己不再會像前幾輪淘汰賽一樣輕鬆獲得優勢。

對於多數克洛森參賽選手來說，才是「公平」。

「要快。」巫瑾幾乎可以想像，所有選手都在飛快地向資料室衝去。

畫師名諱浮現後，兩人在副本中的線索優勢，僅剩巫瑾懷裡的一本筆記本而已。

走廊上腳步繁急，兩人踏過深紅絨毯長廊，壓低聲音交談。

「我在想，副本勝利的條件是什麼？」巫瑾低聲分析說：「第一個線索，〈海格力斯升天圖〉，是為了引出馮索瓦・勒摩恩這位宮廷畫師。第二個線索，在指引選手注意關係畫師死亡的『最後一幅畫』。類推第三個線索……」

「整個副本，最大的可能是要讓選手找出馮索瓦・勒摩恩真正的死因。」

薇拉抿唇：「九刀，每一刀都劈中要害，有沒有可能是他殺？」

「從幽靈身上的傷口走向單看，不像他殺……」巫瑾突然一頓，看向前方。

資料室的大門就在眼前，卻是有人先他們一步快步踏入——同樣在查找畫師資料的魏衍。

薇拉眼皮一跳。

「不急。」巫瑾趕緊把薇拉拉住。

在門口又等了三兩分鐘，才混雜在另一組練習生中慢吞吞地走進資料室，說：「魏衍那組……我們儘量避免正面衝突。」

【第十章】

# 有太陽的地方——才有我存在的意義

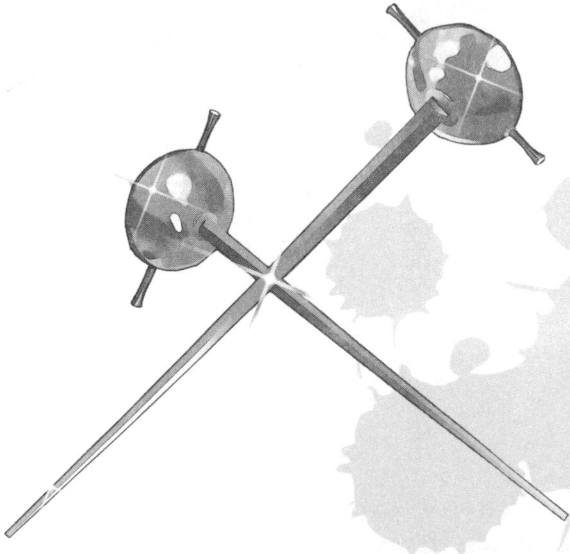

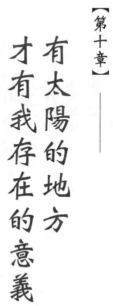

木質香夾雜淡淡的皮革味在書架間飄浮。這座資料室在是幾個世紀前曾是法國皇室的藏書間，巨大的木質書架觸碰天頂，書籍、史料分門別類堆積。

資料室內已經聚集了不少選手，書架間人員冗雜。

巫瑾略一掃視，在眾人探究的目光中帶著薇拉走到了選手扎堆的宮廷樂資料旁。距離魏衍剛好隔了兩排書架。

就在兩人妥善藏好的一瞬，資料室外，走廊另一端有琴聲突兀響起。

原本還在查譜的選手們一驚，紛紛扔下書目向外跑去。一列中頓時只剩巫瑾及薇拉兩人。

「大經文歌，感恩贊。」

琴聲與昨天樓中樓下幽靈彈奏的一模一樣。巫瑾仔細聽了一段開口。

薇拉瞬間傻眼：「你……能聽出來？」

巫瑾趕緊解釋，之前的音樂課程中導師有略微提過。這首本是管弦樂，在副本內被改編成了鋼琴曲。

「小巫聽力真好，」薇拉絲毫不吝嗇對愛豆的讚美：「還有記憶力，這是天賦。」

巫瑾趕緊搖頭搖頭，耳後微微泛紅。他的聽力的確一向很好，尤其是在黑暗環境中，記憶深處似乎有什麼被忽略，但很快就被巫瑾拋到腦後。

薇拉笑咪咪看著自家隊友的小圓臉，恨不得上手摸摸捏捏。

書架另一側，還在面無表情翻找資料的魏衍毫無意外捕捉到兩人。巫瑾鎮定自若在曲譜中佯作翻找，修長指尖穿入書頁，窸窣有聲。

魏衍終於回過頭去。

書架後。等魏衍先走，巫瑾無聲開口。

薇拉點頭。

書架間隙光影斑駁。巫瑾極沉得住氣，一眼也沒看向魏衍，披著完美的「鋼琴卡副本參與者」偽裝。魏衍似乎在「洛可可油畫」書列中徘徊許久。巫瑾為緩解焦躁，強迫自己視線略過喜劇芭蕾、嬉遊曲，最終找到大經文歌。

他小心翼翼按住書脊，將樂譜從縫隙抽走。

曲譜封面素黑，布滿灰塵，顯然無人觸碰。走廊外琴曲悠揚婉轉，在翻開曲譜的一瞬，巫瑾的心跳終於平復。

他把曲譜遞給薇拉，「他們在找的譜子，〈感恩贊〉，作曲者尚・巴蒂斯特・盧利。」

薇拉凝神看去，半天才從線譜中拼湊出旋律，與走廊的琴聲別無二致。少女看向巫瑾，肅然起敬。

「盧利，路易十四宮廷首席作曲家。」巫瑾解釋道。

〈感恩贊〉寫的是神靈，讚頌的卻是太陽王的豐功偉績。這位作曲家在凡爾賽百年中的地位無人能及，他幾乎將一生都獻給了太陽王路易十四。盧利曲風千變萬化——行譜恢弘絕倫，像是「字裡行間」有陽光所籠罩。

——「有太陽的地方才有我存在的意義。」

巫瑾看向盧利自述中的一句。

薇拉感慨：「他們現在也沒找到這本曲譜。」

巫瑾：「找曲譜總比找油畫要難。」

薇拉揚眉，「對你來說可不難……」

少女遺憾嘆息：「如果我們當時抽到的是鋼琴卡就好了。」

巫瑾趕緊安慰她：「說不定還是能用上……」

兩人交談間隙，幾個書架外的魏衍終於停下動作，反覆看向書中一頁。

巫瑾與薇拉齊齊一頓。

他找到線索了。薇拉擰眉，無聲做出口型。

幾秒鐘後，牌面果然再次發熱，兩人同時低頭——與在海格力斯廳中發生的情況相似，在魏衍找到新線索後，所有卡牌牌面再換。從畫師名諱勒摩恩變成一段潦草的記敘。

「遺體告別儀式，皇家禮拜堂。一七三七。」

「皇家禮拜堂……」薇拉輕聲道：「要不要先過去？」

「等魏衍走。」巫瑾低聲道。他們手中並非沒有籌碼。

第三份線索在魏衍手上，筆記本卻在巫瑾這裡。皇家禮拜堂中定然存在某種重要道具，但卻只有自己和薇拉知道，達成通關之前，選手仍需要找到勒摩恩生前的最後一幅畫。

幾個書架外，魏衍終於行動，腳步聲向遠處消失。

巫瑾隱約聽著漸遠的腳步覺得怪異，理智與邏輯又強行把自己拉回。

巫瑾估摸著這位S級練習生和他隊友已經離去，伸手取出兩本曲譜，試圖從書籍縫隙中一探端倪。

此時凡爾賽宮外天色漆黑，照明全憑燭火供給。巫瑾視力還沒恢復，低頭時仍需要幾秒適應書櫃打下的陰影。

少年微微瞇眼。他分明記得這兩本曲譜後的書目已經被選手抽走，應當能看到書架另一側的光亮。巫瑾揉了揉眼睛，書脊縫隙中陰影更重。

似是有什麼擋在眼前——

陰影森然一動。

巫瑾瞳孔驟縮，險些把曲譜扔到地上。透過書架、書脊的間隙，他竟是直直對上了魏衍毫無情緒的雙眼。

巫瑾一個手抖，下意識衝魏衍一笑，低頭佯做觀看曲譜。

魏衍不知道在書架後站了多久，悄無聲息，甚至比勒摩恩更像是凡爾賽宮中的幽靈。

薇拉也是吃了一驚，立即上前一步擋住魏衍的視線。

約莫過了幾十秒，魏衍才終於帶著隊友離去。

「他發現我們了？」薇拉蹙眉問道。

巫瑾深吸一口氣：「無事，頂多防備我們——儘量避開魏衍，再去皇家禮拜堂。」

巫瑾腦海中隱隱閃過之前的幾輪淘汰賽，第二場自己利用規則勝出，第三場乾脆和魏衍在塔羅祭壇上同歸於盡。巫瑾突然想到魏衍說過的那句——「下次再戰。」

魏衍走後，兩人迅速摸到了書架對面。

書架另一側相當凌亂，魏衍已經把帶有重要線索的書籍帶走。巫瑾又粗略翻了幾本，臨走之前忽然將幽靈送予兩人的筆記本從作戰服抽出，小心壓在了一本厚重古籍的書頁內。

「以防萬一。」巫瑾解釋。

首席宮廷畫師，勒摩恩生前的最後一幅畫，還有舉行遺體告別式的皇家小教堂。線索密密麻麻不斷冒出，似乎距離拼湊出整個故事只差毫釐——自己和魏衍之間，必然有一組會首先挑起決戰。

在此之前，他要確保籌碼安全。

夜晚的凡爾賽宮空氣凝滯。

走出藏書室時，兩人腕表上存活數字已經從三百四十九降到了三百四十二。更多的選手依然選擇保存實力，避免在最終戰之前過度損耗。

「才淘汰了七人。」薇拉揚眉。

巫瑾點頭，分析道：「副本的通關獎勵、失敗懲罰還沒出現。從目前來看，綠卡獲勝機率三分之一，藍卡七分之一，節目組不會在一次副本淘汰全部失敗者。選手處境安全，沒有動手的理由。」

薇拉微微一笑，「還有一種獲勝的方式，只要把同副本的所有選手強行淘汰——我指的是激出救生艙，自己就一定是副本勝利者。」

巫瑾想了想，克洛森秀似乎並沒有這類風格的選手。

薇拉打了個響指，「風信子秀有。」

巫瑾睜大眼睛，「她……」

薇拉：「她叫嵐。」

一小時後，凌晨鐘聲敲響。

皇家禮拜堂正在海格力斯廳西側。兩人再三確認魏衍已經離開禮拜堂，才相繼摸黑進入。

這座禮拜堂在路易十四當政期間尊榮一時，路易十五之後被改作他用。牆壁上掛滿人物肖像，從國王、親王到貴族騎士、近臣，以及凡爾賽宮的卓越貢獻者。

禮拜堂中一片漆黑，松香瀰漫。巫瑾不得不提了盞油燈，跟著薇拉一幅畫、一幅畫找去。

燭光為油畫中的臉龐蒙上一層偏色，上了顏料高光的一雙雙瞳孔像是在凝視提燈的兩人。

薇拉視力極好，很快喊來巫瑾。

正對著薇拉的牆壁上釘著一幅約莫半人高的畫框。

皇家首席畫師。勒摩恩（一六八八—一七三七）

巫瑾向薇拉豎了個拇指，藉著微光研究畫像。畫中的男人約莫三十來歲，肅穆，憂鬱，穿著樸素的長袍。

「他……並不開心呢。」薇拉看了許久，開口。

薇拉半天也沒找出個所以然，索性收回目光向四周看去。約莫是房間內太過黑暗，微弱的燈光打在詭異林立的畫像上，似乎每人的臉上都蒙了一層青色。

寬長的座椅密集排列，在視線中擠得人喘不過氣。似乎遺體告別式就發生在幾天之前。

薇拉一個恍惚，隱約能看到無數張面孔坐在一列列座椅間。或沉默哀傷、或無聲哭嚎、或猖狂大笑。

薇拉忽然打了個噴嚏。

眼看巫瑾就要脫下作戰外套給她，薇拉趕緊搖手，「這裡有點冷。」

巫瑾點頭，在畫框一側繼續摸索，「溫度確實和外面不一樣。」

薇拉遲疑：「我是說……就像有幽靈飄在旁邊，不止一個，很多。我好像能看到。」

巫瑾一頓。他順著薇拉的視線看去，漆黑視野中就連座椅都模糊不清。

「妳能看到，就代表他們都在這裡。」巫瑾在薇拉愕然的目光中開口：「在翠安農宮幽靈事件中，凡爾賽宮存在一個世紀前的幽靈，兩位女教師是通靈者。如果這場比賽完全復刻了當年……」

薇拉不著痕跡捂住雞皮疙瘩，向巫瑾挪了挪。

「幽靈是4D投影，穿梭在選手之間。」巫瑾以極其科學的口吻分析：「幽靈的出現和控制，決定於一個參數……」

「投影透明度。」

薇拉一呆。

「視錐細胞在光線極亮和極暗的地方不易察覺四維投影，尤其是在幽靈透明度刻意下調之後。白天的鋼琴旁，和現在的禮拜堂，都只有妳一個人能看見它——或者它們。」

「在這場比賽裡，『通靈者』就很容易解釋了。」巫瑾攤手，「視力更好的練習生。」

薇拉：「……」

巫瑾安慰：「這是天賦。」

薇拉點點頭，少女的肩膀終於放鬆，安靜替巫瑾提著燈。

就在此時，巫瑾眼神微閃，手指精準摸到畫框某處微微凹陷的機關。

薇拉趕緊替巫瑾照亮。

巫瑾彎下腰，研究許久動手。他將遮擋視線的碎髮撩起，眉目肅穆收斂，手指快速精準。

咔嚓一聲。並不複雜的機關應聲而開。

燭光在少年半邊臉頰上投下暖融的光暈，挺直的鼻梁與淺色的唇沒入輪廓陰影之中。

「好了。」單膝支撐在畫框前的巫瑾起身。

薇拉捂住臉頰，神志不清點點頭。

兩人合力推開畫框，立時就露出了牆壁上黑黢黢的通道。

巫瑾接過燈，「我進去看看。」

薇拉立刻拍著胸脯表示要替巫瑾守好出口。

兩架懸浮的攝影機隨即緊跟巫瑾進入暗道。

克洛森秀直播間。

在特寫了整整兩分鐘小巫選手之後，彈幕果不其然氣氛熱烈。

「認真的兒砸好帥！在幼稚園玩玩具的兒砸好帥！」

「小巫別再探祕啦！快跑鴨——你後面有……」

應湘湘笑咪咪做出了一個「噓」的手勢，回頭看向血鴿，「這一局，我們的魏衍選手表現如何？」

血鴿點頭，「不錯。」接著補充強調：「相當不錯。魏選手和上幾場——尤其是第二場淘汰賽相比，進步非常大。這也是我所希望看到的。一個講究策略、會利用自身優勢甚至他人優勢的人形兵器。」

鏡頭一轉。凡爾賽皇家禮拜堂外，魏衍悄無聲息地看向巫瑾、薇拉所在的大門，下一瞬又從鏡頭中消失。

禮拜堂內。

畫框後的暗道極淺，巫瑾僅僅走不到兩公尺就看到盡頭。

巫瑾的視力還沒完全恢復，僅能藉著燈光看到密道底端漆黑的牆壁，牆壁上竟也掛著畫框，畫布卻一片空白——或者說，像是在等著選手將畫框填補。

腳下吱呀一響。巫瑾像是踢到了某樣東西，他蹲下身，伸手觸及固定在畫框底端的小盒。

密碼箱。

巫瑾訝然睜大眼睛。

密碼鎖在十七、十八世紀罕有存在，或以當時的工藝水準極易破解。但畫框下的鎖箱卻是神乎其神。

節目組似乎用現代材料精度和中世紀技藝，完美熔造了一個「無法暴力打開」的密碼箱。

密碼是八個字母。

巫瑾最後確認了一眼，退出暗道，換薇拉進入。少女乾脆點頭，接過燭燈的一瞬巫瑾突然抬眼。

薇拉眼神問詢。

巫瑾示意薇拉停下動作，瞇眼仔細傾聽。禮拜堂內安靜如昔。

幾分鐘後，薇拉從密道退出。

「要找到一幅畫，和一道八字母密碼。」巫瑾低聲說道：「畫的提示在筆記本裡——勒摩恩生前的最後一幅畫，〈時間從謊言和嫉妒手中拯救真相〉。密碼的提示應該在魏衍那裡。」

薇拉點頭，突然開口提出線索：「170×140公分，畫框內徑長寬，我們要找的畫，只可能是這個尺寸。」

巫瑾驚喜看向薇拉。

這位女選手勾唇一笑。薇拉是蔚藍人民娛樂資深練習生，比賽經驗、細節捕捉比巫瑾更為老練。

兩人不再耽誤，徑直向禮拜堂門口走去。

巫瑾凝神分析道：「畫師死前刺了自己九刀，密碼箱的線索無非是執念、真相、死因。我更傾向於死因。」

巫瑾伸手推開禮拜堂大門，即將踏出時再次一滯。

他聽到門外極其微小的聲音，像是衣料摩擦，又像是金屬慢慢劃過寒冷的空氣。

脊背微微一涼，直覺在猛烈警示，理智卻與直覺分割。

巫瑾清楚知道，他的聽力很好，卻遠沒有這麼好。

隔著一道門，在對方刻意隱匿的情況下，自己絕不可能捕捉到如此微小的細節，又不是改造人的聽力——

腦海中卻猛然閃過幾小時前的藏書室書架。

那時候也是聽覺直覺先於理智做出最接近真相的判斷。

就像是在第四輪淘汰賽之後、第五輪淘汰賽之前，僅僅去了趟浮空城，聽覺就在應激下發生了極不科學的質變。

巫瑾不再猶豫，轉身示意薇拉做好戰鬥準備。

毫無察覺的薇拉一愣，果決抽出佩劍。

巫瑾同時握住腰間的劍柄。兩人的武器同樣來自凡爾賽宮中數量龐大的盔甲，即便沒有那位幽靈武士手中的器械精良，卻足以應對來自其他選手的襲擊。

巫瑾一腳將大門踹開。

魏衍的劍光劈臉而來！

克洛森秀直播間，兵刃相交的一瞬彈幕爆炸。

「小巫啊啊啊！魏大大不要虐待我們家小巫！等等，臥槽，6666！」

「白玫瑰威武！這種埋伏都能發現！魏選手你行不行啊？」風信子秀忠實觀眾叫囂。

鏡頭剛從魏衍轉到巫瑾兩人，恰恰略過了巫瑾向薇拉做口型的一幕。

臺上卻是連血鴿都愣了，疑惑琢磨：「最標準的開門伏擊，站位、光線、影子都算到了，他們怎麼發現的？」

應湘湘感慨，與觀眾猜測相同：「風信子白玫瑰，經驗上並不遜於咱們魏衍。」

皇家禮拜堂走廊。

長劍猝然從上往下劈下，帶著貫徹手臂的力道，巫瑾向左一個翻滾勉強躲避，緊接著薇拉持劍迎上。

魏衍對於巫瑾的反應明顯驚訝，劍尖卻始終指向巫瑾。而他的隊友，那位風信子秀的小妹子正竭力試圖引開薇拉。

對面兩人站位精準，巫瑾幾乎一瞬就反應過來魏衍的布置。

魏衍與隊友評級—S—C，巫瑾和薇拉雙A。魏衍能保證自己全身而退，卻沒有完全把握在薇拉的干擾下挾持住巫瑾。魏衍所需要的，是一次乾脆俐落的伏擊。

禮拜堂門口的陷阱，為的是在薇拉反應過來之前制住巫瑾。

他容許巫瑾看到密碼箱線索，因為他要的不僅是巫瑾手中的那本筆記，還有巫瑾對於副本的判斷。他要將劍鋒抵在巫瑾脖頸上，以「淘汰出局」脅迫巫瑾全盤吐出，獲取第一個副本的勝利。

魏衍顯然沒預料到伏擊會失敗。

巫瑾的手腕被這位人形兵器的劍勢震得嗡嗡發顫，他很快咬牙爬起，替薇拉解除圍攻。

按照大佬的說法——巫瑾經驗比不上別人、力量比不上別人，靈巧也比不上，比起出彩不如守拙。

有了兩週來從不間斷的訓練，巫瑾雖不至於能逆襲魏衍，卻與薇拉配合默契，防守極穩。

相比之下，魏衍的隊友要吃力許多，很快就成為對面的弱點。

眼見魏衍再一劍挑向巫瑾，薇拉毫不猶豫刺向那位力氣不支的小妹子。長劍嗡鳴。

魏衍反手架開薇拉，把人護在身後。小妹子一呆，臉色通紅看向魏衍。

魏衍伏擊不中，再不糾纏。最後掃了眼巫瑾，俐落帶隊友離開。

身後，薇拉緩緩鬆開劍柄。

掌心到手腕內側一片緋紅。

巫瑾眉心一跳，立刻就要替她找外傷藥。薇拉卻愣愣看著自己的手，半天笑了起來，「這比欺負寧鳳北有趣多了。」

「……」巫瑾一噎，卻見薇拉對著魏衍的背影握拳比劃，「總有一天，我要把他打得哇哇亂叫。」

巫瑾想像不出魏衍會在哪種情況下哇哇亂叫，卻確信此時魏衍已經在向重要線索走去。

「所有副本的進度都加快了。」巫瑾一字一頓：「我們跟著魏衍。」

凡爾賽深夜兩點的長廊燭影詭譎，魏衍竟是絲毫不遮掩他的行蹤。巫瑾簡短解釋：「他缺少筆記本線索。加上伏擊失敗。最省力的方式是等著我們上門找他。」

薇拉恍然：「他在等我們過去……他在等一個後手開團。」

視野中，魏衍終於消失在一扇銀色小門內。

燭燈照入被鐵銹侵蝕的門牌，橘色的光暈輕舔字跡——「陳列畫室VII」。

「他在找畫！」薇拉一瞬反應過來，握緊手中長劍，「我們跟進去？」

巫瑾定定看了字跡幾秒，最終點頭，「好。」

巫瑾分明記得，這所陳列室在幾小時前還是緊鎖。

「等我一刻鐘。我回趟藏書室，拿筆記本。」

緊鎖的大門敞開，未知的場景開放，從布置手筆看來，副本角逐之戰極有可能就在陳列室內。他需要帶上籌碼。

「通關條件。油畫、密碼缺一不可。魏衍有密碼線索，我們有油畫線索。不巧的是，密碼不能暴力破解，魏衍卻能暴力枚舉整座凡爾賽宮大小符合畫框的畫作。」

「我們只能從魏衍手中獲取密碼。」

「最利於我們的形式是……」

「籌碼換籌碼。」

一刻鐘後，巫瑾揣著筆記本，快速奔跑在凡爾賽宮翼樓的走廊上。似乎在晝夜之間，所有副本都推進到尾聲，走廊上腳步嘈雜。

間或能遇到四處流浪的鋼琴副本選手。

林客再見到巫瑾，表情一喜：「哎巫哥，聽曲兒不？」

「我們那副本幽靈簡直了！嗨！這輪任務是讓我們給他找兩百個聽眾過來，人不齊就不給彈琴！哎哎巫哥給個面子！就當是宮廷音樂會了，小弟我這也沒辦法啊……」

「密碼箱藏在鋼琴機械箱裡，什麼法子都試過了！只有幽靈彈琴的時候密碼箱才會冒頭，他一生氣，彈錯了密碼箱又給沉回去，你說這什麼事兒啊！我上哪兒給他找兩百人去？」

「哎巫哥別跑，巫哥你哪兒啊？那個方向？那房間裡剛才噪音真大，把我們那個彈琴的幽靈氣得當場升天……」

巫瑾一頓：「噪音？」

林客點頭：「是啊，轟隆隆的，開火車似的。也不知道誰在裡面。」

巫瑾心思電轉，陳列畫室放的是油畫.jpg，又不是油畫.avi，哪裡來的噪音？他拍拍林客肩膀，「謝了大兄弟，我去找魏衍他們過來聽琴。」

然後迅速同薇拉會合，消失在銀色小門內。

進門的一瞬，兩人齊齊做出守備姿態，繼而愕然的看向眼前。

門內是彎曲冗長的畫廊，其中空無一人。

魏衍不在，他的隊友也不在。空氣逼仄沉悶，周圍安靜到窒息，似乎連一根針掉落也能聽見。絲毫未有林客所說的「噪音」。

慘澹的燈光下。地上鋪著猩紅色長毯。無數幅內容各異的油畫框裱在雪白的牆壁上，昏黃的燭燈映出畫布內形形色色的神靈、鬼怪。有躺在血泊裡舔舐內臟的惡魔，有手持火種的普羅米修斯，有溫柔赤裸的神女，有駕馭海中戰車的波塞冬。

「先找到畫。」巫瑾輕聲道。

一刻鐘前，魏衍他們就是消失在了這道迷宮似的畫廊內，再未出現。

兩人控制放輕腳步，提燈向走廊深處走去。越往裡就燭光越暗，直到薇拉突然停步。

「手印。」薇拉將燈光靠近一處，「力氣很大，這裡發生過打鬥。」

巫瑾異常努力才看到薇拉所說的手印，就卡在一幅金邊畫框旁，甚至原本標準九十度的裝裱包角銅片都因為力氣過大而彎曲。

他微微皺眉，以魏衍的戰鬥能力，鮮少有人能迫使他如此狼狽。除非大佬……

巫瑾搖頭，大佬至今沒有出現，而且長期卡前十划水晉級態度消極散漫，不至於躲這兒欺負魏衍小選手。

從手印來看，甚至不像是魏衍情急之下撤下畫框作為武器。油畫約莫一平方公尺大小，要想拿穩，算力矩也該扯畫框而不是扯包角。

薇拉還在研究手印：「五十五千克握力左右，是魏衍沒差，這個痕跡看不出是怎麼受力，好像魏衍整個人都被甩到牆上……」

巫瑾提著燈，看向金屬框內的油畫。

畫面陰鬱灰黑。烏雲密布的天幕下是被陰影籠罩的城鎮，人們四散逃逸，面色驚恐萬狀。小鎮的上方——站了一位沉默的巨人。

底端寫了一行小字：一八一二

畫風比勒摩恩更接近巫瑾所知道的「現代油畫」，不強調工筆，陰影輪廓細密濃烈。

薇拉起身，端量這幅畫作：「它在寓意什麼？黑死病？」

巫瑾搖頭，「不一定。這幅畫在勒摩恩以後。從時間推斷，放在凡爾賽宮不僅有波旁皇室藏品，還有雅各賓派手中的，以及後來的拿破崙……」巫瑾再次瞇眼看去，「沒有畫名、沒有署名。」

似乎整座長廊的油畫都沒有標注它們的來歷。

正在巫瑾思考的間隙，薇拉猝然開口：「巨人，巨人在動！」

巫瑾一驚，迅速抬頭看去。油畫中原本靜止的巨人似乎被什麼驚醒，緩慢、詭異轉過身，露出空洞洞的雙眼。

「小心！牆上……」薇拉的後半句被轟鳴掩蓋。隨著巨人轉身，整座牆開始晃動，牆面驟然翻轉，甚至鋪了紅毯的走廊都開始傾斜，形成直角的地板與牆體在幾秒之間形變成了巨大的漏斗，將兩人向牆體後傾倒去。

巫瑾心跳急速，下意識拉住就要跌落的薇拉，左手試圖去搆畫框一角，卻偏偏差了毫釐。

散亂的線索終於聯繫在一起。

——牆體摩擦滑道，發出火車轟鳴的噪音。

——空無一人的畫廊和包角銅片上的手印。

一刻鐘前，魏衍也是在這裡著了道，與巫瑾直覺做出一樣的反應。他握住了畫框，最終還是跌落到未知的深淵。

兩人齊齊在失重狀態下墜，巫瑾毫不猶豫重心下沉，護住薇拉。接著脊背被巨力擠壓。

「巫瑾！」薇拉驚慌開口。

巫瑾倒吸了一口涼氣，半天爬起，「沒事，有緩衝軟墊。這裡是……」

視野一片漆黑。

緊接著有光點亮起，在虛空中投影出一行小字。

〈巨人〉法蘭西斯科・哥雅（西班牙）。一八〇八。

周圍場景逐漸在光亮中顯現，嶙峋的山坡石塊，在其中驚慌奔走的人物幽靈——同樣是4D投影，他們說著巫瑾聽不懂的語言，帶著標誌性的弱化輔音和顫音。有人在背離巨人逃跑，有人在迎著巨人走去。

「是西班牙語。」巫瑾語速飛快說道：「一八〇八是年份，拿破崙執政最輝煌時期。這幅畫是拿破崙在凡爾賽宮的藏品，一八〇八年半島戰爭開啟，法軍入侵西班牙，反抗者無力對抗——巨人就是拿破崙。」

提示字跡飄散，頂燈終於照亮視野。

這裡是看不到邊際的副本布景。

陰影籠罩下的城鎮絕望哭嚎，巨人已經近在咫尺。

巨人全身赤裸，光腳板就能蓋住四五個巫瑾。

巨人緩緩邁開步伐。

「跑！」巫瑾帶著薇拉向山坡後避開，卻冷不丁聽到有腳步向兩人兜頭襲來。

身後是大型範圍攻擊巨人腳掌。

身前——克洛森秀人形兵器魏衍，提一把豁了口的長刀，面無表情站在兩人面前。

腹背受敵，兩面夾擊。

薇拉比巫瑾回神更快，手中佩劍悍然就向魏衍揮去——

咔嚓一聲。

與兩人之前對上女武士相同，佩劍清脆斷裂。薇拉眼皮一跳，巫瑾卻瞬間攔住薇拉。魏衍能換成長刀，定然是長刀比凡爾賽宮中隨處可見的裝飾騎士劍堅固。

「勒摩恩……」在魏衍動手之前，巫瑾脫口而出。

魏衍動作一頓。

果不其然。魏衍有足夠自負可以淘汰巫瑾，但他不可能不需要巫瑾手中的副本線索。

關於那位倒在血泊中死亡的畫師勒摩恩，密碼、油畫的提示一分為二，一半在魏衍手中，一半被巫瑾所有。

除非線索拼合，兩人都只能在偌大的油畫迷宮中「暴力枚舉」攻破關卡。

「線索。」魏衍言簡意賅逼問，刀刃在烏雲密布的〈巨人〉油畫中泛著濕冷的寒光。

巫瑾強行平復心跳，就在慢吞吞似要開口妥協的同時，少年陡然跳起，拉著肌肉反應同樣迅速的薇拉，火速轉身在「巨人」和魏衍的夾縫中逃竄。

沒有武器的兩位A級練習生，在扛著大砍刀的S級練習生面前勝算渺茫。

魏衍盯著巫瑾逃跑的背影半晌，低頭擦拭刀鋒。然後雙手握住刀柄。

巫瑾身後，腳步聲再次響起。

魏衍的形勢預判極其精準，「巨人」的走位雜亂無章，卻硬是被這位S級練習生在有限的時間內摸清了十之七八。捉拿巫瑾的方式有很多，他選擇了最省力高效的一種。給巨人打輔助。

巫瑾、薇拉無論逃竄到哪裡，必然要避開巨人在西班牙城鎮中胡亂踩踏的腳掌，然後悶頭撞上魏衍。無論兩人如何蛇形走位，愣是逃不出魏衍的計算。

等體力耗盡，魏衍會有絕對優勢逼問出他想要的線索。

而整個副本場景中的「武器」都盡數被魏衍收集，由那位被保護在大後方的小妹子看管。只有一處例外——巨人身後肅立不動的法軍。

五分鐘，巫瑾捂住肋骨急促喘息。驟雨自副本頂端砸下，電閃雷鳴之間，為他所剩無幾的視力又蒙上一層灰影。

薇拉一咬牙，就要從戰後廢墟中抽出根火炬找魏衍決鬥。

巫瑾趕緊把臉上的雨水擦去，大風將不知名的書頁颳到他的臉上。整座副本中都是被颶風捲襲的碎屍、雜草、與鎮民逃離戰場時的隨身行李。巫瑾掃了眼書頁，見是毫無作用的相關史料就揮去一邊。

「半島戰爭（一八〇八年—一八一四年），西班牙稱獨立戰爭，是拿破崙・波拿巴冕下的輝煌戰績之一，重塑法蘭西在路易十四執政時期的輝煌……」

「巨人」是嵌入宮廷畫師副本中的連環副本。既然是副本，就一定有破解之法。

巫瑾的捲髮已經盡數被雨水打濕，他強行拉住同樣濕唧唧的薇拉，「先找到武器。」

又是一頁記敘飄來。

「尊敬的約瑟夫・波拿巴冕下於一八〇八出任西班牙國王，澳洲北領地以他之名命名。宮廷畫師法蘭西斯科・哥雅閣下於同年繪製……」

巫瑾瞳孔驟縮，「宮廷畫師……」

薇拉跟不上他的思路：「什麼？」

巫瑾迅速開口：「宮廷畫師——〈巨人〉的繪者，法蘭西斯科・哥雅也是宮廷畫師。」

見薇拉面色茫然，他再度解釋：「一八〇八，拿破崙大勝西班牙抵抗軍，任命兄長約瑟夫為西班牙國王。哥雅在一八〇八的西班牙宮廷，只可能是約瑟夫的御用畫師。」

「當時的半島戰爭。西班牙不僅有反抗者，還有支援拿破崙，認為拿破崙會為西班牙帶來希望的自由派。約瑟夫不可能委任反對派為宮廷畫師……」也就是說，「哥雅是西班牙自由派。」

薇拉繞了許久才聽懂，抿唇，「但是……」

逃殺副本並不是一張歷史試卷。

巫瑾近乎脫力的手再次握住劍柄，他緩慢道：「哥雅的立場很重要。」

任何一幅畫，都是在直剖畫師的本心。

「一八〇八年開始繪製，一八一二年成稿的〈巨人〉，描述的不是拿破崙對西班牙的侵略，而是自由派最初的期盼。」

「拿破崙會像守護法蘭西一樣，守護被他所兼併的西班牙。」

「〈巨人〉的主旨不是侵略，而是歌頌。因為巨人就是拿破崙。」巫瑾看向薇拉，「我們去E120方向。」

薇拉：「E120，巨人在那裡。」她猛地恍然：「你是說拿破崙……」

巫瑾點頭，「賭一把，巨人會不會對我們下手。」

不遠處，法蘭西的號角再次響起。只靜止了不到半分鐘的巨人再次向小鎮轟然走來，大地都在因為他的重量震顫。魏衍於同時提起了長刀，在一側截住兩人走位。

他眼神突然一肅。

巫瑾竟是毫不猶豫向正在進行範圍攻擊的巨人走去。

巨人高聳入雲，腳掌布滿泥土和建築物的碎屑，像是盤踞於城鎮之上的凶神，隨時可以將整張地圖吞噬——

巫瑾慢吞吞朝它面前走來，穿過兩隻巨大腳掌間的縫隙。腳掌震了震，卻最終沒有碾向微小如螻蟻的巫瑾兩人。

兩人終於走出巨人龐大的陰影。

出乎巫瑾意料，巨人身後竟然陽光湛湛——畫布中哥雅不曾描繪到的地方格外安寧。

「哥雅所希望看到的。」巫瑾終於長舒一口氣開口。補充的畫布中，法軍肅穆列隊，被吞併的西班牙土地一片欣欣向榮，所有人目光崇敬看向守護他們的巨人背影。

薇拉一眼就在裝滿軍械的推車上找到了魏衍的同款長刀，甚至還有幾發生銹了的火銃，動作利索扒拉出兩份。

巫瑾迅速給自己裝備好，遠處，魏衍終於發覺。

原本以為是副本BOSS的巨人竟然不會對選手動手。

這位人形兵器立刻反應過來，薇拉卻是先一步用火銃對準魏衍。

「巨人踩踏的地方都是廢墟，沒有傷及平民。拿破崙要的是西班牙的領土，不是無止盡殘殺。」巫瑾抓緊一切機會恢復體力，少頃才站了起來，「到了十九世紀，比起『剿滅』，巨頭們更在意的是戰爭殖民帶來的經濟收益。」

在哥雅的筆下，對抗拿破崙的西班牙人陷入恐慌苦難，而願意被拿破崙庇佑的臣服者則幸福安寧。

巫瑾回過頭去，魏衍看到了火銃。

原本勝券在握的面孔變色，雖然以魏衍面部動作幅度上完全不顯。

「我們過去。」巫瑾抱住火銃。

以魏衍的體能，躲個十九世紀基礎款火銃並不難。但這無疑是個絕好的機會。

「我們去和魏衍做個交易。」

十分鐘後。戰爭號角第三次吹起。

薇拉的火銃緊緊指著魏衍。

巫瑾終於將懷裡的筆記本抽了出來，「交換線索。」

此時的情形已經與之前完全不同。雖然雙方依然無法一擊得手，魏衍卻不再處於上風。做工精良的長刀也比不上火器。如果兩隊一定要拚個你死我活，哪怕巫瑾的迷之槍法也能對魏衍造成不小壓制。況且巫瑾提出的要求並不過分。

交換線索，兩隊還能在公允的規則基礎上再戰，並不觸及魏衍的底線。

魏衍沉默許久，最終點頭。

兩本封皮相近的筆記本被交換。

第六次戰爭號角終於響起。

巨人帶領法軍衝破最後一道抵抗防線，陽光擊潰陰雲，自由派振臂歡呼。

「結束了。」巫瑾放鬆肩膀。

宮廷畫師哥雅的筆下，拿破崙最終征服了西班牙，成為帝國嶄新的守護者。

副本出口轟然敞開。

魏衍搶先帶著隊友走出，巫瑾緊跟在後。薇拉好奇看了眼緩緩關閉的副本大門，「後來拿破崙真的統治了西班牙？」

巫瑾翻開筆記本，搖頭，「沒有。〈巨人〉是畫師哥雅的幻想。拿破崙第一次來到西班牙，受到幾乎所有平民的熱切歡迎。」

「但他違背了自己的諾言。」

「民眾發現被欺騙，開始反抗法軍，遭到暴力壓迫——那是西班牙最痛苦混亂的歷史。直到第六次反法同盟抗擊法軍成功，拿破崙才被趕走。」

巨人的背後，只有比雨幕更凝重的黑暗。

「走了。」巫瑾打了個手勢。副本外依然是冗長靜謐的畫廊。

〈巨人〉安靜懸掛。

周遭幾幅油畫有著相同的筆觸，似乎也是出自哥雅之手。

從一八〇八、一八一二，到一八一四，乃至一八二四，畫風驟然劇變。從為法國侵略者繪製輝煌肖想，對拿破崙兄弟的禮讚，到斑斕的靜物，綽約的少女，再到淒慘沉鬱戰場、起義者被法軍虐殺。

巫瑾示意薇拉去看一幅懸掛於高處的油畫。

神農在吞噬慘白的肉體，繪製於一八一九。與巨人的意向全然不同。

薇拉凝視許久，終於感慨：「哥雅也在改變。」

走廊盡頭再度傳來機關聲響，魏衍似乎推開了另一面牆。兩人的火銃都被強制留在副本內，薇拉對此耿耿於懷。

「拿破崙時代結束了，」巫瑾扛著大砍刀，小圓臉笑咪咪安慰：「歡迎回到波旁王朝。」

薇拉動了動手指，忍住沒去揉小捲毛。

兩人再度循著走廊找去，巫瑾分析：「勒摩恩卒於一七三七年，在完成最後一幅畫作之後自殺身亡。我們要找的油畫，高寬170×140公分，年份標注是一七三七……」

薇拉好奇：「魏衍的筆記本上，密碼寫了什麼？」

巫瑾搖頭，緩緩道：「沒有密碼。他手上的線索，是勒摩恩的死因調查。」

薇拉張大了嘴。

黑色筆記本再度攤開。

「宮廷畫師勒摩恩站在了一生的最頂點，萬眾矚目，路易十五寵信。但他卻無力對抗憂鬱症和妄想症。他從一年前開始精神分裂，將自己想像成宮廷陰謀的犧牲者，想像同僚因嫉妒他的才華不擇手段——在完成最後一幅傑作後，勒摩恩自刺九刀去世。」

長久沉默。

薇拉為這位畫師默劃十字，接著猶疑開口：「……密碼是妄想症？」

「……」巫瑾看了眼美白甜薇拉，搖頭，「不會這麼明顯。抑鬱、妄想——總該有個原因。我們先找畫。」

燭光再次順著畫框照去。

薇拉小聲推測：「〈時間從謊言和嫉妒手中拯救真相〉畫面中至少該有四位主角，落款在一七三七。從畫廊只能看到年份，只有推開畫框後的牆壁，才能進入油畫後的世界。」

薇拉突然一頓，看向一側角落的油畫，「170×140公分，一七三七。」

畫面正中，四位古希臘神話勇士正在角逐決鬥。

「推。」巫瑾毫不猶豫。

薇拉一腳踹上牆壁，畫布中的勇士掄起拳頭，機關驟響。牆壁、地板夾角露出黑黢黢的大洞，兩人縱身躍下——

一刻鐘後，巫瑾灰頭土臉爬出。這張畫是不具名作者的〈古希臘奧林匹克〉主題運動會。薇拉作為貴女還能在看臺觀看，巫瑾愣是被副本NPC拎過去跑了個一千八百公尺，一不小心小組賽跑出線後還愣是被逼著參加決賽。

薇拉替他拍拍，「我的鍋……」

巫瑾趕緊安慰，幾分鐘後，兩人找到第二幅符合條件的畫作。

神女戴著兜帽悲憫低頭，三位勇士向她虔誠行禮。

「只有這一幅符合……」薇拉輕聲提醒。

巫瑾終於點頭，「再推。」

牆壁翻覆，這次過了整整二十分鐘——

兩人一臉麻木走出副本，正對上剛跑完一千八百公尺的魏衍。

這幅〈阿提米絲在滿月時祈禱〉同樣出自不具名作者。巫瑾被副本規則強迫擠在勇士中大唱月光女神讚歌，薇拉則得跟在阿提米絲身邊揮劍斬除襲擊女神的邪惡亡魂。

兩隊擦肩而過，遠處咚咚作響，門外似乎又有其他油畫牌副本選手摸入。

魏衍走後，薇拉終於出聲抱怨：「我猜節目組是故意的。」

少女突然熄聲。

兩人穿過畫廊的一處，周遭畫風再變。

畫廊中，同一位畫家的畫作時常被掛在一起。這裡有五、六幅都繪製的是一位女性，從少女到婦人，再到躺在入殮前的靈床。

薇拉嘶了一聲，倒吸一口涼氣，卻是戀戀不捨再看幾眼。

最後一張畫作的正中，只有冰冷死去的貴婦人。

「只有一位主角……不像〈時間拯救真相〉，裝裱不是在一七三七。」巫瑾提醒。

薇拉看了眼畫作一角的一七三六，遺憾道：「畫作的大小合了，是170×140……雖然不是我們找的那幅。」

薇拉又冒出一句：「她一定很幸福。」

巫瑾一愣。

薇拉扯了下愛豆的作戰服，「她在看畫師，帶著愛意的那種。」

巫瑾認真看了幾眼，似懂非懂點頭。

接下來的一小時漫長枯燥，兩人再度進了一次副本，碰到魏衍一次，C級練習生四次。薇拉深切表示，再這麼找下去，再好的視力也吃不消。

巫瑾微一思索：「我們放棄一個假設。」

薇拉：「什麼……」

巫瑾緩緩開口：「畫布繪製〈時間從謊言和嫉妒手中拯救真相〉，裝裱在一七三七年，大小170×140公分。符合後兩個假設的都不符合第一個……」

「只能代表，同時滿足三個條件的畫作不存在。」

薇拉眉心一跳：「那我們怎麼找……」

「放棄關於畫框高寬的假設。」巫瑾終於抬頭，「我在想，有沒有可能存在這麼一種情況。筆記本上提到的『最後一幅畫』，和密碼箱上的那幅畫，並不是一幅。」

薇拉一驚，瞬間反應過來，靈光驟閃，「那我們可以直接找任務需要的170×140……」

巫瑾搖頭，「用前兩個條件去找。出現在筆記本上的，還被幽靈重點指出的，一定是重要線索。」

就像是考試前教導主任親自劃下的考點。

兩人思路終於清晰，拋去畫框大小限制，薇拉不再和〈拯救真相〉相差深遠的畫作上浪費時間，直到他們步入某個途經幾次的轉角——

薇拉小聲吸氣。

長寬180×148，不符合第三個假設。畫布中央，長鬚男人手持鐮刀，右手托起赤裸的女神，將兩名敵人打翻在地。其中一人手持虛假面具。

巫瑾瞇眼看去，分析道：「手持鐮刀的時間，被拯救的真相女神，頭戴面具的謊言，最後一個是嫉妒。」

不用巫瑾開口，薇拉一腳踹開牆壁。

兩人在緩衝點精準落下，一行小字終於浮現——

〈時間從謊言和嫉妒手中拯救真相〉馮索瓦・勒摩恩。一七三七。

副本場景開啟的一瞬，巫瑾鬆了一口氣。

〈拯救真相〉的畫布背後，出乎意料沒有劇情、沒有戰鬥，只有黑暗中淺淡的投影。像是在播放一部冗長枯燥的電影，通篇到尾只有一個長鏡頭。

是一七三七年在畫布上繪製最後一幅畫的宮廷畫師，勒摩恩。

他有著與海格力斯廳幽靈一樣的白色捲髮，穿著樸素的長袍。他的畫室中擺放不少畫板，卻皆用黑布蒙住。他在一座光線並不亮敞的小房間內作畫，顯得陰森寒冷。

他側對著巫瑾兩人，帶著憎惡描出被擊倒在地的謊言和嫉妒。

薇拉小聲開口詢問：「我們這麼看下去……是不是能看到他自殺前的畫面？或者一場突然的他殺？」

巫瑾搖頭，「整座畫廊，副本都最多只有二十分鐘。不夠他畫完這幅畫。」

「但一定有關鍵線索。」

兩人向勒摩恩的投影靠近，畫師絲毫未覺。

這只是一部電影，巫瑾想，甚至在這一刻，對於一七三七年的勒摩恩來說，他和薇拉才是闖入畫室的幽靈。

在走到畫師正面一瞬，巫瑾一頓。勒摩恩的雙眼血絲遍布，像是很久都沒有合眼。

畫師點揉筆尖，在調色盤中沾取，他像是在帶著怒意構圖——落筆時卻又被理性掌控，安詳填色，筆尖在畫布搓動。

一筆，第二筆。巫瑾此時完全相信了勒摩恩的死因調查，他有極度分裂的精神狀態。

畫師放下油畫筆，開始用一種類似石墨的長條勾勒真相女神。女神仰著臉頰，畫師落筆時輕而溫柔，寥寥幾劃就勾出臉型、五官。

「他在悲傷……」巫瑾愣怔道：「線索是真相女神？」

薇拉卻突然倒抽一口冷氣，抓住巫瑾的袖子，「你看，看他的線稿！」

巫瑾睜著小瞎子眼看了半天，只覺得似曾相識，薇拉終於忍不住提醒：「剛才走廊上那幅畫，靈床上死去的貴婦人。」

「那是他的亡妻。」

勒摩恩畫了一遍線稿，又擦去，重畫，再擦去。如此反反覆覆，就連巫瑾都將那張面孔牢記在腦內——

腦海中紛紛揚揚，無數線索雜亂出現。

「他從一年前開始精神分裂，無力對抗憂鬱症和妄想症。」

「大小合了，是170×140……雖然不是我們找的那幅，裝裱時間是一七三六。」

勒摩恩卒於一七三七，亡妻入殮在一七三六。

他將真相女神繪製成亡妻的面容，將妻子的逝世幻想成「謊言」，妄想自己是逆轉時間的勇士，用鐮刀擊倒謊言，從死亡手中將愛人帶回——

「他用劍在自己的喉嚨和胸部上劈了九下。他死於最後一幅畫，最傑出的一幅畫。」

副本光線暗淡，畫師消失在視野，出口轟然打開。

巫瑾和薇拉同時對視。

「去搶畫！」

巫瑾迅速點頭，在出門的一瞬放緩腳步。

一位仍在找畫的練習生焦頭爛額路過，薇拉立即扯住巫瑾，「小巫別灰心啊！咱再找找呀，肯定有呀！」

巫瑾：「……」

練習生放心離開。

繞過三個轉彎口，那幅〈靈床上的貴婦人〉終於出現。

高寬170×140，右側一行小字代表裝裱時間：一七三六。

「在想什麼？」薇拉側頭。

巫瑾低聲道：「我在想，這位夫人叫什麼？」
兩人推開畫布後的牆面，走廊再次翻覆，幾分鐘後從副本走出。
薇拉眼眶微紅，「太壓抑了。勒摩恩就這麼對著……她的遺體畫了三天？不吃不喝？」
巫瑾拍了拍她的肩膀。
薇拉提醒：「還有，密碼還沒找到……」
巫瑾帶她走向旁邊的那幅少女肖像，顯是這位夫人年輕時勒摩恩所繪：「再試試。」
光影斑駁交接。少女坐在花圃旁，即便在未婚夫替她畫像時，還在笑嘻嘻亂動。年輕的勒摩恩焦頭爛額，忍不住無奈呼喊少女：「Stiémart……」
破天荒第一次，畫名沒有在副本開始出現。
而是在副本中閃過。
〈Stiémart〉弗朗索瓦・勒摩恩。一七一二。
巫瑾：「她叫Stiémart。」
薇拉瞪大眼睛數了三遍，「……八個字母。」
巫瑾點頭。
陳列畫室的大門終於打開。
巫瑾抱著油畫，薇拉提著長刀以防備姿態跟在他身後。
已是將近七點的凡爾賽宮被晨光籠罩，選手大多掛了兩個黑眼圈，為破解副本一宿沒睡。
薇拉突然爆出一聲粗口：「卡牌又變了！通知選手回皇家禮拜堂。」
巫瑾眼神陡凝。如果魏衍還在副本，他們還有足夠時間——
薇拉驚呼：「魏衍，他們也出來了！」

巫瑾猝然對上魏衍視線。

這位人形兵器毫不意外是巫瑾最先破解副本，他向巫瑾點了點頭，像是在克洛森秀寢室某個周日，道個早安，然後帶著隊友徑直離去。

薇拉一眼恍惚：「他不搶畫？」

「……」巫瑾看著魏衍的背影，艱難開口：「他直接去了禮拜堂。他在等我們過去，然後截胡……」

薇拉一腳提在扶手上，「我%@#……」

走廊另一端，紅玫瑰寧鳳北推著一身灰有氣無力的薄傳火路過，看著薇拉嘻嘻一笑。

薇拉一秒挺直脊背，眼神冷淡威嚴。掃了眼薄傳火，又看了眼巫瑾，眼神滿意。

寧鳳北逐漸冷臉，對著薄傳火「嘖」了一聲。

「嗯？」薄傳火懵逼：「姑奶奶，我哪裡得罪妳了？」

等兩人消失，巫瑾放下畫框，低頭思索：「魏衍至少要兩個A級練習生才能攔住，如果我們倆都上，他必定會讓隊友上來搶畫。如果只上一個，魏衍會直接過來搶畫，如果一個都不上就會一起被魏衍揍……」

正在此時，在走廊上晃蕩的凱撒兩眼放光走來。

「巫啊！聽音樂不？我們這兒有個傻逼幽靈要彈琴，還非得要找兩百個聽眾……」

薇拉扶額，「你們還沒找齊人啊？」

凱撒一拍大腿，「可不！誰叫那幽靈傻逼呢！那啥，密碼箱就卡在鋼琴機械箱裡，非得他彈琴才能冒頭。」

巫瑾猛地將腰脊挺直。

薇拉茫然看向他。

巫瑾一字一頓開口：「密碼箱放在琴箱，擊弦器按照固定順序落下，就是讓密碼箱浮出的『第一道密碼』。」

凱撒雖然沒聽懂，還是習慣性點頭點頭。

巫瑾耐心解釋：「只要能彈幽靈彈的那首曲子，誰都能拿到密碼箱。」

凱撒琢磨半天：「我這要是會彈琴，還來當練習生幹啥！」

巫瑾把畫框遞給薇拉，三人穿過走廊，琴凳旁已經圍了不少人。藉著窗簾擋住刺眼的陽光，巫瑾終於看到了浮在三角鋼琴上的幽靈。

一位身著華服的中年宮廷樂師，高傲貴氣，與勒摩恩氣質截然不同。

〈感恩贊〉的作曲者，太陽王首席樂師，尚・巴蒂斯特・盧利。

巫瑾砰的坐上琴凳。

人群一愣，傻傻看著巫瑾。那幽靈也呆了幾秒，繼而怒氣衝衝向巫瑾撲去，嘴巴開合無聲叫囂。

——我的琴凳。

——你走開，走開！走開啊啊！

巫瑾任由盧利的投影在他周身穿來穿去。

腦海中最後過了一遍在藏書室看過的曲譜——

修長的手指略過琴鍵，和幽靈如出一轍的琴聲傾瀉而出。

這位白月光的顏值練習生優雅坐在琴凳上，晨光為捲髮鍍了一層鉑金，小圓臉深不可測。

周圍選手齊齊瞪大了眼。

凡爾賽宮門外。

正在美滋滋數著一把卡牌的楚楚和衛時叨叨個不停，即便這位Carry型隊友毫無反應，全當她是透明。

楚楚：「大佬！咱們要不再搶一張公主牌？就那種穿小裙子的，蓬蓬的，帶蕾絲小物的。您要是能搶到，我保證一小時都不說廢話。」

「大佬，大哥，大爺！欸，誰在裡面彈琴？」

衛時瞇眼看向不遠處的琴聲源頭，半敞開的皇家大廳，破天荒嗯了一聲。

楚楚愣是從中聽出了「心情不錯」，趕緊湊上去巴結。

三角鋼琴旁。

隨著曲譜被精準演繹，擊弦器不斷打動像是古早的電報機，匯合成冗長的電報碼。

密碼箱緩緩顯露出邊角。

包括凱撒在內，所有選手眼睛一亮，就要向鋼琴衝去——

巫瑾突然停手。

凱撒當頭嚷嚷：「小巫，來，繼續繼續！」

巫瑾笑咪咪道：「彈完也成，幫我去攔一個人。」

「魏衍。」

人群兩秒靜止。

魏衍有人形兵器威名在外，因為密碼箱被魏衍淘汰得不償失……

巫瑾果斷加碼：「保證人身安全！還有，取密碼箱附贈密碼！」

練習生們一頓，緊接著奮勇撲上。

「攔攔攔！必須攔！怕什麼魏衍！」

凱撒一馬當先擠出人群，硬是憑藉突擊位強悍的軀體優勢扒拉住三角鋼琴。三百斤的白月光選手把鋼琴機械箱堵得嚴嚴實實。

「來，巫哥咱們詳談……」

那位宮廷樂師幽靈被氣得七竅冒煙，當即放棄騷擾巫瑾，對著凱撒無聲怒吼。

——放手！滾啦！離我的鋼琴遠點！你這個粗鄙之人……

一刻鐘後，凱撒毫不意外以壯碩的拳頭擊退一系列鋼琴副本競爭者，獲得了和巫瑾做交易的「優先權」。

那位幽靈早已被氣到自閉，不見蹤影。

凡爾賽清晨的走廊裡，巫瑾重新抱起油畫。凱撒洋洋得意拍著胸脯打包票：「巫啊，你這別說是一個魏衍了，十個哥也能給你攔下！」

魏衍儼然成為不懂事兒、欺負寶貴藝術家的大惡霸。

場外，克洛森—風信子秀直播間。

鏡頭再次重播巫瑾搶到琴凳的瞬間，六個機位在反覆篩選之間被導播挑出最佳視角——剛從畫室搏殺出來的少年將手中砍刀卸下，坐在晨光揮灑的三角鋼琴前，臉頰一側約半指長的細小劃痕還未癒合，眼神自冷冽到平靜。

暴力美學被復古機械鋼琴聲撫平。溫柔獻奏。

# 第十章
## 有太陽的地方才有我存在的意義

應湘湘嘶了一聲，笑盈盈捂住胸口，誇張表示心臟怦怦亂跳。

彈幕密密麻麻，一眾操碎了心的麻麻粉們紛紛表示為兒砸感動爆哭。

「＃驚！兒砸竟然對三角鋼琴做出這種事情……」

「＃寶藏小巫！」

「＃一人一信用點，眾籌小巫演藝圈出道！」

血鴿皺眉思索：「我沒看到巫選手把曲譜帶身上……他怎麼做到的？」

應湘湘解釋：「拿到曲譜看一遍就能彈，我們叫做視奏能力。和音樂理論知識儲備、聽覺反應有關。當然，剛才小巫選手的操作還涉及到背譜……」

應湘湘一笑：「記憶能力，一直是小巫的特長。」

螢幕正中。直播鏡頭切回，

皇家禮拜堂的大門吱呀打開，薇拉當先進入，看到了意料之中的畫面。

魏衍已經站在勒摩恩的肖像旁，卓然負手而立，砍刀背在身後，似乎下一秒就能匯成銀光白練兜頭劈下搶畫。

凱撒嗖的從門外躥入，舉著巫瑾的同款砍刀哇哇亂叫：「呔，來戰！」

薇拉俐落切入補位。

魏衍瞳孔驟縮，表情一片茫然。

這位人形兵器第一反應就是要舉報非法組隊，腕錶卻顯示一切正常。趕在魏衍反應過來之前，凱撒一個突進把人逼退。

「三分鐘！」薇拉飛速估算。

巫瑾無聲點頭。

魏衍手裡再不是那把小破劍，而是精良的砍刀。此時雙A對一S，薇拉能拖住魏衍的時間，保守估計只有三分鐘。

一分半。

巫瑾將油畫放下，手速飛快地打開禮拜堂牆壁上勒摩恩的肖像，抱起畫框向密道內衝去。

高寬170×140。勒摩恩的亡妻繪像與任務畫框嚴絲合縫，巫瑾將空白畫框卸下，換上那位靈床上的貴婦人——

五秒。

密道外，魏衍終於在凱撒和薇拉的圍攻下找到破綻，長刀一壓震得薇拉手臂發麻，打鬥聲漸漸逼近巫瑾。

巫瑾的呼吸在沉悶空氣中異常急促。密道內氣流密封，光線灰暗，似乎誘發了某種記憶與本能反應。他緩緩闔眼，再睜眼時雙手終於穩定。

密碼箱。

八個字母。記憶中閃回年輕的宮廷畫師與他嬌俏的未婚妻，畫師反覆呼喊少女讓她在畫架前坐好，少女笑聲如銀鈴。

她叫Stiémart。

字幕轉軸上，第五個輔音調整完畢。

身側隱隱有幽幽光亮傳來。巫瑾回頭，差點嚇一大跳。

渾身血跡的勒摩恩悄無聲息站在巫瑾身邊，悲哀凝視畫中的亡妻。

密道外，魏衍距離衝破防線似乎只差一步。

「兄弟抱歉，節哀。」巫瑾再不耽誤，電光石火之間拼好最後三個字母，拍了拍幽靈虛無的肩臂。

機關聲咔嚓響起，從輕微到轟鳴。密碼箱驟然打開！

一張深藍色的卡牌躺在密碼箱正中，質地柔韌厚實。

人物卡─馮索瓦．勒摩恩（一六八八—一七三七）

巫瑾秒速撿起卡片塞進作戰服，伸手順起備用砍刀，一腳踹開密道大門——光線自禮拜堂內透入。

畫師的幽靈靠近畫框，親吻靈床上的Stiémart，最終消散在凡爾賽的晨光中。副本通關。

薇拉、魏衍口袋中同時咔嚓一聲，兩隊原有的線索卡碎裂。魏衍猛然抬頭。巫瑾自密道出口一躍而下，強勢加入戰局——三位A級練習生聯手。

魏衍再難突圍挾住巫瑾，刀鋒一挑向後急退，再無蹤影。

巫瑾長吁一口氣，伸手探向作戰服中的卡牌，向薇拉點頭。

薇拉眼神驟亮。

凱撒嘿嘿敲著刀，「巫啊！哥帥不！你看那個密碼箱……」

巫瑾笑咪咪道：「走，去藏書室。」

凱撒嚷嚷：「去那作啥！」

巫瑾解釋：「拿曲譜，我只記了第一個樂章——還有，去確認密碼。」

松香、苔木和藍風鈴熏香自書架間傳來，三人避開人群，在一處落灰的實木書櫃中抽出曲譜——〈感恩贊〉，尚．巴蒂斯特．盧利。

凱撒趕緊給曲譜撣撣灰，瞪大眼睛，「叫這名兒啊……」

巫瑾循著盧利的名字在檔案中翻找，又抽出兩本大部頭。薇拉湊近，跟著翻書。

「盧利的一生，大部分時間都在為國王路易十四作曲。這位義大利作曲家自年幼第一次進宮，就被國王的迷人氣質所傾……」

凱撒：「啊？盧利是女的？幽靈是男的啊！」

「……」薇拉面色恍惚，指著書看向凱撒：「盧利是直男，有家室。還有，路易十四也是直男。」

凱撒琢磨：「這還能一見傾心……」

薇拉拍桌，「傾慕，景仰懂不懂！」

巫瑾指了下藏書室一側的波旁皇室畫像，「左邊第二幅。」

凱撒：「臥槽，這蘿莉好看！」

巫瑾趕緊糾正，因為油畫牌的緣故，他與薇拉對整座凡爾賽宮的肖像畫就差沒瞭若指掌：「……這幅叫〈王太子路易十四〉，是國王小時候。」他看向資料，解釋：「盧利比路易大六歲，年幼的國王性格內向，是盧利教授他音樂，親手替他製作了第一雙舞鞋，鼓勵他在宮廷貴族前表演芭蕾，以培養自信。」

凱撒了然：「懂了！玩兒養成啊……」

資料嘩啦啦翻到後頁，凱撒突然想起：「我這牌上還有個提示，什麼一六八七，密碼箱是十一個字母……」

薇拉翻往一六八七，看到盧利那句流傳甚廣的話——

「有太陽照耀的地方，才有我存在的意義。」

「他是在指太陽王。」巫瑾對著書本開口。當路易十四征戰歐洲，名聲顯揚，盧利無疑為他的榮耀驕傲。路易十四落水，生命垂危，盧利放棄了臨盆的妻兒在窗外為他拉了一宿琴。

「一六八七。」薇拉湊近書頁，輕聲道：「一六八七年路易十四手術康復……盧利排演〈感恩贊〉演出為國王慶祝。這是盧利譜給路易十四的最後一首歌，然而這位樂師已經失去國王的寵信，在演奏室孤獨等待太陽王的到來。」

「路易十四缺席了整場演出，國王本該是唯一的聽眾。盧利對著空無一人的觀眾席演奏完整首〈感恩贊〉，在這場表演之後重病去世……」

巫瑾點頭，「幽靈飄浮在凡爾賽宮，每當深夜演奏〈感恩贊〉，等候國王駕臨。他渴望聽眾，所以鋼琴牌的第二個任務才是『找齊兩百個聽眾』，但他真正想要的聽眾只有一個。」

薇拉嘆息：「路易十四，密碼是路易十四。」

（未完待續）

【特別收錄】

# 獨家紙上訪談第三彈，主角設定大公開

Q10：來談談主角小巫吧，您覺得他是一個怎樣的人？當初怎麼會想到要創造一個花美男型的軟萌角色來當逃殺秀選手？如何拿捏讓小巫是可愛卻不小白的角色形象？

A10：小巫是努力的元氣少年。另外，他的外傾性很低，包容性很強，吃薯條不讓他沾醬就不沾，來到三十一世紀就兢兢業業努力工作，昨天主舞今天拿槍，接受得比誰都快。

把小巫這種人丟到逃殺秀是很有意思的事情，除了跳舞啥都不會，掙扎一下，吧唧一下倒了，再吸取教訓，下輪淘汰賽掙扎得更久一點，再被淘汰，再整頓精神，再掙扎……看到他一步一步如此努力，漸漸地，作為作者也無法用情節去干擾小巫的成長。

他注定會走上聯賽的頂峰。

Q11：請問您覺得衛時是一個怎樣的人？在寫這種原本欠缺情感、要一點點找回人性的角色時，有沒有遇到什麼困難？或是寫得很開心的地方？

A11：衛時是強大、可靠的人。情感欠缺會導致許多互動中，很難讓衛哥去占據主動。

作為浮空城的靈魂人物，他的所想更鮮少表露於外。但衛哥超強的行動力足以蓋過寡言少語這一缺陷。

作為作者，小巫陪伴衛哥解鎖的幾次過程，都寫得很開心。

當然最開心的還是十六歲的小衛和二十七歲的大衛在爭搶小巫XD

Q12：衛時和小巫的感情其實也跟闖關情節一樣曲折離奇，隨著劇情鋪陳出意想不到的發展，很好奇這是開坑前就已決定好的？還是隨著連載過程中調整的？怎麼會想到這麼峰迴路轉的感情戲？

A12：隨著連載過程自由發展。兩個崽崽要談戀愛，作者攔也攔不住。我是金魚腦，除了副本框架，永遠只能想到當前這章的情節。感情戲上每次有轉折，自己也會很期待究竟要發生什麼。有種邊寫邊嗑CP的愉悅感。

Q13：故事裡的攻受屬性，是開坑前就決定的，還是隨著故事進展才慢慢確定的？

A13：開坑就決定啦。小巫攻……攻在他自己的夢裡！

Q14：請問您的寫作習慣，不知每次開新文前會習慣先擬好詳細大綱嗎？還是只會做好人設，劇情隨連載情況邊寫邊想？

A14：一般只會稍微描一下人設。我比較喜歡邊寫邊發展劇情，這樣永遠對下一章的故事充滿好奇。

（未完待續）

i小說 025

# 驚！說好的選秀綜藝竟然3

國家圖書館出版品預行編目（CIP）資料

驚！說好的選秀綜藝竟然3/ 晏白白著. -- 初版. --
臺北市：
愛呦文創, 2020.09
冊； 公分. --（i小說；025）
ISBN 978-986-98493-9-5（第3冊：平裝）

857.7 109006111



愛呦文創

| | |
|---|---|
| 作者 | 晏白白 |
| 封面繪圖 | 六 零 |
| Q版繪圖 | 魅 趍 |
| 責任編輯 | 高章敏 |
| 特約編輯 | 劉怡如 |
| 文字校對 | 劉綺文 |
| 行銷企劃 | 羅婷婷 |
| 發行人 | 高章敏 |
| 出版 | 愛呦文創有限公司 |
| 地址 | 10691台北市忠孝東路四段59號10-2樓 |
| 電話 | （886）2-25287229 |
| 郵電信箱 | iyao.kaoyu@gmail.com |
| 愛呦粉絲團 | https://www.facebook.com/iyao.book |
| 總經銷 | 聯合發行股份有限公司 |
| 電話 | （886）2-29178022 |
| 地址 | 231新北市新店區寶橋路235巷6弄6號2樓 |
| 美術設計 | 廖婉禎 |
| 內頁排版 | 洸譜創意設計股份有限公司 |
| 印刷 | 沐春行銷創意有限公司 |
| 初版一刷 | 2020年9月 |
| 初版二刷 | 2021年2月 |
| 定價 | 360元 |
| ISBN | 978-986-98493-9-5 |

愛吻文創